Drei Männer unterm
Weihnachtsbaum

Die Autorin

Scarlett Bailey schreibt schon seit ihrer Kindheit Geschichten. Aber bevor sie das Schreiben zum Beruf machte, hat sie als Kellnerin, Platzanweiserin im Kino und Buchhändlerin gearbeitet. Sie liebt alte Filme und genießt nichts so sehr wie einen regnerischen Sonntagnachmittag mit ihrem Lieblingsfilm und Massen von Schokolade. Scarlett Bailey lebt im englischen Hertfordshire – zusammen mit ihrem Hund und einem wirklich großen Schuhschrank.

Scarlett Bailey

Drei Männer unterm Weihnachtsbaum

Roman

Aus dem Englischen
von Sabine Schilasky

Weltbild

Die englische Originalausgabe erschien 2011 unter dem Titel *The Night before Christmas* bei Ebury Press, an imprint of Ebury Publishing, A Random House Group Company, London.

Besuchen Sie uns im Internet:
www.weltbild.de

Copyright der Originalausgabe © 2011 by Scarlett Bailey
Copyright der deutschsprachigen Ausgabe © 2012 by Weltbild GmbH & Co. KG,
Werner-von-Siemens-Straße 1, 86159 Augsburg
Übersetzung: Sabine Schilasky
Projektleitung: usb bücherbüro, Friedberg/Bay
Redaktion: Claudia Krader, München
Umschlaggestaltung: Johannes Frick, Neusäß
Umschlagmotiv: © Johannes Frick, Neusäß unter Verwendung von Motiven von Getty Images (© Blend Images – Jose Luis Pelaez Inc.) und Shutterstock
(© melis, © mything, © Kuttelvaserova Stuchelova)
Satz: Catherine Avak, Iphofen
Druck und Bindung: GGP Media GmbH, Pößneck
Printed in the EU
ISBN 978-3-95973-142-3

2019   2018   2017   2016
Die letzte Jahreszahl gibt die aktuelle Ausgabe an.

Prolog

4. Dezember

Lydia Grant hatte nicht vorgehabt, an diesem feuchten, vernieselten Dezembermorgen ihren Verlobungsring zu finden, doch sie fand ihn.

Ihr Freund Stephen war lange vor dem Morgengrauen aufgestanden, sodass Lydia das breite Bett ganz für sich hatte. Das kam selten vor, und sie kostete es aus, indem sie sich richtig breitmachte und viermal den Radiowecker ausschaltete. Immer wieder nickte sie genüsslich ein, bis es zehn vor sieben war. Kaum wurde ihr bewusst, wer sie in Wirklichkeit war, setzte sie sich kerzengerade auf.

Nachts war Lydia eine hoffnungslose Romantikerin, die jede Sekunde nutzte, um sich in die goldenen Zeiten der Hollywoodfilme zurückzuversetzen, die sie seit Kindertagen liebte. Jedes Mal aufs Neue verliebte sie sich in Cary Grant oder Trevor Howard. Und manchmal sogar in ihren Freund, wenn auch in letzter Zeit nicht mehr ganz so oft.

Tagsüber allerdings – Lydias Tag hätte um Punkt halb sieben beginnen sollen – war sie Lydia Grant, eine erfolgshungrige junge Anwältin auf dem Kreuzzug für die Gerechtigkeit. In einer guten Stunde musste sie vor Gericht erscheinen und eine sechsundvierzigjährige Arztgattin vertreten. Die Frau war wegen Kreditkartenbetrugs in Höhe von mehreren zehntausend Pfund angeklagt. Lydia hatte den Schriftsatz erst gestern Abend um halb neun bekommen. Sie musste sich beeilen, wollte sie rechtzeitig im Gericht sein. Sie musste unbedingt vor der Verhandlung noch kurz mit der Angeklagten sprechen und Mrs Harris versichern, dass alles gut werden würde. Denn wenn es eine Anwältin gab, die jeden Richter davon überzeugen konnte, dass eine Frau zweihundert Paar Designerschuhe brauchte, dann war es Lydia Grant. Falls das nicht klappte, würde sie auf verminderte Zurechnungsfähigkeit plädieren. Wer war nicht schon mal wegen eines Paars Schuhe ausgeflippt, weil es leider unbezahlbar war?

Lydia dankte ihrem Glücksstern, dass Stephens Wohnung in Holborn nur fünfzehn Minuten Fußweg vom Gericht entfernt lag. Es war auch ihre Wohnung, doch das vergaß sie dauernd, obwohl sie seit sechs Monaten dort wohnte. Für sich bezeichnete sie sie immer noch als Stephens Wohnung.

Sie sprang aus dem Bett und gönnte sich fünf Minuten unter der Dusche, ehe sie ihr dunkelbraunes Haar geübt zu einem kleinen Knoten schlang. Anschließend zog sie ihre weiße Bluse und den schwarzen Hosenanzug an, den sie sich vor dem Schlafengehen rausgelegt hatte, und polierte ihre Lieblingsstiefel mit den Mörderabsätzen. Ein rascher Blick in den Dielenspiegel folgte.

Lydia zog ein Gesicht. Sie bestärkte sich laut darin, dass sie eine starke, selbstbewusste und kompetente Frau war. Eine Frau, die nie auch nur eine Sekunde an sich zweifelte. Sie würde dem Richter und den Geschworenen klarmachen, wie lachhaft die Anklage war. Das eigentliche Opfer in diesem Prozess war ihre Mandantin. Ja, Mrs Harris war das Opfer ihres reichen Ehemannes, der sich weigerte, ihr ausreichend Schuhe zu kaufen.

Leider fand Lydia keine schwarzen Strümpfe mehr in der Schublade, die Stephen ihr feierlich freigeräumt hatte, als er sie bat, zu ihm zu ziehen.

»Ich finde«, hatte er ernst erklärt, als er ihr den Wohnungsschlüssel reichte, »dass es Zeit wird, Nägel mit Köpfen zu machen, meinst du nicht?«

Es war vielleicht nicht gerade der romantischste Moment in Lydias Leben gewesen, aber ein bedeutsamer allemal. Ein Schritt hin zu einer festen Bindung, die sie bis vor Kurzem nicht für möglich gehalten hätte. Aber man sollte nicht zu viel Wind deswegen machen, denn immerhin ging es nur um eine Schublade.

In Letzterer fanden sich Sportsocken, bunte Socken und rosa Socken mit Glitzer, die Lydia von ihrer elfjährigen Halbschwester aus der dritten Ehe ihres Vaters zum Geburtstag bekommen hatte, sowie ein Wust von Feinstrumpfhosen direkt aus der Waschmaschine. Kein einziges Paar Strümpfe, das sie in ihren Glücksstiefeln tragen konnte. Da es bedenklich spät wurde, tat Lydia, was jede starke, selbstbewusste und kompetente Frau tun würde. Sie beschloss, sich ein Paar Socken von ihrem Freund zu leihen. Also riss sie die oberste Schublade auf und erlitt den Schock ihres Lebens. Oben auf Stephens ordentlich sortierten Socken, kein bisschen versteckt, lag das Schmuckkästchen.

Es war eine kleine, viereckige Schachtel im unverwechselbaren Türkis und mit dem schwarzen Aufdruck *Tiffany & Co.* auf dem Deckel.

Ohne über die Bedeutung nachzudenken, nahm Lydia das Schmuckkästchen und öffnete es mit der Ungeduld eines Kindes, das eine Tüte mit Süßigkeiten aufreißt. Da funkelte er sie im Lampenschein an: ein einkarätiger, platingefasster Diamantverlobungsring, klassischer Tiffany-Bezet-Prinzess-Schliff.

Lydia rang nach Luft. Der Ring war perfekt, wunderschön und vor allem genau so, wie sie ihn sich immer erträumt hatte. Ausgesucht von einem Mann, der Zeit und Mühe investiert hatte, ihren Geschmack zu ergründen. Ein Mann, der wusste, dass sie stets eine zerfledderte Ausgabe von *Frühstück bei Tiffany* mit sich herumtrug und dass es für sie der Gipfel der Romantik wäre, exakt so einen Ring in dieser wundervollen Schachtel zu bekommen. Diesen Ring konnte nur ein Mann aussuchen, der sie genügend liebte, um alles richtig machen zu wollen. Ja, der sie sogar sehr lieben musste, dachte Lydia, denn wie sonst hätte er es so perfekt hinbekommen sollen? Schließlich wusste er, dass ein Antrag zu dieser besonderen Jahreszeit einen weiteren Traum Lydias wahr machte: Endlich würde Lydia ihr ganz besonderes Weihnachtsfest bekommen.

Deshalb war es seltsam, dass ihr beim Betrachten des Rings ein völlig anderer Gedanke in den Sinn kam.

Lydia Grant war sich überhaupt nicht mehr sicher, ob sie heiraten wollte.

1

21. Dezember

Lydia blickte zu Stephen, der seit dem letzten Tanken mit den Fingern auf das Lenkrad trommelte.

»Wie es aussieht, schaffen wir es locker, bevor es richtig schlimm wird.« Sie sah durch die Windschutzscheibe zu den bleigrauen Wolken, die tief über dem Horizont hingen und Schnee ankündigten. »Im Wetterbericht hieß es Schnee, Schnee, noch mehr Schnee und schreckliche Straßenverhältnisse. Aber guck mal, es fängt gerade erst an zu schneien.« Lydia wies mit dem Kinn nach vorn. Draußen schwebten die ersten zarten Flocken herab, legten sich aufs Glas und wurden sogleich brutal weggewischt.

Stephen schwieg.

»Willst du die ganzen dreihundert Meilen schmollen?«, fragte Lydia gereizt. »Ich habe doch gesagt, dass ich die Maut auf der M6 bezahle.«

»Darum geht es nicht, und das weißt du auch«, sagte Stephen, der stur auf die Straße sah. »Es ist unser erstes Weihnachten.«

»Nein, ist es nicht.« Lydia seufzte. »Das zweite, oder warst das nicht du letztes Jahr bei meiner Mum – der Betrunkene mit der Weihnachtsmannmütze?«

Lydia verzog das Gesicht bei der Erinnerung an ihr erstes gemeinsames Weihnachtsfest: Ihre Mutter, die beim Frühstück mit Whiskeylikör anfing, auf dem Schoß von Lydias Stiefvater hockte und ihm das Gesicht ableckte, während im Hintergrund die Queen ihre Ansprache hielt. Der arme Stephen hatte sich durch einen verschmorten Truthahn und halb gare Kartoffeln kämpfen müssen.

»Es sollte unser erstes Weihnachten zu zweit werden«, erwiderte Stephen. »Keine Familie dieses Jahr, hast du gesagt. Keine Marathontour von Kent nach Birmingham und zurück, nur damit du deine sämtlichen Eltern und Halbgeschwister siehst. Dieses Jahr, das waren deine Worte, wollten wir so feiern, wie es uns gefällt. Offenbar war gemeint, dass wir so feiern, wie es dir gefällt. Mein Fehler, dass ich etwas anderes dachte.«

»Sämtliche Eltern? Na hör mal, ich komme nicht aus einer Mormonenfamilie oder einer verrückten Hippiekommune! Man nennt das heute Patchwork-Familie, Stephen. Das solltest du eigentlich wissen, Mr Familienrecht!«

»Du weißt, was ich meine. Was war denn letztes Jahr? Deine Mum und Greg, die es praktisch auf dem Fernsehsessel deiner Großmutter trieben. Und dann mussten wir am zweiten Feiertag vor Tau und Tag losfahren, damit wir zum Mittagessen bei deinem Dad und Janie waren. Daselbst erwarteten uns so viele Halb- und Halb-Halb-Geschwister von dir, dass es mir wie ein Ausflug in eine Kinderkrippe vorkam. Wie alt ist dein Dad eigentlich? Und woher nimmt er die Energie?«

»Keine Ahnung. Kannst ihn ja mal fragen«, murmelte Lydia. »Du weißt, wie meine Familie ist.«

Lydias Kindheit war alles andere als idyllisch gewesen, und sie hatte sich redliche Mühe gegeben, Stephen darauf vorzubereiten, als es mit ihnen ernst wurde. Über kurz oder lang würde er ihre Familie ja kennenlernen müssen. Lydia liebte sie alle – meistens jedenfalls. Dennoch war es nicht die Sorte Familie, die man dringend seinem ersten richtigen Freund vorstellen wollte.

Ihre Eltern hatten eine turbulente Beziehung geführt, einen Monat nach ihrem Kennenlernen geheiratet und erst bemerkt, dass sie einander nicht ausstehen konnten, als Lydia unterwegs war. Die Weihnachtsfeste in Lydias Kindertagen hatten nichts mit ihren heiß geliebten Filmszenen gemein gehabt, in denen es schneite, sich alle liebten und am Ende immer alles gut war.

Lydias Kinder-Weihnachten waren von einem Albtraum-Soundtrack aus zornigen Worten, bittern Vorwürfen und knallenden Türen untermalt, bis Lydia zwölf war und ihr Vater sie und ihre Mutter an Weihnachten verließ. Das dürfte wohl das übelste von all den enttäuschenden Weihnachtsfesten gewesen sein. Für die nächsten Jahre wurde Lydia zu einem Druckmittel im zunehmend hässlicheren Kleinkrieg ihrer Eltern, wechselte während der Feiertage von einem zum anderen und fühlte sich nirgends zu Hause. Inzwischen war ihre Mutter wieder verheiratet – vielleicht ein bisschen zu glücklich für Lydias Geschmack, bedachte man den Zwischenfall beim letzten Weihnachtsfest. Und ihr Vater schien an einem Wettbewerb für die häufigsten Eheschließungen teilzunehmen.

»Dad hat Probleme. Er steckt schon sein ganzes Leben in einer Midlife-Crisis. Sei froh, dass du ihn in der Janie-Phase kennengelernt hast. Sie ist wenigstens nett. Seine zweite Frau war eine Schreckschraube. Sie hat von mir immer als ›das Mädchen‹ gesprochen. Nie hat sie meinen Namen gesagt, immer nur ›das Mädchen‹ mit so einem Naserümpfen. Mir graute jedes Mal davor, wenn sie dran waren, mich über Weihnachten zu nehmen.«

Lydia tat ihr Bestes, ihrem Dad die Karen-Jahre nicht vorzuhalten. Dass sie während des Weihnachtsessens allein im Wohnzimmer vorm Fernseher hockte. Dass er nie daran dachte, ihr ein Geschenk zu besorgen. Wahrscheinlich konnte er es nicht, denn er gab jeden Penny, den er nicht besaß, für Karen aus. Und dann hatte er zugestimmt, als Karen verlangte, dass Lydia an Weihnachten gar nicht mehr zu kommen bräuchte. Oder an Ostern oder überhaupt.

Lydia hatte entschieden, ihrem Dad nicht die Schuld dafür zu geben, dass Karen sie aus seinem Leben drängte. Schließlich hatte er die Ziege verlassen, ehe es zu spät war. Und danach hatte er sich angestrengt, seine Beziehung zu Lydia wieder aufleben zu lassen. Zumindest bis er sich mit der sehr vollbusigen und weit netteren Janie einließ. Lydia fand es gut, dass Karen weg war. Janie machte ihren Dad glücklich, und sie dachte daran, Lydia hübsche Seifen oder Duftwässerchen zu besorgen, was doch immerhin etwas war.

Als sie bemerkte, dass Stephens Miene ein bisschen weicher wurde, legte Lydia ihm für einen Moment eine Hand auf den Schenkel. »Es ist ja nicht so, dass wir nur die Familie abklappern, oder? Wir fahren nicht von Broadstairs nach Birmingham, sondern haben ein richtiges Erwachsenen-Weihnachten im herrlichen Lake District, nur wir zwei.«

»Ja, nur wir zwei *und* alle deine Freunde«, grummelte Stephen. »Ich habe meiner Mum erzählt, dass wir dieses Jahr nicht zu ihr kommen, weil wir unser eigenes Ding machen.« Stephen verstummte, und Lydia hielt es angesichts der Alarmglocken, die in ihrem Innern schrillten, für besser, nicht nachzuhaken. Nachdem sie Stephens Mutter inzwischen bei mehreren Anlässen begegnet war, würde Lydia sich lieber mit einem rostigen Nagel die Augen ausstechen, als noch mehr von diesen *Du-bist-nicht-gut-genug-für-meinen-Sohn*-Blicken zu ertragen. Ein völliges Meiden dürfte indes schwierig werden, wenn sie Stephen heiratete.

Im Geiste fügte Lydia »Stephens Mum« ihrer Liste von Pro und Kontra hinzu. Definitiv ein Kontra. Sein Dad war allerdings nett, wenn auch auf eine stille, unaufdringliche Art. Seine Kuh von Ehefrau hatte ihm sämtliches Leben und jeden Humor ausgetrieben. Genau genommen konnte er nicht als Pro zählen.

»Es tut mir leid, dass ich die Einladung von Katy und Jim angenommen habe, ohne dich vorher zu fragen«, entschuldigte Lydia sich zum wiederholten Male. »Als sie anrief, war sie so aus dem Häuschen. Sechs Monate ist es her, dass sie mit Jim und den Kindern das Hotel übernommen hat, und … na ja, ich fürchte, das ist ein ziemliches Groschengrab. Ich weiß auch nicht, was die beiden geritten hat. Ich meine, Jim ist Investmentbanker, und die einzigen Erfahrungen im Gastgewerbe, die Katy aufweisen kann, sind die Toasts, die sie uns nach einer durchzechten Nacht in Studententagen gemacht hat. Sie haben jeden Penny ins *Heron's Pike* gesteckt, den sie besaßen. Wenn das nicht hinhaut, sind sie erledigt. Katy hat gesagt, Silvester sind sie ausgebucht, und sie muss üben. Wer ist da geeigneter als ihre drei besten Freundinnen und deren gut aussehende Männer?«

Stephen sagte nichts und starrte weiter auf die Straße, wo die Flocken dichter fielen. Lydia blickte durchs Seitenfenster. Ihr lief ein wohliger Schauer über den Rücken, als sie an die Fotos dachte, die Katy ihr geschickt hatte. *Heron's Pike* sah wie die perfekte Weihnachtskulisse aus. »Und überleg doch mal, Stephen, es ist der Lake District! *Heron's Pike* ist ein wunderschönes altes Herrenhaus direkt am Derwentwater Lake. Sie haben ein eigenes Bootshaus, und Katy sagt, das Dorf in der Nähe ist eine echte Postkartenidylle.« Lydia seufzte. »Das wird wie in der Szene in *Musik, Musik*, in der Bing *White Christmas* singt und bei der ich immer heulen muss. Es wird sogar ein weißes Weihnachten mit Schnee, knisternden Kaminfeuern, gutem Essen, Wein und Leuten, die sich tatsächlich mögen. Ich jedenfalls kann es gar nicht erwarten, Weihnachten mit dir und meinen besten Freunden zu feiern. Ich wünschte nur, du hättest sie genauso gern wie ich.«

»Es ist ja nicht so, als würde ich deine Freunde nicht mögen«, sagte Stephen vorsichtig. »Alex ist klasse, auch wenn sie die furchteinflößendste Frau sein dürfte, die ich kenne, vor allem seit sie schwanger ist. Und David ist okay, solange es einem nichts ausmacht, über Römer oder Normannen oder ein anderes seiner Vorlesungsthemen zu reden. Katy und Jim habe ich nur auf Alex' Hochzeit gesehen und kaum mit ihnen geredet. Wie du dich vielleicht erinnerst, hatte Katy sich etwas zu sehr über den kostenlosen Champagner gefreut, brach in Tränen aus und kippte bewusstlos in ihr Dessert. Trotzdem bin ich sicher, dass die beiden ein nettes Paar sind. Auch ihre Kinder und ihre Großeltern sind bestimmt allerliebst. Aber Weihnachten mit Joanna Summers, der Königin des Homeshopping-Senders? Bei aller Liebe, Lydia, das steht weit, weit unten auf meinem Wunschzettel. Das rangiert hinter einem Schiffbruch vor einer einsamen Insel.«

»Hör auf!« Lydia musste kichern. »Ich weiß ja, dass Joanna speziell ist. Aber wir vier sind seit der Uni befreundet, und sie ist mir immer eine gute, nein, die beste Freundin gewesen.« Die vier Mädchen hatten sich in der ersten Studienwoche kennengelernt, weil sie zufällig auf demselben Flur im Wohnheim gelandet waren. Und in den letzten zwei Studienjahren hatten sie zusammen ein Haus gemietet gehabt. Jungsgeschichten, Prüfungen, Familiendramen und eine echte Tragödie hatten sie zusammengeschweißt, zu Freundinnen fürs Leben gemacht.

»Außerdem wäre ich geliefert gewesen, hätte Joanna mich nicht während des Referendariats umsonst bei sich wohnen lassen.«

»Aber sie ist derart von sich eingenommen, stolziert herum, als würde ihr alles gehören.«

»So ist sie im Fernsehen, nicht in Wirklichkeit. Sie musste sich eben behaupten.« Von ihnen allen war Joanna der Einstieg ins Studium fernab von zu Hause am leichtesten gefallen. Sie scherzte gern, dass sie von Wölfen aufgezogen worden war. In Wahrheit hatten ihre Eltern sie in diversen Internaten geparkt, seit sie vier war. Ihr war gar nichts anderes übrig geblieben, als sich durchzubeißen.

»In ihrem Job braucht man starke Nerven. Um sie herum spielen sich dauernd Dramen ab, und es geht vor allem darum, den Schein zu wahren.«

»Sie ist oberflächlich«, konterte Stephen. »Sie verkauft billigen Schrott an Leute, die ihn sich nicht leisten können, Lydia. Und wozu braucht man starke Nerven, wenn man den Leuten vorquatscht, dass sie sich einen echten Plastikdiamanten für neunundvierzigneunundneunzig kaufen können, den sie bequem in zwei Raten bezahlen?«

»Mann, du bist so ein Snob«, entgegnete Lydia. Nun schneite es richtig. Ein Leuchtschild bedeutete ihnen, nicht schneller als fünfzig Meilen zu fahren. »Es kann nicht jeder rumrennen und die Welt retten wie du.«

»Nein, aber manche Leute könnten sich ein bisschen mehr bemühen.« Stephen sah zu Lydia hinüber, und sie biss sich auf die Unterlippe. Sie tat ihr Bestes, mit ihm mitzuhalten, engagierte sich in der öffentlichen Rechtsberatung und arbeitete an den Wochenenden ehrenamtlich. Aber es schien nie genug für ihn zu sein. Stephen vergaß, dass er bereits die ersten Stufen der Karriereleiter genommen hatte, wohingegen sie erst anfing. Sie musste die Arbeit machen, die ihr die Kanzlei zuteilte, egal, wann. Das ließ ihr kaum Zeit zum Verschnaufen, geschweige denn die Kraft, unermüdlich jede freie Minute Gutes zu tun.

Doch sie beschloss, seine Spitze zu ignorieren. »Außerdem möchte ich dich mal live im Fernsehen sehen. Joanna muss am laufenden Band improvisieren. Weil sie das kann, ist sie die Beste in ihrem Job, nicht nur wegen ihres Aussehens. Macht mich ein Fall besonders nervös, denke ich manchmal an sie, und das macht mir Mut.«

»Wer hätte gedacht, dass das Verkaufen von Schund so inspirierend sein kann«, murmelte Stephen.

Wieder ging Lydia nicht darauf ein. Obwohl sie Joanna heiß und innig liebte und bis aufs Messer verteidigen würde, war sie insgeheim ziemlich froh gewesen, dass Stephen nicht sofort ihrer umwerfenden, langbeinigen Freundin mit dem tizianroten Haar verfallen war. In dieser Beziehung hatten sie einige ihrer früheren Freunde herb enttäuscht. Auch wenn Lydia wusste, dass Joanna niemals gegen die goldene Regel verstoßen würde, die Finger vom Freund der Freundin zu lassen, hätten manche ihrer Ex-Freunde gewiss keine solchen Skrupel geplagt. Was üble Beziehungen anging, schlug Lydia ihren Eltern nach. Früher verliebte sie sich immer Hals über Kopf, und ihr unverwüstlicher romantischer Optimismus hatte leider schon viele Dämpfer einstecken müssen. Bis sie den einfühlsamen, verlässlichen Stephen kennenlernte. Nach kurzem Überlegen fügte Lydia »Hat sich nicht in Joanna verknallt« der Pro-Liste in ihrem Kopf hinzu.

»Ich bin gespannt auf den Mann, den Joanna mitbringt«, fuhr Lydia fort. »Alex sagt, sie ist völlig verrückt nach ihm und wird ihn garantiert heiraten.«

»Garantiert, wenn sie einen großen, teuren Verlobungsring bekommen hat, der nicht bei ihrem Sender gekauft wurde«, sagte Stephen zynisch. »Danach wird er denselben Weg gehen wie ihre anderen Kurzzeit-Verlobten, und sie hat einen dicken Diamanten mehr in ihrer Sammlung.«

Lydia streckte sich auf ihrem Sitz und riss an dem Gurt, der nach zu vielen Stunden in dieser Haltung in ihren Hals zu schneiden begann. Zudem begann das Gespräch bedenklich an einen Streit zu erinnern, was sie sehr beunruhigte. In den letzten zwei Wochen war ihr der Ring in Stephens Schublade wie eine tickende Zeitbombe in einem schlechten Film vorgekommen. Aber Stephen hatte eisern an seinem Plan festgehalten, seinen Antrag geheim zu halten. Selbst als Lydia seinen Vorschlag abwies, zu zweit in einem abgelegenen Cottage Weihnachten zu feiern, und ihn anflehte, die Feiertage mit ihren Freunden zu verbringen, hatte er seine Enttäuschung meisterhaft verborgen. Bevor sie heute Morgen losfuhren, war Lydia unter einem Vorwand zurück in die Wohnung geflitzt und hatte nachgesehen. Offenbar hatte er die Bombe mitgenommen. Gerade deshalb wurde Lydia dieses Gerede über Ringe ein bisschen zu viel.

»Ich finde es mutig von ihr, nicht bloß zu heiraten, weil sie einen Antrag bekommt oder es sich gut machen würde. Es ist mutig, nicht gleich Ja zu sagen, erst einmal zu überlegen. Ihr wurde jedes Mal klar, dass etwas nicht stimmte, und darum hat sie sich dagegen entschieden. Ich wünschte, meine Eltern hätten das damals auch gemacht. Dann wären sie beide sehr viel früher sehr viel glücklicher geworden.«

»Tja, ich nicht«, sagte Stephen und warf ihr ein kurzes Lächeln zu. »Denn dann würde es dich nicht geben. Ich hoffe für den armen Kerl, dass er weiß, worauf er sich mit Joanna einlässt. Andererseits, wenn er Weihnachten mit euch vieren übersteht, dürfte er so ziemlich mit allem fertig werden.«

»Sind wir wirklich so schlimm?«, fragte Lydia. Natürlich war ihr bewusst, dass sie und ihre drei Freundinnen als Gruppe sowohl um zehn Jahre unreifer wirkten als auch jedes Geräusch im Umkreis von fünf Kilometern übertönten, weil sie sich so viel zu erzählen hatten. So war es schon in ihrer überfüllten Studentenbude gewesen.

»Nein«, antwortete Stephen versöhnlich. »Ihr seid überhaupt nicht schlimm, nicht mal Joanna, schätze ich. Es ist bloß ... Na ja, ich dachte, dieses Jahr wäre es anders, keine Familie, keine Freunde, nur du und ich. So hatte ich mir das vorgestellt.«

»Ich weiß, und es wäre auch schön gewesen, ehrlich«, sagte Lydia, die ein schlechtes Gewissen bekam, weil sie verhindert hatte, dass es zu einer *potenziellen Situation für einen romantischen Antrag* kam. Sie hatte Angst, dass er sie fragte und dass sie noch nicht bereit zur Antwort war.

Nun schmollte er, weil sie ihn überredet hatte, Weihnachten mit ihren Freunden zu verbringen. Er ahnte ja nicht, dass sie es eigentlich für ihn tat. Es wäre doch viel schöner, wenn sie bei seinem Antrag voller Gewissheit Ja sagen könnte, anstatt herumzustottern: »Ähm, tja ... die Sache ist die, ich bin mir nicht sicher. Darf ich noch einen Monat oder ein oder zwei Jahre darüber nachdenken?« Vor allem musste Lydia sich ihrer sicher sein, bevor Stephen ihr den wunderschönen Ring präsentierte.

Ja, Stephen war zweifellos gut aussehend: ein nordischer Typ mit hellblondem Haar, hellblauen Augen und einem maskulinen, kantigen Kinn. Er wäre der ideale Vater für die hübschen Kinder, die Lydia eines Tages haben wollte. Und er war ein wirklich netter Mann, dem wichtig war, was auf der Welt passierte, und der hart arbeitete, um sie ein wenig besser zu machen. Vor allem aber liebte sie ihn.

Dieses Zögern passte gar nicht zu Lydia. Wenn es um Liebe ging, stürzte Lydia sich normalerweise mit einem Eifer ins Geschehen, der selbst die blindwütigsten Romantiker in den Schatten stellte. Nachdem sie Stephen kennengelernt hatte, stürzte sie sich mit Haut und Haaren in die Beziehung mit ihm und war seit über einem Jahr ganz zufrieden. Wieso kamen ihr auf einmal Bedenken?

Vielleicht war es die Erinnerung an das Gesicht ihrer Mutter, die mit leerem Blick auf den verbrannten Truthahn in der Küchenspüle starrte, nachdem ihr Vater sie verlassen hatte. Eventuell schreckte sie wegen dieses Bilds davor zurück, sich endgültig an einen Mann zu binden. Oder die Freunde ihrer Mutter vor Greg waren schuld daran. Damals hatte Lydia das Gefühl gehabt, es säße jedes Weihnachten ein anderer Mann am Tisch, den ihre Mum mit übertriebener Dankbarkeit umsorgte, während sie von Lydia verlangte, ihn wie ein festes Mitglied ihrer kleinen Halbfamilie zu behandeln. Ihre Mum war so sicher gewesen, dass der nächste Mann der richtige wäre, dass sie mit ihm glücklich würde. Am Ende hatte sie einiges Herzeleid ertragen müssen. Wenn ihre Mutter schon nicht wusste, wann sie einen schrecklichen Fehler beging, wie konnte Lydia es dann wissen?

Ehrlich gesagt, war es aber wohl eher die jüngste Vergangenheit, die Lydia zweifeln ließ. Dazu gehörte der Umstand, dass sie gerade unter entsetzlichem Liebeskummer litt, als sie Stephen begegnete.

2

Lydia war Stephen bei einem Wohltätigkeitslauf für die Brustkrebshilfe begegnet. Sie wollte eigentlich nicht an dem Lauf teilnehmen, weil ihr Joggen keinen Spaß machte. An jenem Tag hatte sie vorgehabt, einkaufen zu gehen und viel zu viel Geld für ein Paar Schuhe auszugeben, die sie nie anziehen würde. Aber allein sie in ihrem Schrank zu wissen würde ihr gut tun. Es war ihre erprobte Therapie gegen Trennungsschmerz, weniger figurfeindlich als ein großer Eisbecher und verlässlich in ihrer Wirksamkeit.

Doch Alex hatte etwas anderes für sie geplant. Die gute, feinfühlige, offene Alex, die wahrscheinlich in diesem Moment im alten VW-Golf ihres Ehemannes David die M6 hinauffuhr. Damals hatte Alex zu Lydia gesagt, dass Trost und Selbstwertgefühl nicht aus einem Schuhkarton kamen. Gutes für andere zu tun wäre das probate Mittel, um Lydias lädiertes, wenn auch nicht gebrochenes Herz zu heilen. Außerdem hielt David einen Vortrag bei einer Altertumsforscherkonferenz in Rom, und Alice brauchte einen Lückenbüßer. Lydia war zwar anderer Meinung, hatte jedoch in all den Jahren mit Alex gelernt, dass man ihr nichts abschlagen durfte.

Alex verhielt sich in jeder Hinsicht vorbildlich. Sie ernährte sich gesund, trieb täglich Sport, lief ungefähr dreißig Meilen die Woche und rannte in jeder freien Minute durch die Londoner Straßen. Sie kochte auch richtig, mit frischem Obst und Gemüse, keine Fertiggerichte, die man in der Mikrowelle aufwärmte und im Bett futterte. Seit ihrem Universitätsabschluss arbeitete sie als Sponsorenbetreuerin für die Brustkrebsstiftung. Im Wesentlichen bestand ihr Job darin, reichen Geschäftsleuten Angst einzujagen, bis die ihr Geld herausrückten. Ihr lag die gute Sache sehr am Herzen, war doch Alex' Mutter während ihres letzten Studienjahrs an Brustkrebs gestorben.

Jene Tage dürften die finstersten in Alex' Leben gewesen sein. Vor Kummer war sie nur noch ein Schatten ihrer selbst gewesen und wollte dringend nach Hause zu ihrem Vater. Der aber wusste sich kaum selbst zu helfen, geschweige denn, dass er seine aufgelöste, wütende Tochter trösten konnte. In den ersten schrecklichen Monaten hatte Lydia jeden Abend und manchmal die ganze Nacht mit Alex gewacht, hatte sie in den Armen gehalten, wenn sie weinte, mit ihr geredet, wenn sie es wollte, und geschwiegen, wenn Alex nicht reden mochte. Dazu hatten sie billigen Weißwein getrunken und Schokoriegel vertilgt. Sicher waren Joanna und Katy auch für Alex da gewesen, nur schien ihnen die Trauer über diesen Verlust Furcht einzuflößen. Sie hatten Angst, dass sie etwas Falsches sagen oder tun könnten.

Lydia hingegen wusste, wie es war, den einen Menschen zu verlieren, ohne den man sich das Leben nicht vorstellen kann. Obwohl sie ihre Eltern nach wie vor hatte, war es bisweilen ein regelrechter Kampf, die Familie zusammenzuhalten. Anders als Lydias war Alex' Mutter für immer fort, dennoch wusste Lydia, was ihre Freundin machen musste, um sich nicht selbst zu verlieren.

Mit Joanna und Katy hatte sie sich um Alex gekümmert, sie zum Lernen ermutigt und ihr ständig gesagt, wie glücklich ihre Mutter gewesen wäre, sie bei ihrer Abschlussfeier zu sehen. Es war ein schwieriges letztes Jahr gewesen, doch als sie endlich an jenem Julinachmittag ihre schwarzen Doktorhüte in die Luft warfen, hatte Alex Lydia beiseitegenommen und ihr für ihren Beistand gedankt. Sie hätte dafür gesorgt, dass Alex ihre Mutter stolz machte. Von dem Moment an konnte Lydia Alex dabei zusehen, wie ihre Freundin immer stärker wurde.

Mit ihrer Größe von eins zweiundachtzig war Alex eine eindrucksvolle Erscheinung. Sie warf sich aus einem Flugzeug oder erstieg einen Gipfel, solange sie dafür Spenden bekam. Wenige Monate vor ihrer Hochzeit hatte sie ihr Sportpensum verdreifacht. Leider verlangte sie von Lydia, ihrer Trauzeugin, dass sie zumindest einen Teil der Tortur mitmachte. Also konnte Lydia Alex' Bitte unmöglich ablehnen, läppische fünf Kilometer dahinzutraben, um ein Mittel gegen die Krankheit zu finden, die ihre Mutter umgebracht hatte. Zumal eine Ablehnung so oder so zwecklos gewesen wäre.

Pflichtschuldigst hatte Lydia sich ein knallrosa T-Shirt übergezogen und eine Federboa umgelegt, hatte so viele Kollegen wie möglich als Sponsoren angeworben und sich mit Läufern in Elfenflügeln oder Kuhkostümen in die Startreihe gestellt. Lydia machte sich auf die schlimmste Stunde ihres Lebens gefasst.

Und dann sah sie Stephen, der ihr zulächelte. Viel zu schön, um hetero zu sein, war ihr erster Gedanke gewesen, der von seinem neonrosa Tutu und dem Diadem auf dem Kopf befeuert wurde. Er hatte ein freundliches, offenes Gesicht, ein Gesicht, das man einfach mögen musste. Er sieht unkompliziert aus, hatte Lydia damals gedacht.

Nach dem Startschuss war Alex wie eine Rakete davongeschossen. Zurück blieb die sehr langsame Lydia, die sich wünschte, sie hätte ihre brandneuen Turnschuhe wenigstens einmal getragen, bevor sie damit loslief. Es war ein heißer Tag gewesen. Wie sie schon befürchtet hatte, erwies sich ihr Trainingsplan, die Treppe anstelle des Fahrstuhls zu nehmen, als nicht ausreichend.

Als sie gerade überlegte, in ein Café zu huschen, das sie außerhalb des Parks entdeckt hatte, kam der gut aussehende Mann im Tutu zurück und lief eine Weile neben ihr her, ehe er Hallo sagte.

»Knallrosa steht dir«, sagte er und lächelte gelassen. Mühelos hielt er mit ihr Schritt. Plötzlich bereute Lydia ihre Schminkaktion am Morgen, denn sie konnte praktisch fühlen, wie ihr die Wimperntusche über die Wangen rann. Wahrscheinlich sah sie wie ein betrunkener Transvestit aus – was durchaus der Grund sein könnte, weshalb er mit ihr redete.

»Dir auch«, sagte sie und wies auf sein Tutu.

»Ich weiß.« Stephen lachte. »Die Leute bei der Arbeit haben gesagt, sie verdoppeln ihre Spende, wenn ich das anziehe. Also, was sollte ich machen? Heißt es nicht, dass nur ein wahrer Mann Pink tragen kann? Demnach dürfte ich der männlichste aller Männer sein! Die Tiara ist übrigens von mir.«

Lydia musste ebenfalls lachen.

»Nein, im Ernst«, fuhr er fort. »Für so eine wichtige Sache gebe ich mich auch der Lächerlichkeit preis, wenn's hilft. Na ja, ich konnte ja nicht ahnen, dass ich eine so umwerfende Frau wie dich hier treffen würde, sonst hätte ich es mir vielleicht anders überlegt.«

»Oh, ehrlich? Tja, ähm, ja, es ist eine wichtige Aktion.« Lydia nickte und war beinahe dankbar, dass ihr Teint sowieso schon den Farbton eines Feuermelders hatte, denn so konnte er nicht sehen, dass sie rot wurde.

»Hast du jemanden durch Brustkrebs verloren?«, fragte Stephen. »Meine Tante ist daran gestorben, als ich noch klein war. Ich war am Boden zerstört. Sie war der Inbegriff der coolen Tante, mit der ich über alles reden konnte. Ich vermisse sie bis heute.«

»Nein, ich persönlich nicht«, sagte Lydia. »Aber die Mutter meiner besten Freundin ist daran gestorben. Alex ist die da ganz vorn. Sie hat ihre Mum verloren, als wir noch studierten, und es hat sie fast umgebracht. Trotzdem würde ich nie ...« Gerade noch rechtzeitig bremste Lydia sich und sagte nicht, dass sie normalerweise nie an so einem Lauf teilnehmen würde. Stattdessen beendete sie den Satz mit: »... zulassen, dass sie so etwas ohne mich macht. Fallschirmspringen, Bergsteigen, egal – wir haben schon alles gemacht. Zusammen. Wir sind ein Team. Und wir tun das für gute Zwecke. Außerdem habe ich Angst vor ihr.« Lydia lächelte Stephen an. Da fielen ihr seine eisblauen Augen auf, die vor Lachen blitzten.

»Es muss schön sein, jemanden wie dich an seiner Seite zu haben«, sagte er.

»O ja, und ob! Ich bin Anwältin, so was wie das Supergirl des Gerichtssaals. Den Bedürftigen helfen, die Bösen wegsperren.« Lydia erinnerte sich gut, wie nett es sich angefühlt hatte, dass Stephen so beeindruckt von ihr gewesen war.

»Tatsächlich? Ich bin auch Anwalt, allerdings hauptsächlich für Scheidungen, Familienrecht eben, um die Rechnungen zu bezahlen. Nebenbei versuche ich, so viel zu helfen, wie ich kann, vertrete Asylbewerber, Obdachlose, Flüchtlinge – du weißt schon, Leute, um die sich sonst keiner kümmert. Ich finde es enorm wichtig, für Menschen einzutreten, die benachteiligt sind, du nicht?«

»O ja«, sagte Lydia. »Ja, das finde ich auch.«

Einige Minuten waren sie stumm nebeneinanderher gejoggt, während die Sonne höher stieg und die Augusthitze zunahm.

Lydia ertappte sich bei der Überlegung, ob Stephen es merken würde, wenn sie ihr Gesicht kurz im Taschenspiegel überprüfte. Sie wollte zu gern wissen, wie sie mit dem verlaufenen Make-up und dem schweißverklebten Haar aussah. Von ihren üblichen Verführungswerkzeugen stand ihr nicht eines zur Verfügung. Alex hatte darauf bestanden, dass Lydia anstelle ihres heiß geliebten Spitzen-BHs einen Sport-BH anzog, und nicht einmal Lydia wäre auf die Idee gekommen, fünf Kilometern auf hohen Absätzen zu laufen, auch wenn die ihre Beine am besten zur Geltung brachten. Deshalb war sie verwundert und begeistert von dem, was Stephen als Nächstes sagte.

»Ähm, hättest du vielleicht Lust, hinterher was trinken zu gehen? Wenn nicht, macht das nichts«, fügte er gleich hinzu, was sein Angebot umso charmanter machte.

»Oh, hm.« Nach der letzten Trennung hatte Lydia sich geschworen, mindestens ein Jahr ohne Mann zu bleiben, um einen klaren Kopf zu bekommen. Aber es war ein schöner Tag, und Stephen schien so süß zu sein, dass es albern gewesen wäre, diese Chance sausen zu lassen.

»Habe ich, danke. Aber guck mich an, völlig verschwitzt und fertig.« Lydia verzog das Gesicht.

»Ich finde, du siehst fantastisch aus«, erwiderte Stephen. »Aber wenn es dir lieber ist, können wir uns auch später treffen, nachdem wir uns beide frisch gemacht haben.«

Als die Ziellinie endlich vor ihnen auftauchte, hatten sie verabredet, sich nachher in einem Pub auf halbem Weg zwischen ihren Wohnungen zu treffen. Während sie sich verabschiedeten, kam eine taufrische Alex herangesaust.

»Hast du etwa gerade jemanden aufgerissen?«, fragte sie Lydia halb bewundernd, halb entsetzt, nachdem Stephen gegangen war, als würde Flirten den guten Zweck sabotieren.

»Nein. Ja.« Unter Alex' strengem Blick zog Lydia den Kopf ein. »Hast du ihn gesehen? Er ist klasse.«

»Du bist echt ein Flittchen«, schalt Alex sie schmunzelnd. »Ernsthaft, Lyds, solltest du nicht an gebrochenem Herzen leiden?«

»Tue ich, aber was soll das Gejammer?« Lydia winkte Stephen nach. »Es tut mir sicher gut, wenn mich ein netter, unkomplizierter Mann auf andere Gedanken bringt. Und überhaupt, du hast deinen Künftigen auf einem Marsch durch Sibirien aufgegabelt!« Der niedliche, schüchterne David schien kaum Manns genug für eine Frau wie Alex, aber irgendwie musste er es wohl sein, denn Alex war nie glücklicher gewesen.

»Na, da war es kalt, und er hatte den besseren Schlafsack.« Alex lächelte verträumt. »Und, fühlst du dich nach dem Lauf besser als nach hohler, sinnloser Konsumtherapie?«

»Ich würde sagen, ja, das Unmögliche ist eingetreten«, gestand Lydia.

»Halbmarathon in Leeds nächste Woche?«

»Nicht mal, wenn du mir George Clooney an der Ziellinie versprichst.«

Für den Abend hatte Lydia ein Etuikleid aus Leinen mit rosa und gelben Rosen ausgewählt und ihr Haar gebürstet, das ihr in weichen Wellen bis auf den Po fiel. Sie dankte der Vorsehung, die ihr tags zuvor eingegeben hatte, Bräunungsspray zu kaufen, in der unsinnigen Hoffnung, dass ihre Beine dann in Lycrashorts besser aussähen. Nun legte sie nur ein klein wenig Make-up auf, Wimperntusche und Lipgloss. So schminkt sich eine tugendhafte Spendenlaufteilnehmerin, die unentgeltlich Rechtsberatung leistet und ein Herz aus Gold hat, dachte sie, als sie in ein Paar zitronengelbe, halbhohe Pumps schlüpfte und zu dem Pub ging.

Es war eine Wohltat, den Abend mit ihm zu verbringen, ähnlich einem kühlenden Bad nach einem heißen Tag. Stephen war witzig, charmant, freundlich und konnte über sich selbst lachen. Abgesehen von Alex war er der einzige Mensch, den Lydia kannte, der mit geradezu religiöser Inbrunst wohltätig war. Wie es sich anhörte, war seine eigentliche Arbeit eher ein notwendiges Übel. Ihm war offenbar wirklich sehr wichtig, was sich in der Welt um ihn herum abspielte. Lydia sah ihm an, dass sein Mitgefühl für die Leute, denen er half, echt war. Es hatte etwas von einem Rendezvous mit einem Superhelden.

Am Ende des Abends ließ Lydia sich von ihm zu der Wohnung begleiten, in der sie mit Joanna wohnte. In dem beruhigenden Wissen, dass ihre Mitbewohnerin die Nacht über weg war, bat Lydia ihn auf einen Kaffee mit nach oben. Der Kessel hatte noch nicht gepfiffen, da küsste Stephen sie. Der Kuss war höflich, anfangs kaum zu spüren, sodass Lydia zunächst unsicher war, ob sie ihn sich nur eingebildet hatte. Nach und nach jedoch – sehr langsam – vertieften sie den Kuss. Stephen hatte eine Hand an ihrer Taille und streifte ihren Busen versehentlich mit der anderen, während sich ihre Münder gegenseitig erkundeten. Nach mehreren Minuten des Küssens und unsicher, was sie als Nächstes tun sollte, lud Lydia Stephen ein, über Nacht zu bleiben. Doch er lehnte ab.

»Möchtest du mich wiedersehen?«, fragte er. Lydia nickte. Etwas an Stephens reservierter Art linderte den brennenden

Schmerz in ihrem geschundenen Herzen. »Dann hat es ja keine Eile, nicht?« Stephen küsste sie auf die Nasenspitze. »Soweit ich es beurteilen kann, entsprichst du meiner Traumfrau. Ich wäre wahnsinnig, dich nicht wiedersehen zu wollen. Gehen wir es ruhig an, ja?«

Die richtigen Worte zur richtigen Zeit. Lydia war gar nicht bewusst gewesen, wie dringend sie diese Worte hören wollte, bis Stephen sie aussprach. Seit jenem Moment vor fast anderthalb Jahren waren sie offiziell zusammen. Jeder sagte, sie wären füreinander geschaffen, Stephen wäre so ein verlässlicher, charmanter, loyaler Mann, eben die Art Mann, die man nur sehr schwer findet. Und bestärkt von den Lobeshymnen hatte sich Lydia, wenn auch zaghaft, in eine sehr ernsthafte erwachsene Beziehung samt gemeinsamer Wohnung und geteilter Sockenkommode gleiten lassen. Es war die erste richtig enge Beziehung ihres Lebens.

Schon bevor sie den Ring fand, hatte sie vage vermutet, dass das Zusammenleben mit Stephen auf eine Heirat hinauslaufen würde. Doch der Ring hatte die Vermutung zur Wirklichkeit werden lassen, und ihr Augenmerk auf die winzigen Risse und Sprünge in ihrer Beziehung gelenkt, die sie bisher so eifrig übertüncht hatte.

Wie zum Beispiel die Tatsache, dass Stephen und sie sich in den letzten Monaten kaum länger als zwei Stunden pro Tag gesehen hatten. Das letzte Mal, dass sie miteinander geschlafen und sich mehr als flüchtig geküsst hatten, war auf einem verlängerten Wochenende im September gewesen, vor beinahe drei Monaten. Das Schlimmste jedoch war, dass ihr eingeschlafenes Liebesleben Stephen keinerlei Sorgen zu bereiten schien. Er erwähnte nicht mal, dass er es vermisste.

Noch dazu fürchtete Lydia, dass die »Traumfrau«, die Stephen am Tag des Wohltätigkeitslaufs gefunden zu haben glaubte, nur entfernte Ähnlichkeit mit ihrem wahren Ich hatte – und dass ihm das allmählich aufging.

Bei ihrer Arbeit musste sie sich durchbeißen, und obwohl sie so viel ehrenamtlich arbeitete, wie sie konnte, war es ihr eben nur möglich, wenn es ihr Vorgesetzter erlaubte. Nicht zu vergessen, dass ihr erster Spendenlauf auch ihr letzter gewesen war und ihre so gut wie makellosen Turnschuhe seit ihrem Einzug unten in ihrem Drittel des gemeinsamen Kleiderschranks standen.

Lydia konnte nicht umhin, sich zu fragen, ob sie sich weniger sorgen würde, wenn Stephen ein klein wenig der Zeit, die er für gute Zwecke opferte, in ihre Beziehung investierte. Bekäme sie einen Bruchteil der Aufmerksamkeit von ihm, die er anderen Leuten zukommen ließ, vielleicht hätte sie dann keine Angst, dass er sie für selbstverständlich nahm und es für unnötig erachtete, sie weiter zu umwerben. Ohne Frage hatte Stephen sie zu einer besseren, reiferen Frau gemacht. Seinetwegen interessierte sie sich mehr für die Welt außerhalb ihrer kleinen Daseinsblase, und dafür liebte Lydia ihn. Aber sie bezweifelte, dass er all die eitlen, albernen, paranoiden, unreifen kleinen Gedanken liebte, die ihr nach wie vor durch den Kopf schwirrten, egal, wie erwachsen und vernünftig sie sich für die Welt um sie herum geben musste.

Sie bezweifelte, dass es ihm gefallen würde, wie hartnäckig sie bis heute davon träumte, seine leidenschaftliche Begeisterungsfähigkeit könnte sich allein auf sie richten und sich so äußern, dass er sie bei jeder Gelegenheit verführen wollte. Ebenso inständig wünschte sie sich, seine Berührung, und sei sie noch so flüchtig, würde sie entflammen. Sie wollte, dass sie beide quer durch einen überfüllten Saal Blicke wechselten, die so voller Sehnsucht waren, dass sie sich in das nächstbeste Zimmer mit einem Türschloss schleichen mussten.

Insgeheim hatte Lydia stets geglaubt, der Mann, den sie heiratete, würde wie Rhett Butler küssen. So, wie jede Frau verdiente, geküsst zu werden. Stattdessen fühlte sie sich seit dem Ringfund mehr und mehr wie Holly Golightly in *Frühstück bei Tiffany,* die vorgab, eine vollkommen andere Person zu sein. Holly tat alles, um die arme Ausreißerin hinter einer Maske von Glamour und Überheblichkeit zu verbergen.

Manchmal fand Lydia es sehr anstrengend, ihre Unzulänglichkeiten vor ihrem vollkommenen Mann zu verbergen.

Selbst wenn jede Beziehung irgendwann ein Stadium erreichte, in dem deren bloße Existenz für beide eine beruhigende Selbstverständlichkeit war – vor dem Antrag war es gewiss zu bald dafür. Lydia dachte an das letzte Mal, dass sie Stephen angemacht hatte. Er war schon im Bett gelegen, und Lydia hatte eben gesehen, wie Harry endlich begriff, dass er zu Sally gehörte. Entsprechend war sie überzeugt von der alles überwindenden Macht der Liebe gewesen, die auch vor einem müden Freund nicht zurückschreckte. Vorsichtig war sie nackt zu ihm unter die Decke geschlüpft, hatte sich an Stephens Rücken geschmiegt und war sacht mit den Fingern seinen Schenkel hinaufgeglitten. Bevor sie die entscheidende Stelle erreichte, hatte er ihre Hand festgehalten, sie auf Lydias Schenkel zurückgelegt und sie getätschelt.

»Tut mir leid, Liebling, jetzt nicht. Ich will einfach nur ein paar Stunden schlafen.«

Diese milde Zurückweisung hatte ihr einen Stich versetzt, der sie stundenlang wach hielt.

Niemand wusste besser als sie, was einem die Träume von Romantik und Leidenschaft einbrachten: jede Menge Kummer und ein Leben voller Chaos, in dem man von einer Enttäuschung in die nächste purzelte. Bei Stephen wusste sie wenigstens, dass er jedes Weihnachten am Tisch sitzen würde, immer. Und für sie sollte das doch genügen.

Tat es aber leider nicht.

Nun sah sie hinüber zu Stephen, der trotz der fast völlig freien Straße brav drei Meilen unter dem Tempolimit blieb, und seufzte stumm. Dieses Weihnachten sollte perfekt werden. Und die einzige Person, die es vermasseln könnte, war sie.

»Hör zu«, brach Lydia das Schweigen, als Stephen von der Autobahn auf eine Landstraße abbog, die sich durch die hügelige Landschaft schlängelte. »Ich möchte dir ehrlich danken, dass du mitgekommen bist. Ich gebe zu, dass ich es gar nicht erwarten kann, meine Freundinnen wiederzusehen, aber es gibt niemanden, mit dem ich Weihnachten lieber verbringen möchte als mit dir.«

»Mir ist klar, wie viel dir das bedeutet«, sagte Stephen lächelnd. »Und es wird sicher klasse. Es ist nur … In letzter Zeit sind wir ein bisschen wie die zwei Königskinder, die nicht zueinander finden. Meine Arbeit in der Anlaufstelle hat ziemlich überhandgenommen, und deine Kanzlei überschüttet dich mit Fällen. Ich bin erledigt, wenn ich nach Hause komme, während du abends lange aufbleibst, um deine alten Filme zu gucken. Wir haben uns kaum noch berührt. Das ist mir aufgefallen, auch wenn du vielleicht denkst, dass ich es nicht merke. Ich habe auf eine Gelegenheit gewartet, mich wieder ganz auf dich konzentrieren zu können. Dieses Weihnachten gehöre ich dir allein. Du wirst mir zwar nicht so exklusiv gehören, wie ich es gehofft hatte, aber ich werde dafür sorgen, dass du erkennst, wie sehr ich dich liebe.«

»Tust du das?«, fragte Lydia. Sie war unerwartet gerührt und schöpfte neue Hoffnung, dass die Leidenschaft und die Innigkeit vom Beginn ihrer Beziehung wieder aufleben könnten.

»Nun, wir werden reichlich Zeit für uns haben. Katy sagt, dass wir das schönste Zimmer haben, mit Seeblick, Himmelbett und offenem Kamin.« Lydia sah ihn schmunzelnd an. »Sobald wir können, verziehen wir uns nach oben und … ähm … lernen uns wieder besser kennen.«

»Ich frage mich, ob es jemals so kalt wird, dass die Seen zufrieren«, antwortete Stephen gedankenverloren, womit er abermals einen Verführungsversuch von ihr abschmetterte. Er nahm Gas weg, als er in eine enge Kurve ging. »Ob die je ganz zufrieren, sodass man rübergehen kann?«

»Hm.« Lydia bemühte sich, ihre Enttäuschung nicht zu zeigen, und sah durch das Seitenfenster hinaus auf die rasch dunkler werdende Umgebung. »Keine Ahnung.«

3

Ich glaube, ich war noch nie so weit weg von allem«, sagte Lydia leise. Geführt von der etwas blasiert klingenden Ansagerin seines Navis fuhr Stephen die schmalen, gewundenen Landwege entlang, immer den Schneeflocken nach, die im Scheinwerferlicht tanzten.

Bis Stephen auf die sehr herrschaftlich wirkende Kieseinfahrt zum *Heron's Pike* einbog, schneite es dicke Flocken. Die Sonne war schon vor Stunden untergegangen, sodass Hügel und Seen im Dunkeln lagen. Man konnte die Berggipfel schemenhaft vorm nächtlichen Winterhimmel ausmachen. Die Seen aber blieben gänzlich unsichtbar.

»Alles ist in der Nähe von irgendwas, Lyds. Nicht alle Ortschaften definieren sich dadurch, wie weit es zum nächsten Einkaufszentrum ist«, entgegnete Stephen lachend. Er tat zum Spaß gern so, als wäre sie ein naives, hohlköpfiges Ding, keine gut ausgebildete Anwältin. Anfangs hatte das Lydia sogar gefallen. Sie hatte es witzig und süß gefunden, dass er sie wie ein schutzbedürftiges Wesen behandelte. In letzter Zeit fing es allerdings an, ihr ein kleines bisschen auf die Nerven zu gehen. Aber in den kommenden vier Tagen wollte sie glücklich sein, und deshalb ignorierte sie dieses kleine Unwohlsein. Zudem war sie neugierig auf das Herrenhaus und seinen See.

Als das neue Zuhause ihrer Freundin schließlich vor ihnen auftauchte, funkelte es wie ein geschmückter Weihnachtsbaum. Es war so schön, dass Lydia sich in die Szenerie jener Weihnachtspostkarten ihrer Kindheit versetzt fühlte, auf denen stets alles verschneit glitzerte. An jeder der neu gepflanzten Koniferen entlang der Auffahrt leuchteten Lichterketten. Sie bildeten die ideale Kulisse für den Schlitten des Weihnachtsmanns. Das Haus strahlte eine wohlige Wärme aus, und die klug platzierten Flutlichter brachten die falschen Türme und Zinnen sehr hübsch zur Geltung. Um das Ganze abzurunden, war die rote Holzeingangstür mit einem Tannenkranz geschmückt, in dem Stechpalmenzweige, glänzende Schleifen mit Schottenmuster, Zimtstangen und getrocknete Orangenscheiben steckten.

»Typisch Katy. Alles wie aus dem Lehrbuch«, sagte Lydia bewundernd und blickte am Haus hinauf. »Sie hat ihr Leben lang davon geträumt, Kuchen zu backen und alles mit karierten Schleifen zu verzieren. Hier dürfte sie ganz in ihrem Element sein. Ich wette mit dir um zehn Pfund, dass sie gerade Kinderkleidung aus alten Vorhängen näht.«

Das Gebäude war ein hochaufragender, viktorianischer Traum aus Stein. Wie Katy erzählt hatte, gehörte es über mehrere Generationen hinweg derselben Familie und verfiel mit der Zeit. Ursprünglich war es ein großzügiges Zweifamilienhaus gewesen, doch Katy und Jim hatten die Trennmauern durchgebrochen, die Haustür in die Mitte verlegt und die zwei vorherigen Eingangstüren durch hohe Erkerfenster ersetzt. Letztere hatten laut Katy ein Vermögen gekostet. Die Zinnen waren Dekoration und verliefen zwischen zwei majestätischen runden Türmen. Eigentlich fehlten nur noch zwei langhaarige Prinzessinnen, die sich sehnsüchtig aus den oberen Fenstern beugten.

Selbst von außen wurde sofort klar, wie sehr Katy es genossen hatte, dem alten Gemäuer neuen Glanz zu verleihen. Zudem war das Haus laut Katys Mann Jim ein absolutes Schnäppchen gewesen. Was sie beim Kaufpreis sparten, hatten sie offensichtlich für die Renovierung ausgegeben.

»Sieht vornehm aus«, bemerkte Stephen, der sich hinüberbeugte, um aus Lydias Fenster zu sehen. Dabei küsste er sie aufs Ohr, und sogleich verzieh sie ihm seinen Ausrutscher von eben.

»Vornehm.« Sie lächelte über die klassische Untertreibung.

»Es ist fantastisch. Ich möchte es am liebsten in Weihnachtspapier einpacken, eine Schleife drumwickeln und es mit nach Hause nehmen. Das ist genau das richtige Haus für unser perfektes Weihnachtsfest.«

Stephen grinste und drehte behutsam ihr Gesicht zu sich. »Ich habe noch nie eine süßere Frau als dich gesehen, Lydia Grant«, sagte er und küsste sie.

In diesem Moment verflogen Lydias sämtliche Zweifel mitsamt ihrer Kontra-Liste. Vielleicht bin ich ein albernes, hohlköpfiges Ding, dachte sie. Jedenfalls will ich jetzt nicht zu viel nachdenken und herumkritisieren. Es könnte doch gut sein, dass ich diejenige mit den Problemen bin, nicht Stephen.

Für ihn war sie die süßeste Person, die er kannte, und war das nicht ein sehr guter Grund, einen Mann zu heiraten? Womöglich wurde doch noch alles gut.

Sie konnte es nicht mehr erwarten, das Haus zu besichtigen, und stieß die Beifahrertür auf. Sofort schlug ihr ein eisiger Luftschwall entgegen. Lydia wickelte ihren Mantel fester um sich und rannte buchstäblich die weißen Marmorstufen hinauf zur Haustür. Sie musste ein bisschen suchen, ehe sie in der Mitte des Türkranzes den Messingklopfer entdeckte – einen Löwenkopf, was auch sonst? Lydia schlug ihn dreimal an und drückte sicherheitshalber auch auf den funkelniegelnagelneuen Klingelknopf neben der Tür. Irgendwo in den Tiefen des Hauses bellte aufgeregt ein Hund.

»Ich habe das Gefühl, dass wir länger als vier Tage bleiben werden«, sagte Stephen, der in der zentimeterhohen Schneeschicht von einem Fuß auf den anderen trat. Das Auto trug bereits eine weiße Decke. »Es schneit ziemlich heftig. Geh schon mal rein ins Warme. Ich hole unsere Sachen aus dem Kofferraum.«

Lydia klatschte in die Hände und hüpfte, um sich warm zu halten, als sie von drinnen ein Kreischen hörte. Normalerweise gaben Kinder solche Geräusche von sich, doch sie wusste, dass es Katy war. Die riss im nächsten Augenblick die Tür auf und umarmte Lydia begeistert. Katys Hund, ein grauer Mischling von undefinierbarem Alter, sprang um sie herum. Mit ihrer freien Hand streichelte Lydia den weichen Kopf von Vincent van Dog. So hieß er, weil er mit nur einem Ohr in das Tierheim gekommen war, aus dem Katy ihn gerettet hatte. Warum dem Tier ein Ohr fehlte, wusste keiner.

»Lyds«, rief Katy und gab Lydia zwei Schmatzer auf die Wangen, während sie sie gleichzeitig ins herrlich warme Haus zog. »Gott, ist das schön, dich zu sehen! Ich hatte schon Angst, dass keiner es herschafft. Alex und David sind heute Vormittag angekommen, aber Mum und Dad hängen in Perth fest, Jims Familie kommt nicht aus Surrey raus, und von Joanna wissen wir bisher nur, dass sie unterwegs ist. Jim meint, in ein bis zwei Stunden geht auf den Straßen nichts mehr. Dann sind wir eingeschneit.« Katy quiekte wieder und klatschte in die Hände wie ein Kind. »Aber wenigstens bist du gekommen. Du hast mir ja so gefehlt.«

Vorsichtig zupfte Lydia ihren Mantelsaum aus Vincents Maul. Gewiss wollte er nur aus lauter Wiedersehensfreude ein Loch in den Stoff beißen.

»Natürlich bin ich gekommen«, sagte Lydia, tätschelte Vincents Schnauze und blickte sich in der Diele um. Sie war zu einem Empfangsbereich mit glänzenden Ledersesseln und einem Tresen umgestaltet worden. Im Sitzbereich befand sich eine Messingglocke, und unten an der geschwungenen Treppe stand ein Weihnachtsbaum, der den am Trafalgar Square in den Schatten stellte. »Ich hätte mich nicht vermisst, würde ich hier wohnen«, hauchte Lydia und drückte ihre Freundin. »Oh, Katy, das ist ein Traum! Dieses Haus ist wie gemacht für Weihnachten.«

»Ich weiß«, rief Katy. »Irre, nicht?«

Hinter ihnen öffnete sich die Haustür knarrend, und Stephen kam herein. Sein Haar und seine Schultern waren schneebedeckt, und er hatte beide Arme voll mit Taschen und Geschenken.

»Stephen, du Ärmster, komm rein«, sagte Katy, die ihm rasch eine der Taschen abnahm.

»Also ernsthaft, Lyds, was hast du da drin?«, fragte Stephen, der die Taschen auf dem Fliesenboden abstellte. »War es nötig, die Spüle mitzubringen?«

»Hätte sie doch bloß«, sagte Katy schmunzelnd und begrüßte Stephen mit einem Wangenkuss. »Wir könnten eine gebrauchen.«

»Ich habe nur das Nötigste eingepackt«, verteidigte Lydia sich und nahm eine der Taschen auf. Stephen stemmte beide Hände in seinen Rücken, streckte sich und gab dazu ein echtes Altmännerstöhnen von sich.

»Man könnte fraglos darüber streiten, ob vier Paar hochhackige Stiefel für ein paar Tage im Lake District absolut notwendig sind«, bemerkte er trocken und zwinkerte Katy zu.

»Nur vier? Lyds, was ist mit dir los? Haben wir eine Wirtschaftskrise?«, scherzte Katy, die ihre Freundin abermals umarmte und sicherheitshalber auch noch einmal abknutschte.

»Mein Gott, so hat sich keiner mehr gefreut, mich zu sehen, seit ... Nein, ich glaube, so hat sich noch nie jemand gefreut, mich zu sehen«, sagte Lydia lachend. »Also, checken wir jetzt offiziell ein, wie in einem Hotel?«

»Was? O ja, richtig.« Katy vollführte eine übertriebene Verbeugung und huschte geschäftig hinter den kleinen Empfangstresen. Das wuchtige Möbel aus norwegischer Fichte ließ Katy sehr klein und zierlich wirken.

Der Aufgang, stellte Lydia beglückt fest, war genau die richtige Art Treppe, um sie in einem roten Samtkleid à la Scarlett O'Hara hinunterzuschreiten. Welch ein Glück, dass sie so ein Kleid für den Weihnachtstag eingepackt hatte. Zwar war es nur knielang und hatte keine Rüschen oder Volants. Dennoch würde sie sich darin und auf dieser Treppe hervorragend machen. Deshalb nahm Lydia sich vor, Katy zu bitten, sie mit ihrem Handy zu filmen, sobald niemand guckte – vor allem nicht Stephen. Joanna auch nicht, denn die hatte garantiert ein bodenlanges Kleid mitsamt Tournüre und Schleppe im Gepäck.

Während Katy fast professionell mit mehreren hübsch bedruckten Papieren hantierte, fühlte Lydia, dass Stephen verstohlen ihre Hand nahm und sie sanft drückte. Sie lächelte ihn an. Wohlige Weihnachtswärme breitete sich in ihr aus, als sie den Tannenbaum ansah. Katy und die Kinder hatten sich wahrlich ins Zeug gelegt, denn es gab nicht eine ungeschmückte Nadel an dem Riesenbaum. Meterweise wanden sich Tartangirlanden um das Grün, und jeder Zweig war mit Glitzerschmuck beladen, von einer Reihe etwas makaber anmutenden Rotkehlchen, die aussahen, als hätten sie echte Federn, bis hin zu selbst gebackenen Salzteigsternen. Einige der Sterne hatten eher zu wenig Zacken, andere dafür sehr viele. Es war klar gewesen, dass Katy ihren Kindern ein altmodisches Weihnachtsfest bereiten würde. Das Kind in Lydia, das noch nie richtige Weihnachten gehabt hatte, seufzte entzückt.

Schließlich schien Katy bereit, sie offiziell zu begrüßen.

»Willkommen im *Heron's Pike Hotel*«, sagte sie feierlich und schenkte ihnen ein geübtes Lächeln, das sie offenbar nach Bedarf an- und ausknipsen konnte. »Sie sind in Zimmer acht untergebracht, unserem schönsten Zimmer mit einer herrlichen Aussicht auf den See und die Berge. Frühstück gibt es von acht bis zehn Uhr. Reservierungen fürs Abendessen müssen nachmittags bis vier abgegeben werden. Der Verzehr von warmem Essen auf den Zimmern ist nicht gestattet. Das spielt jedoch keine große Rolle, denn der nächste Inder befindet sich in Keswick, und bis man von dort zurückkommt, ist sowieso alles kalt. Jim will trotzdem, dass wir das immer sagen.«

Nach dieser kleinen inoffiziellen Bemerkung wurde Katy wieder förmlich: »In Ihrem Zimmer finden Sie eine Mappe mit Informationen für Touristen sowie alle Utensilien, um sich Tee oder Kaffee zu machen, und ein paar Kekse. Einen Heißwasserkocher haben Sie leider noch nicht, weil sich die Lieferung wetterbedingt verzögert hat, und es wäre gut möglich, dass die Kekse fehlen, denn die Kinder waren früh auf, und sie lieben Shortbread.« Katy reichte ihnen einen großen Schlüssel. »Ach, und verlieren Sie den bitte nicht. Wir haben bisher keinen Schlüsselmacher in der Gegend gefunden. Ich wünsche Ihnen einen angenehmen Aufenthalt.« Wieder erschien das Profilächeln. »Na, wie war ich?«

»Nicht schlecht, wirklich nicht schlecht«, antwortete Lydia. »Ich würde allerdings empfehlen, den zahlenden Gästen gegenüber nicht allzu ehrlich zu sein. Wo stecken Jim und die Kinder?«

»Die quälen Alex und David. Übrigens, seid gewarnt, Alex ist ein bisschen … ähm … empfindlich. Die Fahrt war wohl anstrengend. Lasst eure Taschen hier stehen und begrüßt erst einmal die anderen. Wir sind in unserem Wohnzimmer. Das ist viel gemütlicher als das für die Gäste. Es macht euch hoffentlich nichts aus.«

Katy ging durch ein Zimmer voraus, von dem Lydia annahm, dass es der Aufenthaltsraum für die Gäste war. Er lag links von der Treppe auf der Vorderseite des Hauses und bestand aus einem prächtigen, sehr formellen Zimmer mit einer hohen Stuckdecke. Die schweren Eichenfensterläden standen offen, sodass der Wind an den Scheiben rüttelte und dicke Flocken dagegen schleuderte. Die Wände waren in Weiß und Taubenblau gestrichen, was nicht ganz der Epoche des Hauses entsprach, aber vermutlich modischer und gästefreundlicher war als die üppig gemusterten Tapeten der viktorianischen Ära. Möbliert war das Zimmer mit zwei Sofas, mehreren auf alt getrimmten Sesseln und einer Chaiselongue.

Die Sitzmöbel waren so um kleine Tische mit aufgefächerten Zeitschriften gruppiert, dass sich drei bis vier kleine Sitzbereiche ergaben. Blickfang war ein riesiger, weißer, mit frischen Stechpalmenzweigen geschmückter Marmorkamin. Der ovale Spiegel über dem Sims hatte im Laufe der Jahrhunderte gewiss so manches hoffnungsvolle junge Frauengesicht reflektiert. Ein Feuer war vorbereitet, brannte aber nicht. Das verlieh dem Ganzen eine Dornröschennote. Es wirkte, als sollte das Zimmer jeden Moment wachgeküsst werden.

»Es ist so gut wie unmöglich, dieses Zimmer warm zu halten«, sagte Katy, die sich im Gehen ihre Hände rieb und fröstelte. Vincent van Dog blieb ihr dicht auf den Fersen. »Jim sagt, dass das vom Geist einer der Schwestern kommt, die hier früher gelebt haben. Klar ist das Quatsch und ärgerlich. Die Kinder glauben es und kriechen seitdem jede Nacht heulend in unser Bett, weil sie denken, dass Mad Molly kommt und sie in den See wirft. Dass wäre nicht so schlimm, wenn sie bloß still liegen könnten. Aber Tilly benimmt sich im Schlaf wie ein hyperaktiver Oktopus. Jim stört das nicht, der würde ein Erdbeben verschlafen. Doch wenn ich nicht bald genug Schlaf kriege, ertränke ich mich im See.« Katy lächelte schuldbewusst. Lydia entging nicht, dass sie tatsächlich ein wenig abgekämpft aussah. Andererseits dürfte allein der Besuch über die Feiertage eine Herausforderung sein. Die nächsten Tage sollte Lydia ihr helfen, so gut sie konnte.

»Bei uns gibt es keine Geister, nur hohe Decken und undichte Fenster. Die uralte Zentralheizung schafft die Wärme einfach nicht bis in dieses Zimmer.« Katy entdeckte eine Porzellanschäferin, die anscheinend nicht am richtigen Platz stand, hüpfte über einen Fußschemel und richtete die Figur, bevor sie sich umdrehte und im Zimmer umschaute. »Wir glauben, dass dieses Zimmer seit Jahren nicht mehr genutzt wurde. Als wir ankamen, stand alles voll mit Sperrmüll und wirkte wie der Spielplatz der Haustiere. Immerhin habe ich zwischen dem ganzen Krempel die Chaiselongue entdeckt, die verblüffend gut erhalten ist. Außerdem fand ich ein paar andere niedliche Kleinigkeiten wie diese Schäferin hier und das alte Foto aus dem Jahr, in dem der See zufror und die Leute darauf Schlittschuh laufen konnten.«

Lydia warf Stephen einen erstaunten Blick zu, doch er war viel zu sehr damit beschäftigt, sich alles anzugucken.

»Wenn zahlende Gäste kommen, machen wir natürlich das

Feuer an. Ich habe ewig dafür gebraucht, bis alles in Ordnung war. Fürs Erste genügt es mir, ab und zu reinzukommen und mir das Zimmer anzugucken. Den Kindern habe ich Heimunterbringung angedroht, falls sie irgendwas anrühren.«

»Es wirkt sehr edel«, sagte Lydia. »Mir ist, als sollte ich am Arm von Mr Darcy durch dieses Zimmer schreiten. Du bist ein Genie, Katy. Es sieht aus wie in *Country Living*.«

»Findest du?« Katy strahlte, und für einen Moment wirkte sie kein bisschen müde. »Ich gebe zu, dass ich ziemlich stolz bin. Aber nun kommt und guckt euch an, wie hübsch der Dienstbotentrakt vom *Heron's Pike* ist.«

Sie gingen durch einen schmalen, mit dunklem Holz getäfelten Korridor. Katy öffnete eine weitere abgebeizte Tür. Das Familienwohnzimmer war etwa halb so groß wie der Aufenthaltsraum, aber um ein Vielfaches hübscher und vor allem sehr viel gemütlicher. Der Raum strömte eine behagliche Wärme aus und duftete herrlich, denn das Kaminfeuer war mit Kiefernzapfen aromatisiert.

Nachdem er seine Gastgeberpflichten erledigt hatte, rollte sich Vincent neben dem Feuer zusammen und schlief praktisch sofort ein, obwohl die Kinderschar für einigen Lärm sorgte. Lydia wusste selbstverständlich, dass man bei zwei Kindern nicht von einer »Schar« sprach, dennoch schafften es der sechsjährige Jake und die vierjährige Tilly verlässlich, den Eindruck einer solchen zu vermitteln.

»Soll ich dir ein Lied von einem BH vorsingen?«, fragte Jake Lydia zur Begrüßung, kaum dass sie zur Tür hereingekommen war.

»Hast du BH gesagt?«

»Guter Gott, nicht schon wieder. Jake, wenn du das noch einmal singst, werfe ich dich in den See«, warnte Alex.

»Tust du nicht, denn ich lauf dir weg, und du kriegst mich nicht«, konterte Jake kein bisschen eingeschüchtert. »Du kannst nämlich nicht schnell laufen, weil du so fett bist.«

»Jakey, wir alle mögen dein Lied«, sagte Jim, der aufgestanden war, um die Neuankömmlinge zu begrüßen. »Aber warte wenigstens, bis Tante Lydia sitzt und etwas zu trinken hat.«

Lydia ging um Jake herum, umarmte Jim und gab ihm einen Kuss auf die Wange, wozu sie sich auf die Zehenspitzen stellen musste, denn er war eins zweiundneunzig groß. Ohne den Bankeranzug und mit dem etwas längeren Haar sah er ziemlich rustikal aus. Ein Dreitagebart rundete das Bild ab, und unwillkürlich fragte Lydia sich, ob Stephen dieser Look auch stehen würde. Ein fantastisches Haus, ein umwerfender Mann, niedliche, wenn auch nicht sonderlich gut erzogene Kinder, ein Hund mit Handicap … Lydia empfand einen Anflug von Neid. Ja, Katy schien wahrlich alles zu haben.

Lydia bemerkte, dass Jim schon etwas angeheitert war und nach Glühwein roch, bevor er sie losließ und dem ziemlich verdutzten Stephen eine seiner ausgiebigen Umarmungen zuteilwerden ließ.

»Freut mich, dass ihr zwei nicht tot im Graben liegt«, sagte er munter. »Hat Katy euch erzählt, dass unsere Familien festsitzen? Tja, da müssen die kleinen Racker leider auf ihre Großeltern verzichten. Ein Jammer, aber wir holen das im nächsten Jahr nach. Und wenn ihr mich fragt, ist jeder Tag ohne Schwiegereltern ein gewonnener Tag.«

»Jim«, schalt Katy ihn, die Weingläser aus einer dunklen, alten Anrichte holte und sie den Gästen reichte.

»Tu nicht so, als würdest du nicht dasselbe denken«, erwiderte Jim lachend und schenkte rubinroten Wein aus einer Kristallkaraffe in die Gläser. »Wie nennst du meine Mum noch? Medusa?«

»Die Kinder«, zischte Katy und nickte in Jakes Richtung. Der hatte sich, da er nicht vorsingen durfte, darauf verlegt, Vincents verbliebenes Ohr zu kraulen. Seine Schwester Tilly hockte summend in einer Zimmerecke und behängte sich mit Lametta.

»Und, werde ich auch begrüßt, oder bin ich wegen meines Umfangs passé?«, fragte Alex vom Sofa aus. Dort lag sie, einem gestrandeten Wal gleich, die langen Beine auf einem Fußschemel vor sich. Ihr kugelrunder Bauch ragte deutlich in die Höhe.

»Hallo, Süße«, sagte Lydia und sank neben Alex nieder. »Ich könnte schwören, dass du seit letzter Woche noch runder geworden bist. Bist du sicher, dass du noch einen ganzen Monat vor dir hast?«

»Ja, ziemlich sicher«, sagte Alex. »Obwohl es sich allmählich anfühlt, als wäre ich seit hundert Jahren schwanger.«

»Elefanten sind zwei Jahre lang schwanger«, informierte Jake sie, kam zu Alex und lehnte sein Kinn auf ihren Babybauch. »Vielleicht bist du ein Elefant.«

»Wie nett«, sagte Alex. »Wirklich allerliebst.«

»Hallo, Lydia, Stephen«, sagte David, Alex' Mann, der ins Zimmer kam. Er musste in der Kälte gewesen sein, denn er trug einen Schal und rubbelte sich die Hände. »Schön, euch zu sehen. Draußen ist es scheußlich. Lexi, was auch immer du tust, bekomme ja keine Wehen. Wir haben nicht den Hauch einer Chance, dich in ein Krankenhaus zu bringen, und ich bezweifle, dass dieses Haus steril ist.«

»Hey, ich putze«, protestierte Katy.

»Und mein Stichtag ist erst in fünf Wochen«, ergänzte Alex. »Können wir bitte aufhören, über meinen riesigen Bauch zu reden? Bitte!«

»Hormone«, sagte David leise zu Lydia, woraufhin ihn Alex mit einem Blick bedachte, der tödlich gewesen wäre, hätten die Gesetze der Physik das erlaubt.

»Na schön«, sagte Lydia und ergriff Alex' Hand. »Ist das nicht klasse, dass wir vier Weihnachten zusammen feiern? In all den Jahren, die wir uns kennen, ist das noch nie passiert. Als wir studiert haben, sind wir über die Feiertage nach Hause gefahren. Danach gab es Freunde, dann Männer und Schwiegereltern. Und jetzt seht uns an. Es schneit, wir haben ein knisterndes Feuer, einen Tannenbaum und ländliche Idylle. Ist das nicht wundervoll?«

»Was ist denn mit dir los? Ist der Geist von Judy Garland in dich gefahren oder so?«, fragte Alex gereizt. »Ja, es ist bestimmt wunderbar, solange man keine Hämorriden hat und nicht dauernd sauer aufstößt. Nicht zu vergessen die geschwollenen Gelenke. Guck dir meine Knöchel an! Was ist, wenn ich nie wieder Fesseln kriege? Was ist, wenn ich eine von diesen Frauen werde, die nur noch in Jogginghosen rumlaufen, dauernd vom Essen ihrer Kinder bekleckert sind und es nicht mehr zum Friseur schaffen?«

»Was redest du da?«, fragte Katy, die sich unsicher ihre dichten blonden Locken hinters Ohr strich und an einem orangeroten Fleck auf ihrem Top rieb. »Und dieser Fleck stammt nicht vom Kinderessen, sondern von deinem, Alex. Ich habe dir Lasagne gemacht, weil die deine Leibspeise ist. Und weil ich dich mag, du fette Kuh!«

Alex vergrub stöhnend das Gesicht in den Händen. »O Gott, entschuldige. Es tut mir leid. Ich bin im Moment unausstehlich. Das liegt an den Hormonen.«

»Sag ich doch«, mischte David sich ein, was er lieber nicht getan hätte, denn es brachte ihm nur einen weiteren bitterbösen Blick ein.

»Kühe sind genauso lang schwanger wie Menschen«, erklärte Jake. »Und du siehst aus wie eine Kuh.«

»Und jetzt«, sagte Tilly, die glitzernd aus der Ecke hervortrat, »mache ich was vor.«

»Oh, Gott bewahre«, jammerte Alex und vergrub abermals ihr Gesicht in den Händen.

Im selben Moment klingelte es, und Vincent schreckte hoch.

»Ah, das ist Joanna«, sagte Katy strahlend und sah Lydia an.

»Mit ihrem neuen Freund«, rief Lydia. »Sehen wir ihn uns an.«

Zwei Frauen, zwei Kinder und ein Hund rannten zur Tür. Bis auf den Hund waren sie alle gespannt, den neuesten Mann in Joanna Summers Leben kennenzulernen.

»Wartet auf mich«, keuchte Alex, die David wild gestikulierend bedeutete, er sollte ihr aufhelfen. Unterdes liefen die anderen schon weiter. »Wartet doch! Ihr seid gemein.«

Am Ende schaffte es Katy, die keine todschicken, unpraktischen Stilettostiefel trug, als Erste zur Haustür, riss sie auf und fiel Joanna um den Hals.

»Jojo«, kreischte sie überglücklich, während Vincent seine Zähne an der Kleidung des neuen Gasts testete. »Sieh dich bloß an.«

Joannas Erscheinung war wahrlich atemberaubend. Sie trug einen weißen Wollmantel mit Kunstpelzbesatz und einen passenden Hut, unter dem ihr rotes Haar hervorquoll und ihr über den Rücken fiel. In diesem Aufzug hätte sie ohne Weiteres in einem Remake von *Doktor Schiwago* mitspielen können.

»Wie kannst du nach dreihundert Meilen aus dem Auto steigen und so aussehen?«, fragte Lydia ihre frühere Mitbewohnerin und küsste sie auf die Wange.

»Kann ich dir nicht sagen, Schätzchen. Sind wohl gute Gene, nehme ich an.« Joanna grinste. »So wie bei euch beiden. Katy, deine ländlich rosigen Wangen sind bezaubernd, und du, Lyds, die makellose Karrierefrau. Ihr beide beschämt mich.« Es gehörte zu Joannas Charme, jedes Kompliment zu erwidern. Nun bückte sie sich und küsste Tilly, wuschelte Jake durchs Haar und schob Vincent angewidert, aber vorsichtig mit der Stiefelspitze zur Seite.

»Wir wollen wissen, ob du dieses Mal echt heiraten willst«, platzte Jake heraus.

Katy zuckte mit den Schultern. »Ich will nicht so tun, als hätte er das nicht von mir. Also, willst du?«

»Darf ich deine Brautjungfer sein?«, kam es von Tilly.

»Pst.« Joanna legte einen Finger auf ihre Lippen und blickte sich um. »Es ist ziemlich verfrüht, allerdings sind die Zeichen vielversprechend.« Sie sah die Kinder an. »Aber wir wollen ihn nicht erschrecken, ja? Wenn ihr solche Fragen für euch behaltet, dann darf Tilly meine Brautjungfer sein und Jake muss nicht die Ringe halten.«

»Tante Jo«, sagte Tilly. »Ich guck dir immer im Fernsehen zu. Hast du mir ein Diadem zu Weihnachten mitgebracht, so eins wie im Fernsehen?«

»Kann mir vielleicht jemand mit der Truhe helfen?«, erklang eine Stimme mit amerikanischem Akzent hinter einem Berg von Geschenkpaketen. »Ich fürchte, Joanna hat ganz London leer gekauft.«

Lydia erstarrte. Etwas an dem Klang kam ihr sehr bekannt vor. Nein, das konnte nicht sein. Oder doch?

»Warte, ich komme schon«, bot David an. Einen guten Schritt vor ihm watschelte Alex herbei.

»Hallo, Jo. Du siehst aus wie eine Bordsteinschwalbe«, begrüßte Alex sie kichernd.

»Und du strahlst richtig«, entgegnete Joanna.

»Wie Atommüll, meinst du?«, hörte Lydia Alex antworten.

Dann lief alles wie in Zeitlupe ab. Sie beobachtete, wie David Joannas Freund von den Paketen befreite. Lydia klopfte das Herz bis zum Hals, als sie den Kopf sah, der sich gleich darauf in den Kofferraum beugte, um eine gewaltige Reisetruhe mit Messingbeschlägen herauszuheben. Hellbraunes, lockiges Haar mit einem sehr vertrauten Ansatz. Das durfte nicht wahr sein. Lydia hielt den Atem an und betete, dass sie halluzinierte oder auf wundersame Weise von dem einen Schluck Wein sturzbetrunken war. Leider wusste sie, dass beides nicht zutraf.

Nachdem er die Truhe ausgeladen hatte, richtete er sich lächelnd auf.

»Hallo, Leute. Ich bin Jack.«

Für die anderen mochte er Jack sein, für sie nicht. Für Lydia war er Jackson Blake, gut aussehend, amerikanisch, absolut atemberaubend. Joannas neuer Freund war Lydias verflossene große Liebe.

4

Der Tag, an dem Lydia Jackson Blake zum ersten Mal begegnete, war ein glühend heißer Donnerstag im Mai gewesen, ungefähr anderthalb Monate, bevor sie Stephen kennenlernte. Wie schon die Jahre zuvor, hatte der Sommer sehr früh Einzug gehalten. Für Lydia, die aus der stickigen, miefigen Hitze ihrer Kanzlei ins *Lincoln's Inn* kam, fühlte es sich an, als sollte der gesamte Sonnenschein dieses Sommers binnen weniger Stunden verbraucht werden.

Lydia hatte einen schlechten Tag gehabt. Sie hatte einen Fall verloren. Ihre Mandantin sollte wegen Rauschgifthandels für sechs Monate hinter Gitter. Natürlich musste ausgerechnet sie einen erzkonservativen Richter erwischen, der nicht einsah, dass Lydias Mandantin nur Drogen gekauft hatte, um die Arthritisschmerzen ihres Mannes zu lindern. Und bei der Gelegenheit hatte sie eben ein paar Gramm für ihre Nachbarn in der betreuten Altenwohnanlage mitgebracht.

Berufung war eingelegt, nur würde sich wohl alles viel zu lange hinziehen, als dass Lydia ihre Mandantin vor Ablauf der Haftstrafe freibekäme. Trotzdem war Lydia wild entschlossen, das Urteil anzufechten – nicht nur um ihrer Mandantin willen, sondern weil sie es hasste zu verlieren. Mehr noch hasste sie es, Janet Thornes Gesichtsausdruck vor dem Abführen ertragen zu müssen. Die arme Frau hatte stocksteif in der Arrestzelle gehockt, gelähmt von dem Wissen, dass sie ihren praktisch hilflosen Mann mindestens drei Monate lang nicht wiedersehen würde.

Lydia war langsamer gegangen, als sie sich der U-Bahnstation näherte. Sie wusste, dass Joanna nicht zu Hause sein würde, weil sie die Abendschicht bei ihrem Homeshopping-Sender machte. Und Lydia hatte wenig Lust, in eine leere Wohnung zu kommen, wo es nach dem indischen Essen und den leeren Bierflaschen von gestern Abend stank. Ihnen beiden hatte der Elan gefehlt, vor dem Zubettgehen noch aufzuräumen.

Vor dem Pub gegenüber herrschte reger Betrieb, und Lydia fragte sich, ob es drinnen vielleicht kühl und leer war. Normalerweise ging sie nicht allein in Bars, doch nun überquerte sie die Straße und bestellte sich einen Gin Tonic, ehe sie richtig begriff, was sie tat.

Lincoln's Inn war ein altmodischer Pub, kühl und geräumig, aber tatsächlich verhältnismäßig leer. Lydia hatte sich auf einen Barhocker gesetzt und ihre Aktentasche aufgeklappt, um eine Akte herauszuholen. Dann besann sie sich jedoch eines Besseren und angelte stattdessen nach ihrer geliebten Taschenbuchausgabe von *Frühstück bei Tiffany*.

Im Laufe der Jahre war das Buch zu einer Art Talisman geworden, einem Glücksbringer. Anfangs war es einfach ihr Lieblingsbuch gewesen, das sie wieder und wieder las. Ihre Englischlehrerin hatte es ihr mit den Worten gegeben: »Hör zu, ich weiß, wie schwer es für dich ist, dass deine Eltern sich scheiden lassen. Versuch doch, in eine gute Geschichte einzutauchen. Mir hilft das immer.« Lydia wusste nicht, wie oft sie den Roman inzwischen gelesen hatte, aber es half tatsächlich jedes Mal.

Sie war so versunken gewesen, dass es eine Weile dauerte, ehe Lydia merkte, dass sie beobachtet wurde. Sie blickte auf und direkt in die Augen eines Mannes gegenüber an der Theke. Sofort sah sie wieder nach unten auf die Buchseite. In diesem Sekundenbruchteil hatte sie registriert, dass der Mann ziemlich groß und gut gebaut war, ein blütenweißes Hemd ohne Krawatte trug und so blaue Augen hatte, dass es sogar auf diese Entfernung auffiel. Lydia wartete einen Moment und sah wieder auf. Er war fort.

»Film oder Buch?«, fragte eine Stimme mit weichem amerikanischem Akzent. Lydia drehte sich erschrocken um. Er lehnte neben ihr an der Theke. Sein dichtes honigblondes Haar war einen Tick länger als bei den meisten Männern, und der offene

Hemdknopf oben gab einen Ausschnitt sonnengebräunter Haut frei. Er duftete göttlich, und diese blauen Augen ...

»Buch«, antwortete Lydia prompt. Sie freute sich, dass sie ihn damit beeindrucken konnte, seine Frage auf Anhieb zu verstehen.

»Ehrlich? Du magst Capotes Holly lieber als Audrey Hepburn? Das Elend und die Leere lieber als George Peppard, der im strömenden Regen den Kater zurückbringt? Ich hätte gedacht, dass die meisten Frauen den Film vorziehen.«

»Der Film ist fantastisch«, sagte Lydia. »Und ich liebe die Vorstellung, dass Holly ein Happy End bekommt. Aber das Buch war zuerst da, also muss es das Buch sein. Und außerdem bin ich nicht wie die meisten Frauen.« Lydia erlaubte sich, jenen Satz vorwegzunehmen, den er wahrscheinlich schon in petto hatte.

»Ja, das sehe ich.« Er blickte zu seinem Drink, dann wieder zu ihr. Wirklich nicht schlecht, dachte Lydia. Vielleicht hätte ihr sein versiertes Flirten eine Warnung sein sollen, doch sie war viel zu sehr in dem Moment gefangen.

Sie stellten sich vor, nur mit Vornamen, und schüttelten sich die Hände. Lydia erinnerte sich, dass sie bei seinem Händedruck ein elektrischer Schlag durchfuhr.

»Darf ich dir einen Drink spendieren?«, fragte Jackson. Lydia zögerte, obwohl sie bejahen wollte. In diesem Spiel war sie nicht minder geübt als er.

»Eigentlich sollte ich nicht«, sagte sie langsam und nagte an ihrer Unterlippe.

»Bitte? Es ist lange her, dass ich jemanden kennengelernt habe, mit dem ich über amerikanische Literatur reden kann.«

»Oh, in dem Fall muss ich dich leider enttäuschen, denn das ist der einzige amerikanische Klassiker, den ich gelesen habe, es sei denn, du zählst *Vom Winde verweht* mit.«

Jackson betrachtete sie nachdenklich. »Du hast etwas von Miss O'Hara.«

»Aha? Vielen Dank, falls das ein Kompliment war.« Lydia

klimperte leicht mit den Wimpern, senkte das Kinn und lehnte sich kaum merklich vor, sodass ihr Dekolleté besser zur Geltung kam. Insgeheim freute sie sich, dass sie die hohe Kunst des Flirtens nicht verlernt hatte.

Es hatte eine Zeit gegeben, in der Joanna und sie der Untergang der Männerwelt gewesen waren: Zwei erbarmungslose Flirtmaschinen in einer Endlosschleife aus Dates und beiläufigen Romanzen, die nie irgendwohin führten. Bis Lydia eines Morgens auf einem mascaraverschmierten Kopfkissen mit einem üblen Kater aufwachte und einsah, dass sie es in ihrem Beruf nie zu etwas bringen würde, wenn sie weiterhin versuchte, mit Joanna mitzuhalten.

Ihre bildschöne, vergnügungssüchtige Mitbewohnerin hatte es schon geschafft: Der Talentscout einer Modelagentur hatte sie in einem Einkaufszentrum entdeckt. Da studierten sie alle noch. Von diesem Moment an hatte Joanna ihr Aussehen und ihre Persönlichkeit genutzt, um voranzukommen. Warum sollte sie auch nicht? Sähe Lydia wie Joanna aus, würde sie es garantiert genauso machen.

Joanna hatte ihr Studium der Soziologie abgebrochen – niemand, nicht einmal sie selbst, hatte daran geglaubt, dass sie das Examen bestehen könnte. Eine kurze Karriere als Unterwäsche- und Katalogmodel führte zu einem Auftritt in einem Homeshopping-Kanal, wo sie einen chinesischen Morgenmantel präsentierte. Sie überstrahlte die verlebte, angetrunkene Moderatorin derart, dass Joanna deren Job und auch gleich den Regisseur als Liebhaber übernahm. Alles an einem einzigen Nachmittag.

Die Karriere hielt länger als der Liebhaber. Doch während Joanna sich nach wie vor durch Londons männliche Bevölkerung arbeitete, wurde Lydia es allmählich leid. Und so kam es, dass es schon eine Weile her war, fast zwei Jahre, um genau zu sein, seit sie mit einem Fremden in einer Bar geflirtet hatte. Zwei Jahre hatte sie sich voll und ganz in die Arbeit gestürzt, um es dahin zu schaffen, wo sie war.

Heute aber war es heiß, und Lydia hatte vor Gericht versagt. In ein Gesicht wie das von Jackson Blake zu sehen war exakt das, was sie brauchte.

»Dann nehme ich noch einen Gin Tonic, danke«, sagte Lydia. Während die Sonne hinter der Skyline verschwand, Sterne am Himmel zu funkeln begannen und die Hitze glücklicherweise nachließ, erfuhr Lydia mehr über Jackson Blake. Er war als Sohn eines Klempners und einer Lehrerin in New Jersey aufgewachsen, hatte nach dem College sämtliche großen Firmen in New York abgeklappert und schließlich einen Job als Praktikant bei einem Verlag ergattert, wo er sich zum Verlagsleiter hocharbeitete. Vor wenigen Monaten war er nach London versetzt worden, um die kränkelnde britische Niederlassung auf Vordermann zu bringen.

»Aber es verrät einem leider keiner vorher, dass man als Hetero-Single im Verlagswesen das zarte kleine Lämmchen in einem Pool voller männerhungriger, stilettobewehrter Piranhas ist«, scherzte Jackson. »Ich war noch nicht ganz zur Tür rein, da wussten sie, wo ich wohne, dass ich ledig bin, was ich verdiene und welche Boni ich kriege. Sofort wurde ich gefragt, wann ich im nächsten Juni Zeit habe.«

»Ach, du Ärmster, sind alle Frauen in dich verliebt?«, bedauerte Lydia ihn schmunzelnd. »Das muss ja schrecklich für dich sein.«

»Es ist furchtbar«, gestand Jackson übertrieben ernst. »Und das Schlimmste ist, dass sie alle gleichzeitig PMS haben. Das Gruppenflennen ist nicht auszuhalten.«

»Jackson, du Chauvi«, hatte Lydia halb gehaucht, halb gekichert und ihn in die Schulter geknufft. Da umfing er ihr Handgelenk, und wieder durchfuhr sie ein elektrischer Schlag.

»Ich weiß, entschuldige. Und so ist es auch nicht.« Er zog eine Braue hoch. »Jedenfalls nicht immer.«

Lydia hatte ihm in die Augen gesehen, als er sie näher zog, bis ihre Lippen nur noch Millimeter voneinander entfernt waren.

»Du bist wie ein herrlich kühles Glas Wasser«, raunte er.

Lydia hatte zugelassen, dass sich ihre Lippen kurz berührten, ehe sie zurückwich, von ihrem Barhocker glitt und ihre Aktentasche aufnahm.

»Ich muss gehen. Es war sehr nett, dich kennenzulernen, Jackson.«

»Möchtest du mich vielleicht wiedersehen? Ich arbeite gleich um die Ecke. Wie wäre es mit einem Mittagessen?«

»In meinem Job gibt es eigentlich keine Mittagspausen.« Lydia zuckte mit den Schultern. Sie genoss es, ihr Glück herauszufordern.

»Morgen Abend? Ich könnte dich zum Abendessen ausführen.« Lydia zögerte.

Sie war mit Alex und den anderen verabredet, um über Brautjungfernkleider zu reden. Alex hatte offensichtlich beschlossen, dass sie alle so scheußlich wie irgend möglich aussehen sollten. Anders war ihr plötzliches Faible für Puffärmel nicht zu erklären. So sehr Lydia es auch genießen würde, einen Abend lang mit diesem verführerischen Mann an einem Tisch zu sitzen, war eine Verabredung zur Hochzeitsplanung mit der besten Freundin nichts, wovor man sich einfach drückte. Nicht einmal für einen so umwerfenden Vertreter der männlichen Spezies.

»Tut mir leid, ich habe schon was vor.« Im Geiste kreuzte sie die Finger, dass er hartnäckig blieb.

»Wow, du machst es mir wirklich schwer. Das ist ungewöhnlich für eine Engländerin. Ihr seid sonst so leicht zu haben.«

»Hey!«

»Entschuldigung. Nur würde ich dich wirklich gern wiedersehen. Wie wäre es mit Sonnabend?«, fragte er und zog den Kopf ein, als erwartete er eine Ohrfeige.

»Na gut, okay.« Lydia bemühte sich, nicht zu begeistert zu klingen. »Aber nicht hier. Ich wohne am anderen Ende der Stadt. An meinem freien Tag halte ich mich ungern da auf, wo ich arbeite. Wir treffen uns um halb acht im *Porcupine* in der Tottenham Court Road. Such dir im Stadtplan raus, wo das ist, und guck uns ein schönes Restaurant in der Nähe aus.«

»Ja, Ma'am.« Jackson salutierte. »Und jetzt erlaube mir bitte, dich zur U-Bahnstation zu begleiten.«

»Warum? Die ist gleich über die Straße.«

»Musst du das wirklich fragen?« Jackson lachte kopfschüttelnd und nahm ihre Hand. »Weil ich einen Grund brauche, dich zum Abschied zu küssen, darum.«

Während Lydia sich vom Rumpeln der U-Bahn fast in den Schlaf lullen ließ, entschied sie leicht angeheitert und lächelnd, dass der Gutenachtkuss sehr viel mehr als zufriedenstellend gewesen war.

Der nächste Tag war gänzlich von zwei Fragen beherrscht gewesen: Was sollte sie anziehen, und würde er kommen? In der Hitze des gestrigen Abends hatten sie vergessen, Telefonnummern auszutauschen. Er hatte folglich gar keine Möglichkeit, ihr einen freundlichen Korb zu geben. Sie konnte nur herausfinden, ob er real oder eine Fata Morgana gewesen war, indem sie hinging. Der Gedanke, versetzt zu werden, jagte ihr eine entsetzliche Angst ein. Unweigerlich kamen die Erinnerungen an jenen Abend wieder hoch, als sie sechzehn Jahre alt war und Tony Bellamy vor dem Kino in der Hauptstraße treffen sollte. Sie trug Schuhe, in denen sie nicht gehen konnte, und viel zu viel Lippenstift. Es war beschämend gewesen, von ihren Schulkameraden verhöhnt und ausgelacht zu werden. Dann kam ein Freund von Tony und sagte ihr, Tony wäre gerade unten auf dem Friedhof und würde mit Melanie Davies herumknutschen.

Deswegen überlegte sie beim Anprobieren verschiedener Outfits nicht, wie sie damit in Jacksons Armen aussah. Sie überlegte, wie sie darin wirkte, wenn sie allein an der Bar vom *Porcupine* in der Tottenham Court Road stand und auf ein Date wartete, das nicht erschien.

Alle zwei Minuten entschied sie, nicht hinzugehen. Dann dachte sie an den Abschiedskuss, und Schmetterlinge flatterten und wirbelten in ihrem Bauch.

»Du bist eine komplette Idiotin, Lydia Grant«, sagte sie zu ihrem Spiegelbild. »Aber du riskierst auf keinen Fall, noch so einen Kuss zu verpassen.«

Kurz bevor sie gehen musste, kam Joanna aus ihrem Zimmer. Ihr Haar war zerwühlt und das Make-up von letzter Nacht unter ihren Augen verschmiert. Trotzdem sah sie bildschön aus.

»Autsch«, stöhnte Joanna und warf sich quer über den Küchentisch. »Ich denke, dass ich definitiv zu viel Sex hatte. Mach mir Frühstück, Schätzchen.«

»Frühstück? Es ist gleich sieben Uhr abends, Joanna. Und wohin bist du gestern nach dem großen Brautjungferndebakel eigentlich verschwunden? Wir waren gerade dabei, Alex klarzumachen, dass Dunkelbraun keiner von uns steht, und auf einmal warst du weg.«

»Nicht weg, in Kuba«, erwiderte Joanna mit einem vielsagenden Blick zum Heißwasserkocher, den Lydia gerade füllte und anschaltete. »Im ersten Stock war eine Salsaparty, und als ich vom Klo kam, dachte ich, ich guck kurz vorbei. Da bin ich zufällig über Enrique gestolpert. Ich wollte ja wiederkommen und weiter über Puffärmeln zanken, aber, Schätzchen, der heiße lateinamerikanische Rhythmus rief nach mir. Also habe ich gedacht, ich überlasse es dir, Alex davon abzubringen, dass sie uns wie Mutanten anzieht. Schließlich machst du das quasi berufsmäßig. Enrique hat mir seinen Hüftschwung gezeigt. Ein bisschen getanzt haben wir auch.« Joanna kicherte, und Lydia musste grinsen.

»Was ist mit Ted?«, erinnerte Lydia sie an ihren Verlobten, dessen Ring sie an der linken Hand trug.

»Ach, ich liebe Ted, echt. Aber ich brauche ein bisschen lateinamerikanische Würze, um endlose Diskussionen über Stoffe durchzustehen. Wenn Ted und ich heiraten, will ich keine Brautjungfern, nur ... Schwäne mit Schleifen um den Hals.«

»Wie schön, tja, ich muss dann«, versuchte Lydia sich loszueisen.

»Warte mal, wieso kriege ich keinen Vortrag, dass ich ein Flittchen bin? Und wo willst du so aufgedonnert hin?«, fragte Joanna, die in ihrem Katernebel erst jetzt bemerkte, dass es Samstagabend war und Lydia ein hübsches Kleid anhatte. »Oh, mein Gott, Lydia hat ein Date! Wo ist mein Telefon? Das muss ich sofort den anderen erzählen.«

»Wag es ja nicht«, rief Lydia und schnappte sich Joannas Handy, ehe die es konnte. »Es ist kein Date, sondern geschäftlich.«

»Polierst du deine Möpse immer auf Hochglanz, wenn du zu einem Geschäftstreffen gehst?«, fragte Joanna, die in Richtung von Lydias Ausschnitt nickte. Lydia hatte ihr Dekolleté mit ein bisschen Bronzepuder und einem Hauch Glitzer bestäubt.

»Das ist Mode«, antwortete Lydia.

»Ja, in der Pornoindustrie.« Joanna presste stöhnend ihre Finger an die Schläfen. »O Gott, ich trinke nie wieder Tequila, nicht mal in einem Cocktail. Das Zeug ist tödlich. Okay, du darfst gehen, aber nur weil ich zu fertig bin, um dir Einzelheiten zu entlocken. Aber das hole ich nach, sowie du zurück bist. Verlass dich drauf, Fräulein.«

»Ja, ja«, sagte Lydia, gab Joanna ihr Handy zurück und einen Kuss auf die Wange. »Grüß Ted von mir ... ach ja, und Enrique.«

Lydia war sich ziemlich sicher, dass Joanna ihr das Handy hinterherwarf, als sie die Tür schloss.

Die Stunden der Selbstzweifel und Unsicherheit waren vergeudet gewesen, denn Jackson wartete schon auf Lydia, als sie im Pub ankam. In seiner dunklen Baumwollhose und dem schwarzen T-Shirt sah er zum Anbeißen aus. Für einen eitlen, körperbewussten Mann war das Shirt zu wenig figurbetont, aber immer noch eng genug, um anzudeuten, was einen darunter erwartete. Nur gucken, ermahnte Lydia sich im Stillen und unterdrückte ein Kichern, als sie auf ihn zuging.

»Wow, du bist gekommen«, sagte Jackson, auf dessen Gesicht ein verhaltenes Lächeln erschien.

»Hast du daran gezweifelt?«, fragte Lydia ganz im Lauren-Bacall-Stil, mit dem sie ihre Nervosität überspielte.

»Natürlich habe ich das. Schließlich musste ich dich anbetteln, dich mit mir zu treffen. Du bist echt cool.« Nein, war sie nicht, aber es gefiel ihr, dass sie diesen Eindruck erweckte. »Aber das ist okay. Du weißt ja, wie wir Kerle sind. Wir wollen immer das, was wir nicht haben können.«

»Heißt das, ich muss dir weiter Körbe geben, wenn ich will, dass du interessiert bleibst?«, fragte Lydia. Jackson schüttelte den Kopf. Auf einmal wurde sein Blick sehr intensiv.

»Wir können das den ganzen Abend machen, dieses Geplänkel. Falls du es willst, meinetwegen. Ich habe nichts dagegen, weil du klug, witzig und wunderschön bist. Aber der Punkt ist: Ich mag dich, Lydia, sehr sogar. Das zu sagen, ist vielleicht nicht besonders cool, doch so sind die Tatsachen. Ich will keine Spielchen mit dir spielen, weil, na ja, weil ich das Gefühl habe, dass dies ein Anfang sein könnte. Also, wie sieht es aus? Darf ich dich zum Essen einladen, und wir reden einfach? Ich möchte alles über dich wissen. Ich will wissen, was dich zum Lächeln bringt, dich lachen sehen, deine Hand halten und dich noch ein paarmal küssen. Wäre das okay für dich?«

Lydia stutzte einen Moment. In Gedanken spulte sie sämtliche romantischen Filmszenen ab, die sie kannte, was eine ganze Menge waren, um zu prüfen, ob Jackson diese Sätze irgendwo geklaut hatte.

»Ich nehme einen Gin Tonic, bitte«, sagte sie und setzte sich auf den Platz neben ihm. »Tja, wo soll ich anfangen? Ich wurde in Broadstairs geboren, als Kind des wohl inkompatibelsten Paars der Welt ...«

Es dauerte ungefähr eine Stunde, bis Jackson sie wieder küsste, diesmal vor einem italienischen Restaurant in der Wardour Street. Der Kuss dauerte eine ganze Weile, sie kamen sogar ein bisschen verspätet ins Restaurant, in dem Jackson einen Tisch reserviert hatte. Drinnen aßen sie wenig und küssten sich viel, weil sie beide außerstande schienen, ihre Lippen länger als ein paar Minuten voneinander zu lösen. Ihre Küsse wurden immer inniger, sodass der Kellner irgendwann kam und sie fragte, ob sie die Rechnung wünschten. Dabei hatten sie es noch nicht einmal bis zum Dessert geschafft.

Kichernd wie Teenager stolperten sie hinaus auf die Straße, wo Jackson sie wieder küsste, an exakt derselben Stelle, an der sie vorher gestanden hatten.

»Und was jetzt?«, fragte Lydia. »Wir sind erst bei der Geschichte, wie ich wegen Fluchens aus dem Ballett geworfen wurde. Wenn wir in dem Tempo weitermachen, erfährst du nie meine ganze Lebensgeschichte.«

»Was hältst du davon, die nächste Stufe zu überspringen?« Jackson nahm ihre Hände. »Komm mit mir nach Hause, Lydia, ich möchte mit dir schlafen.«

»Von wegen«, kicherte Lydia.

»Bitte, bitte, komm mit und verbring die Nacht mit mir. Ich will nicht, dass dieser Abend mit einem Abschiedskuss endet.«

Schlagartig wurde Lydia ein bisschen nüchterner und zögerte. Zwar wusste sie nicht genau, was sie sich vorgestellt hatte, als sie zu diesem Date ging. Das jedenfalls nicht. Sie war nicht einmal sicher, ob sie passende Unterwäsche anhatte. Nicht zu vergessen, dass es lang her war, seit sie mit einem Mann geschlafen hatte. Ihre Unsicherheit holte sie ein.

»Ich verlange zu viel, stimmt's?«, fragte Jackson. »Du lässt dich ungern bedrängen.«

»Nein, nein … du hast nicht … ich … ähm.« Lydia berührte seine Wange mit den Fingerspitzen. »Nein, du verlangst nicht zu viel. Ich will auch nicht, dass der Abend vorbei ist. Es ist nur … Normalerweise gehe ich nicht … Also, ich bin mir nicht ganz sicher, ob ich überhaupt noch weiß, wie es geht.«

Jackson lächelte, hob ihre Hand an seinen Mund und küsste sie.

»Dann komm mit mir nach Hause, und ich zeige es dir«, sagte er so leise und so süß, dass Lydia weiche Knie bekam.

»Okay.« Sie schlug ihre Bedenken in den Wind. »Ja, ich komme mit.«

Jackson hatte ein Taxi herangewunken und dem Fahrer eine Adresse im Westen von London genannt. Während sie aus dem Fenster sah, wie das Taxi sich vom Rinnstein entfernte und sich in den Verkehr einfädelte, fühlte Lydia Jacksons Finger, die sich auf ihre Hand legten. Da blieben sie, bis sie vor einem eindrucksvollen alten Pfarrhaus anhielten.

»Wow«, hauchte Lydia und blickte an dem alten Haus hinauf. »Hast du das komplette Haus für dich?«

»Sozusagen, ich bin quasi der Haushüter«, erzählte Jackson, als sie ihm durch die Tür nach drinnen folgte. »Das Haus gehört der Diözese, aber im Moment gibt es keinen Pfarrer. Um Hausbesetzer und Vandalen fernzuhalten, bis sie wissen, was sie damit anfangen, haben sie es mir für einen Bruchteil dessen überlassen, was ich für eine Einzimmerwohnung in dieser Gegend bezahlen würde. Natürlich können sie mich jederzeit rausschmeißen, aber bis dahin habe ich das Haus ganz für mich. Allerdings besitze ich außer einem Futon so gut wie keine Möbel.«

»Ein Futon?«, wiederholte Lydia, die erneut nervös wurde.

Ehe sie weiterfragen konnte, hatte Jackson einen Arm um ihre Taille gelegt, sie an die Wand gelehnt und sie fest auf die Lippen geküsst. Sein Mund wanderte ihren Hals hinab. Er pausierte einen Moment, um sie anzusehen, und zupfte den Knoten ihres Wickelkleids auf. Eine Sekunde lang verschlang er sie mit seinem Blick. Das Verlangen in seinen Augen verzehrte sie. Dann öffnete er mit einer raschen Bewegung ihren BH und zog ihn ihr aus.

Lydias Schüchternheit verpuffte. Sie zerrte sein T-Shirt nach oben, damit sie seine erhitzte Haut an ihrer spüren konnte. Hektisch entkleideten sie sich gegenseitig in der Diele, bevor Jackson sie auf seine Arme hob und nach oben trug.

* * *

Hinterher schliefen sie eine Weile, Jacksons Arme um Lydia geschlungen, sein Mund an ihren Hals geschmiegt. Minuten oder Stunden später – Lydia wusste es nicht genau – fühlte sie seine Finger auf ihrem Busen. Er rollte sie herum und küsste sie auf ihre Brüste und überall sonst.

Irgendwann kurz nach dem Morgengrauen weinte Lydia ein wenig, als sie ihm die Handlung eines ihrer Lieblingsfilme beschrieb.

»Und das ist so traurig, weil sie wissen, dass sie sich nie wiedersehen werden. Aber sie wissen, dass sie richtig handeln, dass sie bei ihrem Mann bleiben und er im Ausland als Arzt arbeiten muss. Sie lieben sich so sehr, obwohl sie nicht zusammen sein können. Immer wenn ich das sehe, heule ich«, schniefte Lydia und kicherte gleichzeitig. »Guck mich an. Gott, bin ich blöd.«

»Klingt dramatisch«, sagte Jackson und wischte ihr mit dem Daumen eine Träne weg. »Lass ihn uns ausleihen.«

»Ausleihen?« Lydia lachte.

»Ja, ein Stück die Straße runter ist ein richtig guter Videoverleih. Sobald die aufmachen, gehen wir hin und leihen ihn uns aus. Dann können wir ihn zusammen ansehen.«

»Du willst dir mit mir *Begegnung* angucken?«

Später glaubte Lydia, dass dies der Moment war, in dem sie sich verliebte.

»Nicht nur das. Ich mache dir dazu ein Frühstück.« Jackson lächelte und sah auf seine Uhr. »Mal überlegen, der Videoverleih macht um zehn auf, also in vier Stunden. Wie sollen wir die nur totschlagen?«

»Ich könnte dir die Handlung von *Casablanca* erzählen, wenn du willst«, scherzte Lydia.

»Vielleicht nicht heute oder morgen, aber bald ... gleich nachdem ich dich geküsst habe.«

Und so begannen sechs vollkommene Wochen, die von Anfang Mai bis Mitte Juni dauerten. Natürlich hatte Lydia nicht damit gerechnet, dass es abrupt enden würde. Vielmehr hatte sie gedacht, es würde nie vorbei sein. Sechs fantastische Wochen lang verbrachten Jackson und sie jede freie Minute gemeinsam, sahen einen Film nach dem anderen, lasen sich gegenseitig vor, küssten sich immerzu.

Sie waren so oft zusammen, dass Joanna sie vermisst melden wollte und Alex ihr androhte, ihr den Job als Trauzeugin zu kündigen. Dann ging Lydia eines Abends wie verabredet zu ihm, die Titelmelodie von *Love Story* vor sich hin summend, während sie die Stufen zum Pfarrhaus hinaufsprang und klingelte. Sie war ziemlich erstaunt, als ihr ein Fremder öffnete.

»Oh, guten Tag«, sagte Lydia, die den ungepflegten alten Mann musterte. Er sah nicht aus, als wäre er ein Freund von Jackson. »Ich wollte zu Jackson.«

»Der ist weg«, sagte der Mann und hätte ihr die Tür vor der Nase zugeschlagen, wäre Lydia nicht so geistesgegenwärtig gewesen, sie mit dem Fuß zu blockieren.

»Weg? Wohin und für wie lange?«

»Weiß ich doch nicht. Bin ich seine Mum?«, knurrte der Mann. »Ich bin der Hausmeister der Diözese. Die haben mich heute Nachmittag angerufen und gesagt, er ist ausgezogen. Ich habe nachgesehen, ob alles in Ordnung ist, damit wir das Haus wieder vermieten können. Interessiert?«

»Weg?«, wiederholte Lydia langsam.

Den Abend zuvor waren sie nicht zusammen gewesen, zum ersten Mal, seit sie sich kannten. Lydia musste an einem wichtigen Fall arbeiten, der sie die ganze Nacht wach hielt. Da sie sich inzwischen so nahe standen, hatte sie sich fast ein bisschen auf ihre erste Chance gefreut, ihn zu vermissen. Er hatte sie zum Abendessen ausgeführt, und sie küssten sich sehr lange, bevor sie in getrennten Taxis wegfuhren. Jackson hatte ihr gesagt, sie solle am nächsten Abend um neun zu ihm kommen. Wie konnte er fort sein?

»Was meinen Sie mit ›weg‹? Ist er im Krankenhaus oder tot?«, fragte Lydia. Ihr war bewusst, wie irre sie sich anhörte, aber sie konnte nicht anders.

»Weiß ich nicht, junge Frau«, antwortete der Mann gereizt und nickte zu ihrem Fuß. »Ich muss arbeiten, also wenn's Ihnen nichts ausmacht ...«

Verwirrt war Lydia die Treppe wieder hinuntergestiegen. Sie versuchte, Jackson anzurufen, doch es sprang sofort der Anrufbeantworter an. So blieb es auch bei den nächsten Versuchen. Nach einer schlaflosen Nacht wartete sie bis neun und rief in seinem Büro an.

»Jackson ist nicht da«, erklärte ihr eine spitze Frauenstimme. »Er hat sich beurlauben lassen.«

»Beurlauben? Wieso?« Leider klang Lydia sehr verzweifelt. »Entschuldigung, ich wusste nur nicht, dass er sich freinehmen wollte.«

»Bedaure, es ist gegen die Firmenpolitik, private Informationen am Telefon weiterzugeben«, sagte die Frau eindeutig amüsiert. »Ich kann Sie mit seiner Assistentin verbinden, falls es beruflich ist.«

»Nein, ich meine, Sie verstehen das nicht. Ich bin seine Freundin.«

Am anderen Ende herrschte für einen Moment Stille.

»Na dann, willkommen im Club«, erklang es schließlich spitz, dann wurde aufgelegt.

Kreuzunglücklich und vollkommen durcheinander, brachte Lydia den Tag wie benebelt hinter sich. Zum Glück hatte sie gerade einen Fall, den sie sogar im Schlaf bearbeiten könnte. Und dann, mitten in einer durchheulten Nacht und als Lydia gerade für wenige Minuten eingenickt war, weckte ihr Handy sie. Eine SMS von Jackson.

»Süße, tut mir sehr leid. Musste nach Hause. Familiennotfall. Ruf dich so bald wie möglich an. XXX«

Und das war's. Kein Anruf. Keine weitere SMS. Aus lauter Scham darüber, so spektakulär abserviert worden zu sein, beschloss Lydia, ihn zu vergessen.

Es war nicht das erste Mal in ihrem Leben, dass ein Mann mit ihr Schluss gemacht hatte. Allerdings war es das erste Mal, dass ein Mann aus seinem Haus auszog und das Land verließ, um sie nicht wiederzusehen.

Nachdem Lydia eine geschlagene Woche durchgeheult hatte, nahm sie wieder Kontakt zu ihren Freundinnen auf und erklärte ihnen, was sie die letzten sechs Wochen so beschäftigt hatte und was mit Jackson passiert war. Weil Freundinnen stets füreinander da waren, hatten die anderen sie mit so viel Liebe, Wein und Schokolade umsorgt, wie sie verkraften konnte, und ihr schwierige Fragen erspart. Und Alex, die sie wieder zur Trauzeugin ernannte, meldete Lydia zum Sponsorenlauf an. Um sie aufzumuntern oder einfach nur so müde zu machen, dass sie schlafen konnte.

Es war wunderbar gewesen und hatte grausam geendet, doch Lydia fand sich schließlich damit ab, dass Jackson Blake die hoffnungslose Romantikerin in ihr von Anfang an erkannt und sie weidlich ausgenutzt hatte. Lydia sagte sich, dass sie eine herrliche Zeit gehabt hatte und dass es bescheuert wäre, mehr als das im wahren Leben zu erwarten. Romantische Helden, die so vollkommen waren, wie sie es von Jackson glaubte, existierten nicht.

Letztlich war es so, wie Bette Davis es ausgedrückt hatte: Man durfte nicht den Mond verlangen, wenn man die Sterne hatte. Also verschloss sie jene außergewöhnlichen sechs Wochen in ihrem Herzen und machte in dem Wissen weiter, dass sie Jackson Blake nie wiedersehen würde. Sie gab sich sogar Mühe, so zu tun, als wäre sie nie in den Mistkerl verliebt gewesen.

Deshalb war sie ein bisschen überrascht, ihm plötzlich in Katys Diele gegenüberzustehen.

5

Also, das ist Alex.« Lydia stand wie erstarrt da und beobachtete, wie Joanna Jackson, nein, Jack oder wie immer er sich dieser Tage nannte, ihren Freunden vorstellte. »Alex ist schwanger«, ergänzte Joanna mit ihrer zuckersüßen Fernsehstimme.

»Der Mann hat doch Augen im Kopf«, sagte Alex und schüttelte Jack lächelnd die Hand.

»Ich wollte nur vermeiden, dass er dich schlicht für fett hält«, neckte Joanna sie und hakte sich bei Jackson ein.

»Dies ist David, Alex' Opfer, ich meine, ihr Ehemann. Und das sind Katy und ihr Mann Jim, unsere reizenden Gastgeber. Der junge Mann da ist Jakey, und das bezaubernde kleine Ding ist Tilly. Jenes müffelnde Etwas dort ist Vincent van Dog, der so heißt, weil er nur ein Ohr hat. Soweit wir wissen, leidet er allerdings nicht unter einer Persönlichkeitsstörung. Ach, und das sind Stephen und ...« Lydia stockte der Atem, als Joanna »Jack« zu ihr hindrehte. Vielleicht hatte er sie noch gar nicht bemerkt. Immerhin hatte Joanna ihn kaum Luft holen lassen. Nun kam der Moment des Wiedererkennens. Und was dann?

»Lydia. Lydia, das ist Jack. Ist er nicht scharf?« Joanna lächelte. Mit einem höflichen Nicken streckte er ihr die Hand hin, dieselbe warme, starke Hand, die sie einst gestreichelt hatte.

»Freut mich sehr, Linda«, sagte er, ohne sich auch nur im Geringsten anmerken zu lassen, was einmal zwischen ihnen gewesen war.

Lydia gelang es nicht, sich so schnell zu fangen. Sie sah ihn stumm an, ihre Hand lag schlaff in seiner. Ihr Verstand hatte seine liebe Not mit der Situation. Hatte Jackson sie vergessen? War sie nur eines von vielen Gesichtern, an die er sich verschwommen erinnerte? Oder wollte er einfach so tun, als hätten sie nicht bloß nie miteinander geschlafen, sondern wären sich überhaupt noch nie begegnet?

»Lydia, Schatz, sie heißt Lydia.« Joanna lachte. »Ach du meine Güte, ich glaube, du hast sie beleidigt.«

»Ich bitte um Verzeihung.« Jackson hielt immer noch ihre Hand. »Dabei ist Lydia so ein schöner Name.«

»Freut mich auch«, sagte Lydia, die sich ein wenig erholte. Sie zog ihre Hand aus seiner und blickte sich um. Alle lachten, redeten, klopften sich auf die Schultern, schüttelten Hände. Für einen Augenblick kam sie sich wie einer der Weihnachtsgeister vor, anwesend, aber unsichtbar und ausgeschlossen. Oder nein, mehr wie Scrooge, der einem Leben zuschaute, an dem er nie teilhaben konnte. Dies sollte ihr perfektes Weihnachten werden, das erste ihres Lebens. Und im Augenblick konnte sie sich keine größere Katastrophe vorstellen. Ihr peinlichstes, schmerzlichstes Erlebnis wurde ihr in Glitzerpapier mit Schleife unter den Baum gelegt.

»Okay«, brach Joanna den finsteren Zauber des Moments, streifte ihren Mantel ab und warf ihn lässig auf den Empfangstresen. »Wir können den lieben langen Tag hier herumstehen und meinen umwerfenden Freund angaffen, oder wir fangen langsam mit Weihnachtsvorfreude an. Wo geht's zum Glühwein?«

Panisch raffte Lydia alles zusammen, was ihr an Verstand zur Verfügung stand, und wartete ab, während ihre Freunde hinter Katy hergingen. Jake beschenkte Jackson bereits mit einer haarsträubenden Geschichte über Monster im See.

Kurz darauf fühlte Lydia, wie etwas an ihr zupfte, und sah nach unten. Dort stand Tilly in ihrem selbst gemachten Lametta-Feenkostüm, unter dem ihre Strickjacke hervorlugte.

»Hast du was, Tante Lydia?«, fragte die Kleine. »Du guckst, als ob du einen Schreck gekriegt hast.«

»Ja, ich habe einen Schreck gekriegt«, antwortete Lydia kopfschüttelnd. »Ich habe wirklich einen Schreck gekriegt.«

»Hast du einen Geist gesehen?«, flüsterte Tilly, deren Augen tellergroß wurden, während sie sich an Lydia klammerte und in den dunklen Winkel unter der Treppe sah. »War es die wahnsinnige Molly?«

»Nein, ich habe keinen Geist gesehen, Tilly«, sagte Lydia, die Jacksons Hand noch in ihrer fühlte. »Nein, das war kein Toter. Jedenfalls noch nicht.«

Bis Lydia und Tilly im Privattrakt des Hauses ankamen, waren die anderen vom Wohn- ins Esszimmer weitergezogen. Zu ihrer Erleichterung stellte Lydia fest, dass Joanna und Jackson nicht da waren. Wahrscheinlich war Joanna nach oben gegangen. Es war eine Macke von ihr, sich grundsätzlich zum Abendessen umzuziehen, sogar wenn das nur aus gebratenen Nudeln vom Chinesen bestand.

Wie Joannas Familienleben ausgesehen hatte, bevor ihre Eltern sie ins Internat schickten, war weitestgehend unbekannt. Lydia wusste nur, dass es sehr privilegiert gewesen sein musste, allerdings auch sehr lieblos. Dass sie beide keiner konventionellen, glücklichen Familie entstammten, hatte die beiden sehr unterschiedlichen Frauen von Anfang an zusammengeschweißt, obgleich ihr gesellschaftlicher Hintergrund kaum gegensätzlicher sein konnte. Tja, und nun verband sie nicht nur eine unglückliche Kindheit, sondern auch ein Mann. Am schrecklichsten für Lydia war das Wissen, dass Joanna dasselbe Schicksal blühte wie ihr. Sie musste sie warnen. Aber wann? Oder, besser gefragt: Welchen Teil von Weihnachten wollte sie ihr ruinieren?

Katy hatte für sie das Esszimmer hergerichtet, das bald den Hotelgästen vorbehalten sein sollte, alle Tische in eine Reihe gestellt und sie mit einer langen roten Papiertischdecke, Kerzen und selbst gemachten Crackern dekoriert. Die Cracker gehorchten dem neuen Modediktat, dass Selbstgemachtes auch selbst gemacht auszusehen hatte. Natürlich wäre Katy nicht Katy, hätte sie nicht am Nachmittag noch einen karierten Tischläufer aufgetrieben, den sie rasch mit künstlichen Stechpalmenzweigen und silbernen Sternchen bestreute. Es sieht wundervoll aus, dachte Lydia, die einen Kloß im Hals bekam. Genauso stellte sie sich eine Weihnachtstafel bei Dickens vor. (Von den Disney-Studios verfilmt, versteht sich.)

»Entschuldigt die Papiertischdecke«, sagte Katy, die beobachtete, wie ihr Werk aufgenommen wurde. »Ich wollte meine besten Tischtücher für den großen Tag aufheben. Wegen der Flecken muss ich alles zur Reinigung in Keswick fahren, weil die Waschmaschine derzeit nur noch einen Schritt von einer Wäschemangel entfernt ist. Und die Industriemaschine kommt erst Anfang des Jahres.«

»Wir haben Mummy bei den Crackern geholfen«, rief Tilly voller Stolz.

»Ich hab die Witzezettel drinnen geschrieben«, sagte Jake.

»Sind die auch witzig, Jake?«, fragte David, zwinkerte dem Jungen zu und zog seiner Frau einen Stuhl heraus.

»Zum Totlachen«, sagte Jake bierernst und machte Anstalten, sich neben Alex zu setzen, die erst den grinsenden Jungen ansah und dann sehnsüchtig zum verbotenen Wein blickte.

Lydia blieb in der Tür stehen und sah zu, wie ihre Freunde plapperten, herumliefen und sich Plätze am Tisch aussuchten. Bald ergab sich eine natürliche Ordnung: Alle Frauen saßen an einem Ende, alle Männer am anderen. Der Gesprächsbedarf wog eindeutig schwerer als jede Etikette.

»Darf ich?« Lydia zuckte zusammen, als sie Jacksons Stimme hörte. Eilig hüpfte sie zur Seite und ließ ihn, gefolgt von Joanna, ins Zimmer. Lydias Freundin trug ein schickes, rückenfreies Kleid, das ihr bis halb über die Oberschenkel reichte, sodass es ihre langen Beine optimal betonte.

»Auf geht's, Lyds, ich bin am Verhungern«, sagte Joanna und wandte sich zu Jackson. »Setz du dich zu den Männern, Jack, Süßer. Dann lernt ihr euch kennen. Wir haben uns jede Menge zu erzählen.«

»Genieß es, solange du kannst«, sagte Stephen grinsend und nahm brav den ihm zugewiesenen Platz ein. »Wenn die vier erst einmal zusammen sind, kriegt man kein Wort mehr dazwischen.«

Bei Jacksons Lachen zeigte sich das Kinngrübchen, das Lydia so oft geküsst und in das sie ihren Finger geschmiegt hatte, während sie redend und lachend im Bett lagen. Er wirkte vollkommen entspannt, nahm seine Verbannung an das Herrenende des Tisches widerstandslos hin und setzte sich – sehr zu Lydias Entsetzen, direkt neben Stephen. Verstohlen beobachtete sie, wie Stephen anbot, Jacksons Weinglas zu füllen, und die beiden Männer belanglose Worte wechselten.

Es war nicht so, dass Jackson besser aussah als Stephen. Er war ein paar Zentimeter kleiner. Und seine Wangenknochen waren nicht ganz so klar definiert wie Stephens. Zugegeben, Stephen war zu sehr damit beschäftigt, die Welt zu retten, um regelmäßig Sport zu treiben, was Jackson machen musste, um sein Sixpack zu behalten. Dabei hatte sie ihn in der Zeit, die sie zusammen waren, nicht ein einziges Mal in Fitnesscenter gehen sehen.

Stephen war witzig, wenn er wollte, und manchmal süß. Und im passenden Moment, der sich leider schon seit Monaten nicht mehr ergeben hatte, konnte er ein aufmerksamer Liebhaber sein. Er war treu, verlässlich und aufrichtig. Er würde niemals das Land verlassen oder auch nur so tun, um Lydia loszuwerden. Und dennoch, als sie den beiden zusah, wie sie höfliche Konversation trieben, war es nicht ihr Freund, der ihr Herz zum Rasen brachte.

»Komm her, Lyds, worauf wartest du?«, rief Katy vom Tischende. »Jim kommt jede Minute mit dem Essen. Komm her und setz dich hin.«

Natürlich war nur ein einziger Stuhl am Tisch frei, und dort hatte Lydia Joanna zu ihrer Rechten und Jackson zu ihrer Linken.

Jackson lächelte freundlich, als sie sich hinsetzte, und immer noch gab er nicht einmal mit einem Wimpernzucken preis, dass sie sich kannten. Hatte er sie wirklich vergessen?, fragte Lydia sich. Vielleicht sagte er allen Frauen, mit denen er im Bett war, sie wären sein Ein und Alles. Im Moment sah er sie mit demselben höflichen Interesse an, das ein Fremder zeigen würde. Dann drehte er sich um und fragte David, welche Art von Geschichte er lehrte, was Stephen ein mildes Stöhnen entlockte. Jim brachte eine große Auflaufform mit dampfender Lasagne herein, zwei große Topfhandschuhe über den Händen. Trotz des Tumults in ihrem Innern, grummelte Lydias Magen, sobald ihr das Aroma von Tomaten und Knoblauch entgegenwehte.

Katy, die inzwischen deutlich entspannter war, erinnerte Tilly, dass die Silbersternchen auf dem Tisch nicht ins Nasenloch gehörten, und Jake, dass er warten müsste, bis er achtzehn war, ehe er Wein probieren durfte, ganz gleich wie sehr er bettelte. Derweil legte sie allen auf. Lydia blickte hinab auf ihr köstliches, wenn auch einfaches Mahl und war unsicher, ob sie essen könnte. Wie war es möglich, dass Jackson, egal, wie er neuerdings seinen Namen verkürzte, hier war? Dass er neben ihr saß und tat, als hätte er sie noch nie gesehen, geschweige denn, ihr ins Ohr geflüstert, dass er sie immer lieben würde?

Ihre Gedanken überschlugen sich: Er war hier, jetzt, in diesem Augenblick. Nicht in New York, wo sie ihn vermutete, wann immer sie sich erlaubte, überhaupt an ihn zu denken. In New York, wo er sich um den familiären Notfall kümmerte, der ihn so eilig weggerufen hatte. Sie hatte sich vorgestellt, wie er dort sehnsüchtig aus einem Wolkenkratzerfenster blickte, sie vermisste und sich wünschte, ihm wäre nicht versehentlich sein Handy in den Hudson gefallen, weshalb er sich nicht melden konnte. Lydia hatte geahnt, dass es eine blödsinnige Fantasievorstellung war, dass er sie schlicht verlassen hatte. Dennoch hing sie diesem Bild bisweilen nach – bis heute. Jetzt konnte sie ihn sich nie wieder weit weg und voller Sehnsucht nach ihr ausmalen, denn er war ja hier.

Was sie zu dem Schluss brachte, dass er sie angelogen hatte. Weder musste er plötzlich London verlassen, noch hatte es einen familiären Notfall gegeben. Lydia kam sich unsagbar dämlich vor, dass sie diesen sechs kurzen Wochen nachgetrauert hatte.

Sie blickte zu Jackson, der wiederum sehr interessiert David ansah, während dieser ihm seine Theorie über die wahren Ereignisse während des britischen Mittelalters erklärte. Hin und wieder flocht er ein »Aha« oder »Ah, tatsächlich?« ein. Es war ausgeschlossen, ihn anzusprechen.

»Wein?« Joanna tippte ihr auf die Schulter und zwinkerte ihr zu, als sie Lydia Merlot einschenkte und ihr zuflüsterte: »Ist er nicht fantastisch? Ich konnte mir nie etwas Dauerhaftes vorstellen, aber ich sage dir, dieser Mann ist etwas ganz Besonderes. Wir sind erst seit ein paar Monaten zusammen, und mir kommt es vor, als wären wir füreinander geschaffen. Er kennt mich wirklich gut, fast schon besser als ich mich selbst. Das ist ein irres Gefühl, nicht, wahrhaft verstanden zu werden?«

Lydia nickte. Noch nie hatte sie so ein Leuchten an Joanna gesehen. War das Hoffnung? »Ich glaube fest, dass es diesmal der Richtige ist«, fuhr Joanna sehr leise fort. »Ehrlich. Sag nichts zu den anderen, aber ich hoffe inständig, dass ich dieses Weihnachten einen Antrag bekomme. Juhu!« Sie juchzte wie ein kleines Mädchen.

Mit einiger Willenskraft rang Lydia sich die Andeutung eines Lächelns ab und schluckte den bitteren Geschmack hinunter, der ihr in die Kehle stieg. »Das freut mich für dich, Joanna.«

Joannas Lächeln erstarb, als sie ihre Freundin ansah.

»Was ist los? Was hast du?«, fragte Joanna besorgt. »Ist es wegen Stephen? Läuft es bei euch nicht gut? Ach, wie typisch von mir, herumzuschwärmen und nicht zu fragen, wie es dir geht!«

»Nein, es ist nichts«, hörte Lydia sich wie aus der Ferne sagen und neigte sich näher zu Joanna. »Ehrlich gesagt, aber das musst du auch für dich behalten, habe ich einen Ring in seiner Sockenschublade gefunden. Ich rechne ebenfalls mit einem Antrag.«

»Oh.« Joannas verzückter Schrei bewirkte, dass sich alle ihr zuwandten. Doch sie schien es gar nicht zu bemerken, denn sie umarmte Lydia überschwänglich.

»Was?«, fragte Katy. »Sofort raus damit, ihr zwei!«

»Ja, was brütet ihr beide da aus?«, stimmte Alex mit hochgezogenen Brauen ein.

»Nichts.« Joanna grinste triumphierend. »Wir sagten nur gerade, wie unglaublich toll es hier ist, stimmt's, Lyds?«

»Genau.« Lydia nickte besonders munter. »Mehr haben wir nicht gesagt.«

»Interessant«, sagte Jackson. Lydia brauchte einen Moment, ehe sie begriff, dass er mit ihr redete. Langsam wandte sie sich zu ihm um.

»Ja«, entgegnete sie, was sich leider ziemlich angespannt anhörte. »Wirklich sehr interessant.«

»Können wir reden?«, fragte Jackson sie so leise, dass es im allgemeinen Geplauder unterging.

»Ich habe nichts zu sagen«, antwortete Lydia.

»Aber ...«

»Also, Jack, was machst du so?«, unterbrach Stephen sie. »Irgendwas Spannenderes als alte Töpfe ausbuddeln?«

»Verlagswesen«, sagte Jack. »Ich verbringe den ganzen Tag mit anspruchsvollen, eleganten Engländerinnen, was mich bestens auf das Leben mit Joanna vorbereitet.«

Inmitten des Gelächters schob Lydia abrupt ihren Stuhl zurück und stand auf.

»Leute, tut mir leid, aber ich habe auf einmal scheußliche Kopfschmerzen. Ich denke, ich lege mich lieber hin.«

»Alles okay, Liebes?«, fragte Stephen, der sich Wein nachschenkte.

»Nein, ich meine, ja, es ist nichts Schlimmes. Vielleicht ist ... ähm, die lange Autofahrt schuld. Das wird es sein. Ich habe das öfter nach langen Fahrten. Am besten lege ich mich einfach hin.« Sie ergriff eine ungeöffnete Weinflasche und klemmte sie sich ungeschickt unter den Arm. »Ein heißes Bad und Schlaf sind alles, was ich brauche.« Alle stöhnten.

»Ach, geh nicht«, bettelte Joanna. »Ohne dich können wir nicht anständig tratschen.«

»Außerdem weiß ich nicht, ob eine Flasche Wein die beste Medizin ist«, ergänzte Katy stirnrunzelnd.

»Das kommt dabei raus, wenn man sich von Keksen und Alkohol ernährt«, sagte Alex mit erhobenem Zeigefinger. »Hach, wie mir das fehlt.«

»Soll ich mit dir nach oben kommen?«, fragte Stephen, der sich halb von seinem Stuhl erhob.

»Nein, das ist nicht nötig. Es ist alles gut, ehrlich. Ich bin wohl nur erledigt. Morgen geht es mir wieder glänzend.« Lydia umklammerte die Weinflasche und wartete zwei qualvolle Sekunden, bis Jackson seinen Stuhl nach vorn rückte, um sie rauszulassen. Dann eilte sie aus dem Esszimmer. Sie war froh, dass es in der Diele so kalt war, denn ihre Wangen glühten. Nachdem sie sich einmal kurz umgeblickt hatte, drehte sie den Verschluss der Weinflasche auf und nahm einen kräftigen Schluck, bevor sie sich umwandte, um unter Joannas Gepäck nach ihren Taschen zu suchen.

»Ist wirklich alles in Ordnung, Liebes?« Sie zuckte zusammen, als sie Stephens Stimme hinter sich hörte. »Ich weiß doch, wie sehr du dich darauf gefreut hast, die anderen wiederzusehen. Es sieht dir gar nicht ähnlich, dich so früh zurückzuziehen.«

Lydia brachte ein Lächeln zustande. »Nein, mir fehlt nichts, ehrlich. Mir ist nur plötzlich ein bisschen … schlecht.«

»Warte, ich nehme die«, sagte Stephen und hob eine ihrer Taschen hoch. »Ist dir klar, dass die drinnen Wetten abschließen, ob du schwanger bist oder nicht?«

»War ja klar.« Lydia schüttelte den Kopf. Auf einmal war sie dankbar, dass Stephen sie nicht allein ließ. Da er zu bepackt war, als dass sie ihn umarmen könnte, trat sie einen Schritt näher, lehnte ihre Stirn an seine Schulter und atmete seinen vertrauten Duft ein.

»Du bist doch nicht ... na ja, schwanger, oder?«, fragte Stephen. »Nicht, dass das ein Problem wäre. Vielleicht ist es nicht der ideale Zeitpunkt, und wir bräuchten eine größere Wohnung, was bei der derzeitigen Immobilienlage nicht so leicht wäre. Trotzdem fände ich es okay. Wir würden es schon hinkriegen.« Lydia blickte sprachlos zu ihm auf. »Aber du bist nicht schwanger, oder doch?«

»Nein, Stephen, ich bin nicht schwanger. Abgesehen von allem anderen hatten wir seit Wochen keinen Sex mehr. Seit Monaten, um genau zu sein. Ist dir das nicht aufgefallen?«

»Doch nicht seit Monaten. Echt, seit Monaten?« Stephen runzelte die Stirn. »Ich weiß, dass es eine Weile her ist. Und es ist nicht so, als wäre mir das nicht aufgefallen oder als hätte ich nicht gewollt. Nur scheinen unsere Tage sehr selten gleich getaktet zu sein.« Lydia stimmte ihm wortlos zu. »Na komm«, sagte Stephen liebevoll, »bringen wir dich nach oben. Mal sehen, ob wir Versäumtes nachholen können.«

»Wenn es dir nichts ausmacht, würde ich lieber allein nach oben gehen.« Lydia nahm ihm ihre Tasche wieder ab. Sie brauchte dringend etwas Zeit allein, um nachzudenken. Gleichzeitig ging ihr durch den Kopf, wie klassisch es für Stephen war, dass er ausgerechnet jetzt mit ihr schlafen wollte. »Ich fühle mich wirklich nicht so toll. Lass mich ein Bad nehmen und mich ein bisschen ausruhen. Geh du zurück zum Abendessen und amüsiere dich. Das hast du nach der langen Fahrt verdient. Ich verspreche auch, dass ich nicht einschlafe, ehe du nach oben kommst«, fügte sie sicherheitshalber hinzu.

Stephen zögerte, doch dann griff er in seine Tasche und reichte Lydia den Schlüssel zu ihrem Zimmer. »Katy sagt, es ist ganz oben an der Treppe. Bist du sicher, dass ich nicht mitkommen soll?«

»Ja, ich komm klar. Keine Sorge.«

»Na gut, ich liebe dich«, sagte Stephen und küsste sie auf die Nasenspitze.

»Ich dich auch«, antwortete Lydia, obwohl sie sich dessen noch nie so wenig sicher gewesen war wie in diesem Moment. Sie war sich in ihrem ganzen Leben noch nie einer Sache so wenig sicher gewesen.

Das Zimmer, das Katy für Stephen und sie vorgesehen hatte, war wirklich entzückend. Ganz in kühlem Salbeigrün gehalten, verfügte es über ein herrlich romantisches Himmelbett mit schweren Brokatvorhängen, die von breiten Bändern zusammengehalten wurden. Das Hübscheste war, dass sie vom Zimmer aus Zugang zu einem eigenen kleinen Turmerker mit drei Fenstern und gerade genug Platz für einen großen Sessel hatten. Die alten Heizkörper sorgten für wohlige Wärme, und im Kamin war alles für ein Feuer vorbereitet.

Lydia warf ihre Tasche aufs Bett und ging zum Turmerker, wo sie sich in den plüschigen Sessel fallen ließ und eine Hand an das kühle Glas drückte, während sie hinaus in die verschneite Nacht sah. Die Dunkelheit und der Flockenwirbel machten es unmöglich, Konturen zu erkennen oder zu erahnen, wo der See sich befand, dabei hatte Katy ihr versichert, dass er praktisch an den Garten anschloss. Die parkenden Autos waren nur noch unförmige weiße Erhebungen inmitten einer durchgängig weiß glitzernden Fläche. Einen kurzen Moment überlegte Lydia, das Fenster aufzureißen und das Regenrohr hinunterzurutschen, aber wirklich nur einen sehr kurzen Moment. Mit dem Auto käme sie bei diesem Wetter nicht weit. Außerdem hatte sie überhaupt kein Schuhzeug dabei, das auch nur einem Nieselregen standhalten würde, an zentimeterhohen Schnee gar nicht zu denken.

Lydia lächelte versonnen, als sie sich vorstellte, wie man einen Suchtrupp organisierte und sie erfroren in einer Schneewehe entdeckte, weil ihre zwölf Zentimeter hohen Stilettoabsätze aus dem Schnee ragten.

Was in aller Welt sollte sie tun? Joanna zugucken, wie sie

Jackson umschwärmte? Wie er vorgeben, sie würden sich nicht kennen? Konnte sie heute Nacht netten Sex mit Stephen haben, wenn Jackson unter demselben Dach schlief? Niemals, nicht ein einziges Mal war Lydia wütend auf Jackson gewesen, weil er verschwand. Viel zu sehr war sie in ihrer eigenen romantischen Tragödie à la *Begegnungen* gefangen gewesen. Aber jetzt musste sie sich dem stellen, was sie tief im Innern die ganze Zeit über schon gewusst hatte: Er hatte mit ihr nur gespielt.

Ihre Geschichte war nicht die zweier Liebender, denen das Schicksal ein unglückliches Ende bescherte. Jackson hatte sie benutzt, bis er ihrer überdrüssig war. Statt sich dann mit lästigen Tränen, Wutausbrüchen und sonstigen Unannehmlichkeiten abzugeben, war er weggelaufen, ohne sich das Übliche: »Es liegt nicht an dir, sondern an mir«, abzuringen. Er hatte sie mitten in einer idiotischen Märchengeschichte verlassen, die mit der Wirklichkeit nichts zu tun hatte.

Lydia klopfte sich sanft mit der Hand gegen die Stirn. Tränen vernebelten ihr die Sicht. Sie erinnerte sich daran, wie sie ungefähr eine Woche nach seinem Verschwinden zu seinem Haus gegangen war und wie eine Bekloppte davorgestanden hatte, den Blick nach oben zum Fenster gerichtet und romantischen Momenten nachhängend. Nun war ihr klar, dass er an dem Abend wahrscheinlich nur ausgegangen war oder, schlimmer noch, mit seiner nächsten Eroberung im Bett lag. Vielleicht hatte er diesen sogenannten Hausmeister dafür bezahlt, dass er sie anlog.

Auf einmal erstarrte Lydia, denn ihr wurde klar, was sie zu tun hatte. Sie musste nach unten gehen und ihn zur Rede stellen. Zumindest sollte Joanna erfahren, was sich zwischen ihnen abgespielt hatte. Schließlich konnte es nur eine Frage der Zeit sein, bis einer von ihnen unwillentlich etwas verriet. Da fand sie es besser, wenn Joanna gleich Bescheid wusste. Und falls Jackson der Typ Mann war, der sich sehr schnell, aber nie für lang verliebte, wäre es erst recht besser für Joanna, das gleich herauszufinden. Manchmal konnte Fürsorge auch grausame Züge annehmen.

Ihr Zorn trieb Lydia bis zur Zimmertür, ehe sie sich umbesann. Sie durfte niemandem von sich und Jackson erzählen, auf keinen Fall. Sie würde sonst dieses Weihnachten nicht bloß für Joanna und sich ruinieren, sondern für alle, einschließlich Katy, die sich solche Arbeit mit den Vorbereitungen gemacht hatte.

Außerdem musste Lydia an die Kinder denken, die so glücklich und aufgeregt waren. Dies war eine magische Jahreszeit für sie, die nicht durch etwas zerstört werden durfte, was die Erwachsenen anstellten. Nein, sie durfte Weihnachten nicht kaputt machen, und dank des Schnees konnte sie auch gar nicht weg.

Es war sogar noch übler als das erste Weihnachten, nachdem ihr Dad sie verlassen hatte. Ein elendes Jahr lag hinter ihnen, in dem ihre Mutter zu tun versuchte, als würde sie nicht dauernd heulen, und in dem ihr Dad, der heimlich bereits mit Karen zusammen war, die Abstände zwischen seinen Anrufen und Besuchen immer größer werden ließ.

Verloren und einsam hatte Lydia sich so viel wie möglich in ihr Zimmer verkrochen, sich in Bücher vertieft oder alte Schwarz-Weiß-Filme im Fernsehen angesehen. Sie hatte sich nach einer Welt gesehnt, in der Frauen Damen waren, die Hüte und Handschuhe trugen, und jeder immerzu höflich war, sogar in der Liebe. In jenem ersten Jahr nach der Trennung beschlossen ihre Eltern, dass es gut für Lydia wäre, wenn sie den Weihnachtstag gemeinsam verbrachten, um ihr zu zeigen, dass sie trotz allem noch Freunde waren.

Selbst mit dreizehn hatte Lydia das für eine schreckliche Idee gehalten. Sie wusste, dass man die Augenblicke, in denen sich ihre Mum und ihr Dad tatsächlich gemocht hatten, ohnehin an einer Hand abzählen konnte. Aber anscheinend durfte sie nicht mitbestimmen, wenn es darum ging, was gut für sie war. Es hatte dann auch nicht lange gedauert, bis der Waffenstillstand brach und es zum heftigen Streit wegen der klumpigen Bratensoße ihrer Mutter kam. Lydia schlich sich daraufhin unbemerkt nach oben, um *Ist das Leben nicht schön?* auf dem kleinen gebrauchten Fernseher anzusehen, den ihre Mum ihr zu Weihnachten geschenkt hatte.

Als ihre verheulte Mutter sie schließlich nach noch mehr Geschrei und Türenknallen zum Essen nach unten holen wollte, hatte Lydia so getan, als würde sie schlafen. Sie gab sich Mühe, ganz still zu liegen und die Augen geschlossen zu halten, während ihre Mutter sie auf die Stirn küsste. Dabei fragte Lydia sich, ob ein Weihnachtsengel kommen und ihr zeigen würde, wie wunderbar ihr Leben eigentlich war, auch wenn sie das gerade nicht erkannte.

Nun drehte Lydia sich seufzend wieder zum Bett um und warf sich auf die weiche Matratze. Sie versuchte, sich zur Vernunft zu bringen. Dies hier war nicht annähernd so schlimm wie das Weihnachten damals, als sie ein verlorenes Kind gewesen war und außerstande, dem Drama und Aufruhr der Erwachsenen zu entfliehen. Heute war sie die Erwachsene, auch wenn sie sich im Augenblick nicht besonders erwachsen fühlte. Dennoch war sie eine Frau, die sich durch ihr Jurastudium gekellnert und sich trotz Sexismus und Alt-Herren-Riege in der Kanzlei ihren Platz erkämpft hatte. Ja, ihr großes Herz war zartfühlend und romantisch, aber in ihrem Job musste sie rational, logisch und furchtlos sein. Wenn es eine Frau gab, die diese Situation durchstehen konnte, dann sie, Lydia.

Okay, Jackson hatte sie höchstwahrscheinlich belogen und sie folglich guten Grund, verletzt und wütend zu sein. Aber vielleicht hatte er vorgehabt, sie damit zu schützen. Manche Leute würden sagen, einfach von Erdboden zu verschwinden wäre besser, als dem anderen zu sagen, dass er einen unglaublich anödete. Außerdem hatte er sie nicht mit Joanna betrogen. Zwischen ihrer Affäre und dem heutigen Tag lagen achtzehn Monate – achtzehn Monate und Stephen. Stephen, mit dem sie zusammenlebte, dessen Name neben ihrem auf der

Gasrechnung stand. In dem Punkt hatte er sich als enorm praktisch veranlagt erwiesen, genau wie darin, ihr ein Kühlschrankfach frei zu räumen. Und in seinem ordentlich gepackten Koffer befand sich ein Verlobungsring. All das sprach für eine geringe Bedeutung des Wiedersehens mit Jackson, selbst unter diesen Umständen.

Nur weil sie offenbar nicht die Richtige für ihn gewesen war, hieß das doch nicht, dass Joanna es nicht sein konnte. Schließlich hatte er in den wenigen Wochen, die sie zusammen gewesen waren, nie den Wunsch geäußert, ihre Freunde oder ihre Familie kennenzulernen. Vielmehr hatte er ihren Vorschlag zu einem gemeinsamen Essen mit ihren Freundinnen dahingehend beantwortet, dass er sie auf keinen Fall mit anderen teilen wollte, nicht einmal für einige Stunden. Und nun wollte er Weihnachten mit Joannas Freunden verbringen, nachdem die zwei seit etwas über einen Monat zusammen waren. In Joannas Fall kam das einem Besuch bei den Eltern gleich, denn im Grunde hatte sie keine Familie – zumindest keine, zu der sie Kontakt pflegte. Jeder wusste, dass Weihnachten mit der Freundin oder dem Freund bedeutete, dass eine Heirat ins Auge gefasst wurde. Es war quasi gleichbedeutend mit einer Verlobung.

Jacksons Beziehung zu Joanna war mithin offiziell. Als Lydia mit ihm zusammen gewesen war, hatte sie mehr oder minder bei ihm gewohnt. Ihre Freundinnen sah oder sprach sie so gut wie gar nicht mehr und beantwortete ihre SMS-Anfragen mit »zu viel Arbeit«. Eines Tages kreuzte dann Alex in der Kanzlei auf. Sie wollte wissen, ob sie überhaupt noch ihre Trauzeugin sein wollte oder ob sie sich so gemein und schrecklich benahm, weil sie David hasste und Alex ihr Glück nicht gönnte. Sogar da hatte Lydia ihr nichts von Jackson gesagt. Irgendwie spürte sie wohl, dass der Zauber, den sie erlebte, über kurz oder lang brechen und sie wieder in ihr ödes Leben zurückkehren würde.

»Tut mir leid«, hatte Lydia zu Alex gesagt. »Ich weiß, dass

ich furchtbar bin. Es ist nur so, dass ich jemanden kennengelernt habe und zurzeit auf Wolke sieben schwebe.«

»Wirklich?« Alex war misstrauisch geworden, obgleich sie durch ihre eigene Verliebtheit viel weicher geworden war. »Sag mir, wer es ist. Wie sieht er aus? Richtig heiß?«

So verlockend es gewesen war, Alex von Jackson vorzuschwärmen und seinen Namen auszusprechen, wich Lydia ihr doch aus.

»Es ist noch zu früh, viel zu früh, aber vielleicht, wer weiß, habe ich einen Begleiter zu deiner Hochzeit.« Alex hatte die Lippen geschürzt. »Ich verspreche dir, mich wieder mehr um meine Pflichten als Trauzeugin zu kümmern. Ach, und übrigens mag ich David sehr. Ich finde, ihr zwei seid das perfekte Paar.«

Sie hatten sich umarmt, das nächste Treffen verabredet, und Alex war wieder gegangen. Keine von Lydias Freundinnen sollte Jackson jemals begegnen oder ein Foto von ihm zu sehen bekommen. Es existierte keines, nicht einmal auf Lydias Handy. Soweit sie wusste, gab es keinerlei Beweis für ihre Affäre. Bei Joanna ist das anders, dachte Lydia wehmütig. In diesem Jahr würde ein Foto vor dem Weihnachtsbaum aufgenommen werden, das im nächsten auf den Weihnachtskarten von Joanna und Jackson, dem glücklichen Paar, zu sehen wäre.

So schmerzlich es war, Lydia musste zugeben, dass Jackson zwar sie nicht geliebt hatte, Joanna aber sehr wohl lieben könnte. Und Joanna betete ihn an. Offensichtlich hatte sie endlich gefunden, was sie suchte, als sie von einem Mann zum nächsten wanderte. Vielleicht liebten sich die beiden wirklich. Und dass er so tat, als hätte er Lydia noch nie gesehen … Nun, wenn er Joanna liebte und sie behalten wollte, was blieb ihm anderes übrig? Welche Frau war erpicht darauf zu hören, dass ihr neuer Freund mit ihrer besten Freundin geschlafen hatte?

Es war lächerlich. Lydia saß mitten in der Einöde fest, eingeschneit mit dem Mann, den sie verloren und weit weg geglaubt hatte. Und er würde mit ihrer besten Freundin im Zimmer nebenan schlafen. So viel Zufall wäre selbst für einen Film mit Rock Hudson und Doris Day zu viel. Aber leider war das Lydias Leben. Wie es aussah, sollten ihre Träume von einem wundervollen Weihnachten nicht wahr werden.

Sie konnte nicht zurück nach unten gehen und den anderen alles verderben. Sie wünschte ihrer Freundin wahrlich alles Glück, das sie bekommen konnte. Obendrein hatte Lydia Stephen. Stephen liebte sie, und er wollte um ihre Hand anhalten. Also sollte sie an ihre Zukunft denken, nicht an die Vergangenheit. Dies war ihr Weihnachten, auf das sie sich schon freute, seit sie ein kleines Kind war und an den Weihnachtsmann glaubte. Draußen schneite es, und sie war mit den Menschen zusammen, die ihr am wichtigsten waren.

Lydia beschloss resolut, dass sie es wie Jackson halten und nichts sagen würde. Sie musste sich auf ihre Zukunft konzentrieren, ganz besonders darauf, dass sie in Stephen verliebt war.

Dumpf bemerkte Lydia einen heißen Atem an ihrem Hals und etwas Schweres auf ihrer Brust. Schlaftrunken und halb träumend runzelte sie die Stirn. Stephen küsste ihr Ohr.

»Ah, Pyjama«, raunte er und strich über den Baumwollstoff. »Ich liebe dich im Pyjama.«

Groggy zwang Lydia sich, die Augen zu öffnen und blickte in Stephens lächelndes Gesicht. Er war offenbar reichlich angetrunken.

»Wie spät ist es?«, fragte sie. Nach einem heißen Bad und einem großen Zahnputzbecher Wein musste sie eingeschlafen sein, sobald sie im Bett lag. Sie hatte ihr Versprechen vergessen, auf Stephen zu warten – er aber eindeutig nicht.

»Sexzeit«, lallte er. Das passte so wenig zu ihm, dass Lydia kichern musste. Sie könnte gar nicht weniger in der Stimmung für höflichen, liebevollen, freundschaftlichen Sex mit Stephen sein. Aber es war so lange her, seit sie sich auf diese Weise nahe gewesen waren, dass eine Ablehnung nachgerade ungezogen wäre.

»Ich hoffe, du fühlst dich besser, denn ich werde dich nehmen wie dieser Darcy diese Jane-Bront-Frau«, sagte er, zog eine Braue hoch und begann, ihr Pyjamaoberteil aufzuknöpfen.

»Darcy nimmt im eigentliche Sinne nicht«, korrigierte Lydia ihn schmunzelnd, während er sich mit dem dritten Knopf abmühte. »Und du meinst Elizabeth Bennett und Jane Austen, keine Bront.«

»Tja, also ich nehme«, sagte Stephen, der sich sehr anstrengen musste, sich Zugang zu ihrem Busen zu verschaffen. »Hm, Möpse.«

Lydia lag da, fühlte seine Hand, die über ihre Brust strich, sie drückte und den Stoff wegschob, bis er eine rosige Spitze entblößt hatte, die er küsste und an der er knabberte, abwechselnd. Lydia schloss die Augen. Stephen, dem es wohl zu mühsam wurde, die Knöpfe zu öffnen, schob das Pyjamaoberteil nach oben, bis es sich unter Lydias Kinn bauschte.

»Ich liebe es, dass du so üppig ausgestattet bist«, sagte er, was vielleicht ein bisschen unromantisch war, aber von Herzen kam. Lydia sollte nicht zu pingelig sein. Immerhin war es das erste Mal seit Monaten, dass er Interesse an ihr zeigte. Es hätte nicht mehr viel gefehlt, bis sie die Botschaft verstand und es endgültig aufgab. Stephen legte sich auf sie, vergrub das Gesicht in ihrem Haar und zupfte das Band ihrer Pyjamahose auf, während er mit der anderen ihren Busen umklammert hielt. Eine ihrer Hüften war unangenehm unter seinem Körper eingeklemmt, und ihr Rücken tat weh. Aber Lydia sagte nichts. Sie versuchte, sich auf seine Lippen an ihrem Hals zu konzentrieren, als er ihr mit der linken Hand die Hose herunterzog.

Sex, dachte Lydia. Ich werde Sex mit dem Mann haben, den ich liebe und wahrscheinlich heiraten werde. Ich sollte erregt sein und muss ihm das zeigen.

Sie rang sich ein kleines Stöhnen ab, um Stephen wissen zu lassen, dass sie erregt war, und war ein wenig enttäuscht, als er nicht reagierte. Ein Moment verging, bis sie bemerkte, dass seine rechte Hand zwar noch ihre Brust umfasste, sich jedoch nicht mehr bewegte. Auch sein Atem ging auffallend ruhig. Plötzlich, um dem Ganzen die Krone aufzusetzen, erklang ein Schnarchen.

»Stephen?«, fragte Lydia. »Schatz?«

Die einzige Antwort war noch ein Schnarchen. Verärgert schob Lydia ihn von sich herunter, zog ihr Pyjamaoberteil glatt, stieg aus dem Bett und ging ins Bad. Dort drehte sie das kalte Wasser auf, ließ es sich in die Hände laufen und kühlte ihr erhitztes Gesicht.

Nach Monaten ohne einen Anflug von Sex schlief er auf ihr ein! Sie hatte zugelassen, dass er sie angetrunken begrapschte wie ein Schuljunge, und dann ... war er eingeschlafen. Konnte etwas noch beschämender oder verletzender sein?

Ja, konnte es. Im nächsten Moment hörte sie, wie die Tür nebenan geschlossen wurde und Joannas verführerisches Lachen erklang. Obwohl Lydia sich dafür verachtete, nahm sie den zweiten Zahnputzbecher, drückte ihn an die Wand und lauschte. Was gesagt wurde, konnte sie nicht verstehen, doch sie hörte Jacksons tiefe und Joannas höhere Stimme, immer wieder von Gekicher unterbrochen. Für kurze Zeit trat Stille ein, dann kam eine Art rhythmisches Knarren. Ein bisschen zu spät ging Lydia auf, was sie da hörte, und sie ließ den Zahnputzbecher fallen, der mit einem lauten Scheppern, aber heil im Waschbecken landete.

Aus dem Spiegel starrten ihr dunkelbraune Augen entgegen, umrahmt von zerzaustem Haar und geröteten Wangen. Ihr halb offenes Pyjamaoberteil gab die Wölbungen ihrer Brüste frei. Alles schien aus den Fugen, als wäre die natürliche Ordnung des Universums gestört. Da stand sie, pulsierend vor Leben, Liebe und Lust, sehnte sich mit Leib und Seele danach, von jemandem berührt zu werden, der – was hatte Joanna gesagt? – sie verstand. Die Chance, dass das passierte, war ebenso groß wie die auf einen ganzen Monat voller Weihnachtstage.

»Dein Problem ist«, sagte sie zu ihrem Spiegelbild, »dass du seit Jahren alte Filme anguckst, in denen es immer ein Happy End gibt.«

Aber dies war das wahre Leben. Ihr Leben. Ein Leben, in dem sich ihre Eltern hassten und in dem Weihnachten – ein richtiges Bilderbuchweihnachten – nicht existierte. Es war das Leben, in dem verflossene Lieben mit besten Freundinnen auftauchten und Leidenschaft erlebten, während ihr Freund auf ihr einschlief.

Jetzt, dachte Lydia schmerzlich, als sie Joanna typisch dramatisch zum Höhepunkt kommen hörte, jetzt kann es eigentlich nicht mehr schlimmer werden.

6

22. Dezember

Beim Aufwachen wurden Lydia sofort zwei Dinge klar: Das Zimmer sah im kalten Tageslicht nicht schick, sondern eher schäbig aus, und dieses komische Licht konnte nur noch mehr Schnee bedeuten. Außerdem war ihr eiskalt. Sie zog sich das, was sie noch an Decke hatte, bis zum Kinn hoch und kuschelte sich bibbernd an Stephens Rücken. Er hatte die Nacht über tief und fest geschlafen, sich allerdings zur anderen Seite gerollt und dabei einen Großteil der Decken mitgenommen, die er zwischen seinen Beinen einklemmte wie eine Geliebte. Es war gar nicht gut, dachte Lydia verbittert, wenn Bettwäsche mehr erlebte als sie.

Vorsichtig streckte sie einen Zeh unter der Decke raus und zog ihn sofort wieder zurück. Als sie sich aufsetzte, bemerkte sie, dass ihr Atem Dampfwolken in der Luft bildete. Sie blickte sich um und sah einen Riss in der Wand gegenüber, die Sorte Mauerriss, in dem für gewöhnlich Spinnen hausten. Auch wenn die Farbe an den Wänden frisch und das Zimmer hübsch möbliert worden war, haftete ihm ein muffiger Geruch an, als wäre es seit hundert Jahren nicht mehr bewohnt worden. Dies war jedenfalls kein Hotelstandard. Lydia überlegte, ob sie das Katy sagen sollte oder nicht.

»Verflucht«, flüsterte sie, als sie sich vorbeugte und die Heizung anfasste. Der Heizkörper sah so alt aus, dass er in einem Museum stehen sollte. Gestern Abend hatte er gegurgelt und war kochend heiß gewesen, aber jetzt tat sich nichts. Das Ding fühlte sich eiskalt an.

Lydia ließ sich wieder aufs Kissen sinken, fragte sich, ob sie weiterschlafen sollte, und entschied, dass es wegen der Frostbeulengefahr wenig ratsam wäre. Die Tatsache, dass ihre beste Freundin mit ihrem heimlichen Ex-Liebhaber im Bett lag, erhöhte die Chance auf Schlaf nicht unbedingt.

Mit einem kurzen, bitterbösen Blick auf den schlafenden Stephen wappnete sie sich und schwang die Beine aus dem Bett. Sowie ihre Füße den Boden berührten, beschloss sie, nicht erst nach Socken zu suchen, ehe sie in ihre Stiefel schlüpfte. Dann schnappte sie sich einen von Stephens Pullovern, der über einer Stuhllehne hing, und zog ihn sich über, bevor sie den Hotelbademantel hinter der Badezimmertür fand und sich fest hineinwickelte. Nun sah sie wie ein Michelin-Männchen mit schlechtem Modegeschmack aus, aber wenigstens war ihr warm. Das war an diesem Punkt ihres Lebens wohl das einzig Positive, auf das sie hoffen durfte.

Sie ging in den Turmerker, lehnte sich an das Fensterbrett und glitt mit einer Fingerspitze über die hübschen Eisblumen, die sich über Nacht auf das Glas gelegt hatten. Mit dem langen Bademantelärmel rieb sie einen kleinen Kreis frei und sah hinaus.

Draußen war alles still und friedlich. Jedwedes Zeichen von Leben wurde durch eine dicke Schneeschicht gedämpft. In einem allerdings hatte Katy recht: Dies war die ideale Lage für ein Hotel. Hinter dem See ragten verschneite Berge auf, die sich vor dem frostblauen Himmel majestätisch ausnahmen. Sie waren viel größer und eindrucksvoller, als Lydia sie sich vorgestellt hatte. Der See selbst, dessen Ränder vereist waren, erstreckte sich bis weit in die Ferne, und die dunkle, regungslose Oberfläche schien unzählige Geheimnisse zu bergen. Angesichts der rauen, ungezähmten Landschaft kam Lydia sich winzig vor – ein unbedeutender Mensch inmitten gleichgültiger Wildnis. Nun ja, sofern man von Wildnis sprechen konnte, wenn man ein Badezimmer hatte.

Ihre Uhr sagte ihr, dass es zehn nach acht war, doch im Haus herrschte vollkommene Stille. Womöglich waren alle anderen über Nacht erfroren, was ihr zumindest die Peinlichkeit der nächsten Tage ersparen würde. Wahrscheinlicher jedoch war, dass sie gestern Abend so viel getrunken hatten wie ihr Süßer und ihren Rausch ausschlafen mussten.

Lydia wickelte sich noch fester in den Bademantel und begab sich auf die Suche nach einem Frühstück. Ihr stand der Sinn danach, etwas zu kochen, pochieren oder zu braten – vorzugsweise die Gehirne sämtlicher Männer, die ihr jemals wehgetan hatten. Allen voran die der beiden, die immer noch oben schliefen. Davon abgesehen, täten es auch Eier.

Es dauerte ein wenig, bis sie die Küche gefunden hatte, und das gelang ihr auch nur, weil sie Katys weichgespülten Flüchen folgen konnte, die ihre Freundin dann benutzte, wenn die Kinder in der Nähe waren.

»Bananenpups«, brüllte Katy wütend, als Lydia in die große, sehr dürftig ausgestattete Küche kam. Der Boden war mit Schiefer gefliest, und die Küchenmöbel und Kacheln sahen aus, als wären sie ungefähr 1979 sehr modern gewesen. Lydia konnte nur Katys Hintern sehen, denn der Rest von ihr war in den Tiefen eines ziemlich antiquiert anmutenden Herdes versunken.

»Bärendreck«, knurrte Katy. »Wusste ich's doch! Ich hab immer gesagt, lass uns die Küche als Erstes machen. Bärendreck!«

»Die Bären können gar nichts dafür, wenn sie dreckig sind«, sagte Tilly ein bisschen beleidigt und bemalte etwas, was Lydia zunächst für ein Blatt Papier hielt, bei näherem Hinsehen jedoch als die Arbeitsplatte identifizierte. »Das ist wegen dem Honig, den sie essen müssen, damit sie nicht sterben.« Für einen Moment sah sie nachdenklich aus. »Mummy, müssen Teddys zum Zahnarzt?«

»Zweimal im Jahr«, antwortete Lydia ruhig und bewunderte die Kritzelei des Kindes. »Kann ich irgendwie helfen?«

Katy sah völlig verzweifelt zu ihr auf. »Kannst du einen neuen Boiler anschließen? Unserer hat den Geist aufgegeben. Aber wie ich sehe, hast du für dich schon eine Lösung gefunden, auch so warm zu bleiben. Ich weiß nicht, was ich machen soll, Lydia. Es ist klapperkalt da draußen, und kein Handwerker will so kurz vor Weihnachten noch herkommen, schon gar nicht bei dem Wetter. Ich weiß ums Hinkepotthüpfen nicht, wie ich diesen Ofen zum Laufen kriege. Es muss irgendwie gehen, wenn ich uns ein Weihnachtsessen machen will. Jedes Mal, wenn ich denke, jetzt hab ich's, geht er wieder aus. Ich hasse diesen Pupsofen!«

»Pupsofen«, gackerte Tilly, bevor sie ernster sagte: »Ich hab so Hunger, Mummy.«

»Moment.« Lydia drückte ihren Handrücken an Katys gerunzelte Stirn. »Wer sind Sie? Was haben Sie mit meiner Freundin Katy gemacht, die das *Kochbuch für Küchenprofis* rückwärts aufsagen konnte, als der Rest von uns noch von Dosennudeln auf Toast lebte? Die, die im Studium zum Innenausstattungsguru mutierte und mit vierundzwanzig ihre ersten selbst gemachten Tonserviettenringe besaß?«

»Das war bevor ich einen besch…eidenen Aga hatte«, jammerte Katy. »Keiner hat einem gesagt, dass die Dinger für den … Abfall sind. Ehrlich, Lydia, einen Aga-Herd zu besitzen fühlt sich nicht ganz so toll an, wie ich gehofft hatte.«

Lächelnd nahm Lydia ihre Freundin fest in die Arme. Die arme Frau litt zweifellos unter einer heftigen Kollision mit der Realität.

»Okay. Es ist kein Weltuntergang, wenn das Ding nicht funktioniert. Wahrscheinlich muss irgendwas gewartet werden oder so. Das kriegst du sicher bis Silvester hin. Und bis dahin überlegen wir uns etwas anderes. Du hast doch gestern Abend ein Festmahl aufgetischt, wie hast du das hinbekommen?«

»Mit dem da«, sagte Katy finster und nickte zu einem Elektroherd, der einsam in der Ecke stand. Er sah alt aus, war verbeult und um die Kochfelder herum ein bisschen rostig. Zugegeben, er wirkte eher wie ein Sicherheitsrisiko, aber das wollte Lydia nicht sagen, denn Katy war bereits ziemlich angespannt. Das Aussehen war ja nicht alles, zumal Katy den Herd seit

Wochen benutzen musste, wie die Unmengen selbst gemachter Weihnachtspastetchen, Minischokorollen und Toffeeröllchen in den großen Frischhaltedosen verrieten.

»Also für mich sieht der prima aus, um einen Truthahn darin zu braten«, log Lydia.

»Ja klar, nur muss ich dann alles nacheinander machen und irgendwie warm halten, und ... und ... Scheibenkleister, Lydia. Wie soll ich denn tagtäglich Frühstück für zwanzig Leute auf so einem Sperrmüll kochen? Dabei hatte ich Jim gesagt, dass die Küche wichtiger ist als die Flutlichter. Ich hatte es ihm gesagt!«

»Katy, atmen«, sagte Lydia streng und wies auf den Platz neben Tilly. »Setz dich hin. Ich mache Kaffee und Frühstück.«

»Aber du bist doch ein Gast«, jammerte Katy. »Ich wollte ein Festmahl im Esszimmer auftischen, mit Zimt-Latte und Lebkuchen-Croissants.«

»Bitte, lass Tante Lydia Frühstück machen«, flehte Tilly. »Ich hab so Hunger!«

»Setz dich hin«, befahl Lydia. »Überlegen wir in Ruhe – du bist auch ruhig, Tilly. Ich bin sicher, dass wir etwas Leckeres zusammengebrutzelt und gebacken kriegen. Entspann dich. Ich habe alles unter Kontrolle.«

»Hattest du das nicht auch gesagt, als du versucht hast, uns vor diesem Nachtclub ein Taxi zu holen, und dann war es ein Streifenwagen, woraufhin wir alle in einer Zelle landeten?«

»Stimmt, aber damals war ich achtzehn. Inzwischen bin ich eine erwachsene Frau.«

»Darüber ließe sich streiten«, sagte Katy, lächelte jedoch, als sie ihr Kinn auf die Hände stützte und zuschaute, wie Lydia den Heißwasserkocher befüllte und löffelweise Instant-Kaffeepulver in zwei Becher schaufelte und Kakaopulver in einen dritten. Vincent, der offenbar ahnte, dass Futter nahte, tauchte aus dem Nichts auf, schnupperte aufmerksam in die Luft und sank unterm Tisch zusammen. Dort wollte er auf die gastronomischen Highlights warten, die ihm die allzeit großzügige Tilly zweifellos demnächst zuwarf.

»Ich will auch Fell haben wie Vincent«, sagte Tilly und erschauderte. »Mir ist eiskalt.«

»Ich weiß, Spätzchen, tut mir leid. Wenn Daddy aufsteht, macht er den Heizkessel an. Letztes Mal hat er es auch geschafft, nicht? Obwohl ich fast glaube, das hatte mehr mit Glück zu tun.«

»Ich habe eine Idee«, sagte Lydia, klatschte in die Hände und grinste Tilly an. »Was hältst du davon, wenn du diesen müffelnden Hund nimmst und ihr zwei so lange auf deinem Daddy herumhüpft, bis er aufsteht? Ich verspreche, dass ich haufenweise Toast und heiße Schokolade fertig habe, wenn ihr wiederkommt.«

»Okay.« Tilly war sehr viel begeisterter von dem Vorschlag als Vincent, der ungern seinen Spitzenplatz aufgeben wollte. Es bedurfte eines energischen Stupsers mit Lydias Stiefelspitze, um ihn unter dem Tisch herauszuscheuchen.

»Jim wird das nicht so klasse finden«, sagte Katy. Den Kaffeebecher, den Lydia ihr reichte, hielt sie dicht unter ihr Gesicht, um die eisige Nasenspitze am Dampf zu wärmen. »Er sei kein Morgenmensch, behauptet er. Das muss allerdings neu sein, denn als er noch in der Stadt gearbeitet hat, war er jeden Morgen um sechs auf und um sieben am Schreibtisch. Ich dachte, hier würde ich ihn häufiger zu Gesicht bekommen, wach, meine ich.«

»Vielleicht will er einfach nur ein wenig abschalten, sich langsam an das Landleben anpassen.« Lydia entdeckte einen randvollen Kühlschrank und begann, Eier in eine Schüssel zu schlagen und mit der Gabel zu verquirlen.

»Oder er ist ein fauler Sack, dem es gefällt, den Hausherrn zu spielen, während seine Frau sich krummschuftet«, erwiderte Katy mit mehr als einem Anflug von Verbitterung.

»Ist alles in Ordnung mit dir, Katy?«, fragte Lydia besorgt. »Ich dachte, das wäre dein Traum. Ist das Leben nicht so idyllisch, wie du gehofft hattest?« Sie gab Katy die erste Ladung Toasts, damit sie Butter draufstrich.

»Doch, ist es«, antwortete Katy zögerlich. »Ich bin bloß müde und friere, das ist alles. Und ich bin unfair. Jim hat hart gearbeitet, damit alles fertig wurde. Und wir haben praktisch unser ganzes Geld in das Hotel gesteckt, was mir ein bisschen Angst macht, denn die Küche ist noch nicht fertig und der Heizkessel uralt. Wie dem auch sei, ich schätze, es ist legitim, dass er sich ausruht, bevor wir offiziell eröffnen. Nur ...«

»Du könntest auch gut ein bisschen ausruhen?«, soufflierte Lydia.

Katy nickte. »Ich bin ja selbst schuld. Wir hätten ein ruhiges Weihnachten zu viert feiern können. Die Einladung war meine Idee. Ich wollte euch zeigen, was wir aus dem Haus gemacht haben. Und ich weiß, dass du ein traditionelles Weihnachten so schön findest. Ich wollte unbedingt diejenige sein, die dir so ein klassisches Fest bietet, denn ich kenne die Geschichten von den schrecklichen Weihnachtsfesten früher bei euch. Zum Beispiel wie das, als deine Mutter mit Grippe im Bett lag und du dir alleine gebackene Bohnen auf Toast machen musstest.«

Es war typisch für Katy, dass sie an Lydia gedacht hatte. Lydia wollte auf keinen Fall, dass ihre Freundin ein schlechtes Gewissen bekam, weil das perfekte Weihnachten nicht ganz nach Plan lief.

»Ich mag Bohnen auf Toast, und es ist bezaubernd von dir. Dieses Weihnachten wird fantastisch, und du wirst eine wunderbare Gastgeberin sein, versprochen.« Im Geiste drückte Lydia ihr die Daumen, während sie die Rühreimasse in die Pfanne goss. »Du weißt doch, wie es ist. Solche Sachen entwickeln sich oft erst auf den letzten Drücker richtig gut.«

»Und wie findest du ihn?«, fragte Katy.

»Jim? Ein bisschen trottelig, aber nett.«

Katy kicherte. Sie war nicht beleidigt. »Nein, ich meine Joannas Neuen. Er sieht gut aus, nicht? Und witzig ist er auch. Du hättest Jojo gestern Abend erleben sollen, nachdem du ins Bett gegangen warst. Sie hat gestrahlt wie ein Honigkuchenpferd.«

Lydias Rühren wurde merklich langsamer, denn sie hatte das Gefühl, dass sich ihr ein bleiernes Gewicht auf die Schultern legte.

»So kennen wir sie gar nicht«, plapperte Katy weiter. »Ich kann mich nicht an einen einzigen anderen Freund erinnern, an dem sie nicht von Anfang an irgendwas auszusetzen hatte. Aber diesen Jack betet sie an, als ob ihm die Sonne aus dem knackigen Hintern leuchten würde.«

»Was weißt du über ihn?«, fragte Lydia vorsichtig und tat dampfendes Rührei auf Katys Toast.

»Nicht viel, nur dass er ein großes Tier im Verlagswesen ist, seit ein paar Jahren in England lebt und der beste Liebhaber der Welt sein soll. Joanna sagt, dass er nie eine feste Beziehung hatte. Er war wohl bisher überzeugter Junggeselle. Ich glaube nicht, dass sie es genau weiß, aber sie vermutet, dass er ganz schön rumgekommen ist. Na ja, so wie er aussieht, kein Wunder.«

Katy starrte ihr Frühstück an.

»Ich hätte den sicher nicht von der Bettkante gestoßen. Jedenfalls denke ich, dass ihr gerade das an ihm gefällt. Ihre bisherigen Männer waren immer so zahm und ihr völlig ergeben, nicht ansatzweise so selbstbewusst wie er. Deshalb ist sie gestern Abend fast geplatzt vor Freude, als sie uns erzählte, wie er kurz vor der Fahrt hierher zu ihr gesagt hätte, dass er noch nie einer Frau wie ihr begegnet ist. Dass er glaubt, dass es zwischen ihnen etwas ganz Besonderes wäre.«

»Ach ja?«, sagte Lydia matt, die sich Katy gegenüber hingesetzt hatte und nun ihren Frühstücksteller wegschob.

»Geht es dir gut, Lyds?«, fragte Katy. »Nimm es mir bitte nicht übel, aber du scheinst ein bisschen genervt von Joanna und Jack zu sein. Ich weiß ja, dass sie reichlich anstrengend sein kann, aber so habe ich sie noch bei keinem Mann erlebt. Ich glaube, sie liebt ihn wirklich.«

»Ja, ich weiß, es ist nur … Katy, du wirst es nicht glauben, aber …« Bevor Lydia noch mehr sagen konnte, erschien Jackson in der Tür, mit zerwühltem, honigbraunem Haar und müden Augen. Er sah zum Küssen aus.

»Gott sei Dank, wenigstens ist es hier ein bisschen wärmer«, sagte er. »Oben ist es eiskalt. Joanna weigert sich aufzustehen, ehe ich ihr nicht einen Kaffee bringe und das Feuer im Zimmer anmache. Habt ihr Streichhölzer?«

»Der Wasserkocher steht da drüben«, antwortete Lydia und nickte in die Richtung, sodass Katy keine Chance hatte, das Kaffeekochen für ihn zu übernehmen. Lydia sah auf ihren Toast, spürte aber deutlich Jacksons Blick, während er sich zwei Becher nahm und den Wasserkocher einschaltete. Sie fragte sich, ob er sie überhaupt wiedererkannte. Seine Ahnungslosigkeit war erstaunlich überzeugend gespielt.

»Tut mir schrecklich leid, dass es so kalt ist«, entschuldigte Katy sich. »Der Heizungsbrenner ist hoffnungslos veraltet und gibt dauernd den Geist auf. Kennst du dich zufällig mit Heizungsanlagen aus?«

»Bedaure, nur mit Büchern, die man am besten als Brennstoff verwendet«, sagte Jackson und fuhr sich mit den Fingern durchs Haar. »Leider habe ich zwei linke Hände.«

»Ach ja? Da habe ich was anderes gehört.« Katys Kichern erstarb, sowie sie Lydia ansah.

Zum Glück kamen die Kinder und der Hund hereingepoltert, bevor Katy die Spannung zwischen Jackson und Lydia wahrnehmen konnte.

»Daddy hat ganz böse Wörter gesagt, als ich zu ihm ins Bett gekrabbelt bin«, berichtete Tilly kichernd, setzte sich wieder auf ihren Stuhl, und Vincent legte sich ihr zu Füßen. Beide wirkten erheblich munterer, da sie Essen auf dem Tisch sahen.

Jake hockte sich ebenfalls an den Tisch und griff sich ein Stück Toast von Katys Teller. »Aber er steht auf. Und er sagt, er hat einen Geschmack im Mund wie Rattenarsch«, ergänzte er.

»Daddy sagt, Vincent soll lieber schwimmen lernen«, sagte Tilly, die den Hund mit Rührei fütterte und dabei eine ansehnliche Schweinerei auf dem Tisch anrichtete. »Er hat gesagt, wenn der Drecksköter noch mal in sein Bett springt, ersäuft er ihn im See wie die wahnsinnige Molly.«

»Es gibt keine wahnsinnige Molly.« Katy verdrehte die Augen. »Daddy ist ein Idiot.«

»Mummy«, rief Tilly entsetzt. »So was sagt man nicht.«

Trotz ihrer finsteren Stimmung musste Lydia schmunzeln, dass Tilly ihrer Mutter vorwarf den Ausdruck »Idiot« benutzt zu haben, nachdem sie von ihrem Vater eben eindeutig Schlimmeres gehört hatte.

»Daddy ist ein Idiot! Daddy ist ein Idiot!«, trällerte Jake recht nahe an Lydias Ohr. Lydia erkannte ihre Chance, aus dem Raum zu entkommen, in dem Jackson Blake war, und sprang mit einer Energie und einem Tatendrang auf, die sie sonst eigentlich nur beim Shoppen oder vor Gericht bewies.

»Ich weiß was«, sagte sie munter. »Ziehen wir uns Mäntel, Schals und Gummistiefel an und gehen raus, die allerersten Fußabdrücke im Schnee machen!«

»Aber wir sind gar nicht angezogen«, entgegnete Tilly und sah zu ihrer Mutter. »Wir dürfen doch nicht im Pyjama raus, oder?«

»Wen stört das?« Lydia klatschte in die Hände. »Es ist Weihnachten, da dürfen wir tun und lassen, was wir wollen.« Sie zögerte. »Wir dürfen doch, nicht Katy, solange wir warm genug eingepackt sind?«

»Tja, ich schätze, solange ihr ...« Was immer Katy noch sagen wollte, ging im Kinderjubel unter.

Aufgeregt plappernd liefen die Kinder voraus in den seitlichen Anbau und wickelten sich in so viele Schichten wie möglich. Katy lächelte Lydia zu und bedankte sich stumm. Sie bemerkte nicht, dass ihre Freundin nur dringend von Jackson Blake wegwollte. Lydia schlüpfte aus ihren Stiefeln und stieg, immer noch barfuß, in ein Paar Gummistiefel, das nach ihrer Größe aussah, sowie in die dickste Wolljacke, von der sie annahm, dass es Jims war. Dann ging sie hinaus in die unberührte Schneelandschaft.

Sie bereute ihre Entscheidung sofort, vor allem weil die Schneewehe, in die sie stapfte, sehr viel tiefer als erwartet war. Eisiger Schnee drang in die Gummistiefel, sodass Lydia umgehend feuchte Eisfüße bekam. Unglücklich jammerte sie leise vor sich hin. Zurück nach drinnen konnte sie nicht, bevor Jackson Joannas Frühstück fertig und die Küche verlassen hatte. Schließlich hatte sie sich eben extra unternehmungslustig und schneeversessen gegeben. Auch wenn Jackson auf solche Eigenschaften sicherlich pfiff, musste Lydia ihre Würde wahren.

Elend sprang sie von einem steif gefrorenen Fuß auf den anderen, denn sie musste es irgendwie schaffen, ihre Zehen zu behalten – alle. Außerdem reichte es, dass sich ihr Gesicht anfühlte, als hätte dort bereits die Leichenstarre eingesetzt. Unterdessen tollten die Kinder und Vincent vergnügt im tiefen Schnee herum. Der einohrige alte Hund benahm sich wie ein Welpe, kläffte vergnügt und vergrub seine Nase in dem komischen weißen Zeug, ehe er es in die Luft schleuderte. Lydia hätte gegrinst, wären die dafür notwendigen Muskeln nicht schon froststarr.

Sie blickte auf die atemberaubende Landschaft um sich herum und dachte, falls sie einen trotzbedingten Kältetod sterben sollte, war *Heron's Pike* zumindest einer der zehn schönsten Orte der Welt dafür.

»Schneeballschlacht«, verkündete Jake angriffslustig und gab Lydia genau null Sekunden, in Deckung zu gehen. Ein eiskalter, aber glücklicherweise weicher Schneeball prallte gegen ihre Nase und zerstäubte in alle Richtungen.

»Oh, du kleiner …« Hastig ging sie in die Knie und versuchte, eine Kugel aus dem weißen Puder zu formen, was ihr nicht gelingen wollte, während die Kinder sie verblüffend treffsicher mit einer perfekten Schneekugel nach der anderen beschossen. Zwar bemühte sich Vincent wild springend, die Bälle abzufangen, doch die meisten trafen ihr eigentliches Ziel.

»Das ist unfair«, beschwerte Lydia sich. »Gebt mir wenigstens eine Chance. Habt ihr noch nie was von den Genfer Konventionen gehört?« Anscheinend hatten sie nicht, denn binnen Minuten war ihr Gesicht rot und wund, ihr Haar klebte an ihrem Kopf und die mehrschichtige Kleidung auf ihrer klammen Haut. Lydia mühte sich mit ihrem dritten erbärmlichen Schneeball ab, als vier oder fünf sehr gut geformte schnell hintereinander über sie hinwegflogen. Einer davon erwischte Jake an der Schulter, woraufhin der Junge wie wild losbrüllte.

»Das bedeutet Krieg«, schrie er. Lydia drehte sich um und entdeckte Jackson, der sich neu bewaffnete.

»So viel Spaß hatte ich nicht mehr, seit ich als Kind im Winter im Central Park gespielt habe. Stellen Sie sich hinter mich, Ma'am«, scherzte er in breitestem Amerikanisch. »Ich bin Ihr menschlicher Schutzschild.«

»Attacke!« Jake hatte ein vereistes Stück Schnee von der oberen Kante einer Bank gepflückt und rannte auf sie zu, dicht gefolgt vom wild kläffenden Vincent und der vergnügt quiekenden Tilly.

Jackson stellte sich vor Lydia und kehrte dem Angreifer gerade rechtzeitig den Rücken zu, bevor Vincent geradewegs in ihn hineinflog und ihn umwarf, sodass er Lydia unter sich im Schnee begrub. Gedämpft hörte Lydia Jake schreien: »Ziel vernichtet, Rückzug!« Vincents Kläffen entfernte sich.

Lydia wand sich frei, so gut sie konnte, öffnete die Augen und fand Jackson direkt auf sich, seine Nase nur Millimeter von ihrer erfrorenen getrennt. Einen vollkommenen, glücklichen Moment lang vergaß sie alles andere und dachte nur, wie herrlich es war, ihn zu sehen.

»Hallo, du«, sagte sie matt lächelnd.

»Lydia Grant«, flüsterte er. »Ist lange her.«

»Dann erinnerst du dich an mich?«

»Du bist keine Frau, die ich vergessen könnte.«

Als sie einander ansahen, spürte Lydia die zahlreichen Stoffschichten gar nicht mehr, die sie von ihrem früheren Liebhaber trennten. Sie konnte das schnelle Pochen seines Herzens fühlen und war überwältigt von dem plötzlichen Verlangen, ihn zu berühren, die Finger in seinem Haar zu vergraben und ihn zu küssen, wie sie es schon hunderte Male zuvor getan hatte. Das war allerdings etwas heikel, denn er gehörte nun ihrer besten Freundin, und sie kannten einander angeblich gar nicht.

Schlagartig kam Lydia zur Vernunft und wollte sich von Jackson befreien, doch er ließ es nicht zu.

»Was soll das?«, fragte sie verzweifelt. »Hör zu, wenn du so tun willst, als hätten wir uns noch nie gesehen, meinetwegen. Aber dann komm nicht hinter mir her nach draußen und such nach einem Vorwand, dich auf mich zu wälzen. Du bist mit Joanna zusammen, und was immer zwischen uns war, ist vorbei, klar?«

»Ich ... Ich weiß.« Jackson sah verlegen aus, und einen kurzen Moment lang triumphierte Lydia innerlich, weil sie sich ihm moralisch überlegen wähnte. »Ich bin nur rausgekommen, um mein Handy zu holen. Du, ähm, hast meine Jacke an.« Immer noch machte er keine Anstalten aufzustehen.

»Was? Wieso hängt die an der Garderobe? Warum hast du sie nicht in eurem Zimmer aufgehängt wie jeder normale Mensch?« Lydia kochte, und es scherte sie nicht, dass ihre Wut nicht besonders vernünftig war. »Oh, runter von mir. Lass mich sofort aufstehen.«

Wenigstens tat Jackson, was sie sagte, rappelte sich auf und klopfte sich den Schnee ab, ehe er Lydia die Hand hinstreckte, um ihr hochzuhelfen.

»Geh«, befahl Lydia ihm, denn sie stellte entsetzt fest, dass ihr Hintern komplett taub vor Kälte war.

»Sei nicht albern, nimm meine Hand.« Widerwillig ließ sie sich von ihm nach oben ziehen, wehrte jedoch seinen Versuch, sie ebenfalls abzuklopfen, mit einem strengen Blick ab. »Lydia, wir müssen reden, ein paar Dinge klären.«

Schniefend strich Lydia sich das nasse Haar aus dem Gesicht. »Nein, ist schon gut. Ich hab's kapiert. Du hattest keine

Lust mehr auf mich und bist verschwunden. Damit es nicht ganz so feige wirkt, hast du mir Blödsinn erzählt, was offensichtlich häufiger bei dir vorkommt. Wie auch immer, ich bin längst drüber weg. Und jetzt, aus Gott weiß was für Gründen, bist du mit Joanna Summer zusammen, einer meiner besten Freundinnen. Ich würde sagen, dass wir lieber weiter so tun, als würden wir uns nicht kennen. Ihr könnten glatt die Augen aus dem Gesicht fallen, sollte sie erfahren, dass die aktuelle Liebe ihres Lebens einst wochenlang ihre beste Freundin auf fünfzig verschiedene Arten gevögelt hat.«

Jackson lächelte ärgerlich bezaubernd. »Wow, nur fünfzig? Nein, im Ernst, es tut mir leid, wie ich mich benommen habe, als ich dich gestern Abend sah. Du warst die Letzte, mit der ich gerechnet hatte. Joanna hat nicht viel über ihre Freunde erzählt. Ich wusste schlicht nicht, wie ich reagieren sollte. Da schien es mir das Beste, ich würde mir nichts anmerken lassen. Aber im Nachhinein ist mir natürlich klar, dass es falsch und widerwärtig war. Zu meiner Entschuldigung kann ich eigentlich nur anführen, dass ich noch nie in so einer Situation war.« Seiner Miene nach tat es ihm ehrlich leid, was bewirkte, dass Lydia ihn noch ein kleines bisschen mehr hasste.

»Bist du dir da sicher?«

»Mir ist bewusst, wie schwierig das für dich sein muss.«

»Nein«, fiel Lydia ihm ins Wort und hackte dazu mit der roten linken Hand durch die Luft. »Es ist überhaupt nicht schwierig. Du und ich, Jackson, sind längst Vergangenheit. Ich bin mit Stephen zusammen. Übrigens habe ich ihn ein paar Wochen nach deiner vermeintlichen Rückkehr nach New York kennengelernt, und, ja, ich werde ihn heiraten. Also können Joanna und du anstellen, was ihr wollt, so laut ihr wollt – auch wenn es offen gestanden sehr laut und ziemlich vulgär war. Mir ist es egal. Und jetzt lass uns vergessen, dass wir uns jemals gekannt haben, und die nächsten paar Tage durchstehen, ohne es allen zu verderben, okay?«

»Okay, aber ...«

Lydia hörte ihm nicht weiter zu. Sie stapfte auf ihren tauben Füßen zurück ins Haus, was vielleicht nicht ganz so elegant aussah, wie sie es sich gewünscht hätte. Immerhin bewegte sie sich so schnell, wie es ihre steif gefrorenen Beine erlaubten.

»Meine Güte, Süße, du siehst aus, als wäre ein perverser Schneemensch über dich hergefallen«, rief die makellose, kamerabereite Joanna, als Lydia in die Küche kam. Schon jetzt begannen Lydias Füße vom Auftauen zu schmerzen. »Ich hatte mich gewundert, was Jack davon abhalten könnte, mir das versprochene Frühstück zu bringen.«

Joanna gab sich übertrieben verdrossen, und Jackson küsste sie reumütig.

»Verzeih, mein Liebling, ich musste diese holde Maid vor winzigen Banditen beschützen.«

Joanna kicherte, und Lydia biss die Zähne zusammen. Erleichtert stellte sie fest, dass Stephen endlich aus seinem Koma erwacht war. Nach seiner Vorstellung von letzter Nacht würde sie vorerst nicht mit ihm sprechen.

»Hallo, Liebes«, sagte Stephen ein wenig zerknirscht, sobald er zur Tür hereinkam. Er sah aus wie eine aufgewärmte Leiche und hatte eindeutig einen üblen Kater. »Geht es dir gut?«

Lydia beachtete ihn nicht, sondern sah Joanna an, deren langes, rotes Haar über den blütenweißen Seidenmorgenmantel fiel. Einen entsetzlichen Moment lang wollte sie ihr den Becher Kaffee über den Kopf schütten, den Katy ihr über Joanna hinweg reichte. Dann fiel ihr ein, dass nichts von alledem Joannas Schuld war. Stephens auch nicht. Wahrscheinlich war es nicht einmal Jacksons Schuld.

Es war bloß ein grausamer Scherz des Universums, das wieder einmal Lydia Grant zum Lieblingsobjekt seines skurrilen Humors erkoren hatte. Womöglich hatte sie in einem früheren Leben furchtbare Verbrechen an Frauen begangen, beispielsweise Hüftjeans modern gemacht oder Kartoffelchips mit einem Suchtstoff versehen, und dafür musste sie nun Abbitte leisten.

»Ich gehe mich anziehen«, sagte Lydia sehr gefasst, bedachte man die Umstände, und blickte zu Katy. »Und falls mir die Zehen abfallen, wenn sie aufgetaut sind, verklage ich deine Kinder.«

Es dauerte einige Zeit, die Blutzirkulation in ihren diversen Extremitäten wieder in Gang zu bringen, und noch ein paar Minuten länger, sich mit dem Föhn aufzutauen. Doch irgendwann fing Lydia an, sich wieder menschlich zu fühlen. Sobald sie ihre Körpertemperatur auf ein akzeptables Maß gebracht hatte, holte sie eine jener vermaledeiten Hüftjeans aus ihrer Reisetasche. In den Dingern konnte nur eine Frau ohne Hüften gut aussehen. Dazu zog sie ein grau-weißes Top an und darüber einen knielangen Pullover mit weitem U-Boot-Kragen, der wahrscheinlich etwas zu lose gestrickt war für diese arktische Witterung, aber sexy aussah. Und Lydia beschloss, dass das Wichtigste war, so sexy auszusehen, wie es eine eher kleine, kurvenreiche Brünette überhaupt nur konnte, wenn sie neben der großen, gertenschlanken, sehr schönen und einigermaßen berühmten Rothaarigen stand. Da war das Frieren ein Preis, den sie bezahlen musste, selbst wenn all ihre Bemühungen neben der mühelosen Schönheit Joannas verblassen würden.

Lydia bürstete sich das Haar, bis es in weichen Wellen über ihren Rücken fiel, zog einen dunklen Strich um ihre schokoladenbraunen Augen und legte Wimpertusche auf. Ohne Wimperntusche ging sie nie irgendwohin. Ein paar Spritzer Parfüm, und sie sah annehmbar aus. Vor allem war sie wieder imstande, sich der Farce zu stellen, zu der ihr Leben neuerdings geworden war.

Bei ihrer Rückkehr nach unten fand sie alle anderen im Wohnzimmer, wo sie Teller mit Toasts auf ihren Schößen und Kaffeebecher auf den Armlehnen ihrer Sessel balancierten. Einzig Jake fehlte, denn der war draußen damit beschäftigt, eine sehr weibliche Schneefrau zu bauen.

Stephen war zwar noch lange nicht vom Haken, aber Lydia nahm ihm dennoch den Toastteller ab, setzte sich auf seinen

Schoß und küsste ihn auf die Wange. Sein verwunderter Gesichtsausdruck war beinahe witzig. Eine Weile blieb es wohltuend still im Zimmer, denn alle mümmelten ihre Toastbrote, und die einzigen Geräusche kamen von Jim, der im Feuer stocherte, und Vincent, der in der Ecke schnarchte. Verstohlen sah Lydia zu Jackson. Er hatte sich ebenfalls umgezogen und saß am Fenster. Joanna lehnte an seiner Brust, wirkte dabei sehr verliebt und vollkommen entspannt. Alex hatte sich in die Sofamitte gesetzt, die Füße auf einen Schemel gelegt und ihren Teller auf der großen Babykugel abgestellt. David hockte neben ihr und las in einem Buch über Geburten.

»Ich meine ja nur«, brach David das Schweigen, »wenn etwas passiert, können wir ohne funktionierenden Heizkessel nicht mal genug heißes Wasser machen.«

»David«, fuhr Alex ihn an. »Nichts wird passieren. Mein Stichtag ist in fünf Wochen, schon vergessen? Kannst du bitte aufhören, über heißes Wasser zu reden.«

»Ich meine ja nur«, wiederholte David leise.

»Wie geht es dir heute Morgen, Liebes?«, flüsterte Stephen in Lydias Ohr, während Alex und David weiterzankten. Aus Erfahrung wusste sie, dass er sich besonders liebevoll gab, weil er sich nicht genau an letzte Nacht erinnerte und entsprechend unsicher war, in was für Schwierigkeiten er steckte.

»David hat recht«, sagte Katy, auf deren Schoß eine erschöpfte Tilly döste. »Was unternehmen wir wegen des Kessels, Jim? Keine Heizung, kein Warmwasser.«

Jim schüttelte den Kopf. »Ich habe versucht, den Brenner wieder in Gang zu kriegen, so wie letztes Mal, aber nichts. Der ist mausetot, und keiner von den Heizungsmenschen, die ich kenne, schafft es vor nächster Woche her.«

»O nein«, hauchte Katy kreuzunglücklich. »Leute, das ist mir so unangenehm.«

»Da gibt es noch einen Typen, den ich manchmal im Pub treffe. Soweit ich mitbekommen habe, ist er so eine Art Mädchen für alles. Ich kann hingehen und sehen, ob er da ist. Er wohnt im Dorf. Falls er nicht im Pub ist, finden wir ihn sicher zu Hause. Vielleicht kann er den Kessel wenigstens für die nächsten Tage wieder flottmachen.«

»Ich vertraue das Leben meiner Kinder ungern einem trinkenden Heimwerker an«, sagte Katy elend.

»Der Wirt sagt, dass er super ist und wir uns an ihn wenden sollen, wenn irgendwas ist. Also, auf mich macht er einen ganz anständigen Eindruck. Wir können ihn wenigstens bitten, sich den Kessel anzugucken und zu sagen, ob er da was machen kann.«

Katy seufzte. »Das ist typisch, dass dein Vorschlag damit anfängt, in den Pub zu gehen.«

»Kann ich denn was dafür, dass der Pub das Zentrum des Kaffs ist?«, fragte Jim. »Du solltest auch mitkommen. Es würde dir gut tun, ein paar Leute kennenzulernen.« Statt zu antworten, küsste Katy den Kopf ihrer schlafenden Tochter.

»Okay, aber nimm Jake und Vincent mit. Ein Marsch durch den Schnee könnte helfen, dass Jake nächste Nacht länger als fünf Minuten schläft.« Beim Klang seines Namens hob Vincent sofort den Kopf und winselte gedehnt, als wäre ein meilenweiter Lauf durch den Schnee das Allerletzte, wonach ihm der Sinn stand.

»Also dann, Leute.« Jim schlug die Hände zusammen. »Wer begleitet mich auf meine Rettungsmission zum Pub?«

»Ich bleibe lieber hier«, sagte David. »Falls …«

»Du gehst in den verdammten Pub«, rief Alex, schlug gleich die Hand vor den Mund und sah zur schlafenden Tilly.

»Na gut«, sagte David. »Aber es gibt wahrscheinlich keinen Räumdienst, also wenn …«

»Geh schon«, unterbrach Alex ihn.

»Wie sieht es mit dir aus, Jack? Lust auf einen echten englischen Pub?«

»Ja, geh mit, Schatz.« Joanna legte eine Hand auf Jacksons Schulter. »Sowie du außer Hörweite bist, kann ich hemmungslos von dir schwärmen.«

»Klar.« Jackson lächelte. »Wieso nicht? Klingt lustig.«

»Aber sterbt nicht alle in irgendeinem Graben«, sagte Lydia gereizt.

»Und vergesst nicht zurückzukommen. Wir erfrieren sonst«, warnte Katy ihren Mann.

»Um uns müsst ihr euch keine Sorgen machen«, verkündete Joanna, wühlte in ihrer geräumigen Handtasche und angelte eine Flasche edlen Single-Malt-Whiskey heraus. »Sowie die Säufersonne aufgegangen ist, amüsieren wir uns damit.«

»Das sagst du«, murmelte Alex finster.

Lydia und Joanna gingen den Männern Stiefel und Jacken zusammensuchen, damit sie für das Wetter gerüstet waren. Ein sehr widerwilliger Vincent trottete hinter ihnen her. Er zeigte schon bei freundlicherer Witterung keine hundetypische Begeisterung für Spaziergänge, und jetzt erst recht nicht.

»Was bist du eigentlich für ein Hund?«, fragte Jim ihn, als der Hund missmutig auf seine Leine glotzte. »Welcher normale Hund will denn nicht raus?«

»Hach, ist das aufregend«, sagte Joanna munter und zog den Reißverschluss von Jacksons Jacke hoch. »Genau wie Scotts Expedition in die Antarktis.«

»Hoffentlich nicht«, erwiderte David lächelnd. »Habt ihr bitte ein Auge auf Alex?«

»Wie sollten wir nicht. Sie verdunkelt praktisch die Sonne«, antwortete Joanna grinsend. »Natürlich, David, und Alex geht es gut. Übrigens mag sie momentan ziemlich reizbar sein, aber sie tut nichts.«

»Oh, das weiß ich. Gerade das ist ein Grund dafür, weshalb ich sie liebe. Meine Alex ist furchtlos und hart im Nehmen.«

Als sie gerade aufbrechen wollten, nahm Stephen Lydia beiseite. »Du siehst umwerfend aus«, flüsterte er. »Mir kommt es ewig vor, seit ich dich in etwas anderem als einem Hosenanzug gesehen habe.«

»Du hattest letzte Nacht deine Chance, mich in viel weniger zu sehen«, zischte Lydia.

»O Gott. Bin ich eingeschlafen? Mittendrin?«, fragte er entsetzt.

Lydia nickte. »Wir hatten allerdings noch nicht richtig angefangen.«

»Das ist mir so peinlich. Ich bin einfach keinen Alkohol gewöhnt, schätze ich. Nicht dass ich nicht gewollt hätte, doch, ehrlich. Ich will dich immer noch. Und heute siehst du so klasse aus. Zu gern würde ich dich nur in diesem Pullover ohne etwas drunter sehen.« Zu Lydias Überraschung nahm er sie in die Arme und küsste sie leidenschaftlich. Sie gab sich seiner Umarmung hin und wartete darauf, dass das Feuer in ihr aufloderte, tief in ihrem Bauch. Und wartete und wartete.

Ihre Libido musste wohl noch tiefgekühlt sein, denn alles, was sie fühlte, waren Stephens feuchte Lippen und seine kratzenden Bartstoppeln.

»Hey, ihr zwei«, scherzte Jim. »Nehmt euch ein Zimmer … ach nein, ihr habt ja schon eines.«

Als sie sich voneinander lösten, musste Lydia an sich halten, nicht ihren Mund abzuwischen. Sie bemühte sich redlich, Stephen ein verführerisches Lächeln zuzuwerfen, was nicht so einfach war, denn sie spürte, dass Jackson sie beobachtete. »Wir setzen das später fort«, schnurrte sie Stephen zu, und diese Bemerkung war so untypisch für sie, dass Stephen für einen Moment erschrocken wirkte.

»Das muss am Wasser liegen«, bemerkte David und wies mit dem Kinn auf Joanna, die Jackson mehr oder minder an die Wand gedrängt hatte und es mit dem Abschiedskuss reichlich übertrieb.

»Süße«, keuchte Jackson, als sie ihn endlich Luft holen ließ. »Ich gehe in den Pub, nicht in den Irak.«

»Ich weiß, aber du bist so köstlich.« Joanna ließ ihn los und hakte sich bei Lydia ein. »Ach, Lydia, ist es nicht herrlich, wenn man so einen Mann hat?«

»Ja«, stimmte Lydia ihr zu und musste grinsen, als Jackson rot wurde. »Und jetzt gehen wir Whiskeygläser suchen. Bei diesen Temperaturen müssen wir aus rein medizinischen Gründen trinken.«

Ein verzücktes Lächeln trat auf Joannas Lippen. »Ich muss ehrlich sagen, dass ich noch nie so glücklich war. Ich meine, richtig glücklich. Es ist ganz anders als früher mit Ted oder Sebastian oder einem der anderen. Bei ihnen habe ich von Anfang an gemerkt, dass etwas nicht ganz stimmte. Ja, Ted hatte ein Rennboot, und Seb war ausgestattet wie ein Rennpferd. Aber seit ich Jack begegnet bin, ist mir klar, dass nichts davon wirklich zählt, wenn man jemanden liebt. Nicht dass er keinen riesigen Schwanz hätte, den hat er durchaus.«

Joanna zwinkerte Lydia zu, die sich beherrschen musste, nicht vor Entsetzen zu würgen. Sie spülte es mit einem kräftigen Schluck Whiskey hinunter.

»Und glaubst du, dass er für dich genauso empfindet?«, fragte Katy. »Ich meine, denkst du, dass es ihm ernst ist? Streiten wir uns in ein paar Monaten über Brautjungfernkleider?« Joanna schwieg. »Und können die bitte nicht Umbra sein?«

»An Umbra ist überhaupt nichts auszusetzen«, beharrte Alex.

»Es hört sich an wie das Geräusch, das Jim beim Kotzen macht«, murmelte Katy.

»Ich kann nur sagen, dass er mich unendlich glücklich macht«, sagte Joanna. »Ich weiß, dass es schmalzig klingt, aber wenn ich mit ihm zusammen bin, habe ich das Gefühl, mein Leben hätte endlich einen Sinn. Ihr wisst schon, manche Leute denken, dass ich ein entsetzlich hohles Leben führe, Heizdecken an Rentner und Arbeitslose verscheuere, und das stimmt auch weitgehend. Das Witzige aber ist, dass es mir bisher nie was ausgemacht hat, mich nur für Ruhm und Reichtum zu interessieren.«

»Ruhm?« Alex zog eine Braue hoch.

»Auf einmal ist das alles so nichtig. Ich ertappe mich dabei, wie ich über Dinge nachdenke, über die ich noch nie nachgedacht habe. Sesshaft werden, Kuchenbacken, Kinder.«

»Den Verlobungsring nicht versteigern«, ergänzte Alex.

Joanna ignorierte den spöttischen Einwurf. »Mir kommt es vor, als hätte ich meinen Seelenverwandten gefunden.«

Lydia beobachtete, wie Katy und Alex im Chor seufzten.

»Wow, Jojo, dir ist es echt ernst, oder?«

Joanna nickte lächelnd. »Ja, ich weiß, solche Anwandlungen kennt ihr von mir gar nicht.«

»Denkst du, er will was Ernstes?«, fragte Lydia sie. »Ich meine nur, du kennst ihn nicht sehr lange, oder? Und, na ja, manche Männer spielen mit einem, sagen lauter tolle Sachen, alles Mögliche, nur um zu kriegen, was sie wollen. Oder sie verlieben sich einfach sehr leicht, so wie manche Frauen auch. Sie leben für die Suche nach Neuem, wollen einfach das Prickeln des Verliebtseins. Wenn das weg ist, haben sie genug. Oder sie kriegen einen Schrecken, wenn es ihnen zu ernst wird, und ergreifen die Flucht. Dann sitzt man da und fühlt sich hundsmiserabel.«

Alex und Katy tauschten bedeutungsvolle Blicke, doch Joanna schien immun gegen jedwede negativen Schwingungen. Sie war vollkommen blind vor Verliebtheit.

»Ich weiß nicht, was du meinst, Lyds«, sagte sie. »Ich bin wahrlich ganz schön herumgekommen und hatte es mit echten Heuchlern zu tun. Aber Jack ist anders. Mit ihm ist es anders, glaub mir. Es ist, als wären wir füreinander bestimmt. Ich habe nichts gesagt, weil ich nicht will, dass ihr die Hochzeit plant, bevor er Gelegenheit hatte, einen Ring zu kaufen. An Neujahr nimmt er mich mit nach New York, ich soll seine Mum kennenlernen. Stellt euch das mal vor, seine Mutter. Ich habe keinen Schimmer, wie ich mich benehmen soll. Immerhin habe ich meine eigene Mutter die letzten zehn Jahre so gut wie gar nicht gesehen.«

Es ist typisch für Joanna, das gestörte Verhältnis zu ihren Eltern so lapidar abzutun, dachte Lydia. Dabei wusste Lydia, wie sehr es ihre Freundin schmerzte, dass ihre Eltern ihr quasi fremd waren. Sie hatten Joanna praktisch enterbt, als sie ihr Studium abbrach, und weigerten sich, ihren Erfolg als Fernsehmoderatorin anzuerkennen. Joannas Job erschien ihnen vulgär, hatte Joanna irgendwann erzählt, und nicht zuletzt deshalb mochte sie ihn. Vor einigen Jahren hatte Joanna entschieden, dass sie die fortwährende Ablehnung ihrer Familie nicht mehr brauchte, und aufgehört, sie beeindrucken zu wollen. Dennoch schmerzte es sie, dass ihre Eltern das entweder nicht bemerkten oder dass es sie nicht interessierte.

»Er nimmt dich mit zu seiner Mutter?«, staunte Katy. »Das klingt ernst.«

»Ja, wir fliegen nach meiner Silvesterparty. Zu der kommt ihr doch alle, nicht?« Joanna strahlte. »Dieses Jahr wird sie etwas ganz Besonderes, weil ich Jackson an meiner Seite habe.«

»Tja, ich kann nicht. Ich arbeite«, antwortete Katy.

»Und ich werde schwanger sein, immer noch«, sagte Alex.

»Aber du kommst, nicht, Lyds?«, fragte Joanna. »Ich bestehe darauf, dass du kommst.«

»Und ob«, versicherte Lydia, bevor sie tief Luft holte. »Tja, es hört sich an, als hättest du deinen Traummann gefunden.«

Sie blickte in ihren bernsteinfarbenen Whiskey und nagte an ihrer Unterlippe. Jackson nahm Joanna mit zu seiner Mum. Und weil sie Jackson kannte, war ihr klar, dass es ihm ernst sein musste. In der kurzen Zeit, die sie mit ihm zusammen gewesen war, hatte sie mitbekommen, dass ihm seine Familie sehr viel bedeutete. Also musste er ernst gemeint haben, was er zu Joanna sagte. Das schmerzte Lydia umso mehr.

Wie stabil ist Joannas Beziehung zu Jackson eigentlich?, fragte sie sich verbittert. Würde Joanna »Jack« immer noch für fehlerlos halten, wenn sie von seiner Affäre mit ihr erfuhr? Der Whiskey brannte in ihrer Kehle, während Lydia sich Joannas Miene ausmalte, sollte sie ihr das Geheimnis verraten.

»Wie auch immer, genug von mir und meinem überbordenden Glück.« Joanna grinste. »Hast du uns irgendwas zu erzählen, Lyds?« Sie zwinkerte verschwörerisch, und Lydia wusste genau, was Joanna von ihr hören wollte. Doch sie schüttelte den Kopf.

»Ich? Gar nichts. Bei mir passiert nie was Aufregendes.« Lydia lächelte Alex an. »Was ist mit dir? Treibt David dich wirklich so sehr in den Wahnsinn, wie du behauptest?«

»Nein, eigentlich nicht. Ich weiß, dass er mich liebt.« Alex nippte an ihrem Ingwertee. »Und ich liebe ihn. Er macht bloß so furchtbar viel Theater um diese Schwangerschaft. Es ist, als wäre ich für ihn ein riesiger Brutkasten für seinen Nachkommen. Ich scheine in seinen Augen nur noch aus dieser Kugel zu bestehen.«

»Ach, sei nicht albern«, sagte Joanna, die ihren ersten Schluck Whiskey nahm. »Der Mann vergöttert dich. Natürlich ist er ein bisschen aufgeregt, schließlich ist es sein erstes Baby. Nicht jeder kann so ruhig und beherrscht sein wie du.«

»Ich?« Alex lachte. »Ich habe eine Heidenangst, und ich darf mich nicht einmal vorm Mittagessen betrinken, um meine Nerven zu beruhigen.«

»Du doch nicht, Alex«, sagte Katy. Sie strich der schlafenden Tilly das Haar aus der Stirn. »Dir macht gar nichts Angst. Darum habe ich dich immer so beneidet.«

»Das stimmt nicht.« Alex legte beide Hände um ihren Bauch. »Als meine Mum starb, hatte ich Angst. Es war die schlimmste Zeit meines Lebens. Ich wusste nicht, wie ich weitermachen sollte. Und ich hätte es wohl auch nicht gepackt, wärt ihr nicht gewesen.« Lydia streckte eine Hand aus und legte sie auf Alex'. »Und jetzt spukt mir dauernd der Gedanke durch den Kopf, was ist, wenn mir etwas passiert, wenn ich Krebs kriege und diesen kleinen Wurm allein zurücklassen muss. Das bringt mich um den Schlaf, sodass ich mich manchmal frage, ob es nicht eine dumme Idee war, schwanger zu werden. Was ist, wenn ich sterbe und das Kind aufwächst, ohne zu wissen, wer ich war?«

»Ach, red keinen Quatsch«, sagte Joanna sanft. »Deine Mum so jung zu verlieren war furchtbar, aber sie hätte sicher nicht gewollt, dass du dir dieses Glück versagst. Vergiss nicht, dass wir deine Mutter gekannt haben. Wisst ihr noch, wie sie im ersten Jahr im Haus überraschend zu Besuch kam und uns zwang, die ganze Bude von oben bis unten zu schrubben? Dabei stand sie mit ihrem Desinfektionsmittel hinter uns. Sie war genauso furchteinflößend und hartnäckig wie du, und sie wäre so stolz auf das, was du aus dir gemacht hast, Alex. Vor allem wäre sie genauso sicher wie wir, dass du eine wunderbare Mutter wirst. Außerdem lässt du dich jedes Jahr untersuchen. Falls sie, was wir alle nicht glauben, irgendetwas finden sollten, würde man dich sehr frühzeitig behandeln können und alles wäre gut. Die Unmengen an gemeinnütziger Arbeit, die du schon geleistet hast, zahlt sich aus.«

Lydia umarmte Alex lächelnd. So war es immer mit Joanna: Kaum dachte man, sie wäre nur oberflächlich und eitel, zeigte sie ihr wahres Ich. Hinter all dem Glamour versteckte sich eine warmherzige, liebevolle Frau, die im entscheidenden Moment die richtigen Worte fand. Und diese Frau liebten sie alle wie Schwestern, seit sie sich an der Universität begegnet waren und Joanna gleich in der ersten Woche nach Mitbewohnerinnen für ein Haus außerhalb des Campus gesucht hatte.

»Danke, Jo.« Alex lächelte zittrig. »Es tut mir gut, das zu hören. Jetzt brauche ich mich bloß noch an die Vorstellung zu gewöhnen, dass ich ein Baby kriege. Mist!«

»Hast du Angst vor den Wehen?«, fragte Lydia, während Joanna ihr großzügig vom Whiskey nachschenkte.

Die Wärme des Alkohols breitete sich langsam in ihr aus und milderte ihren heimlichen Albtraum beträchtlich. Zudem hoffte sie, dass die Männer noch längere Zeit fort sein würden. Unterdes hockte sie mit einem guten Whiskey, einem Berg Weihnachtspasteten und ihren besten Freundinnen vorm knisternden Kaminfeuer. Zumindest für ein paar Stunden war das Leben schön.

»Die derzeitige Frau meines Vaters sagt nämlich, dass es nicht so schlimm sei, wie man vorher denkt. Ist man an dem Punkt, wo man glaubt, sterben zu müssen, weiß man, dass das Schlimmste vorbei ist. Es sei denn, dass Komplikationen auftreten.«

»Danke, Lyds, hätte ich tatsächlich Angst vor den Wehen gehabt, wären diese Worte wahrhaft aufmunternd gewesen«, sagte Alex spitz. »Aber nein, das ist es nicht. Mir graut eher vor dem, was danach kommt.«

Alex blickte lächelnd zu Tilly, die zusammengerollt neben Vincent auf dem Sofa schlief.

»Ich bin nicht wie du, Katy, kein Naturtalent als Mutter. Ich mache, was ich will und wann ich es will. Sei es eine spontane Wanderung durch die Anden, um Sponsoren zu werben, oder sonst was. Ich frage David nicht, ob er einverstanden ist, sondern sage ihm einfach Bescheid. Mit einem Baby geht das nicht mehr. Das Baby wird mich brauchen, muss gefüttert werden und so. Man kann auch keine zwanzig Meilen die Woche laufen, wenn man ein Baby dabeihat, oder zehn Stunden täglich arbeiten. Ich war wirklich selig, als ich erfuhr, dass ich schwanger bin, und total aufgeregt. Dann schnürte ich eines Morgens meine Laufschuhe zu, und mir wurde sonnenklar, dass ich kein mütterlicher Typ bin.«

»Klar bist du das«, sagte Joanna und tätschelte Alex' Knie. »Da besteht nicht der geringste Zweifel. Der liebe Gott hätte dich ganz sicher nicht so heftig schwanger werden lassen, wenn unter deiner harten Schale nicht das Herz einer Frau schlüge, die dafür geschaffen ist, nach Babykotze zu riechen und Inkontinenzeinlagen zu tragen.«

»Du bist fies«, lachte Alex.

»Ich glaube nicht, dass du dir Sorgen machen musst«, sagte Katy und strich über Tillys Stirn. »Keine Frau wird als Mutter geboren. Ich jedenfalls bestimmt nicht. In den ersten drei Monaten nach Jakes Geburt war mir täglich danach, den Kopf in den Gasherd zu stecken. Zum Glück hatten wir nur einen elektrischen.«

»Ihr seid mir echt keine große Hilfe«, beschwerte Alex sich bei ihren Freundinnen.

»Ich meine, nur weil man schwanger wird, regnet nicht auf einmal alle Weisheit des Mutterseins auf einen herab. Jede

Frau muss aus ihren Fehlern lernen und sich durchwursteln. Es ist wirklich nicht leicht, dass man nicht mehr machen kann, was man will und wann man es will. Aber das wird locker wettgemacht durch diese unglaubliche Liebe, die man für sein Baby empfindet. Selbst wenn es dich vollkotzt und du es erst im Supermarkt merkst.«

»Was ist, wenn ich es nicht liebe?«, fragte Alex ängstlich. »Oder wenn es mich hasst?«

»Dann gibst du es zur Adoption frei«, schlug Joanna vor. Lydia musste kichern. »Am besten lässt du es von Madonna oder Elton John adoptieren, nein, von Angelina. Die ist ganz wild auf Babys.«

»Ich verspreche dir hoch und heilig, dass du und dieses kleine Wesen da drinnen ...«

»Dieses gewaltige Wesen«, fiel Joanna ihr ins Wort und knuffte Lydia in die Rippen.

»Dass ihr einander bedingungslos lieben werdet«, beendete Katy ihren Satz mit einem strengen Blick Richtung Joanna.

»Ich hoffe, du hast recht«, sagte Alex. Katy beugte sich zu ihr und gab ihr einen Kuss auf die Wange.

»Klar habe ich recht. Vertrau mir, Mutter zu sein ist eine Sache, von der ich etwas verstehe.«

Alex wirkte ein wenig beruhigt, als sie ihren leeren Becher auf dem Babybauch wippte. »Wisst ihr was, ich würde sonst was geben, mal wieder richtig altmodisch vögeln zu können.«

Angesichts ihrer wild prustenden Freundinnen wurde Lydia ganz warm ums Herz. Trotz aller hässlichen Überraschungen, die das Leben in petto haben mochte, auf eines konnte sie sich immer verlassen: auf ihre Freundinnen. Auf die drei könnte sie zählen, egal, was passierte.

In diesem Moment wurde ihr bewusst, dass nichts und niemand sie je dazu bringen konnte, etwas zu tun, was eine von ihnen verletzte. Solange Jackson Blake ihre Affäre für sich behielt, würde sie das auch tun.

7

Die Sonne war längst hinter den schneeschweren Wolken verschwunden, die vor den Hügeln hingen, als die Männer mit Verstärkung zurückkamen. Alle Frauen, mit Ausnahme von Alex, waren ziemlich angeheitert, und selbst die war von der albernen Stimmung angesteckt worden. Sie hatten die kleine Truppe mit ihren Taschenlampen schon kommen sehen und waren zur Tür gegangen, um sie zu begrüßen.

»Wir sind wieder da und haben einen Fachmann mitgebracht«, rief Jim, dessen rote Wangen der Kälte, dem Bier oder wahrscheinlich beidem geschuldet sein durften. Jake hing ihm halb über die Schulter, eine Dose Fanta in der einen und ein Rolle Schokolinsen in der anderen Hand. Lydia konnte beinahe sehen, wie sich Katy im Geiste von ihrer Hoffnung auf nächtlichen Schlaf verabschiedete.

»Wir sind ein wenig angeschlagen«, sagte Stephen und küsste Lydia. »Hey, wollen wir nach oben gehen und das Feuer in unserem Zimmer anmachen … Du verstehst schon, was ich meine.«

»Wer ist das?«, fragte Joanna, die Jackson umschlungen hatte, sowie er die Türschwelle erreichte, ihn nach drinnen und aus seiner Jacke gezerrt und dann feurig geküsst hatte. Doch so entflammt sie vor Liebe sein mochte, so wenig war sie blind. Folglich fiel ihr der Fremde auf, der in der Diele stand.

Der Mann wirkte unsicher, wie er mit den Händen in den Taschen dastand und eine Nische fixierte, während ihn die Frauen eingehend musterten. Er war etwas jünger als Stephen, eher in Lydias Alter, hatte nackenlange, dunkle Locken und Augen, die so schwarz waren wie der See am Ende des Gartens. Ein Dreitagebart vervollständigte jenen wilden Look, der verlässlich Wirkung bei den Damen zeigte – ungeachtet der dicken Winterjacke, die er trug.

»Ist das zu fassen? Ihr habt Heathcliff mitgebracht«, entfuhr es der angeheiterten Lydia, woraufhin der Fremde sie ansah und sie errötete. »Äh ... ähm, entschuldige.«

»Schon gut«, sagte er lächelnd. Er sprach reinsten Cumbria-Akzent. »Bis ins Brontë-Land sind es an die hundert Meilen nach Süden.«

Lydia wunderte sich und schalt sich sogleich dafür. Wie konnte sie so überheblich sein, von vornherein zu unterstellen, dass er nie von *Sturmhöhe* gehört hatte? Der Mann mochte eine ungezähmte Ausstrahlung besitzen, doch das bedeutete ja nicht, dass er nie zur Schule gegangen war und stattdessen Rehe mit bloßen Händen erlegt hatte. Erstaunlicherweise fand sie dieses Bild gar nicht so schrecklich.

»Sie kennen sich mit Heizkesseln aus?«, fragte Katy. Der Whiskey machte sie vielleicht einen Tick angriffslustiger als sonst, denn gewöhnlich war Katy ausnehmend höflich. Joanna und Alex gackerten wie die Teenager. »In diesem Haus leben nämlich Kinder, und auch wenn deren Vater sie gern mit purem Zucker und Lebensmittelzusätzen vergiftet, möchte ich nicht, dass sie in einer Explosion umkommen – ebenso wenig wie meine Freunde.« Sie beendete den kleinen Vortrag mit einem ziemlich lauten Hickser.

»Tut mir leid, Alter«, sagte Jim und klopfte dem Fremden auf die Schulter. »Meine Frau ist anscheinend ein bisschen angeschickert.«

Lydia gefiel das verhaltene Grinsen des Handwerkers. Er hatte sichtlich Mühe, nicht zu lachen, und komischerweise machte ihn das noch attraktiver.

»Ich habe eine offizielle Zulassung für die Installation und Wartung von Heizungsanlagen«, erklärte er höflich. »Mein Name ist Will, Will Dacre. Ich kann Ihnen meine Papiere zeigen.«

Er kramte in seinem Werkzeugkasten, holte die Papiere heraus und reichte sie Katy. Die studierte sie mehrere Sekunden lang, ehe sie bemerkte, dass sie das Mäppchen verkehrt herum hielt, und es richtig hindrehte.

»Will tut uns einen großen Gefallen«, sagte Jim zu seiner Frau, lud Jake kurzerhand auf dem Fußboden ab und legte seinen Arm so schwungvoll um Katys Schultern, dass sie ins Schwanken geriet. »Wir haben ihn von seinem Mittagessen weggeholt, und der Marsch nach Hause hat fast eine Stunde gedauert, was nicht allein daran lag, dass wir schon etwas getrunken hatten. Der Schneefall ist Wahnsinn, und Will geht davon aus, dass noch mehr runterkommt. Das Mindeste, was wir dem Mann schulden, ist ein Drink und ein warmes Abendessen.«

»Verstehen Sie etwas vom Wetter, Will?« Joanna klimperte mit den Wimpern und lockerte ihre Umarmung mit Jackson merklich. »Sind Sie auf dem Land geboren und aufgewachsen und leben im Einklang mit der Natur?«

»Nein, ich habe eine Wetter-App auf meinem iPhone«, antwortete Will. Wieder spielte ein Schmunzeln um seine Lippen.

»So oder so, sei nett zu ihm, Weib«, befahl Jim seiner Frau.

»Tja, wie es aussieht, versteht er was von Heizungen«, sagte Katy, die Will misstrauisch beäugte. »Und du nenn mich nicht Weib!«

»Okay, Männer, die Taschenlampe bei Fuß und ab in den Keller, diesen Dreck reparieren.«

»Lassen Sie ihn ja nichts anfassen«, warnte Katy den Fremden. »So ist die Heizung überhaupt erst kaputtgegangen. Ich mache Kaffee.«

»Aber mit Schuss«, rief Jim. Stephen hauchte Lydia einen Luftkuss zu und folgte den anderen zur Kellertür.

»Oh, mein Gott«, hauchte Alex. »Wir werden alle sterben.«

»Der Heizungskerl ist doch eine Nummer wert, oder?«, bemerkte Lydia. Der Whiskey hatte ihre Zunge gelöst. Leider sprach sie lauter als sonst, weshalb Will sie deutlich hörte, als er zurückkam, um seinen Werkzeugkasten zu holen. Alle Frauen kreischten vor Lachen. Katy schnaubte dazu recht undamenhaft, Joanna krümmte sich, wohingegen Lydia vor Scham glühte.

»Ich nehme das als Kompliment«, sagte Will und ging mitsamt Werkzeugkasten in den Keller.

Nachdem Lydia mehrmals den Kopf gegen die nächste Wand gerummst hatte und die anderen allmählich aufhörten, gackernd und kreischend auf sie zu zeigen, kamen sie gemeinschaftlich zu dem Schluss, dass es wahrscheinlich eine gute Idee war, wenigstens zeitweise etwas nüchterner zu werden. Sie wollten den armen Einheimischen nicht mehr belästigen und sich wie erwachsene Frauen benehmen.

Katy schickte Jake zu Tilly und befahl ihm, mit ihr zu malen. Alex ging mit, um zu verhindern, dass die wahnwitzig teure Tapete im Wohnzimmer in Mitleidenschaft gezogen wurde. Dabei murmelte sie vor sich hin, dass sie es gründlich satthätte, den ganzen Spaß zu verpassen.

»Okay, ich gehe in die Küche und bereite das Abendessen vor. Und du, Lydia, geh bitte in die Schlafzimmer und mach Feuer, ja? Nur für den Fall, dass Heathcliff den Brenner nicht zum Laufen bekommt.«

»Mich würde der jederzeit zum Brennen bringen«, kicherte Joanna und sah zum Fenster.

Inzwischen hatte es wieder angefangen zu schneien, und ein unbarmherziger Wind peitschte dicke Flocken gegen die Scheibe.

»Mit ein bisschen Glück schneien wir ein. Dann dürfen wir ihn mit Haut und Haaren verschlingen.«

»Du putzt das Gemüse«, befahl Katy ihr und teilte ihr einen Berg Kartoffeln und einen weiteren Berg Möhren zu.

»Gemüseputzen?«, fragte Joanna völlig entgeistert. »Weißt du, was du brauchst? Du brauchst einen Kartoffelschälautomaten, nur fünfzehnneunundneunzig, einschließlich Gratiszubehör im Wert von zehn Pfund und versandkostenfrei bei Bestellung bis vier Uhr nachmittags.«

»Nein, brauche ich nicht«, sagte Katy, »denn ich habe einen Kartoffelschäler: dich. Ran an die Arbeit. Es wird dir gut tun, dir zur Abwechslung die Hände schmutzig zu machen.«

»Was hechelst du überhaupt hinter Heathcliff her, Jo? Bist du nicht bis über beide Ohren verliebt?«, fragte Lydia.

»Ja, Lydia, ich bin total verliebt, genau wie du, nicht wahr? Und wie sagtest du noch gleich so treffend? Dieser Will ist eine Nummer wert.«

Lydia stellte fest, dass nichts ihre vertrackte Lage erträglicher machte als ein paar Gläser sehr guter Whiskey. Sie befand sich in Joannas und Jacksons Zimmer und konnte die zerwühlten Laken auf dem Bett ebenso problemlos ignorieren wie Joannas auf dem Teppich verstreute Unterwäsche. Sie fühlte sich vollkommen gelassen. Vielleicht war es Joannas Blick gewesen, als sie über Jackson sprach, oder die Nachricht, dass er sie mit nach New York nehmen wollte. Egal, was Lydia gedacht oder für ihn zu empfinden geglaubt hatte, die Geschichte war endgültig vorbei.

Nun steckte sie die Anzünder so zwischen die Scheite, wie Katy es ihr gezeigt hatte, und kam zu dem Schluss, dass sie lediglich bis zur Abreise leicht benebelt bleiben musste, und schon wäre alles bestens. In dem Zustand könnte sie es sogar überleben, Brautjungfer bei Jacksons und Joannas Hochzeit zu spielen.

Lydia hockte sich auf die Fersen und war so in die Betrachtung der kleinen Feuerzungen versunken, die über die Scheite huschten, dass sie nicht bemerkte, wie die Tür hinter ihr geschlossen wurde.

»Es ist lange her, dass ich dich zuletzt in meinem Schlafzimmer gesehen habe«, sagte Jackson.

Lydia zuckte zusammen und lächelte unweigerlich. Ihre whiskeybefeuerte Entschlossenheit war dahin. »Du hast mir einen Schrecken eingejagt. Entschuldige, Katy hat mich geschickt, alle Kaminfeuer anzumachen. Ich bin gleich draußen.« Das Zimmer drehte sich ein bisschen, als Lydia aufstand, sodass sie kurz warten musste, ehe sie zur Tür gehen konnte.

»Lauf nicht gleich wieder weg«, sagte Jackson. »Jo steckt bis zu den Achselhöhlen in Kartoffelschalen und ungeschälten Kartoffeln. Reden wir.«

Lydia seufzte und zwang sich, Jackson anzusehen. Da waren das jungenhafte Lächeln und diese sehr blauen Augen, die einem das Gefühl gaben, die einzige Frau auf der Welt zu sein – obwohl das Gegenteil mehr als deutlich war.

»Ich kann nicht glauben, dass du hier bist«, sagte Jackson und betrachtete sie von oben bis unten. Lydia wurde verlegen. »Du siehst kein bisschen verändert aus, Lydia, nach wie vor wunderschön. Du hast mir gefehlt.«

Lydia runzelte die Stirn und wünschte, ihre Füße würden sich bewegen, nur leider schienen sie Wurzeln zu schlagen.

»Mir ist klar, was du von mir denken musst, aber du irrst dich. Ich bin nicht einfach verschwunden oder habe mich versteckt. An dem Abend, als du nach Hause wolltest, um an einem Fall zu arbeiten, bekam ich einen Anruf von meiner Mutter. Dad hatte einen schweren Herzinfarkt, sein Leben hing an einem seidenen Faden. Ich bin sofort zum Flughafen und habe den nächsten Flug genommen. Alles andere wollte ich später regeln. Damals konnte ich nur an meine Familie denken. Ich hätte nie damit gerechnet, dass es unser Ende wäre. Und ich wollte nicht, dass die SMS, die ich dir geschickt habe, die letzte wäre.«

»Ach nein?« Lydia verschränkte die Arme vor der Brust. »Und was ist passiert? Du hattest eine Amnesie und wusstest nicht mehr, wie man telefoniert, während dein Dad wie von Zauberhand gesund wurde?«

Jackson senkte den Blick. »Eher nicht. Sie konnten ihn vorübergehend stabilisieren, sodass wir ihn mit nach Hause nehmen durften. Ein paar Wochen später ist er gestorben. Es war die schlimmste Zeit meines Lebens. Ich wollte dich anrufen, mit dir reden, aber meine Mom brauchte mich. Es gibt unendlich viel zu tun, wenn jemand gestorben ist, von der Trauer mal abgesehen. Ich musste das Begräbnis arrangieren, meine Mutter beim Regeln der Finanzen und anderer Sachen unterstützen. Nebenher habe ich versucht, mich mit dem Gedanken vertraut zu machen, dass der große, derbe Kerl, den ich angehimmelt hatte, nicht mehr da war. Eine Zeit lang überwog das alles andere.«

Lydia schämte sich für ihre Bemerkung, denn sie sah, dass Jackson der Tod seines Vaters bis heute schmerzte. Sie konnte nicht umhin, Mitleid mit ihm zu empfinden, und musste an Alex denken, nachdem deren Mutter gestorben war. Damals war so vieles zu bewältigen gewesen – emotional, praktisch und bürokratisch.

»Das tut mir leid«, murmelte sie. Jacksons Geständnis bewirkte, dass ihr das Herz ein klein wenig aufging. Sie wusste, dass er, zumindest was seinen Vater betraf, die Wahrheit sagte. Falls nicht, verdiente er einen Oscar für diese Vorstellung. Nein, es musste wahr sein. Schließlich würde niemand bei so einem Thema lügen. Aber selbst nachdem sie nun wusste, was passiert war, blieb eine Frage offen. »Warum hast du mich nicht angerufen … danach?«

»Tja, aus Tagen wurden Wochen, aus Wochen Monate, und plötzlich kam es mir zu spät vor, dich anzurufen. Immerhin war ich einfach abgehauen. Daran änderte auch die SMS nichts. Ich dachte wirklich, ich hätte dich verloren. Ich plante sogar, in den Staaten zu bleiben und meiner Mutter zu helfen. Dann erfuhr ich, dass mein Job in Gefahr war, sollte ich nicht nach England zurückgehen. Meine Mom sagte mir, ich müsste wieder hierherkommen. Sie weiß, wie sehr ich London liebe. Ich hatte ihr übrigens von dir erzählt, und sie meinte, ich sollte nach London fliegen und dich suchen.«

»Das mit dem Suchen hast du offensichtlich nicht übertrieben«, sagte Lydia, der nicht behagte, wie er sie ansah.

»Ich habe dich gesucht. Direkt vom Flughafen aus bin ich zu deiner Kanzlei gefahren, und da sah ich dich mit Stephen.

Du sahst so glücklich aus, als wärst du längst über alles hinweg. Mir wurde klar, dass ich meine Chance verpasst hatte und wohl keine zweite verdiente.«

Lydia starrte ihn an. Zunächst bekam sie keinen Ton heraus. »Ist das wahr?«, fragte sie.

»Natürlich ist es das. Ich habe versucht, es hinter mir zu lassen, dass ich dich verloren hatte. Habe weitergemacht. Ehrlich gesagt, habe ich mit einer Menge Frauen weitergemacht, um dich zu vergessen, Lydia. Und dann, vor ein paar Wochen, fand diese Verlagsparty zur Neuerscheinung eines Romans statt, den eine Talkshowmoderatorin geschrieben hat. Da traf ich Joanna. Die wunderschöne, witzige, niedliche Joanna. Sie war genau die Frau, die ich in meinem Leben haben wollte, wenn ich dich nicht bekommen konnte. Wir haben uns eine Zeit lang E-Mails und SMS geschickt, und dann bat ich sie um ein Date. Wie sich herausstellte, ist sie ziemlich klasse.«

»Sie ist klasse«, bestätigte Lydia, die noch nicht ganz verdaut hatte, was er ihr erzählte. »Sie ist einer der tollsten Menschen, die ich kenne. Nur damit ich das richtig verstehe, du hast mich nicht angerufen, mir keine Nachrichten geschickt oder zum Beispiel eine E-Mail, weil du mich mit einem anderen Mann gesehen hast? Ich meine, was, wenn Stephen mein Bruder gewesen wäre? Oder mein schwuler bester Freund?«

»Ich glaube kaum, dass du deinen Bruder oder deinen schwulen besten Freund so küssen würdest, wie du Stephen geküsst hast«, antwortete Jackson und verzog das Gesicht. »Nein, für mich war offensichtlich, dass du jemand anderen gefunden hattest. Und als ich dich hier wiedergetroffen habe ... Jo hatte mir von ihren Freundinnen erzählt, wie wunderbar ihr alle seid und wie sehr ich euch mögen würde. Sie nennt dich Lyds, und ich Esel habe nie geschaltet. Ich bin nicht darauf gekommen, dass du Lyds bist. Bis ich dich gesehen habe, und jetzt ...« Lydia wartete. »Ich war nicht darauf gefasst, wie es sich anfühlen würde, dir gegenüberzustehen.«

»Jackson«, warnte Lydia ihn.

»Was ich damals für dich empfand, ist nicht verschwunden.«

»Tu das nicht, Jackson.«

»Lydia.« Es dauerte keine Sekunde, bis Jackson das Zimmer durchquert hatte und sie küsste

Lydia beobachtete alles, als liefe es in Zeitlupe ab. Sie wusste, was passieren würde, war jedoch unfähig zu reagieren, weil diese dunkelblauen Augen sie fixierten und sie verloren war. Sie fühlte, wie seine Arme sie umfingen, seine Lippen auf ihre trafen. Obwohl sie für einen Moment schockstarr war, antwortete ihr Körper von ganz allein. Ja, ihr Körper schien sich noch sehr gut an die Hitze jenes Sommers zu erinnern.

»Hallo?«

Beim Klang von Stephens Stimme sprangen sie auseinander. Lydia drückte ihren Handrücken auf die glühenden Lippen, als Stephen ins Zimmer kam.

»Da bist du ja« Er grinste sie an. »Dieser Will hat's geschafft. Der alte Brenner läuft wieder, also sollte es bald warm werden. Wie es aussieht, wird Will bei uns übernachten. Das Wetter draußen ist unterirdisch. Jack, du solltest runtergehen und auf Joanna aufpassen. Die Frauen baggern Will ziemlich an.«

»Okay, mach ich.« Jackson grinste. »Ich wollte nur ...«

»Ach so, klar, entschuldige, das ist ja euer Zimmer. Komm, Lydia.« Er nahm Lydias schlaffe Hand und zog sie mit sich in ihr Zimmer nebenan. Sowie er die Tür hinter ihnen geschlossen hatte, lehnte er Lydia von innen dagegen, vergrub das Gesicht an ihrem Hals und tauchte mit beiden Händen unter ihren Pullover.

»Daran denke ich schon den ganzen Tag, Lydia«, murmelte er. »Du bist so heiß.«

»Ähm.« Lydia wich zur Seite aus, weg von Stephens Händen. »Ich habe Katy versprochen, ihr mit dem Abendessen zu helfen. Und außerdem trage ich dieses alte Ding schon seit morgens. Warte, bis ich mich ein bisschen hübscher für dich gemacht habe. Später vielleicht ...«

»Du kannst unmöglich schärfer aussehen«, sagte Stephen

und näherte sich ihr wieder. »Ich sage dir viel zu selten, wie fantastisch du bist und wie sehr ich dich liebe.« Er legte beide Hände an ihre Wangen. »Ich liebe dich wirklich, Lydia. Ich liebe dich sogar sehr.«

»Und ich liebe dich«, kam es Lydia automatisch über die Lippen, ohne dass sie über die Worte nachdachte. »Trotzdem muss ich Katy helfen. Versprochen ist versprochen.«

Stephen stöhnte und sank schmollend aufs Bett. »Ist das die Rache für letzte Nacht? Ich dachte, du bist diejenige, die mehr Sex will«, murrte er und verschränkte die Arme vor der Brust.

Lydia sah ihn an, wie er dasaß: angetrunken und verstimmt, weil sie nicht in Stimmung war. So schön, klug und talentiert er auch sein mochte, in diesem Moment könnte Lydia nicht weiter davon entfernt sein, ihn zu lieben. Sie empfand noch nicht einmal einen Hauch jener Zuneigung für ihn, wie man sie für einen Bruder oder einen schwulen besten Freund hegte. Kaum machte sie sich diese Tatsache bewusst, wurde ihr ganz anders.

»Ich muss nach unten zu Katy«, sagte sie und hauchte ihm einen Kuss zu. »Es dauert nicht lange.«

Jackson hockte oben an der Treppe, als sie aus dem Zimmer kam. Kopfschüttelnd wollte Lydia an ihm vorbei.

»Hast du …?«

»Lass es bleiben«, fiel Lydia ihm ins Wort. »Sag nichts mehr, Jackson. Nichts. Lass mich einfach in Ruhe.«

»Tja, das ist es ja gerade«, sagte Jackson, als sie schon die Treppe hinunterlief. »Ich weiß nicht, ob ich das kann.«

8

Katy hatte sich fest vorgenommen, vor dem Heiligen Abend kein traditionelles Weihnachtsessen zu servieren. Also gab es heute Abend Lachs in einer Salz-Kräuter-Kruste, gefüllt mit selbst gemachtem Pesto aus schwarzen Oliven. Dazu eine Auswahl an gebratenem Gemüse, von Joannas zarter Hand mehr oder weniger in Form gebracht.

Nachdem sie sowohl Jackson als auch Stephen entkommen war, stellte Lydia verwirrt und etwas verkatert fest, dass es für sie nicht mehr viel zu tun gab. Also half sie Tilly, den Tisch im großen Esszimmer zu decken.

Tilly richtete die Messer millimetergenau aus, wie es sich für eine Tochter von Katy gehörte. »Manchmal guckt die wahnsinnige Molly durchs Fenster rein. Dann hat sie ganz nasse Haare und will unbedingt reingelassen werden. Aber man darf sie nicht reinlassen. Denn wenn sie reinkommt, mordet sie dich, bis du tot bist«, erzählte sie.

Stirnrunzelnd polierte Lydia die Gläser, wie Katy es ihr gesagt hatte – jeweils eines für Rotwein, eines für Weißwein und eines für Wasser. Katy hatte gern viele Gläser auf dem Tisch. »Wer hat das denn gesagt?«

»Jake«, antwortete Tilly und lief zum Fenster, um die schweren roten Samtvorhänge zuzuziehen und die wahnsinnige Molly auszusperren.

Lydia hob Tilly hoch, zog einen der Stühle unter dem Esstisch hervor und setzte sich mit dem Mädchen auf dem Schoß hin.

»Du weißt doch, dass Jake dir bloß Angst einjagen will, nicht? Er ist eben der große Bruder, und da ist es praktisch sein Job, dir Angst zu machen.«

Tilly guckte sie an, als wäre Lydia umnachtet. »Jake hat gar keinen Job. Er ist ein Kind!«

»Ich meine, dass Jake sich diese Geschichten ausdenkt. Es gibt keine wahnsinnige Molly. Sie ist nur eine ausgedachte Figur, so wie Rapunzel oder Aschenputtel.«

»Aschenputtel ist nicht ausgedacht und die wahnsinnige Molly auch nicht«, sagte Tilly, die blauen Augen groß und ernst. »Sie ist im Garten begraben.«

»Unsinn. Ehrlich, ich denke, ich rede mal mit deiner Mummy.«

»Worüber?«, fragte Katy, die mit einem Tablett voller silberner Salz- und Pfefferstreuer hereinkam. Seit die Heizung wieder lief, wirkte sie deutlich entspannter.

»Jake hat Tilly erzählt, dass die wahnsinnige Molly in eurem Garten vergraben ist. Kein Wunder, dass das arme Kind jede Nacht zu euch ins Bett kommt. Du solltest ihn ein bisschen bremsen, Katy.«

»Ach so.« Katy stellte die Salz- und Pfefferstreuer exakt in die Mitte des Tisches. »Na ja, die Sache ist, dass sie da wirklich liegt. Also nicht die wahnsinnige Molly, die gibt es ja nicht, nein, Margaret Drake. Für sie wurde dieser Teil des Hotels gebaut, und sie ist quasi im Garten begraben, auf dem Hügel hinterm Haus. Anscheinend war das ihr Lieblingsplatz.« Katy lächelte.

»Was?«, rief Lydia. »Da ist was?«

»Siehst du, sag ich doch«, sagte Tilly. »Und sie ist ein Zombie, sagt Jake.«

»Tilly, Süße, gehst du bitte und rufst die anderen? Das Essen ist fertig.« Katy küsste ihre Tochter aufs Haar und hob sie von Lydias Schoß.

Ängstlich blickte Tilly zum dunklen Flur.

»Geh schon, Spätzchen. Sie sitzen alle im Wohnzimmer.« Katy ging mit Tilly in den Flur, schaltete das Licht an und sah ihrem kleinen Mädchen hinterher, bis es sicher bei den anderen Erwachsenen angekommen war – ohne von einem Zombie-Geist entführt zu werden.

»Hatte ich dir erzählt, dass das Hotel früher aus zwei separaten Haushälften bestand, die wir verbunden haben?« Lydia nickte. »Die Häuser wurden 1885 von Morton Drake, einem reichen Gutsherrn aus der Gegend, für seine unverheirateten Töchter gebaut. Sie waren in ihren Dreißigern, also für damalige Verhältnisse alte Jungfern.«

»Daran hat sich bis heute nichts geändert«, sagte Lydia mit einem ironischen Lächeln.

»Sie haben Tür an Tür gewohnt und waren die erste Zeit wohl recht glücklich damit. Seinerzeit wurde das Seengebiet gerade als Ausflugsziel entdeckt, sodass ab und zu Touristen vorbeikamen. Hin und wieder luden die Schwestern jemandem zum Tee ein. Eines Tages kam Margarets Schwester Elizabeth mit einem Spaziergänger ins Gespräch, einem Witwer aus York. Es kam, wie es kommen musste: Elizabeth verliebte sich, heiratete und zog fort. Margaret blieb allein zurück. Und glaub mir, hier kann es verdammt einsam sein. Eines Frühlingsmorgens fand man Margarets Leiche am Seeufer. Es heißt, dass sie sich aus Kummer ertränkt hatte.«

»Wie hübsch«, sagte Lydia und schauderte. »Und dann haben sie sie kurzerhand im Garten verscharrt? Als Rosendünger?«

»Ja, na ja. Sie hat jene Stelle sehr gemocht, und als Selbstmörderin durfte sie damals nicht in geweihter Erde begraben werden. Außerdem steht da kein Grabstein oder so. Es ist mehr ein kleiner Steinsockel, der größtenteils von Moos überwuchert ist. Man würde ihn gar nicht bemerken, wenn er nicht als Sehenswürdigkeit in den Fremdenführern stünde. Deshalb durften wir ihn auch nicht versetzen. Aber es hat nie irgendwelche Geistergeschichten um dieses Haus gegeben, bis mein dämlicher Ehemann sich eine ausgedacht hat und so dafür sorgte, dass ich die nächsten Jahre keinen anständigen Schlaf kriege.« Katy biss sich auf die Lippe. Aus dem Flur waren Lachen und Geplauder zu hören.

»Tja, das Gute ist, dass Feriengäste auf Geistergeschichten

fliegen«, sagte Lydia. »Die erfundene Spukgeschichte dürfte eure Buchungen in die Höhe treiben. Ihr solltet sie auf die Website stellen.«

»Meinst du ehrlich?«

»Ja, zusammen mit einem Foto vom Grabstein. Ihr müsst die Geschichte zu Geld machen, finde ich. Veranstaltet Geister-Wochenenden mit allem Drum und Dran.«

»Das ist keine schlechte Idee«, sagte Katy nachdenklich. »Was ist mit meinen verängstigten Kindern? Denen erzählen wir dauernd, dass es keine Geister gibt. Na ja, andererseits erwarten wir auch von ihnen, dass sie an den fremden Mann im roten Samtanzug glauben, der einmal im Jahr nachts in ihre Zimmer kommt und genau weiß, ob sie artig gewesen sind oder nicht. Gott, was sind wir für Heuchler!«

»Stimmt«, bestätigte Lydia. »Ich bin allerdings sicher, dass es Jake irgendwann langweilig wird, und Tilly hat sowieso früher oder später alles vergessen. Bis dahin ziehst du deinem idiotischen Ehemann einfach eins mit der Kupferbratpfanne über, die in der Küche hängt.«

»Was, wieso? Was habe ich denn getan?«, fragte Jim, der gerade ins Esszimmer kam. Gleich hinter ihm stand Will.

In dem rot-weiß karierten Hemd über einem T-Shirt und ohne seine dicke Winterjacke sah er sogar noch besser aus als vorhin, stellte Lydia fest. Die aufgekrempelten Hemdsärmel entblößten ziemlich eindrucksvolle Unterarme. Und er lächelte ihr zu, als er hereinkam, wobei sich ihre Blicke für einen kurzen Moment begegneten, ehe er wieder wegsah. Zweifellos lachte er im Stillen noch über ihre peinliche Bemerkung in der Diele.

»Du hast diesem jungen Mann hier erzählt«, Lydia legte eine Hand auf Jake, der an ihr vorbeigehen wollte, »dass es in eurem Haus spukt. Ich nehme an, du hast den Geist erfunden und dachtest, dass das witzig ist, stimmt's? Gestehe, Jim!«

»Äh«, begann Jim, verstummte jedoch angesichts Lydias gestrenger Anwaltsmiene gleich wieder. »Nein, Miss Grant, es gibt keinen Geist. Ich habe mir das alles ausgedacht. Tut mir leid, Euer Ehren.«

»Seht ihr?«, sagte Lydia zu Tilly und Jake. »Kein Geist.«

»Das sagt er bloß, damit du keine Angst hast«, erklärte Jake seiner kleinen Schwester. »Dabei gibt es sie doch. Und sie hat Maden in den Augen.« Tilly warf sich kreischend in die Arme ihrer Mutter.

»Jake! Also wirklich, du treibst mich zur Verzweiflung.« Eilig verließ Katy mit Tilly das Esszimmer, um sie zu beruhigen. Unterdes kamen die anderen herein.

Lydia bemerkte, dass Stephen, Alex und David über etwas lachten, was Jackson gesagt hatte. Für einen Sekundenbruchteil fragte sie sich, ob es bei dem Scherz um sie ging. Dann traf sich ihr Blick mit Jacksons, und sie erinnerte sich daran, was er ihr vor einer guten Stunde gesagt hatte. Dass sie ihm gefehlt hatte. Dass er bis heute etwas für sie empfand. Dass er sie nicht einfach fallenließ, sondern tatsächlich wegen eines familiären Notfalls abreisen musste. Die Umstände hatten sie auseinandergetrieben. Es war eine grausame Variation von *Begegnungen*.

Sie zweifelte nicht an dem, was er gesagt hatte, und doch musste sie sich, als er sich zu Joanna beugte und ihr Ohr küsste, unweigerlich fragen, ob es stimmte, dass er sie noch mochte. Schließlich war selbst Joanna klar, dass Jackson kein Engel gewesen war – zumindest nicht, was Frauen betraf. Und Lydia wusste aus eigener Erfahrung, wie gut er es verstand, Frauen genau das zu sagen, was sie hören wollten. Trotz alledem, was er ihr vorhin erzählt hatte, erschien sein Verhalten Joanna gegenüber liebevoll und zärtlich, vollkommen echt. Doch er gaukelte einer von ihnen beiden nur vor, sie zu lieben. Im schlimmsten Fall hielt er sowohl seine Freundin als auch deren beste Freundin bei Laune und wartete ab, was bei diesem blöden Schlamassel herauskam. Plötzlich schien es Lydia eine glänzende Idee zu sein, sich gnadenlos zu betrinken.

* * *

Bis der Brotpudding aus dem Ofen kam, hatte Lydia sich beinahe ins Koma gegessen und getrunken, was unter den gegebenen Umständen fraglos das Beste war, was sie machen konnte. Weitestgehend stumm hatte Lydia beobachtet, wie David Alex umsorgte, die ihr ein klein wenig entspannter vorkam. Sie lehnte den Kopf an Davids Schulter und lachte, während sie darüber redeten, wie das Leben mit Baby wohl werden würde. Stephen saß neben Lydia und hatte den Arm auf ihrer Stuhllehne, vielleicht um sie zu schützen, möglicherweise aber auch, um seine Ansprüche deutlich zu machen. So oder so behagte es ihr ganz und gar nicht.

Katy wirkte erschöpft, nachdem sie diverse Gänge serviert und den Kindern alle erdenklichen Extrawünsche erfüllt hatte. Lydias Hilfe lehnte sie kategorisch ab. Zwischen dem Lachs und dem Dessert war Katy für eine halbe Stunde verschwunden, um die Kinder ins Bett zu bringen. Doch noch ehe sie den Nachtisch halb aufgegessen hatten, stand Tilly wieder da und jammerte, dass Jake ihren Lieblingsbären entführt hätte.

Joanna befand sich ganz in ihrem Element. Als einzige der Frauen hatte sie sich zum Dinner umgezogen und trug ein umwerfendes dunkelgrünes Kleid, das ihr Haar wie entflammt leuchten ließ. Mit Jackson zu ihrer Linken und Will zu ihrer Rechten flirtete und scherzte sie, dass sich die Balken bogen. Lydia hingegen fehlte die Energie, charmant, lebhaft oder witzig zu sein.

»Du bist so still heute Abend«, unterbrach Joanna Lydias Tagträume. »Schon seit wir hier sind, bist du irgendwie anders. Ist alles okay?«

»Ja, bestens.« Lydia zwang sich zu lächeln. »Ich hätte nicht tagsüber trinken sollen. Davon werde ich total schläfrig.«

»Und schlecht gelaunt«, murmelte Stephen halb zu sich selbst.

»Oho, Ärger im Paradies?«, fragte Joanna kichernd. »Weißt du was, Lyds? Setz dich lieber ein bisschen zu diesem traumhaften Mann. Mich hat er ganz herrlich aufgemuntert.«

Will war sichtlich verlegen, worauf Joanna sich ihm zuneigte und mit der Hand über sein Kinn strich. »Oh, Stoppeln, so rau und wild. Und guck sich einer diese starken Hände an. Ich wette, du bist ein mustergültiger Liebhaber, was, Will?«

»Finger weg, Jo«, platzte Lydia heraus, ehe sie sich bremsen konnte. »Er ist kein Zuchthengst. Nicht jeder Mann mit einem Puls wartet nur darauf, von dir vernascht zu werden.«

»Lydia«, ermahnte Stephen sie, und Joanna wirkte tatsächlich erschrocken, aber immerhin ließ sie von Will ab.

»War nur Spaß. Entschuldigt, Jo, Will«, sagte Lydia rasch.

»Ist schon gut«, murmelte Will unsicher, der sich eindeutig fragte, wie er in dieses Zimmer voller Leute geraten war, die er weder kannte noch verstand. »Eigentlich wollte ich gerade rausgehen und eine rauchen.«

»Ich komme mit«, sagte Lydia und sprang auf. Sie konnte es nicht erwarten, diesem heißen Zimmer und der komplizierten, verwirrenden Stimmung zu entkommen.

»Du rauchst nicht«, rief Stephen, als sie auf dem Weg zur Tür war.

»Jetzt schon«, zischte Lydia und folgte Will den Flur hinunter und durch die Küche in den wunderbar kalten Anbau. Dort klemmte Will ein Paar Gummistiefel in Tillys Größe in die klapprige Tür, sodass es fast wie draußen war, nur weniger eisig.

Für einen Moment standen Will und Lydia schweigend da. Ihr Atem gefror in der Luft.

»Wäre das ein geeigneter Zeitpunkt, dir zu verraten, dass ich Nichtraucher bin?«, fragte Will.

Lydia sah ihn verwundert an und grinste. »Du Ärmster. Erst überreden sie dich, herzukommen und den Kessel zu reparieren, und dann bist du auf einmal eingeschneit mit einem Haufen von … von …«

»Dasigen«, half Will ihr aus, und dem Klang nach war es eine hinreichend negative Bezeichnung, um das zusammenzufassen, was er eben ertragen musste.

»Dasigen?«, fragte Lydia.

»Nicht von hier.« Er nickte, und wieder einmal spielte jenes verhaltene Lächeln um seine Lippen. »Unfähige Leute aus dem Süden, die keinen Stecker erneuern, geschweige denn einen Heizkessel reparieren können.«

»Wir sind nicht alle so«, sagte Lydia, die ihre Arme um den Oberkörper schlang, um sich warm zu halten. Sie war im Grunde überzeugt, dass sie einen Stecker auswechseln könnte, wenn sie müsste. »Oh, Mann, du musst echt das Gefühl haben, in der Albtraumversion eines Richard-Curtis-Films gelandet zu sein.«

»Wer? Na, kenn ich sowieso nicht, denn ich meide alles südlich von Manchester.« Will lächelte. »Da sind sie mir schon südlich genug.«

Er lehnte im Türrahmen, blickte hinauf zum kristallklaren Himmel, der über und über mit Sternen gesprenkelt war, und atmete tief ein. »Ich sag dir was, Jim hätte mich für die Renovierung holen sollen. Die Hirnis, die er sich aus London hergeholt hat, haben die Bude eigentlich eher zerlegt, und ich wette, die haben auch noch das Doppelte von dem verlangt, was ich berechnet hätte.«

»Aber du bist Klempner, oder nicht?«

»Ja, und Elektriker und Stuckateur. Mein Dad hat mich zu allen drei Lehren verdonnert. Es ist allerdings auch praktisch, wenn man eine Baufirma hat.«

»Ah, dann bist du Bauunternehmer. Und was baust du?«

»Was möchtest du denn gebaut haben?« Er sah sie an und zog eine Braue hoch.

Lydia lachte. »Also, ehe ich herkam, war mir das gar nicht klar. Aber ich brauche unbedingt ein Haus mit einem Turm oder zweien, in denen ich vor mich hin träume, während ich auf meinen Prinzen warte. Nein, lieber eine komplette Burg mit Zinnen und einem Burggraben. Ja, ich will eine Zugbrücke, die ich raufziehen kann. Baust du mir das?«

»Hm, könnte ich, aber ich würde es wohl nicht machen.«

Will lachte. »Für mich muss sich ein Haus in seine Umgebung einfügen, sozusagen aus der Landschaft herauswachsen wie etwas Organisches. Wenn ich ein Haus baue, gucke ich mir das Grundstück an, die Landschaft und die Materialien, die ich vor Ort finde. Mein Traumhaus würde aussehen, als wäre es schon da gewesen, bevor Menschen Häuser brauchten.«

Will blickte sie ein bisschen verlegen an. Womöglich erschrak er über sich selbst, weil er so viel redete. »Aber hauptsächlich beschäftige ich mich mit Renovierungen oder Restaurationen. Ich liebe alte Gebäude, ihre Geschichte und was im Laufe der Jahre mit ihnen angestellt wurde. Deshalb habe ich mich seit der Geschäftsübernahme darauf spezialisiert, Häusern ihren alten Glanz zurückzugeben und sie gleichzeitig modernen Ansprüchen anzupassen.« Er streckte eine Hand aus und strich mit den Fingern über die raue Mauer. »Das zum Beispiel ist ein perfekter viktorianischer Bau aus der Zeit der Schauerromane, erbaut aus hiesigem Schiefer. Der ist einzigartig für diese Gegend, nein, für dieses Stück Land. So ein Haus hätte man nirgendwo sonst bauen können, und das macht es so wunderschön.«

Seine Finger glitten liebevoll über Schicht um Schicht von grünlich grauem Stein.

»Dieser Schiefer ist genauso rein, rau und wild wie die Berge, aus denen er kommt. Dann wurde er zu dieser irren Hochzeitstorte von einem Haus verbaut. Absolut brillant. Das ist eines der wenigen Häuser, bei dem Türme wirklich passen.«

»Du bist nicht nur ein Bauunternehmer«, konstatierte Lydia lächelnd. »Du bist ein Kunsthandwerker.«

»Wenn du es sagst.« Er lachte, und Lydia konnte nicht anders als mitzulachen. Seine Begeisterung fürs Bauen war faszinierend und ansteckend.

Will sah sie an, und Lydia erwiderte seinen lächelnden Blick. Er hatte eine melodische Stimme, wie warmes Öl, die Lydias pochendes Herz beruhigte, als sie ihm zuhörte, wie er über Ziegel und Mörtel redete. Es war erfrischend, jemanden kennenzulernen, der sich leidenschaftlich für etwas Handfestes begeisterte, nicht nur für sich selbst oder den neuesten guten Zweck.

»Die Leute, die Cowboy Jim sich geholt hat, hatten keine Ahnung, wie dieses Haus renoviert werden sollte, von der Anlage, den Farben, den Tapeten. Die meisten Sachen stammen aus der völlig falschen Periode. Na ja, typisch für Londoner, dass sie alles einfach so machen, wie die Anzugträger es mögen. Es mag ja ganz nett aussehen, aber bei diesem alten Mädchen ist es vollkommen falsch. Wie dem auch sei, jetzt ist das Geld weg. Vielleicht lässt Jim mich den Rest machen und spart ein paar Scheine.« Für eine knappe Minute blickten sie beide schweigend hinaus in die stille Nacht. Vorübergehend hatte es aufgehört zu schneien.

»Es tut mir leid, was ich heute Nachmittag gesagt habe«, entfuhr es Lydia plötzlich. »Ich war ziemlich angetrunken, und das war unhöflich.«

Will lachte leise. »Jedenfalls war es besser, als wenn du gesagt hättest, ich wäre ein Kuckuck, schätze ich.«

»Wie bitte?«

»Hässlich«, erklärte er grinsend.

»Das ist ja fast, als würden wir zwei verschiedene Sprachen sprechen«, sagte Lydia lachend.

»Ach nein, heutzutage nicht mehr. Man hört hier schon noch Dialekt, vor allem von den alten Leuten. Aber meistens bringe ich nur ein paar Ausdrücke unter, um hübsche Frauen zu beeindrucken oder Touristen zu verwirren.«

Lydia rätselte noch, ob Will mit ihr flirtete, als sie unterbrochen wurden.

»Da seid ihr ja.« Joanna erschien mit einer Weinflasche in der Hand. »Was macht ihr zwei hier draußen? Entschuldige Will, ich muss kurz mit Lyds sprechen, wenn das okay ist.«

Will sah Lydia fragend und ein wenig verschwörerisch an – und ging zurück ins Haus.

»Süße, bitte, verrate mir, was mit dir los ist«, sagte Joanna, sobald sie allein waren. »Warum hast du mich vorhin so angefahren? Ich war doch wie immer. Gerade du solltest mich inzwischen gut genug kennen. Ich habe mich ein bisschen mit Will amüsiert, sonst nichts.«

»Ja, ich weiß ja, es ist nur ...«, stammelte Lydia. »Jojo, es tut mir leid. Ich weiß auch nicht, was mit mir los ist.«

»Ich glaube, ich weiß es«, sagte Joanna sehr ernst.

»Ach ja?« Schuldbewusst hielt Lydia den Atem an.

»Du bist nicht sicher, ob du Stephen heiraten willst, stimmt's?«, fragte Joanna traurig. »Er hat den Ring, du also Druck, und jetzt kommen dir Zweifel. Ich hätte es viel früher merken müssen, aber ich war zu sehr damit beschäftigt, verliebt zu sein. Entschuldige, dass ich so in meinem siebten Himmel festhing. Es tut mir leid, Lydia. Ich war so weit weg, dass ich gar nichts mitbekommen habe. Ich hätte es gleich erkennen müssen, dass mit dir was nicht stimmt. Du weißt, dass du nicht Ja sagen musst, oder?«

Lydia sagte nichts, denn Joanna hatte ja eigentlich recht. Nur dass Lydia sich nicht sicher war, ob sie Stephen nur nicht heiraten wollte. Sie bezweifelte sogar, dass sie weiterhin eine Beziehung mit ihm haben wollte, egal, wie sehr sie ihn mochte. Wie konnte sie auch, nach allem, was geschehen war?

Nachdem Jackson sie geküsst und ihr erzählt hatte, dass er sie immer noch liebte? Es war egal, dass sie weder wusste, ob er tatsächlich etwas für sie empfand oder sie etwas für ihn, oder ob er ernst gemeint hatte, was er sagte. Von Bedeutung war einzig, dass sie Jacksons Kuss erwidert hatte und wusste, dass sie nicht für Stephen empfand, wie sie für ihn empfinden sollte. Entscheidend war, dass sie in dem Moment, in dem sie Jacksons Kuss erwiderte, für ihn empfand, was sie für Stephen empfinden sollte und es nicht tat. Wenn man füreinander bestimmt war, ging man nicht los und küsste einen anderen.

Und so stand sie hier, kurz vor Weihnachten. *Weihnachten*, der eine Tag des Jahres, von dem Lydia sich stets erhofft hatte, er möge vollkommen sein – so wie in den wenigen Jahren, bevor ihre Eltern sich trennten. Als sie noch klein war und ihre Mum ihr *Die Nacht vor dem Weihnachtsfest* vorlas, bis Lydia schließlich einschlief und von einem Schlitten träumte, der mit leisem Glockengebimmel über den Himmel flog. Doch seit ihr Vater ausgezogen war und ihre Eltern wieder geheiratet hatten, gab es kein solches Weihnachten mehr. Von da ab war es ein einziges Hin und Her zwischen den Haushalten gewesen, von einem elenden Weihnachtsessen zum nächsten, und immer hatte etwas gefehlt.

Lydia hatte geglaubt, dieses Jahr wäre es endlich so weit. Sie war am idealen Ort mit den richtigen Menschen und würde den Zauber wieder spüren, der ihr so viel bedeutete. Wie naiv, dachte sie verbittert. Sie hätte wissen müssen, dass es unmöglich war. Sogar hier, mit ihren besten Freundinnen, in der wunderschön verschneiten Landschaft und in dem Haus, das wie eine Hochzeitstorte aussah, fehlte etwas.

»Was willst du tun?«, fragte Joanna.

»Was kann ich denn tun?« Lydia klang verzweifelt. »In ein paar Tagen ist Weihnachten, und wir sitzen fest. Nein, ich kann gar nichts sagen oder machen, sonst ruiniere ich alles.«

»Kann sein. Aber was ist, wenn er dir vor uns allen einen Antrag macht und du ablehnst? Oder wenn du wartest, bis ihr wieder in London seid, und dann Schluss machst? Er würde sofort wissen, dass du nur so getan hast, als wäre alles okay.« Joanna fröstelte und zog Lydia in die halbwegs warme Küche. Dort schenkte sie ihnen beiden Wein in große Becher und reichte Lydia einen. »Manchmal finde ich es besser, die Wahrheit zu wissen, auch wenn sie wehtut, als später festzustellen, dass man der Letzte ist, der sie erfährt. Verstehst du, was ich meine?«

Lydia sah ihre Freundin an, die sich so sehr bemühte, ihr zu helfen. Falls es überhaupt einen Moment gab, ihr die Wahrheit über Jackson zu sagen, dann war es dieser. Sie wappnete sich für das, was kommen mochte.

Doch während Lydia ihren Mut zusammenraffte, sprach Joanna weiter. »Hör zu, Lyds, ich bin für dich da, egal, wie du dich entscheidest, versprochen. Aber bitte sei nett zu Jackson. Es ist ungeheuer wichtig für mich, dass er meine Freunde mag und dass ihr ihn mögt. Wenn ihr ihn nicht mögt, kann ich ihn auf keinen Fall heiraten.«

»Sei nicht albern«, erwiderte Lydia. »Wenn ihr beide wirklich so empfindet, ist doch völlig unwichtig, was wir denken.«

»Nein, ist es nicht. Ganz und gar nicht. Du weißt, dass ihr drei für mich so etwas wie meine Familie seid. Ja, ich stolziere herum, als wäre ich die Größte. Aber mal ehrlich, Lyds, ohne das Wissen, dass ihr drei für mich da seid, was auch passiert, wäre ich verloren.«

»Und ich wäre ohne dich verloren«, sagte Lydia.

»Sehr gut. Und jetzt komm, lass dich drücken. Dann gehen wir wieder rein und gucken, wie lange es dauert, den hübschen Will zum Erröten zu bringen.«

9

Lydia putzte sich sehr lange die Zähne und hoffte, dass Stephen nach all dem Wein und dem Essen eingeschlafen wäre, bis sie wieder aus dem Bad kam. Der Rest des Abends war recht angenehm verlaufen. Will hatte sich still in eine Ecke zurückgezogen, trank einen Whiskey, hörte den Unterhaltungen zu und fand sich wohl damit ab, mindestens eine Nacht mit einem Haufen »Dasiger« zu verbringen.

Joanna war nach ihrem Gespräch mit Lydia deutlich zahmer gewesen und hatte es sich wie eine verwöhnte Katze auf Jacksons Schoß gemütlich gemacht. Jackson strich ihr übers Haar und vermied es sorgsam, Lydia anzusehen. Alex und David hatten sich früh ins Bett verdrückt – für »Babysex«, wie Alex ihrer Freundin zuflüsterte, als sie Lydia gute Nacht sagte. Die Stunden waren dahingeplätschert, bis die Uhr auf dem Kaminsims elf schlug und Jim in seinem Sessel zu schnarchen begann.

Lydia war selbst fast eingenickt, als die Wohnzimmertür knarrend aufging und ein wuscheliger kleiner Mädchenkopf auftauchte.

»Ich habe Angst«, sagte Tilly mit bebender Stimme.

»Ich gehe schon«, bot Lydia an, ehe Katy aufstehen konnte. »Ich bin sowieso fertig, da kann ich auch Tilly ins Bett bringen und mich danach selbst hinlegen.«

»Danke, Lyds«, antwortete Katy gähnend. »Ich glaube, dies ist das erste Mal heute, dass ich sitze.«

»Ich komme mit«, sagte Stephen. »Die Damen brauchen unbedingt eine Eskorte.«

Lydia lächelte, als Stephen Tilly hochhob und sie auf die Stirn küsste. Was für ein wunderbarer Mann er war, so freundlich und liebevoll. Manchmal konnte er ein wenig eitel sein, ein bisschen zu sehr von sich überzeugt. Und manchmal war er gedankenlos, unsensibel, aber nicht mehr und nicht weniger als jeder andere auch – ganz besonders sie selbst. Wieso hatte sie aufgehört, in ihn verliebt zu sein, ohne es zu merken?

Vielleicht, dachte Lydia, während sie Feuchtigkeitscreme auf Gesicht und Hals verteilte, hatte sie ihn nie geliebt. Schließlich waren sie sich nur wenige Wochen nach Jacksons Verschwinden begegnet. Es war durchaus denkbar, dass das Zusammensein mit Stephen bloß eine unkomplizierte, willkommene Ablenkung von ihrem Herzschmerz gewesen war. Er war schlichtweg nett und liebevoll, aber nicht fordernd.

Ihre Arbeit war ihm vertraut, sodass er sich weder über die langen Arbeitszeiten beklagte noch darüber, dass für sie die Karriere an erster Stelle kam. Schließlich war es bei ihm nicht anders. Beide akzeptierten, dass sie sich an den meisten Tagen kaum sahen, denn im Grunde hatten sie nicht das Bedürfnis, dauernd zusammen zu sein. Keiner von ihnen sehnte sich nach gemeinsamen Stunden mit dem anderen.

Lydia hatte das Gefühl, Stephen wäre einfach an dem Punkt angekommen, an dem er glaubte, eine Familie gründen zu müssen, und da bot sich Lydia als Kandidatin an. Jeder sagte, dass sie perfekt zusammenpassten, erst recht weil sie vom selben Fach waren. Leider hatte Lydia das ungute Gefühl, dass sie sich vielleicht aus Bequemlichkeit in eine Beziehung fügte. Mit Liebe hatte das wenig zu tun.

Nachdem er Tilly bis zur Treppe getragen hatte, übergab Stephen sie Lydia und ging voraus zu ihrem Zimmer. Tillys kleiner, warmer Körper schmiegte sich in Lydias Arme, als sie die Kleine zur hinteren Treppe brachte, von wo aus man zu den Schlafräumen der Familie gelangte.

»Du hast aber ein hübsches Zimmer«, sagte Lydia, als sie Tilly auf ihr Bett legte und sich in dem Raum mit der Blümchentapete umsah, der von einer Minilichterkette erhellt wurde. »Richtig niedlich und so kuschelig.«

»Ich mag's nicht«, erwiderte Tilly. »Ich denke immer, dass Molly kommt und mich holt.«

Lydia überlegte kurz. »Als ich ein kleines Mädchen war, hatte ich Angst vor einer Handpuppe, die mein Dad mir zum Geburtstag geschenkt hatte. Es war so eine Kasperlepuppe mit einem Kopf aus Holz, das Kinn und die Nase ganz spitz, und sie hatte böse kleine Augen. Ich habe die Puppe gehasst, traute mich aber nicht, es Mum und Dad zu sagen, weil ich dachte, dass sie dann traurig sind. Also habe ich sie ganz nach unten in meine Spielzeugkiste gesteckt. Trotzdem konnte ich abends nicht einschlafen, denn ich dachte, dass sie dann rauskommt und mich holt. Eine Kasperlepuppe! Ziemlich dumm, was?« Tilly kicherte und zog sich ihre Bettdecke bis unters Kinn hoch. »Das Einzige, was half, war, alle meine Kuscheltiere zu holen und sie auf meine Decke zu setzen. Jeder weiß ja, dass einen nichts Gruseliges holen kann, wenn man von seinen Tieren beschützt wird. Willst du das auch mal probieren?«

Tilly nickte und kicherte leise, als Lydia begann, Teddys, Häschen, Hunde, Kätzchen, Lämmer, Hühner und sogar eine Ratte aus Plüsch zusammenzusammeln und auf das Bett zu setzen, bis nur noch Tillys Gesicht in dem Stofftiermeer zu sehen war.

»So, jetzt passen alle deine Freunde auf dich auf, und dir kann nichts passieren.«

»Stimmt das?«, fragte Tilly.

»O ja, großes Ehrenwort.« Lydia nickte und gab Tilly einen Kuss auf die Stupsnase. Tilly rutschte unter die Plüschtiertruppe. »Und wenn du heute Nacht richtig gut schläfst, lässt dir der Weihnachtsmann, wenn er in der Nacht vor dem Weihnachtsfest kommt, bestimmt ein Extrageschenk da.«

»Wirklich?« Tilly machte große Augen. »Was für eins?«

»Na ja, vielleicht einen Lippenstift oder ein fast volles Fläschchen Parfüm«, sagte Lydia, die kurz überschlug, was aus ihrer Handtasche sie entbehren könnte.

»Wow«, hauchte Tilly, sichtlich beeindruckt von der Aussicht. »Dann kann ich Vincent mit Parfüm einsprühen.«

»Ja, das könntest du. Aber erst einmal solltest du jetzt was?«

»Einschlafen, Nachti-Nacht«, sagte Tilly ernst, drehte sich mit ihrem Lieblingsteddy im Arm auf die Seite und schob ihren Daumen in den Mund. »Gute Nacht.«

Auf dem Weg zu ihrem Zimmer, blieb Lydia vor Jakes Tür stehen und linste hinein. Auch er hatte seinen Teddy im Arm, den anderen Arm aber hatte er über den Kopf gestreckt, und er schlief tief und fest. Vielleicht ließen die zwei ihre Mutter wenigstens heute Nacht schlafen.

Oben in ihrem Zimmer fand sie Stephen im Bademantel auf der Bettdecke liegend vor, ein Glas Brandy in der Hand. Katy hatte ihnen allen eine Karaffe aufs Zimmer gestellt.

»Hallo, Liebling«, sagte er und streckte die Hand nach ihr aus. Folgsam ging Lydia zu ihm und ließ sich in seine Arme ziehen. »Ich bin ein erbärmlicher Freund, nicht wahr?«, fragte er.

»Nein«, sagte sie in den dicken Frotteestoff seines Bademantels.

»Doch, bin ich. Ich habe mich beschwert, dass wir hierherfahren, obwohl ich wusste, wie gern du das wolltest. Ich bin auf dir eingeschlafen, war mürrisch und habe mich blöd benommen. Es tut mir leid, Lydia.«

Er rollte sie auf den Rücken, küsste sie flüchtig und betrachtete sie mit ziemlich glasigen Augen. »Aber ich mache es wieder gut. Jetzt gleich.«

Lydia stoppte seine Hand, die unter ihr Top tauchen wollte. »Nachdem ich mir die Zähne geputzt habe«, sagte sie und stemmte ihn von sich.

»Das ist nicht besonders romantisch«, jammerte Steven, als sie aus dem Bett stieg und ins Bad ging.

»Stimmt, aber mein Knoblauchatem auch nicht«, antwortete sie, schloss die Tür und fragte sich, ob ihm auffiel, dass sie heute Abend gar keinen Knoblauch gegessen hatten.

* * *

Sicherheitshalber trödelte Lydia ein bisschen herum, bevor sie verstohlen durch den Türspalt linste und feststellte, dass Stephen alle viere von sich gestreckt hatte, in der Bettmitte lag und sanft schnarchte. Lautlos schlich Lydia zum Bett und tauchte unter die Decken, um es sich auf dem schmalen Matratzenstreifen bequem zu machen, der noch frei war. Dann schaltete sie das Licht aus und starrte in die Dunkelheit. Von nebenan vernahm sie Joannas Stimme. Außerdem hörte sie Türen, die geöffnet und wieder geschlossen wurden, Schritte auf der Treppe und das Knarren von altem Holz, als die Heizung herunterfuhr. Es waren die Geräusche eines Hauses, das sich zur Ruhe begab. Und neben ihr schlummerte Stephen.

In Lydias Kopf herrschte ein heilloses Durcheinander, während sie zu begreifen versuchte, was heute geschehen war.

Meinte Jackson wirklich ernst, was er gesagt hatte? War er tatsächlich aus New York zurückgekommen und hatte sie mit Stephen gesehen? Oder hatte er das nur erfunden, um sein Gesicht zu wahren? Sie wusste, wie überwältigend Trauer sein konnte. Trotzdem hätte er nach dem Tod seines Vaters versuchen können, sie zu erreichen.

Und was war jetzt? Sie wusste überhaupt nicht mehr, was sie fühlte und was nicht. Hatte er immer noch Gefühle für sie, wie er behauptete? Falls ihm so viel an Joanna lag, wie er vorgab, was fiel ihm dann ein, eine andere Frau zu küssen? Und was fiel ihr ein, sich von ihm küssen zu lassen?

Vielleicht waren Jackson und sie füreinander bestimmt. Es war auf jeden Fall ein gewagter Schachzug des Schicksals, sie auf diese Weise wieder zusammenzuführen. Falls er etwas für sie empfand und sie für ihn, dann dürfte es ihre letzte Chance sein. Doch zu welchem Preis? Lydia bezweifelte ernsthaft, dass Joanna verständnisvoll reagierte, sollte sie ihr Jackson wegnehmen. Zwar teilte sie jederzeit Schuhe, Kleider oder Schmuck mit ihren Freundinnen, nicht aber ihre Männer. Und außerdem war Jackson ein unverbesserlicher Romantiker und Dramatiker, der einfach nicht widerstehen konnte, eine vertrackte

Situation noch komplizierter zu machen. Er liebte es eben, wenn Frauen in ihn verliebt waren. Eines zumindest wusste Lydia: Sie hatte keine Ahnung, wer der wahre Jackson Blake war. Allerdings war sie auch nicht sicher, ob es klug wäre, das herausfinden zu wollen.

Wie sie so hellwach dalag und nicht mehr zu hoffen wagte, noch einschlafen zu können, bemerkte Lydia ein Flackern an der Wand gegenüber dem Fenster. Wie ein Schmetterling aus Licht, der aufflackerte und wieder erlosch. Verwundert und neugierig stieg sie aus dem Bett. Sofort krümmten sich ihre Zehen auf dem kalten Dielenboden. Sie huschte zum Turmfenster und presste die Nase ans Glas. Ein Licht verschwand im Bootshaus, das hinten im Garten am Ufer des Sees stand. Lydia sträubten sich die Nackenhaare, und sie hielt den Atem an, als sich hinter dem Fenster im Bootshaus dasselbe unwirkliche Flackern zeigte.

Ohne nachzudenken, zog sie sich Socken an, zerrte einen Pullover über ihren Pyjama und lief nach unten. Fast fühlte sie sich wieder wie das ungezogene kleine Mädchen, das sie einmal gewesen war. Das sich in den frühen Morgenstunden des Weihnachtstages nach unten schlich, um einen flüchtigen Blick auf den Weihnachtsmann zu erhaschen oder um ihre Geschenke auszupacken, bevor die Sonne aufgegangen war. Der Geruch des Weihnachtsbaumes brachte Erinnerungen daran zurück, wie sie auf dem Teppich kniete, Tannennadeln in ihre Füße pikten und sie das billige, wächserne Geschenkpapier aufriss, von dem Mum stets Unmengen verbraucht hatte. Die Vorfreude auf das, was in dem Papier stecken mochte, überwog alles andere.

Mit nachtwandlerischer Sicherheit nahm sie sich ihre Jacke vom Haken und stopfte die Pyjamahose in ein Paar Gummistiefel, ehe sie hinaus in die stille Nacht ging und auf das Licht zumarschierte.

Der Mond hing riesengroß am Himmel und tauchte den See und die Hügel in einen unheimlichen, schimmernden Silberglanz. Sollte es eine Nacht geben, die wie gemacht war,

Mollys Geist zu begegnen, dann war es diese. Die Nacht war perfekt für eine weihnachtliche Geistergeschichte.

Das Knirschen des Schnees unter ihren Gummistiefeln hallte von den Hügeln wider – in der Stille laut genug für Lydia, um Tote aufzuwecken. Was sie bei näherer Betrachtung für nicht besonders praktisch hielt. Doch falls es einen Geist gab, betrachtete Lydia es als ihre Pflicht, ihn um Tillys willen zu finden und höflich um sein Verschwinden zu bitten.

Sie hielt die Luft an, als sie sich dem alten Bootshaus näherte. Die modrigen Holzwände und die schiefen Pfähle, auf denen es stand, wirkten nicht besonders vertrauenerweckend, schienen das Ding aber über Wasser zu halten. Lydia wappnete sich und schob die bemooste Tür auf. Was sie drinnen erblickte, entlockte ihr einen stummen Schrei.

Will Dacre, der Kunsthandwerker-Bauunternehmer, hockte in einem Ruderboot, das nicht sehr seetüchtig anmutete, und trank aus einem silbernen Flachmann. Zu seinen Füßen flackerte eine Gaslampe, und Will blickte zu dem kaputten Oberlicht hinauf.

»Ach du Schande«, rief Lydia lachend vor Erleichterung und Scham, als ihr bewusst wurde, wie fest sie mit der wahnsinnigen Molly gerechnet hatte. »Du bist kein Geist!«

Will sah sie fragend an. »Geist? Sei nicht albern. Es gibt keine Geister.«

»Sag das den Kindern. Die sind fest überzeugt, dass die Frau, die hinten im Garten begraben liegt, herumspukt und sie in den See zerren will.«

Will blickte sie einen Moment an, dann streckte er ihr den Flachmann hin.

Nach kurzem Zögern nahm Lydia die Flasche und nippte an dem metallisch schmeckenden Hals.

»Übrigens möchte ich erwähnen, dass ich kein Alkoholiker bin«, sagte Will. »Ich konnte nicht schlafen, und es ist lange her, seit ich in diesem Bootshaus war. Früher hat es mir viel bedeutet.«

»Das Bootshaus?«, fragte Lydia, die seine Hand nahm und unsicher zu ihm ins Boot stieg, wobei sie misstrauisch zu der Wasserpfütze blickte, die den Bootsboden bedeckte.

»Ja, als Jugendlicher ging ich mit dem Mädchen, das da wohnte«, erzählte er und nickte Richtung Haus. »Ich war fünfzehn, sie ein Jahr älter.«

»Ah, ein jüngerer Bettgespiele, wie skandalös!«

»Sie war das schönste Mädchen in Aldersbeck und Keswick. Alle Jungen mochten sie, ihr langes, schwarzes Haar, die helle, fast leuchtende Haut. Na ja, und die Brüste.« Wills jungenhaftes Grinsen überraschte Lydia. »Sie hatte tolle Brüste.«

»Du Wüstling«, schalt sie ihn schmunzelnd.

»Wir waren den ganzen Sommer zusammen. Ihr Dad hatte die Farm, sodass er tagsüber beschäftigt war. Ihre Mum hatte mit dem Bed & Breakfast zu tun, das sie im Nebenhaus betrieb. Ihnen gehörten beide Häuser, doch sie ließen sie getrennt. Und wir hatten dieses Bootshaus praktisch für uns allein.«

»Bist du hier ... zum Mann geworden?«, fragte Lydia ungewöhnlich verlegen.

Wieder trat dieses schiefe Lächeln auf sein Gesicht, und Will schüttelte den Kopf. »Nein. Ich habe zwar den anderen Jungs erzählt, dass wir es immerzu trieben. Aber sie war noch nicht so weit, und ehrlich gesagt war ich es auch nicht.« Er blickte versonnen vor sich hin. »Sie war meine erste Liebe, eine richtige Liebe. Ich hätte sie den ganzen Tag lang ansehen können und immer noch nicht genug gehabt. Ich durfte sie küssen und ... ein bisschen mehr. Eines Nachts konnte ich es nicht erwarten, sie wiederzusehen, und bin vom Dorf aus hergewandert. Natürlich schlief sie, und ich weiß bis heute nicht, warum keiner sonst aufgewacht ist, als ich Kiesel an ihr Fenster warf. Jedenfalls kam sie raus. Wir lagen in so einem Boot wie diesem, und blickten Arm in Arm zu den Sternen hinauf. Dieser Platz ist nach wie vor ideal, um mit dem Mädchen herzukommen, das man liebt.«

Lydia folgte Wills Blick zum Oberlicht, das den herrlichen Sternenhimmel einrahmte.

»Wie romantisch«, flüsterte sie und ertappte Will dabei, wie er grinste, als sie ihn wieder ansah. »Wie Romeo und Julia.«

»Ja, und es ging auch nicht gut aus«, sagte Will auf einmal sehr ernst. »Gar nicht gut.«

»Oh, was ist passiert?«, fragte Lydia und rutschte auf ihrem klammen Sitzbrett weiter nach vorn. »Ist sie unerwartet gestorben, und du hast seitdem ein gebrochenes Herz und kannst nie wieder lieben?«

»Nicht ganz.« Will zog eine Braue hoch. »Sie fand heraus, dass ich allen erzählt hatte, wir hätten es getan, obwohl es nicht stimmte. Da machte sie Schluss und sagte, sie wollte mich nie wiedersehen. Ein paar Jahre später heiratete sie einen Schlachthofbesitzer und zog nach Penrith. Das Letzte, was ich von ihr hörte, war, dass sie fünf Kinder hat und unglaublich fett geworden ist.«

Lydia lachte. »Tja, ich hoffe, du hast deine Lektion gelernt.«

»Ja, ich habe nie wieder Intimes ausgeplaudert«, versicherte er. »Meine Mum brachte mir bei, mich wie ein Gentleman zu benehmen. Und wenn es eine Frau gibt, mit der man es sich auf keinen Fall verscherzen will, dann ist sie es.«

Lydia lächelte. »Ich nehme an, deine Familie lebt auch im Dorf?«

Will schüttelte den Kopf. »Nicht direkt. Vor einigen Jahren vertrug Dad mit seiner Arthritis die Kälte nicht mehr. Da sind sie nach Florida gezogen, in die Nähe meiner Schwester Becky und ihrer Familie. Ich besuche sie, sooft ich kann, und sie kommen jeden Sommer für ein oder zwei Wochen her, um richtige Cumbria-Luft zu atmen.«

»Wolltest du nicht mit ihnen gehen? Du könntest Strandhäuser auf den Keys bauen.«

»Nein. Es bedarf schon weit mehr als permanenten Sonnenschein, um mich von hier wegzulocken«, sagte Will. »Ich kann mir nicht vorstellen, woanders zu leben.«

Eine Weile sahen sie beide schweigend zu den Sternen hinauf und lauschten dem Wasser, das an das Boot klatschte. Komischerweise war Lydia kein bisschen kalt. Es musste der Whiskey sein, der sie wärmte, sagte sie sich und schlang beide Hände um den Flachmann.

»Und warum bist du noch auf?«, fragte Will. »Erzähl mir nicht, dass du auf Geisterjagd bist, denn mir kommst du nicht wie eine Frau vor, die solchen Unsinn glaubt.«

»Ich konnte nicht schlafen«, erklärte Lydia, der die Worte aus dem Mund purzelten, ehe sie etwas dagegen tun konnte. »Mein Freund Stephen … Ich habe einen Diamantring in seiner Schublade gefunden, also wird er mir einen Antrag machen, und ich … mir ist gerade klar geworden, dass ich nicht mit ihm zusammenbleiben will, geschweige denn ihn heiraten, und dann … ach, das ist kompliziert. Ich weiß einfach nicht, was ich machen soll. Ihm wehtun oder ihn bloßstellen ist das Letzte, was ich will, vor allem nicht an Weihnachten. Ich würde ja weglaufen, nur sind wir eingeschneit. Außerdem bin ich eigentlich hierhergeflohen.«

Will guckte nachdenklich und nahm einen Schluck aus der Flasche, die Lydia ihm wiedergegeben hatte.

»Für mich ist Weihnachten nur ein Tag wie jeder andere. Die Leute machen einen Riesenwirbel und glauben, wenn sie an dem einen Tag nicht glücklich sind, können sie es gar nicht sein. Mir kommt das ein bisschen dämlich vor, so viel in einen Tag hineinzupacken, der letztlich nicht anders als andere ist.«

»Tja, wenn man es so betrachtet«, sagte Lydia.

»Stephen hat die Frage aller Fragen noch nicht gestellt, oder?« Lydia schüttelte den Kopf. »Wieso sorgst du dich um etwas, was eventuell gar nicht passiert? Von einem Ring in einer Schachtel bis zu einem Ring am Finger ist es ein weiter Weg, glaub mir.«

Lydia musste die Worte erst einmal sacken lassen, ehe sie begriff, was er sagte. Aber dann ergaben sie einen Sinn und waren sogar irgendwie beruhigend. »Darf ich dich etwas fragen?«, sagte sie schließlich.

»Kommt drauf an, was.«

»Was hältst du von Joanna?«

Will überlegte kurz. »Sie ist sehr schön. Sie erinnert mich an dieses Bild, du kennst es bestimmt, das von Ophelia im Wasser.«

Lydia sah ihn fragend an, und er lachte.

»Hier im Norden gibt es Kunstgalerien. Das hättest du nicht gedacht, hm?«

»Doch, klar, aber würdest du auf sie fliegen?«

»Du meinst, eher als auf dich?«, fragte Will grausam direkt. Lydia nickte verlegen.

»Der Punkt ist, Lydia, dass ihr beide in festen Händen seid. Ich bin kein Mann, der sich an den Freundinnen anderer Kerle vergreift.« Lydia kam sich unsagbar bescheuert vor. »Aber wenn du frei wärst ... Tja, sagen wir es so: Mir sind Frauen lieber, die dasitzen und die Sterne angucken, statt sie überstrahlen zu wollen. Und nun gehen wir lieber wieder ins Haus, bevor wir erfrieren oder dieses Boot absäuft, denn eines von beidem dürfte demnächst eintreten.«

10

23. Dezember

Stephen war weg, als Lydia die Augen aufmachte. Sie griff nach ihrer Uhr auf dem Nachttisch und sah, dass es schon nach zehn war. Ihr Kopf sank auf das Kissen zurück. Wann hatte sie das letzte Mal so lang geschlafen? Seit sie mit Stephen zusammenlebte, schlief sie nicht einmal an den Wochenenden aus. Er war immer früh auf, weil er in der Anlaufstelle der Nothilfe aushalf oder für oder gegen irgendetwas demonstrierte. Selbst wenn es keine Demo gab und er nirgends aushelfen musste, wollte Stephen dauernd etwas tun, das Beste aus dem Tag machen. Er nannte es »das Leben auskosten«. Früher hatte sie das charmant und bewundernswert gefunden. Ja, Stephen war ein kluger und ehrenwerter Mann. Trotzdem fand Lydia seinen unermüdlichen Drang, Gutes zu tun, statt mit ihr zusammen zu sein, vor allem anstrengend.

Ihr fiel auf, dass es sehr kühl im Zimmer war, und sie berührte den Heizkörper. Er war wieder eiskalt. Stöhnend schnappte sie sich alle Kleidung, die sie vom Bett aus erreichen konnte, und zog sie sich eilig unter der Decke an. Dann erlaubte sie sich, eine Minute zu verschnaufen.

Sie musste an ihr Abenteuer letzte Nacht denken, und ein wohliges Kribbeln durchfuhr sie. Es war unmöglich, Will nicht zu mögen. Er war so geerdet und mit sich im Einklang. Bei ihm gab es keine Spur von Unsicherheit, Komplexen oder Neurosen, von denen sie alle reichlich zu bieten hatten. Lydia erkannte an der Art, wie er redete und sich bewegte, dass der Mann sich wohl damit fühlte, wer er war und wie er lebte. Und diese Zufriedenheit verbarg er hinter einem schiefen Lächeln. Es schadete natürlich auch nicht, dass er verteufelt gut aussah, dachte Lydia und ermahnte sich sogleich. Sie hatte schon eine ihrer Regeln gebrochen, indem sie einen anderen Mann küsste, obwohl sie eine feste Beziehung hatte. Sich in absurde Fantasien von einem verführerischen Einheimischen hineinzusteigern, der sie offenbar gerade so ertrug, kam nicht infrage.

Bevor sie völlig in Tagträumen von anderen Männern versank, musste sie mit Stephen und mit Jackson reden und Klarheit in diesen Schlamassel bringen. Heiliger Bimbam, sie war eine erwachsene Frau, eine selbstständige, vernünftige Anwältin! Warum wollte sie trotzdem am liebsten bis Neujahr unter der Decke bleiben?

Lydia fand ihre Freundinnen in der Küche, wo sie um den Tisch herumstanden und auf etwas hinabblickten, das auf dem Tisch lag.

»Guten Morgen. Hat der Heizkessel wieder schlappgemacht?«, fragte Lydia.

Alex drehte sich zu ihr um und dabei ein Stück zur Seite, sodass der größte Truthahn aller Zeiten in Lydias Blickfeld rückte.

»Heilige Muttergottes«, hauchte Lydia.

»Es ist nicht das, was du denkst«, sagte Joanna schmunzelnd. »Alex hat nicht über Nacht entbunden.«

»Wenn das Baby so groß ist, blase ich die Sache wieder ab.« Alex starrte den Riesenvogel an.

»Oh, Mann, der ist ja gigantisch.« Diese Feststellung war überflüssig, denn die anderen hatten schließlich Augen im Kopf, aber Lydia rutschte es trotzdem heraus.

»Ich weiß.« Katy presste ihre Hände an die Wangen und blickte wie gebannt auf den Braten. »Der Bauer hat ihn eben gebracht – auf dem Schlitten seiner Kinder. Ich hatte ihn im Oktober bestellt und gesagt, dass ich einen Truthahn für fünfzehn Leute brauche. Er meinte, den kann er liefern. Allerdings hätte ich nicht gedacht, dass er ihn mit radioaktivem Müll mästet.«

»Ach was, man kann nie zu viel Truthahn haben«, beruhigte Lydia sie und klopfte ihr auf die Schulter.

»Na ja, eigentlich schon«, sagte Alex und wies mit dem Kopf auf den kleinen Elektroherd in der Ecke. »Wenn man es genau betrachtet.«

»Passt er nicht in den Ofen?«, fragte Lydia.

»Das weiß ich nicht«, jammerte Katy. »Ich wage nicht, es auszuprobieren. Ich dachte ja, dass ich mit dem Aga koche, nicht mit einem Schrottherd aus den Siebzigern. Dieser verfluchte Aga ruiniert mir mein Leben. Ich schwöre bei Gott, von nun an benutze ich nur noch die Mikrowelle.«

»Ich habe eine Idee«, sagte Alex strahlend. »Wir verbrennen den Truthahn, dann wird uns wenigstens warm.«

Katy heulte auf, und Alex zuckte mit den Schultern. »Das war ein Scherz.«

Lydia verkniff sich ein Lachen. »Okay, pass auf, wir versuchen, ob er reingeht. Er mag ja riesig aussehen, aber ich bin sicher, dass er ein bisschen … nachgibt.«

Katy packte ein kaltes, klammes Bein und einen Flügel auf der einen Seite, Lydia auf der anderen, und sie trugen das Tier zum Ofen. Joanna hatte bereits die Klappe geöffnet und räumte sämtliche Bleche und Roste heraus, die den Truthahn behindern könnten.

Hals und Flügel gingen ziemlich leicht hinein, doch sowie sie die Brust erreichten, verkeilte sich der Vogel. Die Nase rümpfend, stemmte Lydia eine Faust in den Puter und schaffte es, ihn noch ein oder zwei Zentimeter weiter hineinzurammen, aber das war es auch.

»O nein«, stöhnte Katy. »Weihnachten ist im Eimer! Schon wieder!«

»Immer mit der Ruhe«, sagte Lydia, die ihre Hände mit eisigem Wasser wusch und an Wills weise Worte denken musste. »Noch ist nichts verloren. Wir garen dieses Mistding, und wenn es uns umbringt.«

»Wird es wahrscheinlich«, erklärte die allzeit zuversichtliche

Alex. »Schon in einem Profiofen bräuchte man zehn Tage, um den Vogel durchzubraten.«

»Wir kriegen das hin«, machte Lydia ihnen allen Mut. »Wir sind kluge, erwachsene Frauen, die schon ganz andere Sachen fertigbekommen haben. Wir bekommen diesen Truthahn in den Ofen.«

»Ähm, falls es noch keinem aufgefallen ist, das Reinkriegen ist weniger das Problem«, sagte Joanna, die sich den Mund zuhielt, als ihr ein Kichern entfuhr. »Die drängendere Frage ist, wie wir ihn wieder rauskriegen.«

Katy verteilte Gummihandschuhe, und alle krempelten sich die Ärmel auf, um den Vogel gemeinsam aus der Backröhre zu zerren. Sie versuchten es mit Ziehen, bildeten eine Kette wie beim Tauziehen, doch der Ofen wollte den Puter nicht hergeben. Es rührte sich nichts. Alex schlug vor, eine Brechstange zu nehmen. Ganz so weit wollten sie dann doch nicht gehen, machten sich aber mit einer Auswahl von Kellen und Spateln ans Werk. Leider erreichten sie damit nur, dass der arme Vogel ziemlich mitgenommen aussah.

»Das ist der Grund, weshalb ich nie lesbisch werden könnte«, verkündete Joanna. Alle hielten inne und guckten sie verwundert an, ehe sie sich erneut abmühten, den Truthahn aus der Backröhre zu hebeln.

»Bitte, hört auf«, bat Alex nach einer Weile. »Ich habe das Gefühl, dass ich den Tierschutzverein rufen sollte oder einen Pathologen.«

»Das reicht«, sagte Katy und schleuderte ihre Gummihandschuhe auf den Boden. »Genug. Ich bringe mich um. Lebt wohl.«

»Ich hab's«, rief Lydia.

»Was?«, fragte Alex.

»Als ihr eingezogen seid, haben wir euch Sachen für den Haushalt geschenkt, nicht? Ich habe euch Bilderrahmen geschenkt, Alex dieses Kochbuch und Joanna ein elektrischen Tranchiermesser, das gerade in ihrer Sendung angeboten wurde.«

»Das war kein Sonderangebot«, protestierte Joanna. »Es war aus dem Luxussortiment. Und überhaupt, wann hat schon mal ein handgedrechselter Bilderrahmen Weihnachten gerettet?«

»Wir sägen das Biest in Stücke«, sagte Lydia. »Dann schmoren wir es in Einzelteilen, was sowieso leichter geht. Wo ist das Messer?«

Katy, die beinahe so unglücklich aussah wie der tote Vogel, zog einen Stuhl vom Küchentisch zum Hochschrank in der Ecke, öffnete die Tür und stieg auf den Stuhl. Dann holte sie einen Karton aus dem obersten Fach, reichte ihn Lydia nach unten. Es folgte ein weiterer Karton voller Plastiktüten in diversen Größen, und schließlich reckte Katy sich und tastete nach etwas hinten in dem Schrankfach, bis sie Joannas elektrisches Tranchiermesser gefunden hatte, noch originalverpackt.

»Ah, vielen Dank auch«, sagte Joanna spitz.

»Was? Ich habe es für besondere Anlässe aufbewahrt«, murmelte Katy und gab Lydia das Messer, die den Karton fachmännisch mit einem Brotmesser aufschlitzte.

»Das muss in die Steckdose«, sagte sie und wickelte das Kabel auseinander.

»Ja, deshalb heißt es elektrisches Messer. Es funktioniert nicht durch Magie.«

»Konntest du kein kabelloses nehmen?«

»Das müsste man erst stundenlang aufladen, und so ist es gleich einsatzbereit, was viel praktischer ist.« Joanna lächelte stolz. Zum Glück war gleich neben dem alten Herd eine Steckdose, die allerdings wirkte, als sei sie unmittelbar nach der Entdeckung der Elektrizität eingebaut worden. Wild entschlossen, das Problem zu meistern, steckte Lydia den Stecker ein und stellte einen großen Suppentopf für die Geflügelteile bereit.

»Dreh dich um, Katy. Das willst du sicher nicht sehen.«

Während Lydia erbarmungslos den Puter zersäbelte, vergrub Katy das Gesicht an Joannas Schultern. Alex hing würgend über der Spüle. Anscheinend war Lydia der einzige Mensch auf der Welt, der es tatsächlich wohltuend fand, einen Truthahn gewaltsam zu zerlegen. Bald plumpste das letzte Stück mit einem satten Platschen in den Topf.

Die vier Frauen blickten stumm auf die Teile des einst großen und prächtigen Tiers.

»Sagen wir mal so«, beendete Joanna das betretene Schweigen. »Perfekt für einen Eintopf.«

Katy begann zu lachen. Anfangs waren es kleine Kicherlaute, die bald zu einem hysterischen Gackern anschwollen, bis sie sich krümmte und keuchend mit ausgestreckter Hand auf den zerstückelten Truthahn zeigte.

»Ich wollte ihn mit Orangen- und Cranberrysaft bepinseln«, schluchzte sie halb. »Und dann wollte ich ihn auf der Fleischplatte von meiner Großmutter servieren, mit der Füllung darum herum und verziert mit Stechpalmenzweigen. Und jetzt ... jetzt sieht er aus wie ein Beweismittel aus *Aktenzeichen XY!*«

Die anderen Frauen beobachteten erschrocken, wie Katys Lachen nahtlos in Weinen überging und sie auf einen Stuhl am Küchentisch sank. Sie vergrub den Kopf in den Armen, und ihre Schultern bebten unter den Schluchzern.

Lydia, Alex und Joanna sahen einander unsicher an.

»Na, na.« Alex legte einen Arm um Katy. »Wenigstens ist das bei uns passiert und nicht bei richtigen Gästen. Wir pfeifen drauf, wie der Truthahn aussieht, solange er schmeckt. Und eigentlich ist uns auch das egal, solange es genug Wein dazu gibt.«

»Aber ich hatte mir so gewünscht, dass alles perfekt ist«, schluchzte Katy. »Ich wollte so gern, dass mir etwas in diesem Höllenloch wirklich gelingt, weil ihr doch denken sollt, dass alles wunderbar ist!«

»Es ist alles wunderbar, oder nicht?«, fragte Lydia, die sich einen Stuhl neben Katy rückte. »Jedenfalls ziemlich wunderbar.«

»Nein«, schrie Katy und zählte ihr Unglück an den Fingern ab. »Alles ist furchtbar. Das Haus ist kein bisschen so, wie ich es wollte. Jim hat viel zu viel Geld für die Renovierung ausgegeben, bei der alles falsch gemacht wurde. Es ist so gut wie nichts mehr für die Heizung übrig und eine Küche mit einem funktionierenden Ofen. Wir haben nicht eine Buchung für die Zeit nach Silvester, und selbst für die paar Übernachtungen sind wir noch nicht gerüstet. Und ich sehe Jim praktisch nie, weil er laufend unterwegs ist und sein eigenes Ding durchzieht, als wäre das hier Urlaub! Die Kinder schlafen nicht mehr, ich habe das Gefühl, dass ich nur noch rotiere, und keine der Mütter aus dem Dorf redet mit mir. Ich bin einsam, total einsam!«

»Oh, Katy.« Lydia nahm Katys Hand und rieb sie zwischen ihren Händen. »Wir haben alle gemerkt, dass du ein bisschen durch den Wind bist. Aber wir hatten keine Ahnung, dass es so schlimm ist.«

»Ich komme mir so bescheuert vor«, schniefte Katy und wischte sich die Tränen ab, die immer weiterflossen. »Es war meine Idee, mein Traum. Ich dachte, dass ich das schaffe, dass ich es hinkriege. Aber es ist der reinste Albtraum. Ich will nach London zurück. Ich will wieder dienstagabends zum Pilates gehen und morgens zum Kaffeetrinken bei der Elternberatung. Ich hasse das Landleben!«

»Also, so geht das nicht weiter«, sagte Alex streng. »Wo steckt Jim? Ich gehe und prügele ihn für dich windelweich.«

»Vielleicht redest du lieber mit ihm«, sagte Lydia vorsichtig. »Ich meine, wir wissen, dass Jim manchmal ein, na ja, Vollidiot sein kann, aber er liebt dich und die Kinder. Wahrscheinlich hat er sich nur ein bisschen von seiner Fantasievorstellung über das Landleben hinreißen lassen und merkt gar nicht, unter was für einem Druck ihr steht.«

»Mit Druck müsste er eigentlich umgehen können«, sagte Joanna. »Hat er in seinem Job nicht mit Millionen jongliert?«

»Das ist es ja gerade. Er meint, dass er im Ruhestand ist«, antwortete Katy. »Für ihn ist dies hier ein Hobby, ein bisschen Spaß zwischen seinen Ausflügen in den Pub und dem Rumhängen mit seinen neuen Freunden. Er kapiert nicht, dass wir Geld verdienen müssen und ich seine Hilfe brauche – echte Hilfe.«

»Stimmt's, dass du ihm das noch nie gesagt hast?«, fragte Alex.

»Nein, ich habe ja nie Zeit«, antwortete Katy, die sich ein wenig beruhigte. »Ich bin nur am Wirbeln. Außerdem war es meine Idee, mein Traum. Ich komme mir wie eine Versagerin vor, wenn ich zu ihm laufe und ihm sage, dass ich es nicht schaffe.«

»Ehrlich, Katy, ich bin sicher, dass es nicht so schlimm ist, wie du denkst«, sagte Lydia sanft. »Dieses Haus ist bezaubernd. Vielleicht ist es noch nicht so, wie du es dir erträumt hast, aber welches Haus ist das schon nach nur sechs Monaten? Ja, ihr habt ein paar Fehler gemacht. Eine neue Heizungsanlage und die Küche wären wahrscheinlich dringender gewesen als der Billardtisch. Andererseits hat Jim sich bei seinen Ausflügen in dem Pub mit einem sehr begabten Handwerker angefreundet, der euch die restlichen Arbeiten sicher zu einem vernünftigen Preis erledigen wird. Und was die Küche betrifft, magst du den Ofen da drüben im Moment vielleicht für deine Nemesis halten, aber denk doch daran, wie viele tolle Essen du uns auf dem gekocht hast, seit wir hier sind.«

»Lyds hat recht«, bestätigte Joanna. »Dein Problem ist, meine Süße, dass du eine Perfektionistin bist. Ich weiß das, weil ich selbst eine bin. Du machst dir viel zu viel Druck, alles immer richtig zu machen. Glaub mir, das kann keine von uns.«

»Vor allem nicht Jo«, sagte Alex sehr ernst, womit sie Katy ein kleines Lächeln entlockte.

Lydia schüttelte den Kopf. »Nein, wenn irgendwer schuld ist, dann bin ich es, weil ich ein Bilderbuchweihnachten wollte. Fast mein Leben lang schon wünsche ich mir, ins Set von *Das Wunder der 34. Straße* zu wandern – die Originalfassung in Schwarz-Weiß, nicht das blöde Remake. Oder von *Ist das Leben nicht schön?* Ich will den Zauber fühlen, von dem alle immer reden.«

»Und genau das wollte ich dir schenken, doch jetzt fühlt es sich eher an wie *Nightmare on Elm Street*«, klagte Katy.

»Ich weiß, Katy, und das ist unglaublich süß von dir. Als Stephen und ich ankamen, war es zauberhaft. Ich hatte noch nie etwas Schöneres als dieses Haus gesehen, mit dem Schnee und all den Lichterketten. Aber ein schönes Haus und ein ganzer Truthahn sind nicht der Grund, weshalb ich Leib und Leben riskiert habe und hergekommen bin. Ich bin gekommen, weil ich eines endlich begriffen habe: Bei Weihnachten geht es nicht darum, wie der Truthahn aussieht oder ob man seine Zehen noch fühlt oder nicht. Es geht um die Leute, die man liebt und von denen man geliebt wird. Um die Leute, mit denen man einen toten Vogel ermorden kann und hinterher darüber lachen. Wir sind hier, um dir zu helfen. Stimmt's, Mädchen?«

Katy sah zu Joanna und Alex, die beide nickten.

»Danke«, schniefte sie und lächelte zugleich. »Es geht mir schon besser, nachdem ich zugegeben habe, dass nicht alles so ist, wie ich es mir erhofft hatte. Ehrlich. Und ich rede mit Jim. Du hast recht, ich darf mich nicht beschweren, dass er unsensibel und doof ist, denn er ist ja nun mal unsensibel und doof, weshalb er gar nicht merken kann, dass er sich unsensibel und doof benimmt.«

»Stimmt.« Lydia nickte. »Ich denke ...«

»Oh, Lyds, ich wünschte, ich wäre so beherrscht und stark wie du. Du kriegst immer alles geregelt – toller Job, toller Mann, keine Komplikationen. Du weißt, was du willst und wie du es bekommst.«

»Bist du sicher, dass du die wankelmütige, unheilbar romantische, impulsiv idiotische Lydia meinst und nicht irgendeine andere vernünftige Frau, die zufällig genauso heißt?«, fragte Alex.

Während ihre drei Freundinnen über die überaus passende Beschreibung ihrer selbst kicherten, war Lydia wohl am meisten schockiert von allen, sich plötzlich in Tränen aufgelöst zu finden. Rasch hielt sie sich beide Hände vors Gesicht.

»Was ist?«, fragte Katy.

»Was denn?«, stimmte Alex ein. »Das war doch bloß ein Witz.«

»Sag schon«, empfahl Joanna ernst. »Red's dir von der Seele.«

»Du hast ihr alles erzählt?« Alex schien gekränkt. »Was hast du ihr erzählt und mir nicht?«

»Es ist wegen Stephen«, platzte es aus Lydia heraus. »Er ist so nett und liebevoll und gut aussehend, und ich habe einen Verlobungsring in seiner Sockenschublade gefunden.« Verzückte und aufgeregte Schreie machten die Runde. »Aber das ist nicht gut! Ich will ihn ja heiraten *wollen*, ehrlich, aber ich will es nicht. Ich glaube nicht mal, dass ich ihn überhaupt noch liebe! Eigentlich frage ich mich sogar, ob ich das jemals getan habe.«

Lydia hatte nach wie vor beide Hände vor dem Gesicht und wartete auf die Flut freundschaftlichen Rats und Trosts, die sie jeden Moment überrollen sollte, so wie es eben bei Katy gewesen war. Nur blieb sie aus.

»Ähm«, sagte Katy.

»Die Sache ist die ...«, hörte sie Joanna sagen.

»Lyds.« Alex tippte ihr auf die Schulter. »Hallo?«

Lydia blickte auf. Sie hatte Angst vor dem, was sie sehen könnte, bevor sie die Hände herunternahm.

Stephen stand in der Tür, und seine Miene verriet, dass er jedes einzelne Wort gehört hatte.

»Der Heizkessel läuft wieder«, sagte Stephen sichtlich angespannt. »Will meint, dass er Anfang des Jahres ein Ersatzteil beschaffen kann, um ihn endgültig zu reparieren, aber vorerst geht es so. Okay, ich bin dann mal weg.«

Schockstarr beobachtete Lydia, wie er sich seine Jacke nahm und zur Hintertür hinaus in das neuerliche Schneegestöber ging. Dann sprang sie auf und eilte ihm nach. Ihre drei Freundinnen sahen einander entsetzt an. Durch die Tür, die Lydia offen gelassen hatte, wehte eiskalte Luft herein.

Als Lydia Stephen einholte, war er dabei, mit bloßen Händen den Schnee von seinem Wagen zu schaufeln.

»Stephen, warte«, sagte sie. »Sieh dich doch mal um. Bei diesem Wetter kannst du nirgends hinfahren, schon gar nicht in dem Ding.«

»Ah, dann hasst du den Wagen auch? Wann wolltest du mir verraten, dass unsere Beziehung vorbei ist? Bevor oder nachdem ich dir an Weihnachten vor all deinen Freunden einen Antrag machte und mich damit zum kompletten Idioten?«

»Oh, Stephen!« Lydia griff nach seinen Armen, doch er schüttelte sie ab. Tränen glänzten in seinen Augen.

»Wie konntest du, Lydia? Wenn du wusstest, wie du zu mir stehst, findest du nicht, dass ich es als Erster hätte erfahren sollen, nicht deine Freundinnen? Stattdessen ertappe ich dich, wie du über mich redest, als wäre ich eine Witzfigur.«

Lydia fiel nichts ein, was sie entgegnen konnte, und sie senkte den Kopf. Schneeflocken setzten sich auf ihr Haar, verharrten einen Moment und schmolzen weg. »Ich wusste nicht, was ich wirklich gefühlt habe. Es wurde mir erst klar, als ich den Ring fand ... zu Hause. Das hat mich ins Grübeln über uns gebracht, ob wir glücklich werden können, ob wir wirklich zusammenpassen. Eigentlich sollte ich mich solche Sachen gar nicht fragen, oder? Ich sollte einfach glücklich sein, mich freuen. Doch das tue ich nicht.«

Stephen schüttelte den Kopf. »Ich weiß nicht, was ich sagen soll. Ich liebe dich, Lydia, und darüber brauchte ich nicht nachzudenken. Ich weiß nur, dass ich dich heiraten will. Ich möchte mit dir zusammen sein.«

»Hier können wir nicht reden. Lass uns reingehen, bitte«, sagte sie.

Als sie wieder hereinkamen, standen alle in der Küche. Stephen stürmte an ihnen vorbei, den Blick nach unten gerichtet, und Lydia eilte ihm nach. Sie bemühte sich sehr, nicht auf Jacksons Gesichtsausdruck zu achten. Inzwischen dürfte er wissen, was geschehen war. Wenn sie ihn ansah, wüsste sie, ob er das gewollt hatte, ob das, was er gestern Abend gesagt hatte, wahr war oder nur Teil eines Spiels, mit dem er sich amüsierte, bis der Schnee schmolz und das Leben weiterging. Aber Lydia konnte nur mit einer Katastrophe gleichzeitig umgehen.

Sie folgte Stephens rasch schmelzenden Schneespuren zum

Gästewohnzimmer, wo er am riesigen Erkerfenster stand und hinaus zum Berggipfel blickte, der draußen aus dem Schneegestöber und über dem Dunst aufragte.

Vor Scham, Schuldgefühlen und Kummer krampfte sich Lydias Herz zusammen. Stephen hatte recht, sie hätte nicht allen anderen erzählen dürfen, was in ihr vorging, bevor sie mit ihm sprach. Das hatte er nicht verdient. Sehr wohl verdiente er, die Wahrheit zu erfahren. Lydia war sich sicher, dass ihre Gefühle für ihn nichts mit Jacksons Aufkreuzen oder dem zu tun hatten, was er gesagt oder getan hatte. Die Wahrheit war schon eine ganze Weile offensichtlich gewesen, sogar schon, ehe Lydia den Ring fand. Nur hatte sie sich nach Kräften bemüht, sie zu verdrängen. Sie wollte sich nicht eingestehen, dass sie Stephen zwar gern mochte, ihn jedoch nie genügend geliebt hatte, um ihn zu heiraten.

Nachdem sie einmal tief Luft geholt hatte, ging sie zu ihm ans Fenster. Das helle weiße Schneelicht schien sämtliche Farben im Zimmer auszubleichen, sodass es Lydia vorkam, als wäre sie plötzlich in einem ihrer heiß geliebten Schwarz-Weiß-Filme gelandet.

»Ich bin ein furchtbarer Mensch«, sagte sie und sah Stephen an. Sein Blick war starr auf den Horizont gerichtet.

»Wenn das doch nur stimmte«, erwiderte er. »Aber du bist nicht furchtbar. Du bist der netteste, verlässlichste, klügste und schönste Mensch, dem ich jemals begegnet bin. Ich war so blöd zu glauben, dass ich genug getan hätte, um dich zu gewinnen.« Er schüttelte den Kopf und sah nach unten. »Ich habe die Dinge schleifen lassen, dachte immer, es bliebe reichlich Zeit, meine Versäumnisse wettzumachen. Und darüber lief die Zeit ab.«

»Du warst es nicht allein, der die Dinge schleifen ließ, Stephen. Ich habe es nicht anders gehalten. Für uns beide kam die Arbeit an erster Stelle, von Anfang an. Und ... nun ja, ich hatte oft den Eindruck, dass du nun deine Partnerin gefunden und diesen Punkt abgehakt hast. Weitere Anstrengungen waren überflüssig. Nur blieb überhaupt keine Zeit mehr für uns.«

»Du hast nie gesagt, dass du das denkst. Ich wusste von nichts.«

»Ja, vielleicht hätte ich etwas sagen sollen, doch ich dachte, wenn es dir wichtig ist, merkst du es.« Nun war es Lydia, die den Kopf schüttelte. »Hör zu, es ist nicht deine Schuld. Ich wollte wirklich die sein, die du in mir gesehen hast. Und ich denke, dass ich dank dir auch ein bisschen so geworden bin. Trotzdem brauche ich mehr in einer Beziehung, als du mir geben kannst. Ich möchte mich geliebt und begehrt fühlen. Mag sein, dass es meine Schuld ist, dass ich für dich begehrenswerter wäre, wenn ich deinen Erwartungen mehr entsprochen hätte.«

»Was meinst du damit?«, fragte Stephen sichtlich verwundert.

»Als wir uns bei diesem Spendenlauf kennenlernten, tat ich so, als würde ich das dauernd machen. Es kann dir nicht entgangen sein, dass es das erste und letzte Mal war.«

»Du warst sehr beschäftigt«, sagte Stephen unsicher. »Das waren wir beide. Ich habe nie erwartet, dass du meinetwegen zu Mutter Teresa wirst. Ich mag dich so, wie du bist. Du bist ein großartiger Mensch, Lydia, nur machst du kein Tamtam darum, wie ich es tue. Ich weiß, an welchen Fällen du arbeitest, welchen Leuten du hilfst. Es sind Leute, die nicht mehr ein noch aus wissen und für die du die letzte Rettung bist. Außerdem bist du freundlich, witzig und wunderschön. Du bist genau die Art Frau, die ich heiraten möchte.«

»Aber ich bin nicht genau die Frau, die du heiraten willst, nicht wahr?«, fragte Lydia. »Wäre ich sie, würde ich es wissen. Ich würde es fühlen, doch das tue ich nicht. Und du tust es genauso wenig.«

»Bitte, gib mir die Chance, dir dieses Gefühl zu vermitteln.« Stephen sah sie an, und die Hoffnung in seinen Augen brach Lydia beinahe das Herz. »Ich könnte den Ring erst einmal weglegen. Wir verbringen schöne Weihnachten zusammen, fahren nach Hause und fangen noch einmal von vorn an. Da ich jetzt weiß, was ich falsch gemacht habe, werde ich mich ehrlich anstrengen, es besser zu machen. Denn ich schwöre dir, Lydia, wenn du bei mir bleibst, werde ich mich bessern. Ich würde dich nicht enttäuschen.«

Lydia wandte sich ab. Es wäre ein Leichtes, Ja zu sagen, all den Schmerz und das Unglück weit von sich zu schieben, fest in Weihnachtspapier zu wickeln und mit einer silbernen Schleife zu versehen – zumindest bis das neue Jahr eingeläutet war. Nur was dann? Danach käme die kalte Gleichgültigkeit des Januars. Die Arbeit würde sie beide wieder einholen, und was jetzt wahr war, würde es dann immer noch sein.

»Es tut mir leid, Stephen. Ich bedaure wirklich, dass alles so schrecklich ist und dass du hier mit mir festsitzt. Das Problem ist, dass ich denke, wir sind beide in diese Geschichte reingerutscht, weil es so einfach war, so nett, und es so vernünftig erschien. Aber wir beide verdienen mehr als eine bequeme Lösung. Und in Wahrheit bin weder für dich die Richtige, noch bist du für mich der Richtige.« Zögernd reckte Lydia sich auf die Zehenspitzen und küsste Stephen auf die Wange. »Ich frage Katy, ob sie noch ein anderes Zimmer für mich hat.«

»Nein«, erwiderte Stephen. »Ich ziehe um. Mir ist klar, wie wichtig dir die Feiertage sind, also mach dir keine Sorgen. Ich werde mein Bestes tun, sie dir nicht zu verderben. Verrate mir nur eines: Der Ring – war er richtig? War es der perfekte Ring?«

Tränen schossen Lydia in die Augen, als sie nickte. »Ja, es war der perfekte Ring.«

11

Ein leises, hartnäckiges Klopfen weckte Lydia. Sie musste eingenickt sein, als sie wieder und wieder denselben Satz in ihrem Buch gelesen und ihn sofort wieder vergessen hatte. Erstaunt blickte sie sich im vollständig dunklen Zimmer um. Von Stephen keine Spur mehr – abgesehen von einem schwachen Geruch auf dem Kopfkissen. Ein Blick auf ihre Uhr verriet Lydia, dass es schon fast sechs war.

Sie strich sich das Haar aus dem Gesicht, öffnete die Tür und fand sich Joanna gegenüber, die eine Flasche Wein und zwei Gläser dabeihatte.

»Wie hältst du dich?«, fragte sie.

»Weiß nicht«, antwortete Lydia und trat zurück, um Joanna hereinzulassen. »Es fühlt sich wie ein schlechter Traum an. Ich meine, ist das wirklich passiert? Haben Stephen und ich uns tatsächlich getrennt?«

»Ausgehend von der Herrenrunde mit Brandy unten im Billardzimmer würde ich sagen, eindeutig ja. Uns Mädels ist der Zutritt strengstens untersagt.«

»Wie konnte das geschehen?« Lydia hockte sich auf die Bettkante. »Vor ein paar Tagen dachte ich noch, ich müsste mir nur mal selbst ins Gewissen reden und würde sicher zu dem Schluss kommen, dass ich ihn heiraten will, und dann ...« Sie verstummte gerade rechtzeitig, ehe ihr Jacksons Name über die Lippen kam. »Und jetzt bricht alles auseinander? Ich kapier's nicht.«

»Ich schon«, sagte Joanna, die sich neben sie setzte und die Flasche Rotwein öffnete. Sie hatte sie an der Bar stibitzt. »Es ist Weihnachten, da fliegt einem immer der ganze Mist geballt um die Ohren. Tra-la-la-la-lah! Wir sind derart gestresst, weil wir glücklich sein müssen, dass wir auf einmal unser Leben unter die große Lupe nehmen und sehen, was alles im Argen liegt. Es ist schrecklich, dass ihr beide euch getrennt habt. Doch wenn es nicht jetzt passiert wäre, dann eben in einem Monat, kurz vor der Hochzeit oder in zehn oder zwanzig Jahren. Dann wärst du uralt und faltig, hättest einen Hängebusen und dürftest dir keinerlei Hoffnung mehr machen, noch einmal jemanden zu treffen. Betrachtest du es aus diesem Blickwinkel, wirst du begreifen, dass es so am besten ist.«

Lydia sah Joanna an.

»Ich bin nicht sonderlich hilfreich, was?« Joanna reichte ihr ein Glas Wein und beobachtete, wie Lydia es praktisch auf Ex leerte. »Hör zu, ich habe schon mehr Männern den Laufpass gegeben, als du jemals hattest. Dafür habe ich einiges an Schelte kassiert, hauptsächlich von dir. Aber der Grund war immer, dass ich an die Liebe glauben will, von ganzem Herzen. Deshalb stürze ich mich ständig mit Haut und Haaren in die Beziehung und hoffe, dass es diesmal der Richtige ist. Ja, ich mag schön sein, einen tollen Job haben und tonnenweise Geld, doch echte Liebe war in meinem Leben stets Mangelware. Mit vier Jahren kam ich ins Internat, damit meine Eltern auf ihrer Jacht durch die Karibik schippern konnten. Meine Mutter heuerte eine Haushälterin an, die sich in den Ferien um mich kümmerte. Weihnachten verbrachte ich mit Großtanten, Cousins und Cousinen zweiten Grades, die ich nicht kannte.

Die ersten Leute, die mir eine Ahnung davon vermittelten, was es heißt, zu lieben und geliebt zu werden, waren du und die anderen Mädels. Allmählich glaube ich, dass ich von euch lerne. Endlich scheine ich zu begreifen, was Liebe bedeutet ... bei Jack. Also mach dir keine Vorwürfe, weil du meinem guten Beispiel gefolgt bist. Es ist völlig egal, wie schön der Ring ist. Wenn es nicht sein soll, soll es eben nicht sein.« Joanna trank einen Schluck Wein. »Ein Jammer ist allerdings, dass du das Teil noch nicht am Finger hattest, als du Schluss gemacht hast.«

»Joanna.« Bei aller Empörung musste Lydia kichern.

»Ah, ein Lächeln! Kommst du mit nach unten zum Essen?«

»Nein, lieber nicht.« Lydia ließ sich nach hinten aufs Bett fallen. »Die anderen hassen mich, weil ich Weihnachten ruiniert habe. Und Stephen wird da sein, was es erst recht schrecklich macht.«

»Ja, es wird schrecklich werden. Nur solltest du die ernsthaft ungemütlichen Momente lieber heute Abend hinter dich bringen, statt sie für morgen aufzusparen. Dann wird der Weihnachtstag ein bisschen weniger gruselig. Komm schon, denk an die arme Katy. Um ihretwillen müssen wir tapfer sein und eine strahlende Miene aufsetzen. Geh unter die Dusche, ich suche dir was zum Anziehen raus.«

»Aber mach mich bitte nicht zur Bordsteinschwalbe«, murmelte Lydia, die hinreichend wach war, um sich an das letzte Mal zu erinnern, als Joanna ihre Garderobe ausgesucht hatte. Gehorsam schlurfte sie zum Bad.

»Als könnte ich dagegen etwas tun«, entgegnete Joanna und stöberte naserümpfend in Lydias Sachen.

Lydia hielt den Atem an, während sie Joanna nach unten ins Esszimmer folgte. Joannas erste Kleiderauswahl hatte sie verworfen, weil sie nur aus Schwarz bestand und Lydia schließlich nicht in Trauer war. Auch den Minirock mit der sexy Korsage verwarf sie, denn damit hatte sie eigentlich Stephen am Weihnachtsmorgen zu verführen geplant. Am Ende einigten sie sich auf ein weinrotes Strickkleid zu einer schwarzen Strumpfhose und hohen Stiefeln. Lydia hatte sich das Haar gebürstet und etwas Wimperntusche aufgelegt. Joanna meinte, es wäre das ideale Outfit, einem Ex gegenüberzutreten, wenn man eingeschneit war, was Lydia aber nicht sehr tröstlich fand.

Katys Tischdekoration sah überwältigend aus. Unzählige Kerzen brannten, und zwischen ihnen lagen frische Stechpalmenzweige, die noch von schmelzendem Schnee glänzten, folglich eben erst geschnitten worden waren. Katy musste vorübergehend Frieden mit dem Elektroherd geschlossen haben, denn sie servierte einen Schweinerollbraten mit Parmesan und italienischen Kräutern und dazu ein Kartoffelgratin.

Obgleich Lydias Magen bei den köstlichen Düften knurrte, schwand jedwedes Hungergefühl, sowie sie Stephen sah, der am anderen Tischende saß, weit weg von ihrem Platz. Als sich ihre Blicke begegneten, lächelte er ihr freundlich und so traurig zu, dass Lydia nicht sicher war, ob sie hinlaufen und ihn umarmen oder zurück nach oben fliehen sollte. Sie entschied sich für den Mittelweg, erwiderte sein Lächeln und setzte sich auf den Eckplatz am Tisch, zwischen Will und Tilly, weil sie auf keinen Fall zu nahe bei Jackson sein wollte. Tilly verfütterte Röstkartoffeln mit Knoblauch an Vincent, noch ehe ihre Mutter den Schweinebraten aufgeschnitten hatte. Katy benutzte extra das elektrische Tranchiermesser.

»Darf ich nachher damit spielen?«, fragte Jake in den Raum. Niemand antwortete, doch seine Mutter versetzte ihm mit ihrem dicken Topfhandschuh einen leichten Klaps auf den Hinterkopf.

»Immer noch da?«, fragte Lydia Will. »Ich dachte, du würdest dir lieber mit bloßen Händen einen Weg freischaufeln, als uns Gesellschaft zu leisten.«

Will lächelte achselzuckend. »Ich habe beschlossen, noch ein bisschen zu bleiben. Hier ist es um ein Vielfaches unterhaltsamer als bei mir zu Hause. Außerdem dachte ich mir, du brauchst vielleicht jemanden, der sich mit dir im Bootshaus versteckt. Übrigens habe ich gehört, was passiert ist.«

Erschrocken drehte Lydia sich zu ihm um. »Warum bist du so nett zu mir?«, fragte sie misstrauisch.

Will seufzte und trommelte einen Moment mit den Fingern auf dem Tisch, als müsste er überlegen, was er sagte. »Irgendwie mag ich dich, auch wenn du aus dem Süden bist, ziemlich viel herumjammerst und dauernd Wein trinkst.«

Lydia hätte gern gelacht, doch das schien ihr unangebracht.

»Ich will dich nicht anbaggern oder so«, ergänzte Will rasch. »Ich mag dich nur. Und ich finde, dass du mutig warst. Überdies schadet es sicher nicht, noch jemanden auf deiner Seite zu haben.«

»Oh.« Lydia fand sein spontanes Freundschaftsangebot entwaffnend. »Danke, das ist wirklich sehr nett von dir.«

Will nickte, während Katy ihm einen üppig gefüllten Teller mit dampfendem Essen hinstellte. »Tja, ich bin in der Gegend berühmt dafür, ein unglaublich netter Kerl zu sein.«

»Erledigt«, sagte Katy, die mit einem erleichterten Seufzer auf ihren Stuhl sank. »Der Truthahn ist im Kühlschrank, die Heizung läuft, wir haben genug Alkohol im Haus, um bis zum nächsten Weihnachten durchzusaufen. Ich muss nur noch die Geschenke verpacken.«

»Verpackt der Weihnachtsmann die nicht?«, fragte Jake.

»Doch, klar, er und die Elfen verpacken die Geschenke, die er bringt. Aber Mummy und Daddy haben auch Geschenke für euch, und die verpacke ich.«

»Also können wir am Papier sehen, welche vom Weihnachtsmann und welche von euch sind?«, fragte Jake und machte große Augen. »Denn er packt die Geschenke ja am Nordpol ein, und da gibt es keinen Supermarkt, oder?«

Katy blinzelte verwirrt. »Nein, natürlich nicht.«

»Oder ein Schreibwarengeschäft«, fügte Jake hinzu. »Oder ...«

»Irgendwie wird er sich trotzdem das hübsche Papier beschafft haben«, fiel Katy ihm ins Wort. »Aber warten wir es ab, okay? Wo bleibt die Spannung, wenn man alles schon vorher weiß?«

»Darf ich etwas sagen?« Stephen stand auf, und Lydia wurde mulmig. Eine Million scheußlicher Szenen huschten ihr durch den Kopf. »Lydia und ich wollten ganz bestimmt nicht, dass es zu Spannungen kommt oder alle anderen bedrückt sind.«

»Was ist denn passiert?«, fragte Tilly aufgeregt. »Hat die wahnsinnige Molly was gemacht?«

»Tante Lydia hat ihn abserviert«, antwortete Jake gewohnt sensibel und wies auf Stephen.

»Oh«, sagte Tilly, die prompt das Interesse verlor. »Ist sie denn mit ihm gegangen?«

»Kinder, leise«, fuhr Katy die beiden an.

»Wie dem auch sei, ich wollte bloß sagen, dass Lydia und ich uns einvernehmlich getrennt haben und dass es keinen Grund gibt, sich verlegen oder peinlich berührt zu fühlen. Ich liebe Lydia, sie mich nicht, und daran trägt niemand die Schuld. Okay, wahrscheinlich ist es meine Schuld, aber ich verstehe es. Das heißt, eigentlich nicht. Immerhin bin ich ein ziemlich guter Fang, genau genommen, na ja, sei's drum. Keiner ist irgendwem böse, und mein gebrochenes Herz spielt im Grunde keine Rolle.« Alle am Tisch blickten angespannt auf ihre Teller, sogar die Kinder. »Das wollte ich nur sagen, damit ihr alle beruhigt seid.«

Stephen setzte sich hin, wobei er ein bisschen schief auf seinem Stuhl landete, sodass er umgekippt wäre, hätte Jackson ihn nicht abgefangen.

»Na, also ich bin total beruhigt«, sagte Joanna strahlend. »Noch jemand Wein?«

»Aua!« Bei Alex' Aufschrei richteten sich sofort sämtliche Blicke auf sie. Sie hielt sich den Bauch und atmete tief ein.

»Krankenwagen«, schrie David, sprang auf und warf eine Weinflasche um.

»Hinsetzen, Vollidiot«, zischte Alex. »Es ist nichts. Das sind nur Vorwehen, ein bisschen Verstopfung und ein bisschen das Baby, das wegwill, ehe es noch peinlicher wird.«

»Bist du sicher?« David sah sie prüfend an. »Ist deine Fruchtblase geplatzt?«

»Also ehrlich, denkst du nicht, ich würde etwas sagen, wenn ich eben literweise Fruchtwasser auf den Boden getropft hätte? Wisch endlich den Wein auf.«

David hatte offensichtlich Mühe, nichts zu entgegnen, begann aber, die Weinpfütze mit Papierservietten aufzutupfen.

»Sei nicht so hart zu ihm, Al«, sagte Jim, dem man die nachmittägliche Brandy-Herrenrunde deutlich anmerkte. »Der Mann sorgt sich um dich.«

»Das ausgerechnet aus deinem Mund«, murmelte Alex.
»Alex«, flüsterte Katy flehend.
»Wie bitte?«, fragte Jim kampflustig.
»Nichts«, sagte Alex.
»Nur zu, sprich dich aus«, forderte Jim sie auf. Lydia sah unglücklich zu Joanna hinüber. Eine solche Aufforderung an Alex ging nie gut aus.

»Na gut, meinetwegen.« Alex verschränkte die Arme über ihrem Babybauch. »Du überlässt alles Katy, das Kochen, das Putzen, die Versorgung der Kinder, während du herumläufst wie ein zu groß geratener Pfadfinder. Katy reißt sich den Dings auf, um über die Runden zu kommen, und du hockst da und guckst seelenruhig zu, wie sie sich zugrunde schuftet. Sie hat schon zwei Kinder, sie braucht nicht noch eins.«

»Was? Das ist ja wohl eine Frechheit! So ist es überhaupt nicht, oder, Katy?«, polterte Jim. »Die Sache ist die, dass Katy keine stutenbissige Schreckschraube ist wie du. Ehrlich, wie du mit David umspringst, ist doch nicht zu fassen! Katy, hol noch eine Flasche Wein aus dem Keller, ja?«

»Jim, so redest du nicht mit meiner Frau«, sagte David ruhig, aber streng.

»Ach, zeig doch, dass du Eier hast, Alter. Du musst dich durchsetzen, sonst wirst du auch eines Tages in die Wüste geschickt wie unser Sonnyboy hier, oder du stehst den Rest deines Lebens unter ihrer Fuchtel. Katy? Wein?«

»Hol dir deinen verbumfidelten Wein selbst«, brüllte Katy schrill. »Alex hat recht. Ich bin deine Frau, Jim, deine Frau, nicht dein Kindermädchen. Ich bin weder deine Putze noch deine Managerin oder Köchin und schon gar nicht dein verfluchtes Dienstmädchen. Ich trete in den Streik. Tut mir leid, Leute, Weihnachten ist abgesagt.«

Tillys Heulen übertönte das allgemeine Chaos, und Katy stürmte mit ihrer verzweifelten Tochter auf den Armen aus dem Zimmer. Jim starrte den beiden mit offenem Mund hinterher.

»Ich hasse dich«, sagte Jake zu seinem Vater, rannte auf ihn zu und trat ihm schwungvoll gegen die Schienbeine.
»Mist«, keuchte Jim.
»Mir ist egal, wenn es keine Geschenke gibt, du hast das verdient«, schrie Jake, der mit den Tränen kämpfte. Joanna nahm ihn in die Arme und zog ihn weg. »Schon gut, komm mit. Mummy hat das mit Weihnachten nicht so gemeint. Sie ist bloß ein bisschen müde, sonst nichts.«
Lydia beobachtete das Theater sprachlos.
»David, ich möchte ins Bett«, sagte Alex. Sie verzog das Gesicht, als ihr Mann ihr aufhalf.
»Was zum Geier ist los?«, fragte Jim erst Jackson, dann Stephen. »Was ist denn eigentlich passiert?«
»Wie wäre es mit dem Bootshaus und einer virtuellen Zigarette?«, flüsterte Will Lydia zu.
Nichts täte sie lieber, als dem Chaos für einige Minuten zu entfliehen und mit Will virtuell zu rauchen, aber sie schüttelte den Kopf. »Geht nicht, ich muss zu Katy.«
Will nickte. »Es ist klasse, ein Mädchen zu sein, da hat man immer seine Freundinnen.« Er stand auf. »Ich gehe eine rauchen.«
»Jim«, sagte Lydia ruhig. »Du bist ganz schön dicht. Ich mache dir einen Kaffee.« Sie sah zu Stephen, dessen Augen glasig wirkten, und zu Jackson. Er beäugte sie wortlos, allerdings hatte sie das Gefühl, dass er nur auf eine Chance wartete, mit ihr zu reden. »Ich mache euch Kaffee, und anschließend sehe ich nach Katy.«
»Ich liebe meine Frau«, erzählte Jim den anderen beiden, nachdem Lydia aus dem Zimmer war. »Ich liebe sie verflucht noch eins mehr als alles andere auf der Welt. Für sie würde ich sterben, ja, das würde ich, ehrlich, ich …«
Lydia war sehr froh, dass sie nichts mehr hörte, als sie zur Küche eilte.

* * *

Katy saß am Küchentisch, die schluchzende Tilly an sich gedrückt und Jake neben sich. Er klopfte seiner Schwester ein kleines bisschen zu fest auf den Rücken. Den dreien zu Füßen lag Vincent und blickte mit großen braunen Augen zu ihnen auf.

»Entschuldigt, das wollte ich nicht«, beschwichtigte Katy ihre Kinder. »Natürlich fällt Weihnachten nicht aus. Ich kann es ja gar nicht absagen. Ich war nur wütend, ihr Süßen, und habe nicht nachgedacht. Es tut mir wirklich leid.«

»Hier, nimm das«, sagte Joanna. »Irish Coffee. Du auch einen, Lyds?«

Lydia nickte. »Soll ich die Kinder ins Bett bringen?«, fragte sie Katy, doch die schüttelte den Kopf.

»Nein, danke, Lydia. Ich schätze, bevor sie schlafen können, müssen ihr Dad und ich uns wieder vertragen. Ich weiß selbst nicht, was über mich gekommen ist.«

»Ich schon«, sagte Joanna. »Es ist Weihnachten, also setzt sich jeder unter Druck, auch ja glücklich zu sein.« Joanna bemerkte, wie Lydia sie streng ansah. »Du bist müde und ein bisschen beschwipst. Außerdem hat es der Tag echt in sich gehabt. Unsere Lydia macht mit Stephen Schluss und hat bereits den scharfen Handwerker ins Auge gefasst.«

»Wie kann denn ein Mann scharf sein?«, fragte Tilly, die nun erstmals aufsah.

»Das sagt man, wenn jemand richtig hübsch und knuddelig ist«, erklärte Joanna.

»So wie Vincent?«

»O ja, genauso«, bestätigte Joanna.

»Will ist nett«, mischte Lydia sich ein. »Ich mag ihn wirklich, aber ich bin auf keinen Fall bereit, mich gleich in die nächste Beziehung zu stürzen. Bis dahin werden Monate vergehen, und selbst dann wird es bestimmt nicht er sein, denn er ist nicht …«

»Dein Typ?«, fragte Will, der in der Tür erschien.

»Muss denn hier jeder immer lautlos auftauchen wie ein Gespenst?«, rief Lydia aus. »Denn er ist nicht auf diese Art an mir interessiert, wollte ich sagen.«

Will nickte, wie immer mit diesem angedeuteten Lächeln, dass ihn zum Küssen aussehen ließ. Ihr wurde klar, dass sie sehr betrunken sein musste und am besten nie wieder mit irgendwem ein Wort wechselte.

»Hört zu«, sagte Will. »Muss ich wieder da rein zu den anderen? Offen gesagt sind das ziemliche Hohlköpfe.«

Katy kicherte. »Bleib da und trink einen Irish Coffee mit uns, Will.«

»Ich habe versprochen, ihnen Kaffee zu bringen«, sagte Lydia und blickte finster den Flur hinab, an dessen Ende Jim und Stephen standen und sich allem Anschein nach gegenseitig bedauerten.

»Das übernehme ich«, sagte Joanna, zwinkerte Lydia zu und schickte einen Luftkuss in Richtung von Wills Rücken. »Auf die Weise kriege ich wenigstens meinen Süßen zu sehen und erfahre vielleicht, wieso er so angefressen ist.«

»Ärger im Paradies?«, fragte Katy. Gewiss wiederholte sie absichtlich genau die Frage, die Joanna ihr vormittags gestellt hatte.

»Ich weiß nicht. Er ist merkwürdig still und distanziert. Glaubt ihr, es war zu früh, ihn mit zur Verwandtschaft zu schleppen? Habt ihr Irren ihn womöglich zu Tode erschreckt, und er will nur noch weg?«

Lydia biss sich auf die Zunge. Sie hatte Jackson seit der Szene in Joannas und seinem Zimmer kaum gesehen, geschweige denn mit ihm gesprochen. Was, wenn er dachte, die Sache mit Stephen hinge mit ihm zusammen? Was, wenn er insgeheim plante, Joanna den Laufpass zu geben? Sie musste mit ihm reden, ihm erklären, dass sich zwischen ihnen nichts geändert hatte.

»Also, falls ihn ein paar jammernde Frauen in die Flucht jagen, dann ist er sowieso kein Typ fürs Leben«, sagte Will zu Joanna und schenkte ihr ein umwerfendes Lächeln, bei dem alle Frauen nebst einem Hund überwältigt erstarrten.

»Treffend formuliert«, kicherte Katy. »Kommt, Kinder, helfen wir Joanna, Daddy einen Kaffee zu bringen, und drücken ihn fest, ja?«

Allein mit Will und dem Wissen, dass sie lieber nichts sagen sollte, beschloss Lydia, sich über den Abwasch herzumachen.

»Ich bin also nicht auf diese Weise an dir interessiert?«, fragte Will gelassen.

»Das hast du gesagt.« Lydia blickte sich zu ihm um. »Und das ist voll in Ordnung. Ich erwarte nicht, dass es jeden Mann gleich aus den Socken haut, wenn er mich sieht.«

»Komisch, die meisten Frauen erwarten das schon. Demnach bin ich sehr wohl dein Typ?«

»Na, wenn da nicht jemand nach Komplimenten fischt! Ist das nicht eher Frauensache?«, fragte Lydia lachend. Sie hielt es für das Beste, sich dem Bräter zu widmen, und überlegte, was sie Witziges oder Unverfängliches sagen könnte.

»Wie kann man nur ohne Geschirrspüler leben?«, war alles, was ihr einfiel – nicht genial, aber immerhin.

»Und was hast du vor?«, fragte Will. »Ich meine, ich bin am Verhungern. Anscheinend ist es hier schwierig, eine Mahlzeit durchzustehen, ohne dass irgendwer austickt und die Tafel auflöst.«

»Käsesandwich?«, bot Lydia ihm an.

»Ich mach das. Wasch du ruhig weiter ab.«

»Na, wenn das keine Gleichberechtigung ist«, sagte Lydia vergnügt.

Im Haus herrschte Stille, als Lydia Will eine gute Nacht wünschte. Statt ihm nach oben zu folgen und in ihr großes leeres Zimmer zu gehen, kehrte sie ins gemütliche Wohnzimmer zurück, wo die letzten Scheite im Kamin verglühten und Vincent sich sehr gern eine Sofaecke mit ihr teilte, solange sie ihn hinter seinem einzigen Ohr kraulte. Das rhythmische Atmen des Hundes lullte sie ein. Sie lehnte sich tief in die Sofakissen und merkte, wie ihre Lider schwer wurden. Draußen schneite es nach wie vor, doch im Zimmer war es herrlich warm.

»Wie geht es dir, Lydia Grant?«, flüsterte Jackson so plötzlich, dass sie vor Schreck heftig zusammenzuckte. Sie setzte sich auf und blinzelte mehrmals, ehe sie begriff, dass das an ihrem Schenkel nicht Vincent war, sondern Jacksons Bein.

»Was machst du hier?«, fragte sie verwirrt.

»Ich will schon den ganzen Tag mit dir reden ... und die ganze Nacht, also eigentlich, seit ich dich geküsst habe. Ich weiß, dass ich es nicht sollte, aber ich kann nicht aufhören, an dich zu denken, Lydia.«

»Jackson, hör auf.« Lydia rückte von ihm weg. »Wir hatten eine schöne Zeit. Damals war ich total verliebt in dich und wäre mit dir bis ans Ende der Welt gereist, keine Frage, sogar in der Holzklasse. Aber darum hast du mich nie gebeten. Du bist einfach verschwunden. Du hast nicht angerufen, keine E-Mail geschickt, nicht mal eine Brieftaube. Du warst schlicht weg, und nun bist du mit meiner besten Freundin zusammen. Selbst wenn ich noch etwas für dich empfinden sollte, wärst du absolut tabu für mich. Hast du verstanden?«

Für einen Moment hielt Lydia seinem Blick stand. Die Erinnerung an jenen gemeinsamen Sommer steigerte die Hitze, die verlässlich zwischen ihnen aufzulodern schien. Sicherheitshalber rutschte Lydia vom Sofa hinunter auf den Teppich, wo Vincent lag und den Störenfried missmutig beäugte.

»Ich habe nie behauptet, dass ich mich richtig verhalten habe«, sagte Jackson. »Vielmehr ist mir bewusst geworden, wie falsch ich mich benommen habe. Aber das heißt doch nicht, dass ich keine zweite Chance verdiene, oder? Vor allem nicht jetzt, wo der Grund weg ist, aus dem ich dich in Ruhe gelassen habe.«

Lydia schüttelte den Kopf. »Und was ist mit Joanna? Wo bleibt sie in deinem Spiel? Ich bin mir fast sicher, dass du sie genauso romantisch umworben hast wie mich. Sicher hast du ihr allen Grund gegeben zu glauben, dass zwischen euch etwas ganze Besonderes ist und ihr eine Zukunft habt. Du nimmst sie sogar mit nach New York, um sie deiner Mutter vorzustellen.«

»Was?«, fragte Jackson einen Tick zu laut, woraufhin sich Lydia verwundert zu ihm umdrehte. Tatsächlich wirkte er völlig überrascht. »Ehrlich, ich mag Joanna sehr, und es ist witzig mit ihr. Aber dass ich sie mit zu meiner Mom nehme, war niemals Thema. Bestenfalls habe ich das im Scherz gesagt. Wir sind erst seit zwei Monaten zusammen! Wie kommt sie auf die Idee, dass es mir so ernst ist?«

Lydia sah ihn an. Im matten Schein des verglimmenden Kaminfeuers war unmöglich zu erkennen, ob er log. Das hätte so oder so nichts geändert. Joanna glaubte fest, dass ihre Beziehung mit Jackson ernst war, ganz gleich, was er dachte. »Joanna denkt es jedenfalls. Und du verbringst die Feiertage mit ihr. Jeder weiß, wenn man Weihnachten zusammen verbringt, ist man so gut wie verheiratet.«

Kopfschüttelnd sank Jackson gegen die Sofalehne. »Wie du und Stephen? Irrtum, ich hatte andere Pläne für Weihnachten, und zwar ein Abendessen mit meiner Mom bei ihrem Lieblingsitaliener in der Fünfundfünfzigsten East. Nur kam der Schnee dazwischen, und überall wurde vor Unwettern gewarnt. Mom und ich haben überlegt, ob ich es riskieren soll, Weihnachten auf irgendeinem Flughafen zu hocken. Wir haben beschlossen, dass ich in die Staaten fliegen werde, sobald das Wetter es erlaubt, möglichst über Neujahr. Und als ich Joanna davon erzählte, flehte sie mich an, mit hierherzukommen. Sie meinte, dass es lustig werden würde, und sie wollte nicht, dass ich allein bin. Außerdem wollte sie unbedingt mit mir angeben und drohte, bei mir zu bleiben, wenn ich nicht mitfahre.«

Lydia starrte ihn an. Nichts von alledem klang auch nur ansatzweise nach Joanna. Ihre Freundin klammerte oder bettelte nicht. Wieso in aller Welt sollte sie sich die Reise zu seiner Mutter ausdenken – oder die anderen Sachen? Dennoch klang

Jackson recht überzeugend. Andererseits war er verflucht gut darin, ihr etwas vorzumachen. Das tat er seit dem Moment, in dem sie sich zum ersten Mal gesehen hatten.

»Wie auch immer«, sagte Jackson leise und streckte eine Hand nach ihrer Wange aus, doch Lydia wich zurück. »Selbst wenn es wahr wäre, ändert es nichts an den Gefühlen zwischen uns, oder?« Er beugte sich ein wenig nach vorn. »Willst du mir ernsthaft erzählen, dass du es nicht auch spürst? Rast dein Herz nicht? Kribbeln deine Nackenhaare nicht? Brennt deine Haut nicht vor Sehnsucht nach einer Berührung? Verzehren sich deine Lippen nicht nach einem Kuss? Fühlst du nichts davon, Lydia?«

»Ich glaube, dass du schlicht alles mitnehmen willst, was du kriegen kannst. Du spielst irgendein krankes Spiel. Wahrscheinlich bist du sexsüchtig oder krankhaft eitel oder etwas in der Art. Du solltest eine Therapie machen.«

»Ich bin süchtig nach dir, das gebe ich zu«, sagte Jackson, der näher rückte. »Du bist die eine Sucht, die ich nicht aufgeben kann.«

Müde und durcheinander, wie sie war, wehrte Lydia sich nicht, als Jackson sie an sich zog und in seine Arme schloss. Dann küsste er sie, und sie verlor sich in diesem surrealen Geschehen, konnte seinem Mund nicht widerstehen oder etwas gegen seine Hände tun, die unter ihr Kleid tauchten und ein Feuer in ihr entflammten, wie es zuletzt in jenem Sommer in ihr gebrannt hatte.

»Gütiger Gott!«

Lydia und Jackson sprangen auseinander, als sie Alex hörten, die perplex in der Tür stand.

»Alex.« Hastig zurrte Lydia ihr Kleid nach unten. Ernüchternder, als in so einer Situation ertappt zu werden, hätte nicht einmal eine Eimerladung eiskaltes Wasser mitten ins Gesicht wirken können.

»Ähm, es ist nicht …«, begann Jackson, dem Alex jedoch mit erhobener Hand bedeutete, den Mund zu halten. »Raus.

Geh nach oben zu deiner Freundin. Und du«, sagte sie zu Lydia, »bleibst wo du bist.«

»Ich gehe nirgends hin«, widersprach Jackson und knöpfte sein Hemd wieder zu. Lydia erinnerte sich gar nicht, dass sie es aufgeknöpft hatte.

»Geh, Jackson«, bat sie ihn. Ihre Wangen glühten. »Bitte.«

»Na gut, aber falls du mich brauchst ...«

»Bist du im Bett mit Joanna«, vervollständigte Alex seinen Satz.

Lydia setzte sich aufs Sofa und faltete die Hände im Schoß.

»Ich verlange eine Erklärung«, sagte Alex. »Denn die Lydia, die ich kenne, ist keine Frau, die den Freund ihrer Freundin vernascht. Oder greift hier ein außerirdischer Schlampenvirus um sich, von dem ich nichts mitbekommen habe?«

»Ich kenne Jackson von früher«, antwortete Lydia.

»Was soll das heißen?«

»Das soll heißen, er war der letzte Mensch, von dem ich erwartet hätte, ihn mit Joanna zusammen zu sehen. Er ist der Mann, mit dem ich eine heiße Affäre hatte, bevor ich Stephen kennenlernte. Der, mit dem ich zusammen war, als du mir fast den Job als deine Trauzeugin gekündigt hättest. Der, über den ich hinwegkam, weil du mich gezwungen hast, bei dem Spendenlauf mitzumachen.«

»Das war Jack?« Umständlich setzte Alex sich hin. »Oh, Mann, wenn ich jetzt keine Wehen kriege, grenzt das an ein Weihnachtswunder.«

Alex hörte Lydia zu, während die letzten Scheite verglimmten, es allmählich kühl im Zimmer wurde und Vincent seinen Platz aufgab, um sich eine wärmere Schlafecke zu suchen. Lydia erzählte, wie es zwischen Jackson und ihr gewesen war. Wie es völlig unvermittelt endete. Dass sie dachte, er hätte sie eiskalt abserviert, als sie nichts von der familiären Tragödie ahnte, die ihn fernhielt. Und sie erzählte Alex auch, wie schockiert sie war, als er mit Joanna hereinkam. Und von seiner Eröffnung, dass er immer noch Gefühle für sie hegte.

»Was ist mit deinen Gefühlen?«, fragte Alex spitz.

»Ich weiß nicht, Alex. Er hat mich mitten in unserer Verliebtheitsphase verlassen. Ich hatte gar keine Zeit, seine nervigen Eigenarten kennenzulernen oder herauszufinden, ob ich seine römische Nase nach drei oder vier Monaten vielleicht nicht mehr sehen könnte. Also kann ich es einfach nicht sagen.«

»Aber du weißt, dass er mit Joanna zusammen und sie völlig verrückt nach ihm ist. Du hast gesehen, was zwischen den beiden läuft, machst aber trotzdem mit ihm rum, während sie oben schläft. Er mag einen triftigen Grund gehabt haben, Hals über Kopf zu verschwinden, doch der rechtfertigt nicht, dass er seine Freundin betrügt. Ich meine, allein das sollte dich abschrecken. Der Typ ist offensichtlich ein Schwein.«

»Bei dir ist immer alles offensichtlich, schwarz oder weiß«, sagte Lydia. »Natürlich weiß ich das alles, und dennoch kann ich den Gedanken nicht abschütteln, was wäre, wenn ... wenn er der Richtige ist?«

»Tja, den schmierst du dir lieber in die Haare«, konstatierte Alex nüchtern. »Was-wäre-wenn-Gedanken führen verlässlich ins Leere. Du musst dich auf die Fakten konzentrieren. Und Fakt ist, dass du gerade mit Joannas Freund herumgeknutscht hast. Du musste das klären und Joanna die Wahrheit sagen.«

»Bist du bescheuert? Ich habe diese Feiertage sowieso schon an den Rand der Katastrophe getrieben, indem ich vor allen anderen mit Stephen Schluss gemacht habe. Jetzt soll ich dem Fest endgültig den Garaus machen und womöglich unsere Freundschaft für immer zerstören?«

»Joanna hätte hier auftauchen können. Dann wäre eure Freundschaft garantiert am Ende gewesen.« Alex holte tief Luft und drückte sich einen Handballen in die Seite. »Hör zu, sie kriegt es sowieso raus. Und ich weiß nicht, was sie mehr verletzen würde: Dass er sie angelogen hat oder du. Und wenn du nicht reinen Tisch machst, würde ich sie ebenfalls belügen. Das bringe ich nicht, Lydia, nicht einmal für dich.«

Lydia vergrub das Gesicht in den Händen. »Okay, morgen ist Heiligabend. Es sind nur noch ein paar Tage. Bitte, zwing mich nicht, diejenige zu sein, die Katy und den Kindern alles ruiniert, bitte! Ich verspreche dir, ich rede mit ihr, sobald wir wieder in London sind.«

»Und bis dahin hältst du dich von Jackson fern?«, fragte Alex. »Keine dämlichen Nummern mehr wie die eben?«

»O nein, ganz bestimmt nicht. Ich bleibe aus seiner Reichweite.«

»Tja, dann schätze ich, wir stehen es durch.« Alex lehnte sich seufzend zurück. »Oh, Mist, ich bin eigentlich nur nach unten gekommen, weil ich dringend mein Magenmittel brauche. Das Sodbrennen bringt mich um, und ich habe meine Handtasche mit dem Zeug unten vergessen.«

»Hier.« Lydia reichte Alex ihre Tasche und beobachtete, wie Alex einen Schluck direkt aus der Flasche nahm.

»Arme Lyds«, sagte Alex. »Hoffen wir, dass der Spruch nicht stimmt, alle schlechten Dinge wären immer drei.«

12

24. Dezember
Weihnachtsabend

Das Erste, was Lydia bemerkte, war der stechende Schmerz, der von ihrem Hals in ihren linken Arm schoss. Ist ja klar, dachte sie. Ich sterbe an einem Herzinfarkt, bevor ich die Chance habe, mein neues rotes Kleid zu tragen.

Das Zweite war der abscheuliche Lärm, den die Engel veranstalteten. Lydia war ziemlich sicher, dass es im Himmel feierlicher zugehen sollte – und dass es dort auch nicht nach nassem Hund roch.

»*Alle Jahre wieder, pupst das liebe Kind. Kackt sie alle nieder, bis sie schwindlig sind. Stinkt mit seinem Segen voll ein jedes Haus. Pisst auf allen Wegen, um Hecken und ums Haus!*«

Lydia öffnete ein Auge und stellte fest, dass es Jake und Tilly waren, die da sangen. Folglich war sie nicht tot. Nein, sie musste auf dem Sofa eingeschlafen sein, und diese Erkenntnis war reichlich enttäuschend.

»Pst!« Lydia presste einen Finger auf ihre Lippen, schob Vincent von sich, der über Nacht erheblich gewachsen sein musste, und setzte sich auf. Als ihre Gliedmaßen langsam wieder durchblutet wurden, fingen sie unangenehm zu kribbeln an und knacksten hörbar. »Leute, bitte leiser.«

»Aber es ist Heiliger Abend«, sagte Tilly aufgeregt und sprang von einem Bein aufs andere.

»Ich weiß, und das ist schön. Kennt ihr zufällig *Stille Nacht, heilige Nacht*?«

»*Stiller Pups ...*«, hob Jake sogleich sehr laut an.

Lydia stöhnte. Ihr drehte sich alles, während Bröckchen für

Bröckchen die Erinnerungen an den gestrigen Abend durch ihren geschundenen Kopf purzelten.

»Tante Lydia, ich hab Hunger. Mummy und Daddy haben bei sich die Tür abgeschlossen und machen ganz komische Geräusche«, sagte Tilly. »Kannst du uns was zu essen machen?«

»Nur wenn ihr aufhört zu singen.«

»Guck mal, was ich gefunden hab.« Jake hielt Lydias BH in die Höhe. Vage entsann sie sich, ihn letzte Nacht aufgehakt und durch ihren Ärmel herausgezogen zu haben. Da hatte sie die Flasche sehr guten Rotwein schon fast geleert. »Es sind zwei Ross entsprungen«, trällerte er triumphierend vor sich hin.

»Hey, gib mir den sofort wieder«, forderte Lydia matt, als Jake, ihren BH schwenkend, aus dem Zimmer rannte, dicht gefolgt von der kichernden Tilly.

Ein kurzer Blick bestätigte Lydia, dass Vincent die Nacht mit seiner Nase zwischen ihren Schenkeln verbracht hatte und ihr wohl nichts anderes übrig blieb, als in ihrem Strickkleid und ohne Strumpfhose quer durchs Haus zu marschieren. Katys und Jims verriegelte Tür bedeutete hoffentlich, dass die beiden sich versöhnten. Nach den Unmengen, die gestern Abend getrunken worden waren, zählte sie darauf, dass niemand sonst aufstand, bis sie den Kindern ein paar Cornflakes serviert und geduscht hatte.

Vincent murrte missmutig, als sie ihn von sich schob und aufstand. Sie blieb einen Moment stehen, weil ihr ein bisschen schwindelig wurde. Da war sie nun, ohne BH, Freund und, sollte Joanna erfahren, was gestern mit Jackson passiert war, auch ohne Freundin.

Würde jemand Lydia in diesem Augenblick fragen, welches ihr schlimmstes Weihnachten war, würde nach wie vor das, an dem ihr Vater sie verließ, auf Platz eins stehen. Gleich danach käme das Jahr, als ihr Vater mit der scheußlichen Karen zusammen war und Lydia verbot, ihn zu besuchen. Von ihrem Vater zurückgewiesen zu werden hatte sie tief getroffen, und nicht einmal der Umstand, dass ihr so eine Begegnung mit der bösen Hexe der Midlands erspart bliebe, konnte sie trösten. Ihre Mutter war Feuer und Flamme für ihren neuesten Freund gewesen, der ihr sogar ein Geschenk besorgt hatte. Sie, Lydia, würde nie vergessen, wie sie den Karton öffnete und ihr zwei kleine Knopfaugen entgegenglotzten. Ihr Weihnachtsgeschenk war ein sehr schlecht ausgestopfter Igel gewesen. Der damalige Freund ihrer Mutter war ein denkbar untalentierter Hobby-Tierpräparator gewesen.

Später – sehr viel später – hatte sie mit ihren Freundinnen darüber lachen können. Ja, Mrs Silberblick-Hammerstachel hatte während der Examensphase eisern auf Lydias Schreibtisch ausgeharrt, denn zu jener Zeit war sie ein recht aussagekräftiges Symbol für alles gewesen, was in Lydias Kindheit nicht gestimmt hatte. Und nun, so unvorstellbar es anmuten mochte, schwang sich dieses Weihnachten tatsächlich auf, dem Jahr des toten Igels ernsthafte Konkurrenz zu machen.

Die Kinder waren schon in der Küche, als Lydia dort ankam, und Tilly war dabei, eine Speckpackung mit einem gigantischen Brotmesser zu öffnen.

»Hoppla.« Lydia sprang herbei und nahm dem Mädchen gerade noch rechtzeitig sowohl den Speck als auch das Messer ab.

»Oder das hier?«, fragte Jake, der soeben im Begriff stand, das elektrische Messer neben dem Herd einzustöpseln.

»Oder«, sagte Lydia, die hineilte und ihm flugs die tödliche Waffe entwand, »wie wäre es mit Müsli?«

»Müsli zu Weihnachten?«, beschwerte sich Tilly. »Nee, zu Weihnachten gibt's was Besonderes, Weihnachtliches.«

Lydia stemmte die Hände in die Hüften und schaute sich um. »Weihnachtspasteten?«

»Tante Lydia« Tilly verdrehte die Augen. »Speck und Rührei, bitte!«

»Aber ihr hattet gestern Speck und Rührei«, sagte Lydia. »Wieso soll das weihnachtlich sein?«

»Weil wir das am liebsten mögen«, versicherte Tilly in einem Ton, der jede Widerrede ausschloss.

»Und warum ist das weihnachtlich?«, versuchte Lydia es trotzdem.

»Ist es eben«, antwortete Tilly und verdrehte wieder die Augen.

»Willst du wissen, wo dein BH ist?«, fragte Jake zuckersüß.

Lydia sah ihn so bedrohlich wie möglich an und schaltete den Grill ein. Vincent kam hereingetrottet. Er ahnte, dass es gleich gebratenes Schwein gab.

Alles war nach Plan verlaufen. Lydia hatte ihre Stiefeletten gefunden, die sie als Hausschuhe tragen konnte, sich einen Kaffee und den Kindern heiße Schokolade mit Dosensahnehäubchen und ein wenig Zimt gemacht – wie es Weihnachten gebot. Sie hatte Brot geschnitten und mit Ketchup bestrichen, bereit für den Speck, der so gut wie fertig war.

»Oh, guckt mal« Lydia entdeckte ein paar Croissants im Brotkasten. »Die wärme ich auf.«

Kaum jedoch schaltete sie den Ofen an, gab es einen lauten Knall, und das Ofenlicht erlosch.

»Ups«, sagte Lydia und probierte es mit Ein- und Ausschalten. »Hm.«

»Was ist denn?«, fragte Tilly.

»Lauft und versucht, ob die Lampen angehen.« Ausnahmsweise gehorchten die beiden Kinder sofort und rannten los. Vorsichtig testete Lydia die Lichtschalter in der Küche und stellte fest, dass alle tot waren. »Ach du Schande, jetzt habe ich das Haus lahmgelegt und den Herd gekillt. Katy bringt mich um. Und die anderen werden mich ebenfalls hassen. Mist.«

»Die Lampen gehen alle nicht«, berichtete Jake. »Soll ich Dad holen?«

»Nein, nein. Wir wollen nicht, dass eure Mummy sich Sorgen macht.« Lydia guckte in den Grill. »Der Speck ist fertig. Ihr zwei bleibt da und esst, und ich gehe Will fragen, ob er mir hilft.«

* * *

Auf Lydias erstes Klopfen gab es keine Reaktion. Auch nicht auf das zweite. Vielleicht war er über Nacht geflohen oder wieder im Bootshaus. Zaghaft drehte sie am Türknauf. Die Tür war nicht verriegelt. Also schob sie sie leise auf und ging ins Zimmer.

Das Bett war benutzt worden, nun aber leer.

»Mist, Mist, Mist«, flüsterte Lydia.

»Wie bitte?« Will stand plötzlich hinter ihr und trug nichts außer einem Handtuch. Lydia schrie auf, fluchte und erinnerte sich, dass sie selbst im Moment nicht ganz vollständig bekleidet war. Im selben Augenblick fiel ihr Wills ziemlich eindrucksvoller Oberkörper auf, und sie zupfte verlegen an ihrem Kleid, das auf ihren nackten Schenkeln leider immer wieder nach oben wanderte.

»Mann, du hast mich zu Tode erschreckt.«

»Tut mir leid, aber du bist quasi in mein Zimmer eingebrochen.«

»Ich bin nicht eingebrochen. Die Tür war offen. Normale Menschen schließen ihre Türen ab.«

»Nein, normale Menschen klopfen an«, widersprach Will, dessen Blick auf ihren Busen fiel und umgehend einen Punkt an der Wand hinter ihrer linken Schulter fixierte. Unsicher sah Lydia nach unten. Dank der morgendlichen Kälte im Haus erkannte man mit Leichtigkeit, dass sie keinen BH trug. Ihre Nippel drückten sich deutlich durch den Strickstoff ihres Kleides. Verlegen zurrte sie den Kleidersaum weiter nach unten und überkreuzte die Arme vor der Brust. Will hüstelte und vermied es sorgfältig, sie anzusehen, während er sich ein T-Shirt überzog. Offenbar brachte ihn ihr Aufzug nicht minder in Verlegenheit als sie selbst. Er hatte sehr hübsche Arme, stellte Lydia fest, und eine sehr maskuline Brust. Genau die Art Brust, auf die sie zum Einschlafen gern ihren Kopf legen würde.

»Was willst du?«, brach Will jäh den Zauber seiner partiellen Nacktheit.

»Ach so, ja, ich habe anscheinend einen Kurzschluss verursacht, als ich den Ofen angestellt habe. Das Licht unten geht nicht mehr. Und es ist Heiligabend. Sollte ich also den Herd gekillt haben, wird Katy mich killen, und ich kann einfach nicht noch mehr einstecken. Mich hassen sowieso schon alle.«

»Äh, könntest du bitte …?« Will bedeutete ihr, sich umzudrehen.

Brav wandte Lydia sich zum Fenster, von dem aus man auf den Garten blickte. Irgendwo dort, unter der dicken Schneedecke, lag die wahnsinnige Molly begraben. Lydia hörte, wie das Handtuch auf den Boden fiel, das Klimpern von losen Münzen in einer Hosentasche, das Rascheln, als Will seine Jeans hochzog, und das Ratschen des Reißverschlusses, gefolgt vom Klicken der Gürtelschlaufe. Lydia drehte sich wieder um. Will knöpfte gerade sein Hemd zu. In ihrer Nervosität vergaß sie, ihre Brust zu bedecken oder ihr Kleid abermals nach unten zu ziehen. Will seufzte gereizt.

»Es ist mir echt unangenehm, dich zu bitten, aber sieh es mal so: Du rettest Weihnachten, wenn du den Ofen wieder in Gang bekommst, was definitiv gutes Karma wäre. Denkst du, du kriegst das wieder hin?« Lydia nagte an ihrer Unterlippe und fragte sich, ob Will, der nun aus dem Fenster starrte, wütend auf sie war, weil sie aus dem Süden kam. Vielleicht war er auch ein Morgenmuffel und hielt nicht viel von fremden, halb nackten Frauen, die seine Privatsphäre störten.

»Ich sehe es mir an«, sagte er.

»Super, danke.« Lydia machte zwei oder drei Schritte auf ihn zu. »Ich mache dir einen lauwarmen Kaffee. Das Wasser hatte eben gekocht, bevor alles ausging.«

»Ehe du das machst …« Will konnte sie immer noch nicht ansehen.

»Was?«

»Es wäre gut … Könntest du dir vielleicht etwas mehr anziehen?«

»Ja, klar, klar. Gott, tut mir leid. Ich wusste nicht, dass ich so anstößig aussehe.« Lydia machte auf dem Absatz kehrt und ging. Will stand noch eine Weile da, den Blick auf den Fußboden gerichtet. Dann holte er tief Luft und begab sich leise fluchend nach unten.

Die sehr verärgerte und beschämte Lydia kam anständig bekleidet wieder in die Küche, um den örtlichen Handwerker nicht zu verstören. Will lag auf der Seite neben dem Herd und schraubte die Rückseite ab. Jake hing praktisch auf ihm und beobachtete alles aufmerksam. Die Welt der Kabel und Drähte faszinierte ihn offenbar.
Will blickte zu Lydia hoch. Inzwischen trug sie vollständige Unterwäsche, eine Jeans und einen Pullover. »Weiß und zwei Stück Zucker, bitte.«
»Sehe ich anständig aus?«, fragte sie schnippisch.
»Ich wollte nur nicht, dass du dir eine Erkältung holst«, antwortete er und wandte sich wieder dem Herd zu.
»Wir haben Tante Lydias BH unserer Schneefrau angezogen«, erzählte Jake munter. »Da mussten wir zwei richtig große Schneebälle machen, um den vollzukriegen.«
»Hmpf«, machte Lydia und stellte den Wasserkocher an.
»Der Regler ist defekt und hat die Hauptsicherung für unten rausgehauen«, erklärte Will, während Lydia über ihn hinwegstieg, um einen Becher zu holen. »Wenigstens ist die Verkabelung okay. Ich musste bloß die Kontakte überbrücken und die Sicherungen wieder hineindrücken. Für den Ofen sieht es allerdings finster aus. Das Teil ist ziemlich hinüber, und ich glaube nicht, dass ich für so ein altes Modell noch ein Ersatzteil auftreiben kann, schon gar nicht heute.«
»O Gott.« Lydia kniete sich auf den Boden und nippte gedankenverloren an Wills Kaffee, bevor sie ihm den Becher reichte. »Kein Herd, kein Backofen, Katy bringt mich um. Weißt du was, ich gehe nach draußen. Es kann dauern, bis ich wieder ...«
»Ich sag's Mum«, rief Jake, sprang auf und rannte mit Tilly

und Vincent aus der Küche. Lydia hielt ihn nicht auf. Es war besser, wenn der Sechsjährige Katy die Nachricht überbrachte, denn ihren eigenen Sohn würde sie wohl kaum direkt in den See schmeißen.

»Falls es ein Trost ist, du bist nicht schuld«, sagte Will. »Das wäre jedem passiert, der den Herd angestellt hätte.«

»Es liegt trotzdem an mir«, jammerte Lydia. »Joanna würde nie aus Versehen einen Herd am Heiligabend killen. O nein, die liegt noch im Bett und ... na ja. Und Alex ist viel zu schwanger, als dass sie sich in solche Schwierigkeiten bringen könnte.«

»Wie egoistisch von ihr«, murmelte Will, der sie inzwischen zumindest wieder ansehen konnte. »Hör zu, es mag ja nerven, mit deinem neuen Ex, einem sehr toten Truthahn und einem nicht funktionierenden Ofen eingeschneit zu sein, aber glaub mir, davon geht die Welt nicht unter.« Er setzte sich auf und lehnte den Rücken an den kaputten Herd.

»Ja, logisch, dem Universum ist es ziemlich schnurz. Na ja, und es ist besser, dass Stephen und ich uns vor seinem Antrag getrennt haben. Außerdem haben wir einen Truthahn, wenn auch in Einzelteilen. Aber ein Herd, der nicht funktioniert, ist das Ende für Weihnachten. Echt, ich bin ein Weihnachtsfluch. Egal, wo ich hinkomme, ist das Weihnachtsfest verlässlich im Eimer. Nächstes Jahr schließe ich mich über die Feiertage in meinem Zimmer ein und komme erst an Silvester wieder raus.«

Will nickte. »Ja, dann dürften wir alle ruhiger schlafen.«

»Hey.« Lydia bemerkte das Lächeln, das um seine Lippen spielte. »Nur zu, mach dich über mich lustig. Übrigens musst du echt gestört sein, dass du immer noch hier bist. Du könntest doch längst wieder zu Hause sein, dir Weihnachtspastetchen von deiner Freundin servieren lassen und vorm Kamin die Füße hochlegen. Fernab von Leuten, die vom falschen Ende Englands kommen.«

»Ja, könnte ich.« Will seufzte und grinste gleichzeitig. »Stattdessen arbeite ich umsonst, eingesperrt mit einer Horde Irrer, von denen eine halb nackt in mein Zimmer einbricht, um mich im Handtuch zu begaffen. Wie gut, dass ich keine Freundin oder Frau habe, nicht wahr?«

Lydia musste lächeln. Überdies war sie geradezu idiotisch froh zu erfahren, dass er Single war. Es störte sie beinahe gar nicht, dass er sie auf den Arm nahm, weil sie ungefähr so subtil wie ein neugieriger Elefant vorgegangen war.

»Nein, im Ernst, wieso bist du noch hier?«, fragte sie. Beide hockten sich so gegenüber, dass sich ihre Füße fast berührten.

Will sah sie mit dunklen Augen an. »Ist das nicht offensichtlich?« Seine Stimme klang sehr tief.

»Wie? Was soll offensichtlich sein?«

»Irgendjemand muss euch Blindfischen doch zeigen, dass man keinen uralten Elektroherd braucht, wenn man einen erstklassigen Aga-Herd hat. Oder dachtet ihr, dass das ein Schuhschrank ist?«

»Der geht nicht«, sagte Lydia und wurde rot vor Wut, weil sie sich von diesen dunklen Augen bannen ließ.

»Wahrscheinlich muss nur der Brenner gereinigt werden.« Will gab ihr den leeren Becher. »Machst du mir noch so einen lauwarmen Kaffee, erledige ich den dritten Auftrag gratis.«

»Er funktioniert?« Katy stand vor dem Aga und schlug die Hände zusammen wie ein kleines Mädchen, das soeben einen Welpen in einem Schuhkarton gefunden hatte.

Will klopfte auf den Aga und sah auf seine Uhr. »Ja. Morgen früh gegen acht müsste er einsatzbereit sein. Einen ganzen Truthahn sollte man erst unter dem Grill bräunen und anschließend acht bis zehn Stunden im Rohr schmoren. Das hätte bedeutet, dass ihr nicht vor Mitternacht essen könntet. Also habt ihr im Grunde Glück, dass Lydia den Vogel bis zur Unkenntlichkeit verstümmelt hat. Wenn man es genau bedenkt, hat sie euch einen Gefallen getan, denn so bekommt ihr das ganze Ding in vier oder fünf Stunden gar.«

»Oh, mein Gott, ich liebe dich!« Will war wie versteinert, als Katy ihm um den Hals fiel und etwa zehn Sekunden länger als schicklich auf die Lippen küsste.

»Mist, mir hat keiner gesagt, dass wir swingen«, sagte Joanna, die in der Küche erschien. »Wenn wir swingen, will ich als Nächste bei Will dran sein.«

»Bitte sag, dass du bleibst und am Weihnachtstag mit uns isst«, lud Katy Will ein und ließ ihn los. Er wirkte ziemlich entgeistert. »Das heißt, falls du noch nichts vorhast.«

»Normalerweise esse ich am Weihnachtstag mit dem ganzen Dorf im *Royal Oak*«, antwortete Will und steckte die Hände in die Taschen, als wäre ihm eben erst klar geworden, dass er von lauter unberechenbaren Frauen umgeben war. »Das ist Tradition bei uns. Jeder bringt etwas mit, und wir betrinken uns furchtbar. Ich habe einen Weihnachtsscheit für dieses Jahr besorgt.«

»Oh, ach so, das klingt wirklich nett«, sagte Katy ein wenig gedämpfter. »Ich höre zum ersten Mal davon, aber ... wie nett. Das ganze Dorf kommt am Weihnachtstag zusammen. Wäre es nicht schön, da dabei zu sein?«

»Es spricht nichts dagegen, dass ihr hinkommt. Jeder ist willkommen.«

Tilly und Jake drängelten sich zwischen den Erwachsenen durch zu ihrer Mutter.

»Mummy, Tante Lydia hat uns gar kein Rührei gemacht, bevor sie den Herd kaputt gemacht hat«, beschwerte sich Tilly. »Ich hab immer noch Hunger.«

»Aha.« Will hockte sich vor Tilly. »Soll ich euch beiden zeigen, wie man Eier in einer Kohlenschaufel über offenem Feuer brät?«

»Au ja«, rief Jake begeistert.

»Schmecken die denn nicht nach Kohlen?«, fragte Tilly.

»Das ist ja das Gute daran«, sagte Will, schnappte sich einen Eierkarton, einen Teller und verließ die Küche. Die Kinder und der stets hoffnungsfrohe Vincent folgten ihm. »Ich wurde praktisch mit Kohleneiern großgezogen, und mir hat es nicht geschadet.«

»Ich glaube, meine Eierstöcke sind gerade explodiert«, sagte Joanna. »Ich liebe den Mann.«

»Stell dich hinten an«, sagte Katy streng. »Ich liebe ihn.«

»Hört auf die Stimme der Vernunft.« Alex kam hereingewatschelt. »Joanna, du behauptest, dass du in diesen scharfen Amerikaner verliebt bist, mit dem du den ganzen Morgen herumgekichert hast. Und, Katy, wenn ich mir deine zerzauste Gestalt so angucke, liebst du deinen Gemahl heute offenbar weit mehr als gestern. Was Lydia betrifft, kann sie sowieso niemanden lieben, weil sie frisch getrennt von Stephen ist. Womit es offiziell wäre: Wenn er Frühstück macht, liebe ich ihn und werde mein Baby nach ihm nennen, auch wenn es ein Mädchen wird.«

13

Zu ihrer Schande musste Lydia gestehen, dass sie über dem morgendlichen Drama Stephen beinahe vergessen hatte. Als sie aufs Zimmer kam, um sich ein paar Extrasocken für die spontane Expedition zu holen, fand sie ihn auf dem Bett sitzend vor.

Nachdem Will die ganze Runde mit gebratenen Eiern beglückt hatte, hatte er vorgeschlagen, ins Dorf zu gehen und seinen Gasofen zu holen, da der Aga vor morgen nicht einsatzbereit war.

»Mann, Alter, im Ernst, kannst du vielleicht ein bisschen weniger klasse sein?«, fragte Jim ihn. »Neben dir sehen wir anderen ziemlich alt aus.«

»Ich versuche nur zu helfen«, sagte Will bescheiden. Lydia musste sich ein Grinsen verkneifen. Sämtliche Frauen schmolzen seinetwegen dahin, während Jim und David auf einen weiteren Ausflug in den Pub hofften. Diese Hoffnung indes sollte schnell zerschlagen werden.

»Hast du Lust mitzukommen?«, fragte Will Lydia, die sich erst einmal umdrehte, ob er womöglich mit jemand anderem sprach. Tat er nicht.

Lydia konnte Joanna ansehen, dass sie ihre gesamte Willensstärke aufbieten musste, um nicht zu sagen: »Oh, eine neue Flamme!« Deshalb antwortete sie hastig: »Ähm, ja, klar, wieso nicht?«

»Es wäre doch eine Schande, wenn du nichts von der Landschaft siehst«, sagte Will, als wäre eine Erklärung nötig.

»Das Haus hat ja Fenster«, bemerkte Alex.

»Und was ist mit mir? Ich habe auch noch nichts von der Landschaft gesehen«, schmollte Joanna.

»Du brauchst anständige Stiefel und mindestens ein Paar zusätzliche Socken«, sagte Will ernst zu Lydia, ohne Joanna zu beachten. »Und einen dicken Mantel, Handschuhe und so. Es ist nicht weit, aber bereite dich lieber auf einen Marsch durch Eiseskälte vor.«

»Allzeit bereit, geht klar.« Lydia nickte. »Wie ein Pfadfinder.«

»Na, dann los«, sagte Will und bedeutete ihr mit einer Handbewegung, sich anzuziehen. Lydia wollte losflitzen, drehte sich um und kollidierte mit Jackson.

»Oh, entschuldige«, murmelte sie und rieb sich die Nase.

»Alles okay?«, fragte er gerade leise genug, dass Alex ihn mit einem vernichtenden Blick bedachte und Joanna sofort herbeieilte, um ihr Terrain zu markieren, indem sie einen Arm um Jackson legte. Lydia rannte nach oben und war außer Atem, als sie ins Zimmer kam und dort Stephen vorfand.

»Du hast letzte Nacht nicht hier geschlafen«, sagte er und wies auf das unberührte Kopfkissen.

»Nein«, gestand Lydia schuldbewusst. »Ich bin mit dem Hund auf dem Sofa eingenickt. Konntest du schlafen?«

Stephen nickte. »Ich war sturzbetrunken. Hör zu, ich erinnere mich nicht mehr an viel, aber es tut mir leid, falls ich dich vorgeführt habe.«

»Hast du nicht.« Lydia setzte sich neben ihn. »Du warst fantastisch. Dabei hätte dir keiner einen Vorwurf gemacht, wenn du den Abend ruiniert hättest. Du bist aber nicht so, Stephen.«

»Ich glaube, dass der andere nicht traurig ist, ist das Schlimmste bei einer Trennung von jemandem, der einen nicht mehr liebt.«

»Das stimmt nicht«, widersprach Lydia. »Ich bin traurig, ehrlich.«

»Nein, bist du nicht. Ich meine, du bist traurig, dass du mich verletzt, weil ich dich liebe. Aber du bist nicht traurig, dass wir nicht mehr zusammen sind, und das, na ja, das ist okay. Es hilft sogar irgendwie. Ich fühle mich, als wäre mir der

Boden unter den Füßen weggerissen worden. Aber sieh dich an, deine strahlenden Augen, deine rosigen Wangen. Wenn ich dich angucke, wird mir klar, dass es sinnlos ist, dir allzu lang nachzutrauern.«

Lydia legte ihre Hand auf seine. »Ach, Stephen, du brauchst nur die richtige Frau. Du brauchst eine Frau, die dich lange genug innehalten lässt, dass du begreifst, wie sehr du sie willst, die dir wichtiger ist als deine Arbeit oder dein Engagement für diese oder jene gute Sache. Eine Frau, mit der du jede freie Minute verbringen willst, selbst wenn es nicht geht. Du solltest mit einer Frau zusammen sein, die dich vermisst, wenn du nur im Nebenzimmer bist. Und sei ehrlich, diese Frau war ich nie. Ich konnte dich nie dazu bringen, länger als eine Minute innezuhalten.«

Stephen nickte. »Ich weiß, und deshalb möchte ich dir sagen, dass es für mich okay ist. Lass dir nicht Weihnachten verderben, denn ich wünsche dir ein schönes Fest. Allerdings fehlt mir jetzt ein Geschenk.«

»Was ist mit dir? Kannst du Weihnachten genießen?«

»Ja. Ich werde sehr viel trinken und so viel essen, dass ich auf der Rückfahrt den Hosenknopf offen lassen muss. Und jetzt entschuldige mich. Ich werde mir *Last Christmas* und die ganzen anderen Herzschmerz-Weihnachtslieder auf meinem iPod anhören.« Er stand auf und ging zur Tür. »Wo willst du hin?«

»Ins Dorf. Ich gehe mit Will einen Campingkocher holen.« Lydia zupfte verlegen an ihrem Ärmel, weil sie sich vorkam, als würde sie Stephen betrügen.

»Ihr Weiber scheint alle ganz hin und weg von Will zu sein. Ist er tatsächlich so unglaublich?«

Lydia lachte. »Unglaublich? Nein, überhaupt nicht. Wie kommst du darauf?«

Aus unerfindlichen Gründen dachte Lydia, dass Will sie einlud, ihn ins Dorf zu begleiten und die Landschaft anzusehen, weil er mit ihr reden wollte. Stattdessen stapften sie mindestens zwanzig Minuten lang schweigend durch tiefe Schneewehen.

Eine Weile beschäftigte Lydia sich damit, die bezaubernde Landschaft zu bestaunen, die kalte Luft einzuatmen und halbwegs mit Will Schritt zu halten, was schwierig war. Wie befohlen hatte sie sich dick eingepackt. Sie trug Jims riesige Winterjacke, Katys Schneestiefel und eine ziemlich kleine rosa Pudelmütze, die gefährlich schief auf ihrem Haar saß. Vermutlich gehörte sie Tilly.

»Es fühlt sich an, als wären wir die einzigen Menschen auf der Welt, nicht?«, sagte Lydia schließlich. »Alles ist so still, keine Flugzeuge am Himmel, keine Autos auf der Straße.«

»Keine plappernden Leute«, ergänzte Will.

»Entschuldige, mir war nicht bewusst, dass ich ein Schweigegelübde abgelegt habe, als ich sagte, dass ich mitkomme. Normalerweise bist du doch ziemlich schwatzhaft.«

»Schwatzhaft?« Will blieb stehen und sah sie an.

»Ja, schwatzhaft. Wieso bist du auf einmal verstummt?«

Will runzelte die Stirn und ging einige Schritte weiter, ehe er antwortete. »Ich dachte, dass ich dir den Kocher geben könnte und du ihn allein zurückbringst. Aber wahrscheinlich würdest du dir einen Fingernagel abbrechen, dich verlaufen und im Straßengraben erfrieren. Und dann würde ich mich dafür verantwortlich fühlen.«

Lydia lachte. »Sollte dir die Vorstellung derart zuwider sein, wieder zum *Heron's Pike* zurückzukehren, finde ich sicher auch allein zurück. Ich muss doch nur die Straße entlanggehen und keinen winzigen Otterspuren folgen oder mich an den Sternen orientieren, stimmt's?«

Nun schmunzelte Will. »Du nimmst aber auch kein Blatt vor den Mund«, sagte er. Da er das nicht weiter ausführte, deutete Lydia es kurzerhand als Kompliment.

»Das ist mein Job. Als Anwältin verdiene ich quasi meinen Lebensunterhalt mit Reden.«

»Aha.« Will nickte. »Das erklärt einiges.«

»Was? Dass ich nicht stillschweigend hinnehme, was du sagst, wie es sich für eine anständige junge Frau gehört?«

»Nein«, antwortete er grinsend. »Ich dachte eher, dass dein prestigeträchtiger Job erklärt, wieso du so eingebildet bist.«

»Eingebildet! Ich bin nicht eingebildet. Nur weil ich nicht sämtliche Vokale falsch betone, wie die Leute in dieser Gegend, bin ich noch lange nicht eingebildet.«

»Ah, und reizbar.« Will hob beide Hände in die Höhe.

»Tut mir leid«, lenkte Lydia ein. »Es ist nur so, dass ich nicht aus reichem Haus stamme oder so. Meine Eltern hatten nie Geld, schon gar nicht nach ihrer Scheidung. Bis zu ihrer zweiten Ehe wohnte meine Mom in einem Mietshaus neben einem Beerdigungsunternehmen, weil es billig war. Mein Dad lebte immer bei seiner neuesten Flamme. Von mir wurde nichts erwartet, weder gute Noten noch ein Studium. Erst recht haben sie sich nicht gewünscht, dass ich viele Jahre studiere, um Anwältin zu werden. Sie hatten sich vorgestellt, dass ich mir mit sechzehn einen festen Job suche und mich allein durchbeiße, aber das tat ich nicht. Ich war hartnäckig, habe mir das Studium mit Kellnern und Zeitarbeitsjobs verdient. Einmal war ich als mexikanische Viehhirtin verkleidet und zog mit einem Riesen-Taco um den Leicester Square. Ich habe alles gemacht, um Geld zu verdienen, na, fast alles. Es war nicht leicht, aber, wie gesagt, ich war hartnäckig und wollte meinen Traum nicht aufgeben.«

»Und wieso Anwältin?«, fragte Will.

Lydia blieb stehen und sah Will nachdenklich an. Zunächst ging er weiter, drehte sich aber dann doch zu ihr um. Diese Frage hatte Lydia im Laufe der Jahre wieder und wieder gehört, und meistens hatte sie eine lässige Antwort parat: »Ich mag die Klamotten, verdiene gern viel Geld und mir gefällt das Ansehen oder die Herausforderung.« Doch etwas an Will weckte in ihr den Wunsch, ihm den wahren Grund zu verraten, warum sie gekämpft und geschuftet hatte, um dahin zu gelangen, wo sie heute war. Etwas an ihm sagte ihr, dass sie ihm vertrauen konnte

»Versprichst du, nicht zu lachen?«, fragte sie.

»Okay.«

»Oder zu lästern? Zynische Kommentare sind verboten.«

»Na, dann schieß los.«

»Als Kind hatte ich meistens das Gefühl, ich wäre in einem Wirbelsturm gefangen, über den ich absolut keine Kontrolle hatte. Meine Eltern fetzten sich ohne Ende, auch nach der Scheidung. Ich wurde zwischen ihnen hin- und hergereicht, ob ich wollte oder nicht. Ich hatte gar nichts zu sagen, und vor allem war niemand da, der für mich eintrat, mich verteidigte. Keiner sagte, das müsste aufhören, es wäre nicht richtig. Ich kam mir hilflos vor, nein, ich war hilflos.

An einem Sonntagnachmittag dann, ich war ungefähr vierzehn, sah ich im Fernsehen *Wer die Nachtigall stört*. Du weißt schon, der Film mit Gregory Peck als Atticus Finch. Er ist nobel, stark und lässt sich von niemandem abhalten, das Beste für seine Mandanten zu tun. Er hat den Mut zu sagen, das ist falsch und muss aufhören. Und da habe ich beschlossen, wie Gregory Peck, also wie Atticus Finch zu werden. Ich wollte diesem Ziel zumindest so nahe kommen, wie es ein kleines englisches Mädchen aus einem schäbigen Küstenkaff es konnte. Ich wollte jemand sein, der da ist, wenn das Leben besonders übel wird, Leuten zur Seite stehen, egal, was passiert.«

Lydia verstummte, weil ihr sofort peinlich war, dass sie mitten in der Einöde im Schnee stand und einem Fremden ihr Herz ausschüttete. Warum sie wollte, dass ausgerechnet er erfuhr, was sie bisher keiner Menschenseele erzählt hatte, war ihr selbst schleierhaft.

»Ich schätze, das klingt lächerlich«, fügte sie mit einem halben Lachen hinzu.

Will trat einen Schritt auf sie zu. »Weit gefehlt«, sagte er ruhig. »Es klingt sogar ziemlich beeindruckend.«

»Ach, na ja.« Lydia merkte, dass sie rot wurde. »Ich will nicht behaupten, dass das Geld schadet und dass ich das Dramatische an meinem Job nicht genießen würde. Und die Perücken sind irre ...«

»Hey, hör zu«, unterbrach Will sie. »Mir musst du nichts vormachen. Ich weiß, dass du nicht so seicht und oberflächlich bist, wie du dich gern gibst. Das sehe ich an deinen Augen. Dir ist wirklich wichtig, was du tust, es bedeutet dir alles. Das finde ich gut. Ich kenne dich nicht besonders gut, aber du bist anders als die meisten anderen jungen Frauen.«

»Anders?«, fragte Lydia, denn diesmal war sie sich nicht sicher, ob das ein Kompliment sein sollte. »Wie?« Ihr war nicht wohl dabei, wie aufmerksam er sie ansah.

»Frag mich nicht«, sagte er, und eine steile Falte erschien zwischen seinen Augenbrauen. »Im Moment kann ich das nicht erklären. Lass uns weitergehen. Auf ins Dorf, den Campingkocher holen, ehe wir festfrieren.«

»Also, warum hast du vorgeschlagen, dass ich mitkomme?«, fragte sie ein bisschen verwirrt. »Wieso nicht einer der Männer?«

»Weil die Idioten sind, einer wie der andere«, antwortete Will. »Nette Kerle und so, aber echte Idioten.«

»Aha, und ich bin kein Idiot?« Lydia fühlte sich schlagartig besser.

»Ich dachte einfach, dass du für eine Weile aus dem Haus raus solltest. Du warst seit Tagen nicht vor der Tür.«

»Wie nett, dass du dich um mich sorgst. Leider hört es sich an, als wäre ich ein Hund, der dringend Gassi geführt werden muss.«

»Ich sorge mich nicht, ich ...« Will verstummte kurz. »Ich weiß bloß, wie das ist, sich von jemandem zu trennen. Ich war für kurze Zeit verlobt.« Will marschierte entschlossen weiter, während Lydia im Schnee stehen blieb.

»Warte«, rief sie ihm nach. »Will, renn doch nicht so! Du kannst nicht so eine Bombe platzen lassen und weglaufen.«

»Von einer Bombe würde ich nicht sprechen«, sagte Will, der wartete, bis sie ihn eingeholt hatte. »Ich war verlobt und dann nicht mehr. Deshalb denke ich, dass du eine Pause gebrauchen kannst, um einen klaren Kopf zu kriegen. Was normalerweise kein endloses Geplapper erfordert.«

»Aber was ist passiert? Wer war sie?« Wie sah sie aus, fragte Lydia sich, ihn jedoch nicht. »Hat sie mit dir Schluss gemacht?«

Will zog die Brauen zusammen. »Wieso müssen Frauen immer alles ganz genau wissen?«

»Keine Ahnung. Muss ich eigentlich nicht, würde ich sagen. Aber ich war offen zu dir, und da dachte ich, du willst es mir gegenüber vielleicht auch sein. Schließlich hast du mit dem Thema angefangen. Tut mir leid. Es ist nur so, dass ich nicht sicher bin, wie ich mich fühle. Ich meine, die Beziehung mit Stephen war ernster als jede andere, die ich hatte. Also sollte ich mich bestimmt nicht so fühlen, wie ich das tue.«

»Das wäre?«

»Erleichtert«, sagte Lydia. »Im Moment bin ich sogar ... glücklich. Ich bin glücklich, draußen im Schnee zu sein, in dieser fantastischen Märchenlandschaft. Ich finde es richtig schön. Das lässt mich ziemlich oberflächlich wirken, oder?«

»Oder es zeigt, dass du die richtige Entscheidung getroffen hast«, entgegnete Will schulterzuckend. »Ihr Name war, ist Rachel«, erzählte er, als sie weitergingen und er Lydia eine Hand reichte, um ihr über eine besonders hohe Schneewehe zu helfen. »Sie war hübsch, nett, las gern und viel und war, nun ja, witzig.«

Widerwillig ließ Lydia seine Hand los, denn prompt regte sich in ihr ein tiefer Hass gegen diese schöne, belesene, witzige Rachel. Wenigstens hatte sie einen entsetzlich langweiligen Namen.

»Wir kannten uns schon lange. Sie hatte eine Geschenkboutique im Ort, und ich traf sie jeden Morgen, wenn sie mit dem Rad zur Arbeit fuhr. Wir unterhielten uns immer kurz.«

Lydia fragte sich, wann sie zu dem Teil mit dem Schlussmachen kamen.

»Ich bin kein Typ, der sich blindlings in eine Sache reinstürzt. Und ich schätze, dass ich nicht allzu viel von mir preisgebe. Mir fällt es schwer, einer Frau zu signalisieren, dass ich sie mag. Ich überlegte, sie zu einem Drink einzuladen, als sie mich eines Tages auf den Kopf zu fragte, ob ich sie mag, einfach so. Ich sagte Ja. Und von da an waren wir zusammen.«

»Was ist dann passiert?« Lydia bedauerte fast, dass zwischen den Bäumen bereits die Kirchturmspitze des Dorfes auftauchte.

»Wir blieben zusammen, zwei Jahre.«

»Du musst sie geliebt haben, wenn du sie gefragt hast, ob sie dich heiraten will«, beharrte Lydia.

»Ich bin gar nicht sicher, dass ich sie gefragt habe«, sagte Will sichtlich perplex. »Wir waren in der Stadt aus. Ich hatte gerade ein Haus in Keswick verkauft, das ich renoviert hatte, und dabei einen guten Schnitt gemacht. Rachel meinte, wir sollten etwas richtig Verrücktes, ganz Spontanes tun. Dann standen wir vor einem Juwelier, also kaufte ich ihr einen Ring. Es geschah einfach aus dem Moment heraus. Ich begriff im Grunde erst hinterher, dass wir verlobt waren. Also machte ich eben mit.«

»Wow! Diese Rachel hatte ja Sachen drauf, um die sogar Joanna sie beneiden würde. Was ist dann passiert?«

»Ich mochte sie gern. Wie gesagt, sie war die hübscheste Frau weit und breit, witzig, klug. Sie hatte einfach alles.«

»Offensichtlich nicht«, korrigierte Lydia ein klein wenig spitz. »Sonst hättest du sie geheiratet.«

»Stimmt.« Will blieb auf dem Hügel stehen, von dem es hinab ins Dorf ging. Schornsteine ragten aus den schneebedeckten Dächern auf, und Rauch schlängelte sich in die Luft.

»Ist das schön«, hauchte Lydia. »Einfach bezaubernd.«

Will sah sie an. »Findest du? Ich lebe mein ganzes Leben hier, und ich werde es nie leid, auf diesen Hügel zu gehen und auf das Dorf hinunterzusehen. Es ist mein Zuhause, und es tut gut zu wissen, dass man so einen Ort hat, an den man zurückkommen kann.«

»Du kannst ja richtig poetisch sein, wenn du willst«, stellte Lydia fest.

Will lächelte matt, ergriff ihre Hand und hielt sie den ganzen Weg den Hügel hinunter fest, obwohl es anscheinend keine Hindernisse gab, über die er sie führen müsste.

»Mir wurde klar, dass ich sie nicht liebe«, sagte er im Gehen. »Mein Herz raste nicht, wenn ich sie ansah. Die meiste Zeit dachte ich nicht mal an sie. Sie fehlte mir nicht, wenn ich nicht mit ihr zusammen war. Eigentlich kannte ich sie kaum. Ich hatte auch nicht den dringenden Wunsch, ihr das Traumhaus zu bauen, das sie sich wünschte, obgleich ich vermute, ihr hätten Türme gefallen. Schon gar nicht konnte ich mir vorstellen, für immer mit ihr zusammenzuleben. Ich fand, dass sie jemanden verdient hatte, der all das für sie empfand, deshalb machte ich Schluss. Es war bitter. Sie war sehr wütend, aber inzwischen ist es ein gutes Jahr her, und sie hat jemand anderen gefunden. Heute ist sie mir nicht mehr böse.«

»Wie seltsam. Ich meine nicht, dass du Schluss gemacht hast, sondern dass du so eine klare Vorstellung davon hast, wie Liebe sein oder sich anfühlen sollte. Ich habe mit Stephen Schluss gemacht, weil ich weiß, dass ich ihn nicht liebe. Trotzdem könnte ich nicht sagen, wie es sein muss, wenn man liebt.«

»Das darfst du mich nicht fragen.« Will schien plötzlich zu bemerken, dass er nach wie vor ihre Hand hielt, und ließ sie rasch los. »Romantische Angelegenheiten sind nicht meine Stärke. Ich habe kein Talent für aufwendiges Umwerben, und ich verstehe nichts von charmantem Geplauder. Wenn ich ehrlich bin, haben die meisten Frauen, mit denen ich ausging, mich eingefangen. Ich habe es einfach geschehen lassen. Aber der Instinkt, vielleicht sollte ich sagen, das Herz, weiß immer Bescheid, nicht? Man weiß, welche Gefühle jemand in einem weckt, man spürt es, selbst wenn es nicht sonderlich viel Sinn ergibt.« Will wirkte von seinem Gedankengang nicht minder verwundert als Lydia.

»Und bist du verliebt?«, fragte sie, als es erneut zu schneien begann.

Will fing eine Flocke ein und beobachtete, wie sie in seiner Hand schmolz. »Essen und trinken wir etwas im Pub, ehe wir zurückgehen«, sagte er, was eine reichlich frustrierende Antwort war. »Komm, ich mache dich mit den Leuten bekannt.«

Im *Royal Oak* war es hell, warm und voll. Lydia hatte tatsächlich den Eindruck, das ganze Dorf hätte sich in dem winzigen Pub versammelt, der vom Steinboden bis zu den uralten Deckenbalken mit Menschen und Weihnachtsdekoration gefüllt war.

Kinder jagten einander zwischen den Beinen der älteren Leute, die lachend und redend an den Tischen saßen. Familien aßen und rissen derbe Scherze. Mütter wiegten Babys auf ihren Armen oder balancierten sie auf ihrer Hüfte, während sie sich über schlaflose Nächte austauschten. Teenager verschleierten ihre Gesichter mit den Haaren, die Daumen verwachsen mit ihren Handytastaturen. Die rustikalen Eichenbalken im Pub waren mit Mistel- und Stechpalmenzweigen und Lichterketten dekoriert. Ein Feuer knisterte im großen Kamin. Keinem entging, dass Will mit einer Fremden gekommen war. Auch wenn nicht alle umgehend verstummten, spürte Lydia deutlich, dass sie beobachtet wurde.

»Na endlich«, begrüßte der Wirt Will. »Wir dachten schon, du bist ausgewandert. Wo hast du gesteckt?«

»Oben im *Pike*. Die Neuen brauchten ein bisschen Hilfe«, antwortete Will.

»Und wo hast du die junge Dame aufgegabelt?« Lydia winkte lächelnd. Leider fiel ihr erst jetzt wieder ein, dass sie die furchtbare rosa Pudelmütze trug.

»Sie ist eine Freundin von ihnen, Lydia. Sie ist aus London, aber ganz in Ordnung. Lydia, darf ich dir Ned vorstellen, den Wirt? Er hat sich schon mit Jim angefreundet.«

»O ja, Jim vom *Pike* ist ein feiner Kerl. Weiß sein Ale zu schätzen, der Mann«, bestätigte Ned. »Was soll's sein?«

»Eine Halbe«, sagte Will und sah Lydia an. »Und für dich?«

»Ähm, haben Sie eine Weinkarte?«, fragte Lydia und ertappte sich dabei, dass sie wie Celia Johnson in *Begegnungen* sprach, mit einem extrem überheblichen Südenglandakzent, und das wollte sie ganz und gar nicht. »Oh, nein, ich meine, ich nehme auch eine Halbe. Solange es Wein ist.«

Ned lachte und holte tatsächlich eine ledergebundene Weinkarte unter der Theke hervor, die ausgesprochen umfangreich war. »Ich empfehle Ihnen allerdings einen Becher vom Glühwein, den meine Kirstie macht. In jedem Becher ist ein doppelter Brandy, da wird Ihnen schön warm – vorausgesetzt Ihnen ist überhaupt kalt.«

Ned zwinkerte Will zu, der ausschließlich sein Bierglas ansah.

»Sie sind also oben im *Pike* zu Besuch, ja?« Lydia drehte sich zu der Frau um, die sie ansprach. Sie war etwas jünger als Lydia und hielt ein schlafendes Kleinkind im Arm. »Wie ist es denn da oben?«

»Richtig schön«, sagte Lydia. Ihr fiel ein, wie einsam Katy war. »Wenn Sie Lust und Zeit haben, gehen Sie doch im neuen Jahr hin. Meine Freundin hat zwei Kinder und würde sich sehr über Besuch freuen. Wenn Sie mir Ihren Namen verraten, sage ich Katy Bescheid, dass Sie gelegentlich vorbeikommen.«

»Alice, freut mich«, antwortete die junge Frau und senkte die Stimme. »Ich glaube, ich habe Ihre Freundin vor der Schule gesehen. Blonde Locken, ziemlich zurückhaltend, ein bisschen eingebildet?«

»Nein. Sie ist überhaupt nicht eingebildet, nur sehr schüchtern. Wenn Sie sie erst kennenlernen, werden Sie sie mögen.«

»Kann sein. Die Schulmütter treffen sich einmal die Woche vormittags zum Kaffee, jeden Dienstag, reihum bei einer von uns. Das nächste Treffen ist gleich nach Neujahr bei mir. Hier, nehmen Sie mir mein Päckchen ab, dann schreibe ich Ihnen die Adresse auf. Richten Sie Ihrer Freundin aus, sie soll ruhig kommen, damit wir sie kennenlernen.«

Lydias Knie knickten leicht ein, als sie das schlafende Kind in die Arme gedrückt bekam, weil es erstaunlich schwer war. Alice kritzelte ihre Adresse und Telefonnummer auf den Rand eines Bierdeckels.

»Wie lange geht das schon mit Ihnen und Will?«, fragte Alice, während sie Lydia den Bierdeckel gab und ihr das Kind wieder abnahm.

»Ich und …? O nein, da ist nichts. Wir haben uns gerade erst kennengelernt. Er hat mich bloß gefragt, ob ich Lust hätte mitzukommen.«

»Will hat Sie gefragt und mitgebracht?« Alice war eindeutig skeptisch. »Das reicht in dieser Gegend schon, damit die Leute Hochzeitsglocken läuten hören. Vor allem, wenn das bei Will passiert.«

»Ach, Unsinn. Er hatte bloß Mitleid mit ihr.«

»Zu verachten ist er aber nicht, oder?«, fragte Alice, die unverhohlen auf Wills Hintern starrte. Er beugte sich gerade über die Theke, um eine Kinderzeichnung anzusehen, die Ned ihm zeigte. »Alle haben schon versucht, sich ihn zu angeln, mich eingeschlossen.« Alice seufzte. »Mich hat er nie gefragt, ob ich mit ihm spazieren gehe.«

»Hallo, ich bin Cathy.« Lydia drehte sich um und entdeckte eine Frau im Alter ihrer Mutter. »Sie sind mit Will gekommen, wie lange geht das schon?«

Mit ihrem Glühweinbecher in der Hand wurde Lydia unversehens von einem Grüppchen zum nächsten getrieben. Die Leute stellten Fragen, hauptsächlich darüber, wie lange sie Will kannte. Sie gaben ihr allerdings auch das Gefühl, willkommen zu sein. Sie scherzten, tratschten über diejenigen, mit denen Lydia zuvor geredet hatte oder gleich reden würde. Ein recht betagter Herr fand eine Menge Vorwände, ihren Hintern zu tätscheln. Als sie sich neben eine charmante alte Frau namens Gracie setzte, die ihr von ihren Ausflügen zum *Lyon's Corner House* am Piccadilly Circus erzählen wollte, blickte Lydia hinüber zur Theke, wo Will sein Bier trank, sie beobachtete und den so typischen Anflug eines Lächelns zeigte.

»Entschuldigung«, bedeutete sie ihm stumm. Sie deutete seine grüblerische Miene als Zeichen von Unzufriedenheit. Doch er prostete ihr nur zu und redete weiter mit Ned.

»Das Beste bei der Marine waren die Soldaten, einer fescher als der andere«, erzählte die alte Dame. »Während der deutschen Luftangriffe habe ich so manchen geküsst, kann ich Ihnen sagen. Trotzdem war ich froh, als ich nach dem Krieg wieder zurückkam. So viele Busse hatte ich meiner Lebtag nicht gesehen, ne? Diese ungesunden Riesendinger.«

»Ach ja?«, sagte Lydia, die sah, dass Will sein Bier ausgetrunken hatte und zur Tür ging. Er würde doch nicht ohne sie verschwinden, oder? Würde er? Alle erzählten ihr, dass Will am liebsten für sich blieb und man ihn selten in weiblicher Begleitung sah. Ein ruhiger, zurückhaltender Mann. Die typischen Merkmale eines unglaublich süßen Typs oder eines Serienkillers, dachte Lydia. So oder so war es durchaus möglich, dass ihn die Aussicht auf eine weitere Unterhaltung mit ihr beim weiten Weg zurück zum Haus schreckte.

»Tut mir leid, aber ich muss gehen.« Hastig verabschiedete Lydia sich und drängelte sich durch die Menge. Unter dem Mistelzweig musste sie stehen bleiben und jenen älteren Herrn küssen, der nicht bloß eine besondere Vorliebe für ihr Hinterteil bewies, sondern überdies eine ziemlich kecke Zunge hatte.

Als sie die Pubtür öffnete, schlug ihr ein eisiger Wind entgegen, der ihr erhitztes Gesicht schockgefror. Sie blickte sich auf der Straße um. Keine Spur von Will. Zu ihrem Verdruss musste sie feststellen, dass sie wohl nicht so leicht allein zurückfand, wie sie ihm gegenüber behauptet hatte. Im Moment erinnerte sie sich nicht einmal genau daran, aus welcher Richtung sie gekommen waren, denn das Dorf war von lauter Hügeln umgeben, die alle exakt gleich aussahen.

Sie stapfte in die Straßenmitte. »Verfluchte Männer. Verfluchte, verfluchte Männer! Schleppen einen völlig grundlos her und verziehen sich einfach und ...«

»Und was?« Aus dem Nichts erschien Will hinter ihr. Er hievte sich einen gewaltigen Rucksack auf die Schultern.

»Ah, ich dachte, du bist weg«, sagte Lydia. »Aber nein, du schleichst dich von hinten an.«

»Ich habe nur den Kocher und ein paar andere Sachen geholt«, erklärte er mit einer vagen Bewegung zu einer Hausgruppe in der Nähe. »Ich kann ja schlecht täglich dieselben Klamotten anziehen, nicht?«

»Klamotten? Heißt das, du bleibst noch? Ich dachte, du willst zum Weihnachtsbrunch in den Pub?«

»Wollte ich auch. Aber ehrlich gesagt bin ich nicht scharf darauf, dich zum *Pike* zurückzubringen und den ganzen Weg gleich wieder zurückzulaufen. Also dachte ich mir, ich erspare mir den Rückmarsch heute Abend. Für mich ist es eh egal, und ich habe meinen Weihnachtsscheit dabei, also ...«

Lydia merkte, dass sie grinste. Als sie sich bei ihm einhakte und sich mit ihm auf den Weg zum *Heron's Pike* machte, konnte sie nicht umhin, sich zu fragen, ob es an dem Hügel lag, dass ihr Herz so raste.

Den Rückweg absolvierten sie weit schweigsamer als den Hinweg, doch diesmal machte es Lydia nichts aus. Die Wintersonne ging bereits unter, als sie die Biegung erreichten, hinter der *Heron's Pike* zu sehen war, und tauchte alles in ein kupfrig rosiges Licht. Die schneebedeckten Hecken glühten und glitzerten im Abendschein. Unwillkürlich blieben beide stehen und bewunderten die Landschaft.

Vor lauter Entzücken brauchte Lydia eine geschlagene Minute, ehe sie begriff, dass Will gar nicht die Aussicht bewunderte. Er sah sie an.

»Lydia.« Erschrocken sah sie zu ihm auf, denn es klang irgendwie seltsam, wie er ihren Namen sagte. Er stellte den Rucksack ab und betrachtete ihr Gesicht. »Lydia.«

Wie in Zeitlupe streckte er eine Hand aus und berührte ihr Gesicht. Seine Finger strichen über ihre Wange, glitten in ihr Haar und zogen sie behutsam näher, sodass sich ihre Lippen einander näherten. Atemlos stellte Lydia fest, dass sie zitterte, als er ihren Mund mit dem seinen streifte. Der hingehauchte Kuss entfachte jedoch eine Hitze in ihr, die jedem Waldbrand Konkurrenz gemacht hätte.

»Lydia«, sagte er wieder, drängender diesmal. Sein anderer Arm umfasste ihre Taille und drückte sie an sich, während seine Küsse leidenschaftlicher wurden, ihr Gesicht und das bisschen Hals bedeckten, das über dem Schal herausragte. »Du bist so ...« Will wich zurück. Sein rares Lächeln war umwerfend charmant. »... angezogen.«

Lydia musste kichern, und auch Will lachte.

»Das hat mich überrascht«, sagte sie.

»Wirklich? Ich dachte, du siehst mir auf eine Meile im Dunkeln an, dass ich dich mag.«

»Tja, dann möchte ich lieber nicht erleben, wie du bist, wenn du auf cool machst«, konstatierte Lydia, deren Gedanken sich in etwa demselben Tempo überschlugen, in dem ihr Herz wummerte.

»Hör zu«, begann Will, nach Worten suchend. »Es tut mir leid, dass ich dich einfach geküsst habe. Ich hatte das nicht geplant. Es war nur, dass du so wunderschön aussahst und ich es unbedingt wollte. Das ist gar nicht typisch für mich.«

»Ich weiß«, sagte Lydia lächelnd. »Die Leute im Pub haben mir alles über dich erzählt.«

Will schüttelte den Kopf. »Glaub mir, ich hatte nicht damit gerechnet, dass ich komme, um den Kessel zu reparieren, und dir begegne.« Das vorletzte Wort betonte er, als spielte er auf eine ganz bestimmte Person an.

»Mir?«

»Ja, dir. Der Frau, mit der ich reden kann, ohne groß nachdenken zu müssen, mit der ich reden möchte. Die Frau, deren Lächeln in mir den Wunsch weckt, sie zu küssen. Die nur mit einem Pulli bekleidet so unglaublich aussieht, dass es mich in eine ziemlich peinliche Situation bringt.«

»Oh.« Lydia riss die Augen weit auf. »Oh.«

»Ja, du. Verdammt, Lydia, ich tue solche Dinge normalerweise nicht. Mit Frauen reden, sie küssen, bevor ich sie nicht mindestens zehn Jahre kenne. Doch bei dir habe ich das Gefühl, dass ich dir gern ein Haus bauen würde.«

Lydia starrte ihn an. Wortlos stand sie da und nahm vage wahr, wie ihr Atem in der Luft gefror.

»Es ist zu früh«, sagte Will verlegen. »Ich hätte es wissen müssen. Immerhin hast du dich eben erst von Stephen getrennt. Ich hätte dich nicht küssen dürfen. Ich meine, nur weil ich ... heißt es ja nicht, dass du ... Mist, es tut mir leid. Weißt du was? Wir vergessen einfach, dass das passiert ist.«

Bevor Lydia sich rühren, geschweige denn etwas sagen konnte, schwang Will den Rucksack wieder auf den Rücken und marschierte auf die Einfahrt zum Haus zu.

Lydia stand wie angewurzelt da und versuchte zu begreifen, was genau passiert war.

14

Es war die Nacht vor dem Weihnachtsfest und alles still im Haus. Kein Mensch, kein Tierchen muckste sich, noch nicht mal eine Maus.« Lydia blieb vor der Wohnzimmertür stehen und lauschte, wie Jim seinen Kindern vorlas.

»Gibt es bei uns im Haus Mäuse?«, fragte Tilly hörbar ängstlich.

»Nein, Süße«, hörte Lydia Jim sagen. »Hier wird es auch nie welche geben, denn Vincent ist einer der ganz seltenen Mäusejägerhunde. Vor denen haben Mäuse viel zu viel Angst.«

»Ein Glück.«

»Aber Spinnen gibt's«, sagte Jake. »Unten an deinem Bett ist eine so groß wie mein Kopf.«

»Dad!«

Lydia öffnete die Tür und stellte fest, dass Jim mit den Kindern allein in dem gemütlichen Zimmer saß, Vincent an Jims Füßen. Über dem Kamin hingen zwei handgestrickte rot-weiße Strümpfe.

»Heute Nacht kommt der Weihnachtsmann«, rief Tilly und ballte vor lauter Aufregung die Hände zu Fäusten.

»Ich kriege eine Spielekonsole«, sagte Jake.

»Möglich, oder etwas Besseres.« Jim zwinkerte Lydia zu. »Wie war dein Spaziergang?«

»Gut. Hast du gesehen, wo Will hin ist?«

»Ich habe ihn zu den Frauen geschickt, die in der Küche beim Geschenkeverpacken sind. Katy hat sich mehr oder weniger geweigert, sich vom Aga wegzurühren, falls der wieder seinen Geist aufgibt. Ich schätze, sie schläft auch neben ihm. Stephen war die meiste Zeit in seinem Zimmer. Alex legt die Füße hoch und kommandiert David herum. Joanna und Jackson sind spazieren gegangen. Ich glaube, sie war ein bisschen beleidigt, weil der scharfe Will sie nicht um ein Date gebeten hat.«

»Mich hat er auch nicht um ein Date gebeten.« Lydia wurde rot, als sie sich an Wills Küsse erinnerte. Da war nichts von der Dramatik und Hollywoodreife, mit der Jackson küsste. Will küsste irgendwie echter. »Wir waren nur im Dorf, sonst nichts. Das war nett.«

»Tja, ich versuche, diese zwei ein bisschen runterzubringen, damit wir sie heute noch ins Bett bekommen und sie nicht die ganze Nacht wie die Flummis rumhüpfen.« Er blickte übertrieben von einem Kind zum anderen. »Der Weihnachtsmann kommt nämlich nicht, solang ihr wach seid.«

»Na, dann lass ich euch lieber allein.« Lydia hörte, wie Jim weiterlas, als sie den Flur entlangging.

»Am Ofen hingen die Strümpfe bereit, ein hübsch geringeltes Paar, für St Nicholas, der kam zur Schlafenszeit, mit Gaben wie jedes Jahr.«

»Wer ist denn St Nicholas? Den will ich nicht. Ich will den Weihnachtsmann!«

Katy, Alex und der Gaskocher waren allesamt in der Küche, aber kein Will.

»Ah, die Wanderin ist zurück«, sagte Katy. »Wie war dein Ausflug mit Will?«

»Was meinst du?«, fragte Lydia misstrauisch.

»Ich meine, wie war dein Ausflug mit Will?« Katy sah sie verwundert an. »Sind wir ein bisschen empfindlich?«

»Wir waren einfach nur im Dorf. Was soll das Theater?«

»Sag du's mir.« Katy grinste. »Ich weiß bloß, dass Will reinkam, den Kocher auf den Tisch kippte und zum Bootshaus gehen wollte, eine rauchen.«

»Zum Bootshaus?« Lydia wollte mit ihm reden, ihn so bald wie möglich wiedersehen. Wenn sie vor ihm stand, könnte sie vielleicht einen Bruchteil von dem kapieren, was sie fühlte.

Aber auf keinen Fall konnte sie einfach runter zum Bootshaus laufen und so tun, als ob nichts wäre. »Noch irgendwer einen Irish Coffee?«

»Lass sie«, sagte Alex, die gerade dabei war, ein Kringelband sehr rabiat mit der Schere zu bearbeiten. »Die Leiche ihrer Stephen-Beziehung sollte wenigstens kalt werden, bevor du versuchst, sie mit dem hiesigen Handwerker zu verkuppeln.«

»Ich meine doch bloß, dass es klasse wäre, wenn Lydia sich hier verliebt. Dann würde sie öfters zu Besuch kommen, und ich wäre nicht mehr so einsam.«

»Weißt du, was du machen solltest?«, sagte Lydia, die Kaffeepulver in eine Presskanne löffelte. »Das nächste Mal, wenn Jim in den Pub geht, begleiten du und die Kinder ihn. Ich habe heute ungefähr zwanzig Leute kennengelernt. Die wollten alles über dich wissen. Ich habe dir sogar eine Einladung zum Schulmüttertreff mitgebracht.« Sie gab Katy den Bierdeckel mit Alices Telefonnummer und Adresse und erzählte ihr von den wöchentlichen Treffen. Alices wenig schmeichelhaften ersten Eindruck von Katy ließ sie aus. »Die Leute scheinen richtig nett zu sein, aber du musst rausgehen, Katy, dich ein bisschen bemühen. Ich wette, dass du in null Komma nichts tonnenweise neue Freundinnen findest.«

»Kann sein«, antwortete Katy wenig überzeugt, heftete den Bierdeckel aber mit einem der zahllosen Motiv-Magneten an ihren Kühlschrank. »Ich habe nur Angst, dass die sich alle zusammenrotten und mich auf dem Scheiterhaufen verbrennen.«

»Das machen sie nur mit Jungfrauen«, sagte Alex, verzog aber sogleich das Gesicht vor Schmerz.

»Schon wieder Senkwehen?«, fragte Katy. Alex nickte. »Die kommen mir ziemlich stark vor, Alex. Soll ich nicht lieber den ärztlichen Notdienst anrufen?«

»Und was sollen die machen? Das Baby telefonisch entbinden?« Alex' Gesichtszüge entspannten sich, als die Schmerzen nachließen. »Bis zum Stichtag sind es noch Wochen. Und in meinem Buch steht, dass Senkwehen ganz schön heftig sein können. Außerdem fühlt es sich nicht wie richtige Wehen an. Ich meine, das würde ich doch merken, oder nicht? Wenn es so weit wäre? Dann würde ich schreien, und überall wäre Fruchtwasser.«

»Ich weiß nicht. Mich haben sie mit Jake viermal nach Hause geschickt«, sagte Katy. »Am Ende musste ich sie anbetteln, mich dazubehalten.«

»Guck, alles wieder bestens.« Alex stand auf, breitete die Arme aus und wackelte mit den Fingern, um ihre Behauptung zu unterstreichen. »Also, packen wir weiter ein.«

»Okay, und denk dran, der Stapel in Kartoffeldruckpapier, der in gekauftes«, erklärte Katy gewiss nicht zum ersten Mal. »Ich schwöre, dass ich dieses Jahr allein für das Verpackungsmaterial das Doppelte ausgegeben habe, weil sie auf einmal so papierbesessen sind. Sie sollen nicht denken, dass der Weihnachtsmann ihnen Traumgeschenke bringt und Mummy und Daddy gar nichts für sie haben.«

»Zu meiner Zeit haben wir eine Orange und ein Brikett bekommen und waren dankbar«, sagte Alex so bierernst, dass alle drei vor Lachen prusteten.

»Da seid ihr.« Joanna erschien in der Tür, gewandet in einen edlen dunkelgrauen Mohairpullover, über den sich ihre fantastischen kupferroten Locken ergossen.

»Was meinst du mit ›da seid ihr‹? Wir sind schon den ganzen Tag in der Küche, schnippeln Gemüse und wickeln winzige Würstchen in Speckstreifen. Du und Lyds, ihr seid ausgeschwärmt und habt euch in der Gegend herumgetrieben«, sagte Alex einen Tick vorwurfsvoll. »Und das nur, weil ich die Einzige bin, die nicht schnell genug laufen kann, um unserer Innenausstattungsfetischistin zu entkommen.«

»Ah ja.« Joanna neigte den Kopf zur Seite und musterte Lydia von oben bis unten. »Wie war dein Spaziergang? Belebend?«

»Oh, Mann«, stöhnte Lydia. »Es war nur ein Spaziergang.«

»Bist du sicher?«, neckte Joanna sie. »Ich glaube, dass er ein Auge auf dich geworfen hat. Jetzt bist du ja Single, also warum nicht?«

»Weil ihr Ex-Freund sich immer noch im Haus befindet und sie, entgegen allgemeiner Auffassung, keine Schlampe ist.« Alex seufzte sehr gedehnt und packte ein weiteres Geschenk auf den Stapel. »Oh, warte, war das das richtige Papier?«

»Ich sage ja nicht, dass du es ihm unter die Nase reiben sollst. Doch falls er interessiert ist, würde ich an deiner Stelle kein Gras über die Sache wachsen lassen.« Joanna grinste. »Nimm Jack und mich. Seit wir zusammen sind, sorge ich dafür, dass er beschäftigt ist, sehr beschäftigt. So hat er nicht eine Sekunde Zeit, sich irgendwelche Gedanken zu machen.« Alex und Lydia sahen sich kurz an.

»Du Glückliche«, sagte Katy. »Heute Morgen hatten wir das erste Mal seit Wochen Sex. Wenn Jim nicht schon auf dem Sofa einschläft, ist er weg, sobald er im Bett liegt. Nicht dass mir der Sex so sehr fehlt. Es ist eher das Küssen. Eigentlich geht nichts über einen guten Kuss.«

»Offenbar liegt was in der Luft«, sagte Joanna, die Lydia beäugte. »Ist das eine Stoppelrötung an deinem Kinn, Lydia? Du siehst mir verdächtig nach einer Frau aus, die von einem unrasierten Nordmann geküsst wurde.«

»Was? Wo?« Lydia lief zum Edelstahlbrotkasten, um ihr Spiegelbild zu inspizieren. »Da ist nichts.«

Joanna und Katy kicherten wie Teenager, was sich zu einem röhrenden Gelächter auswuchs, als Will ausgerechnet in diesem Moment vom Bootshaus zurückkam. Für eine Sekunde stand er in der Tür, sah erst Lydia an, dann die hysterischen Frauen und den Gaskocher. Sofort verschwand er wieder.

»Der arme Mann«, sagte Alex. »Geh und hol ihn, los, bevor er erfriert. Und ihr zwei, hört auf zu lachen. Ist das zu glauben? Es ist Weihnachten!«

Lydia fand Will an die Mauer gelehnt und zum herrlichen Sternenhimmel aufblickend. Sämtliche Geheimnisse des Universums schwebten zum Greifen nahe über ihnen. So nahe, dass man mit einem Schritt nach oben glaubte, zwischen den Sternen wandeln zu können.

»Tut mir leid«, sagte Lydia, die sich ihm vorsichtig näherte. »Ich habe blöd reagiert, als wir ... Es ist nicht so, dass ich nicht reagieren wollte. Ich konnte nur nicht. Ich war so überrascht. Ich dachte, du hältst mich für ein bisschen bescheuert.«

»Das tue ich auch«, sagte Will, ohne sie anzusehen. »Das Komische ist, dass es mir gefällt.«

»Der Kuss war ... ich meine, wow! Ich hätte nicht gedacht, dass man in Fleece derart angeheizt werden kann.« Sie beobachtete Wills Profil, wartete auf jene Andeutung seines flüchtigen Lächelns. »Es ist nur, dass jeder im Pub sagte, du würdest nie den ersten Schritt machen.«

»Mache ich nicht«, gestand Will. »Mir war noch nie danach. Das verwirrt mich so.«

Lydia gab sich einen Moment Zeit, diese Information zu verdauen. »Die Sache ist die, Will, dass ich dich gern wieder küssen würde. Sehr gern sogar. Aber ich habe eben erst mit Stephen Schluss gemacht, und wir alle werden gleich bei Bohnen auf Toast an einem Tisch sitzen und ... na ja, es sind noch ein paar andere Dinge passiert, die mich zu dem Schluss verleiten, dass man nicht immer so fühlt, wie man denkt, dass man fühlt. Dass man manchmal zu sehr in eine Geschichte verstrickt ist, die einen später bitter enttäuscht. Ich glaube, ich will dir damit sagen, dass ich dich nicht wieder küssen kann, ehe ich nicht dieses ganze Durcheinander sortiert habe. Aber sobald ich es hinter mir habe, würde ich dich gern so oft küssen, wie du magst. Die dreihundert Meilen zwischen unseren Wohnorten könnten allerdings ein Hindernis sein.«

Will nickte und sah sie an. »Gut.«

»Gut?« Lydia war verwirrt.

»Gut. Ich bin froh, dass du keine Frau bist, die von einem Mann zum nächsten hüpft. Und ich bin froh, dass du Rücksicht auf Stephens Gefühle nimmst und darauf, wie übel es sich für ihn anfühlen muss, dich zu verlieren. Was immer das Durcheinander ist, in dem du steckst: Mir ist es lieber, wenn du das erst einmal klärst, bevor du mich wieder küsst.« Er streckte eine Hand aus und berührte ihre Fingerspitzen, während er sie ansah. »Hauptsache, du küsst mich irgendwann.«

»Oh«, hauchte Lydia. »Hör auf. Du machst es einem schrecklich schwer, dich nicht sofort zu küssen.«

»Und das dürfen wir nicht, nicht wahr?« Will lächelte. »Gehen wir rein und werfen den Campingkocher an.«

Natürlich, dachte Lydia, während sie besonders viel Mühe auf das Umkleiden fürs Abendessen verwandte, verliebt man sich nicht in einen Mann, den man so gut wie nicht kannte, nachdem man sich gerade erst von seinem Fast-Verlobten getrennt und mit dem Freund seiner besten Freundin geknutscht hat.

Dennoch schien zwischen Will und ihr etwas zu sein, das sie weder bei Stephen empfunden hatte noch bei Jackson.

Jene zaghaften Küsse im Schnee hatten ihr eines glasklar gemacht: Wenn ein Mann binnen Sekunden solche Gefühle in ihr wecken konnte, dann war das, was sie für Jackson zu empfinden glaubte, einfach nicht echt. Jackson war ihre Filmromanze gewesen, perfekt für ein paar Einstellungen und mit dem Abspann vorbei. Selbst wenn stimmte, was er ihr letzte Nacht gesagt hatte, war das womöglich schon ein Teil, der nicht mehr zum Film gehörte. Nur weil eine Laune des Schicksals sie wieder zusammengeführt hatte, waren sie nicht füreinander bestimmt. Da Lydia das endlich erkannt hatte, würde sie dafür sorgen, dass Jackson es ebenfalls begriff. Vor allem aber durfte Joanna niemals erfahren, was letzte Nacht auf dem Sofa vorgefallen war.

Lydia trat einen Schritt zurück und begutachtete sich im Spiegel. Ein scharlachrotes Samtkleid war eventuell ein bisschen übertrieben für ein Abendessen aus gebackenen Bohnen auf Toast. Andererseits hatte sie keine Ahnung, wie lang Will noch bleiben würde, und da wollte sie lieber gleich mit ihrem Hingucker auftrumpfen. Sorgfältig justierte sie die Träger, sodass sie weit außen saßen und das Dekolleté optimal betonten. Dieser Ausschnitt brachte ihre Oberweite sehr schön zur Geltung. Dann strich sie über ihre Taille und die Hüften. Zum ersten Mal seit Langem war sie richtig froh, dass sie sich ihre Kurven nicht heruntergehungert hatte, was sie seit Monaten plante. Für einen Moment versuchte sie, sich so zu sehen, wie Will sie hoffentlich sah. Dunkles Haar, dunkle Augen, cremeweiße Haut – sie fühlte sich schön. Schließlich schlüpfte sie in ihre schwarzen Lieblingspumps, holte einmal tief Luft und wappnete sich gegen die Scherze ihrer Freundinnen. Die würden sich selbstverständlich darüber lustig machen, dass Lydia sich auftakelte, um einen Mann zu beeindrucken. Und sie hatten ja recht.

Als sie oben an der Treppe ankam, standen alle anderen unten um den Baum herum, tranken Glühwein und sangen eher verhalten Weihnachtslieder, angeführt von Tilly und Jake. Die beiden Kinder blickten mit leuchtenden Augen zum Baum auf, als könnte der Weihnachtsmann jederzeit dahinter hervorkommen. Lydia sah, wie Katy den Kopf an Jims Schulter lehnte und David die Arme um Alex und den gewaltigen Babybauch legte, um beide festzuhalten. Dann sah sie, dass Joanna etwas in Jacksons Ohr flüsterte und kicherte. Stephen, an dessen Bein Vincent lehnte, hatte eine Hand auf dem Hundekopf. Die zwei schienen im Leid vereint. Und schließlich war da Will. Er blickte zu ihr herauf, und jenes scheue Lächeln, das Lydia so mochte und in jedem Moment vermisste, in dem sie nicht bei ihm war, erstrahlte auf seinem Gesicht.

O ja, sie fühlte sich wunderschön.

Bei allem fehlenden Pomp verlief das Abendessen angenehm. Stephen war ganz in seinem Element, würfelte Zwiebeln und Tomaten in die Bohnen und scherzte über seine frühere Karriere als Pfadfinder, während Will und Jim draußen Würstchen und Toast über dem Feuer rösteten und ins Esszimmer brachten.

»Wisst ihr was«, sagte Katy, als ihr Ehemann ihr einen Teller mit Bohnen auf Toast servierte. »Ich glaube, das ist das schönste Essen, das ich je hatte.«

Lydia ließ den Abend dahinplätschern und war entspannt wie seit Monaten nicht mehr. Stephen ertrug die Situation stoisch, wenn auch mithilfe einigen Alkohols. Lydia stellte verwundert fest, dass der Mann, mit dem sie vor wenigen Tagen hierhergekommen war, bereits zu einem Fremden wurde. Er saß am anderen Tischende, lachte mit Jim und David oder machte Scherze mit Jake. Dennoch kam es Lydia so vor, als sollte es so sein. Stephen und sie waren bestimmt, gute Bekannte zu sein, kein Liebespaar.

Joanna war offensichtlich leicht pikiert wegen Lydias Entscheidung, ihr bestes Kleid heute Abend zu tragen, und hatte sich zwischen den Weihnachtsliedern und den Bohnen rasch nach oben geschlichen, um sich in ein umwerfendes Silberkleid mit weißem Futter zu werfen.

»Ich wette, das Kleid war teurer als meine Hochzeit«, sagte Alex, als Joanna zurückkam und einen Moment im Türrahmen stehen blieb, sodass alle sie gebührend bewundern konnten.

»Ein glanzvolles Ende braucht einen glanzvollen Beginn, das ist mein Motto.« Joanna zwinkerte Jackson zu, dessen Lächeln ein wenig reserviert wirkte. Das entging auch Joanna nicht. »Gefällt es dir?«, fragte sie kokett.

»Du siehst entzückend aus. Wie ein Weihnachtsengel«, antwortete er.

»Eher wie die Elfe oben auf dem Baum«, grummelte Alex, die sich ihre Seite hielt. »Was? Ihr seht alle aus wie Models, und ich trage ein Zelt. Zugegeben, ein Zelt mit Pailletten, aber ich fühle mich wie in der Hölle.«

Die Kinder wurden später als sonst ins Bett geschickt, in der Hoffnung, sie würden aus purer Erschöpfung freiwillig einschlafen. Sie waren nicht lange fort, als der Wein ausging.

»Es scheint ein eklatanter Mangel an Alkohol zu herrschen«, sagte Jim mit Blick auf sein leeres Glas, als wäre dessen Inhalt auf mysteriöse Weise verschwunden. »Und ich habe definitiv noch nicht genug getrunken. Schließlich ist es Familientradition, dass ich am Weihnachtstag einen scheußlichen Kater habe, den die Kinder noch hundertmal schlimmer machen, wenn sie im Morgengrauen auf mir herumspringen. Also brauche ich mehr Stoff, sofort.«

»Tja, es mag an unserer Heizung und den Kochvorrichtungen hapern, aber Wein haben wir im Überfluss«, sagte Katy. »Ich gehe runter und hole welchen.«

»Lass mich das machen«, bot Jackson ihr an und winkte ab, als Katy widersprechen wollte. »Nein, ich habe mich die ganzen Tage nicht ein einziges Mal nützlich gemacht, da kann ich wenigstens eine Flasche Wein holen.«

»Oder fünf«, ergänzte Jim.

Beim Hinausgehen bedeutete er Lydia mit einem Blick, dass sie einen Vorwand finden sollte, ihm zu folgen. Vielleicht lag es an dem Wein, den sie bereits getrunken hatte, oder an dem berauschenden Hochgefühl, weil Will ihr direkt gegenübersaß. Jedenfalls hielt sie dies für die ideale Gelegenheit, die Sache mit Jackson ein für alle Mal zu klären und das komplizierte Durcheinander zu beenden.

»Ich gehe mir kurz die Nase pudern«, sagte sie, kaum dass Jackson wenige Minuten fort war. »Bin gleich wieder zurück.«

»Bist du sicher?«, flüsterte Alex und fing Lydias Hand ein, als sie hinter ihr vorbeiging.

»Was bist du, die Pinkelpolizei?« Lydia verdrehte die Augen und ging. Sie bemerkte nicht, dass sich Joannas Augen geradezu in ihren Rücken brannten.

Jackson wartete unten an der Kellertreppe, wo er an der Wand lehnte, die Hände in den Hosentaschen.

»Wieso hat das so lange gedauert?« Er lächelte, als sie die schiefen Stufen hinunterstieg, und streckte ihr eine Hand entgegen. »Gott, mir kommt es vor, als wäre die letzte Nacht eine Ewigkeit her. Den ganzen Tag musste ich an dich denken, und du warst fort.« Jackson küsste ihre Hand. »Joanna hat mich gezwungen, mit ihr den verfluchten Hügel hinaufzusteigen. Ich war rasend eifersüchtig, weil du mit diesem Will unterwegs warst. Hör zu, ich weiß, dass es kompliziert ist, aber ich habe nachgedacht. Wir sollten es ihr einfach sagen ...«

»Jackson«, fiel Lydia ihm ins Wort. »Jackson, nein, ich wollte nur mit dir reden, sonst nichts. Dich hier zu treffen, hat mich eiskalt erwischt. Ich war durcheinander und wusste nicht, was in mir vorging. Unsere gemeinsame Zeit hat mir so viel bedeutet, und als du auf einmal weg warst, habe ich gelitten. Ich war sicher, dass du für immer aus meinem Leben verschwunden warst, dass ich keine Wahl hatte. Das musste ich irgendwie überwinden. Und dann tauchst du plötzlich wieder auf, und alles ist wie ein Traum – ein schöner, verwirrender, beängstigender Traum.«

»Ich weiß, ja, es ist ein Traum.« Jackson kam einen Schritt näher und zog Lydia zu sich. »Ein Traum, der wahr geworden ist.«

»Nein, es ist nicht echt. Das mit dir und mir ist nicht echt. Wir hatten eine fantastische Romanze, und es war herrlich. Aber die Geschichte ist vorbei, lang schon, und ich möchte, dass das so bleibt.«

»Das ist nicht dein Ernst«, raunte Jackson ihr ins Ohr. »Du kommst doch nicht so angezogen zum Abendessen, wenn du mich nicht genauso willst wie ich dich.«

»Nein, ich meine, doch! Dieses Kleid habe ich nicht für dich angezogen, sondern für mich. Ich möchte, dass du mit Joanna zusammenbleibst und sie glücklich machst. Und ich wünsche mir, dass wir alle Freunde sein können.« Lächelnd machte sie einen Schritt auf die Treppe zu, aber Jackson stellte sich ihr in den Weg.

»Lydia, hör auf, dir und mir etwas vorzumachen. Du weißt, dass du mich küssen willst.«

»Nein, ich ...« Jacksons Mund landete exakt in dem Moment auf ihrem, in dem Joanna die Treppe hinunterkam.

»Was zum Teufel ist hier los?«, rief Joanna. Wütend stieß Lydia Jackson weg, an dem schon Joanna zerrte.

»Joanna, ich kann das erklären«, begann Lydia.

»Wieso?« Joannas Augen schwammen. »Warum tust du mir das an?« Jackson berührte Joannas Schulter, doch sie fuhr herum und ohrfeigte ihn mit solcher Wucht, dass sein Kopf nach hinten schnellte. »Ich wusste es«, schluchzte sie. »Ich wusste es!«

»Was wusstest du?«, fragte Lydia. »Joanna, es gibt nichts zu wissen.« Lydia war schlagartig nüchtern und ratlos, als Joanna die Treppe wieder hinaufstolperte. »Warte«, rief sie, eilte hinterher und knickte prompt auf der obersten Stufe um, sodass sie der Länge nach hinschlug, als Joanna bereits ins Esszimmer stürmte. »Joanna.«

Es war zu spät. Sekunden später, als Lydia ins Zimmer kam, lag Joanna schluchzend in Alex' Armen und erzählte den anderen alles. Lydia blickte sich in dem beklemmend stillen Raum um.

Unfähig, sie auch nur anzusehen, drängte sich Stephen an ihr vorbei und blieb nur einen kurzen Moment stehen. »Also war alles, was du gesagt hast, nur heiße Luft, reine Erfindung, um über das hinwegzutäuschen, was wirklich vor sich geht?«

»Nein, Stephen, nein, ich wollte das nicht.«

Zu ihrem Entsetzen stand Will langsam auf und ging ebenfalls an ihr vorbei. Kein Wort, kein Blick. Hinter ihr an der Tür blieb er stehen und sagte zu Katy. »Tja, vielen Dank für alles, aber ich hole meine Sachen und gehe nach Hause. Ruf mich Anfang nächsten Jahres an. Bis dahin habe ich den Kostenvoranschlag fertig, den ihr wollt.«

»Will, bitte ...« Doch er war schon fort.

Lydia schloss die Augen. Will hatte gedacht, dass sie etwas Besonderes wäre, dass sie etwas Magisches verband, und eine Weile hatte sie das sogar selbst geglaubt. Nun hatten er und alle anderen das denkbar schlimmste Bild von ihr. Es war egal, dass sie versucht hatte, einen endgültigen Schlussstrich unter die Geschichte mit Jackson zu ziehen. Dass sie überhaupt an ihn gedacht hatte, war das Einzige, was zählte. Trotz Stephen, trotz Joanna hatte sie daran gedacht, also verdiente sie wohl, was nun kam.

»Wir sind nebenan«, sagte Jim und floh mit David. »Sollen die Frauen das unter sich klären.«

Lydia atmete tief ein und sah ihre Freundinnen an, die vereint gegen sie standen.

»Joanna«, sagte Lydia. »Es tut mir entsetzlich leid.«

»Ausgerechnet du?« Schluchzend blickte Joanna zu ihr auf, ihr Gesicht tränenüberströmt. »Ich dachte, dass ich dir vertrauen kann. Ich dachte, du würdest erkennen, wie viel er mir bedeutet, wie sehr ich ihn mag. Dass du ihn mir lässt.«

»Ihn dir lassen? Das ist doch verrückt. Als könnte ich dir jemanden wegnehmen.« Joanna vergrub abermals ihr Gesicht an Alex' Schulter.

»Ich glaub das alles nicht«, sagte Katy. »Ich fasse nicht, was du getan hast, Lydia. Du kennst den Mann kaum. Ich meine, ich weiß, dass es zwischen dir und Stephen nicht gut lief, aber sich deshalb Joannas Freund an den Hals zu werfen? In meinem Haus? Das passt überhaupt nicht zu dir. Was ist mit dir los?«

»Erzähl's ihnen«, forderte Alex sie ruhig auf. »Ich habe dir gleich gesagt, dass du es ihnen erzählen musst, weil sie es sowieso rauskriegen. Also sag es ihnen.«

»Was?«, fragte Katy entgeistert. »Was ist denn los?«

»Sie kannte Jack schon«, schniefte Joanna, die sich aus der Umarmung ihrer Freundinnen löste. Lydia starrte sie an. »Er war der mysteriöse Mann, mit dem sie diese Sommeraffäre hatte.«

»Du hast es gewusst?« Alex wirkte schockiert.

»Ich weiß es längst«, sagte Joanna eisig.

»Seit wann weißt du es?«, fragte Lydia.

»Seit ich mir sein Handy angesehen habe, kurz nachdem wir uns kennengelernt hatten. Ich fand ein Foto«, sagte Joanna. »Von dir. Nach so langer Zeit besaß er noch ein Foto von dir.«

»Und du hast nie daran gedacht, etwas zu sagen? Mich zu warnen, dass ich Weihnachten mit ihm verbringen würde?« Lydia konnte es nicht glauben.

»Ich mag ihn wirklich. Ja, ich denke, dass ich ihn liebe«, sagte Joanna elend und sank auf ihren Stuhl. »Du hast nie mit mir darüber gesprochen, was zwischen euch war. Immer gehst du nur zu Alex. Aber ich wusste, dass du am Boden warst, als es vorbei war. Und dann schleppt er dein Foto mit sich herum! Ich wollte ihn nicht verlieren. Ich dachte, wenn ich allen sage, wie viel er mir bedeutet, dass er der Erste ist, mit dem ich mir eine Zukunft vorstellen kann, lässt du ihn in Ruhe oder verhinderst, dass er etwas versucht. Immerhin bist du meine Freundin.«

»Jojo, ich wäre sicher geschockt gewesen und wahrscheinlich auch betroffen, hättest du mir erzählt, was du für ihn empfindest. Vielleicht hätte ich dich sogar gewarnt, dass er dich genauso sitzen lassen könnte wie mich. Aber ich würde nie, niemals versuchen, ihn dir auszuspannen«, sagte Lydia.

Joanna schüttelte nur den Kopf. »Entschuldige, aber warst du das nicht gerade, die meinen Freund abgeküsst hat? Wie genau definierst du *ausspannen?*«

Lydia fiel nichts ein, womit sie ihr Handeln rechtfertigen könnte. Sie hatte sich von Jackson küssen lassen, mehr als einmal. Diesen Vorwurf musste sie akzeptieren, auch wenn sie verwirrt gewesen war und es nicht gewollt hatte.

»Außerdem wollte ich sehen, wie er reagiert, wenn er dich wiedersieht«, fuhr Joanna fort. »Als er vorgab, dich nicht zu kennen, dachte ich mir, dass alles gut gehen würde. Ich dachte, er wollte mich schützen, weil er mich liebt. Aber da habe ich mich gründlich geirrt. Nichts ist mehr wie vorher, seit wir hier sind. Je mehr ich mich um seine Aufmerksamkeit bemühe, umso abweisender wird er. Er will nicht mich, sondern dich, und du willst ihn.«

»Nein, das ist nicht wahr. Jackson ist der letzte Mann, den ich will. Du musst mir zuhören, Jo…«

Weiter kam sie nicht, denn ein lautes Plätschern von Flüssigkeit auf den Teppich brachte sie jäh zum Verstummen. Mit großen Augen guckte Alex unter sich, dann fasste sie sich seitlich an den Bauch, krümmte sich und gab ein gedehntes Knurren von sich.

»Alex«, sagte Katy und starrte auf den Teppich. »Ich glaube, du hast Wehen.«

»Was du nicht sagst«, ächzte Alex, bevor sie einen Schrei ausstieß.

15.

Gut, gut«, sagte David. »Also, was wir brauchen ist ... wir brauchen ...«

»Hör auf zu reden und ruf einen verdammten Krankenwagen«, befahl Alex, die sich an Katy und Joanna klammerte. »Ich brauche einen Drink. Gibt es irgendeinen Grund, der mir einen Drink verbietet?«

Jim kam mit dem Telefon in der Hand ins Wohnzimmer. »Ich habe beim Notruf angerufen, aber mit dem Wagen kommen sie hier nicht durch, und bei dem Wind können sie keinen Hubschrauber schicken. Sie sind aber auf Standby und kommen, sobald das Wetter aufklart.«

»Das ist deine Schuld.« Alex sah Lydia wütend an. »Das ist alles deine Schuld! Dieses Baby sollte erst in fünf Wochen kommen. Aber nein, du musstest ja losziehen und es mit allem treiben, was einen Puls hat.«

»Wartet bitte«, sagte Jim, der ziemlich überfordert wirkte. »Ich habe eine sehr nette Frau am Apparat, Maxine. Sie sagt, wir sollen dich ins Bett legen und dafür sorgen, dass du es bequem hast.« Alex stöhnte wieder. »Maxine fragt, in welchem Abstand die Wehen kommen.«

»Zu schnell«, schrie Alex und griff nach David. »Ich hab Angst, David. Das Baby ist noch nicht so weit. Es ist zu früh, und wir stecken mitten in der Pampa fest.«

»Alles wird gut.« David umfing ihr Gesicht mit beiden Händen und sah sie an. »Vertrau mir, okay? Gut, Katy, hilf mir, sie ins Bett zu bekommen. Joanna, Lydia, ich brauche frische Laken, saubere Handtücher, abgekochtes Wasser und ... etwas Schnur.«

»Schnur?«, jaulte Alex.

»Maxine sagt, du brauchst keine Schnur«, sagte Jim und wedelte mit dem Telefon. David nahm es ihm ab, lauschte einen Moment und nickte.

»Okay, Maxine sagt, dass das Baby in der fünfunddreißigsten Woche fit genug sein sollte«, erzählte er Alex. »Es besteht kein Grund zu der Sorge, dass es nicht gesund ist.«

»Sieht man mal davon ab, dass es in einer Bruchbude zur Welt kommt und einen Hund als Hebamme hat«, schluchzte Alex, denn in diesem Augenblick kam Vincent herbei und warf ihr sein Kauspielzeug vor die Füße. Das Tier dachte womöglich, so ließe sich ihr Heulen abstellen.

»Bruchbude?« Katy guckte Lydia an. »Eine Frechheit!«

Will erschien in der Tür und ließ seinen Rucksack fallen, sowie er Alex sah.

»Was ist los?«

»Wonach sieht es denn aus?«, fuhr Alex ihn an. »Wieso wohnt ihr mitten in der Einöde? Warum holt mich kein Krankenwagen? Ich will ein Krankenhaus, wo es Schmerzmittel gibt und ... Schmerzmittel. Und ich will meine Mum!«

Alex lehnte sich weinend auf David, der Katy das Telefon übergab, damit er seine Frau halten konnte.

»Das ist keine Bruchbude«, sagte Katy zu Maxine, bevor sie sich die weiteren Instruktionen anhörte. »Maxine sagt, sie soll es bequem haben.«

»Dann besorgt mir Drogen«, bettelte Alex.

»Okay, ich kenne die örtliche Ärztin«, sagte Will. »Sie ist wahrscheinlich im Pub, aber sie ist ein guter Mann. Frau. Ihr wisst schon, was ich meine. Ich gehe und hole sie. Vielleicht kann ich einen der Bauern überreden, sie mit dem Trecker herzufahren.«

»Ich komme mit«, bot Jim sofort an, der eindeutig gern weit weg sein wollte. Dann entdeckte er Stephen im Flur. »Und du auch, Steve. Keine Bange, Alex, alles wird gut. Wenn der kleine Schreihals erst geboren ist, kannst du ihn nach den Burschen benennen, die für dich durchs Schneegestöber marschiert sind.«

»Hau ab!«, brüllte Alex, als eine neue Schmerzwelle kam.

Für eine Sekunde begegneten sich Lydias und Wills Blicke. Er zögerte kurz, nahm seinen Rucksack und eilte Jim nach.

Keiner wusste oder interessierte sich dafür, wo Jackson war. Lydia und Joanna folgten Katy und David, die Alex hinauf- und ins Bett helfen wollten. Alex schaffte jeweils nur wenige Stufen, bis sie eine Pause brauchte.

»Ich kann das nicht«, weinte sie und hängte sich an David, als sie zum fünften Mal anhalten musste. »Es tut mir leid, aber ich hab's mir anders überlegt. Können wir das bitte absagen?«

»Schon okay«, sagte David. Er blickte sich um, während er Maxine zuhörte. Seine Augen verharrten auf der Chaiselongue. »Wir müssen dich hinlegen. Dieses Sofadings wird es tun. Lydia, hol saubere Laken und Handtücher, mit denen wir das Teil abdecken, und welche für das Baby.«

»Oh, meine Chaiselongue«, murmelte Katy, als sie sich neben Alex kniete und ihr das feuchte Haar aus der Stirn strich. »Da werde ich mehr als Polsterreiniger brauchen. Lydia, im Wäscheschrank ist ein wasserdichter Matratzenschoner. Den hatte ich in der ersten Zeit nach dem Umzug für Tilly. Bring ihn mit, wir legen ihn unter die Laken.«

Lydia lief nach oben zum Wäscheschrank im ersten Stock. Im oberen Flur begegnete sie Jackson mit einer gepackten Tasche in der einen Hand.

»Wo willst du hin? Du kannst jetzt nicht weg.«

»Warum nicht?«, fragte Jackson.

»Warum nicht? Weil Alex in den Wehen liegt und der Schnee draußen drei Meter hoch ist. Mit deinem Wagen kommst du keine halbe Meile weit. Und außerdem musst du mit Joanna reden, ihr erklären, was passiert ist. Sag ihr, dass das, was sie gesehen hat, nicht das war, was sie denkt, und dass zwischen uns nichts ist.«

»Bei Alex haben die Wehen eingesetzt?« Jackson stellte seine Tasche ab. »Wann?«

»Weiß ich nicht.« Lydia ging an ihm vorbei auf den Schrank zu. »Ich glaube, sie hatte schon den ganzen Tag welche. Jetzt kommen sie richtig schnell, und ihre Fruchtblase ist geplatzt. Es dauert wahrscheinlich nicht mehr lange. Ich muss Laken holen.«

»Was kann ich tun?«

»Hier, halt das.« Lydia fing an, ihm Laken und Handtücher auf die Arme zu stapeln. Sicherheitshalber wollte sie so viele holen, wie sie konnte.

»Ich wollte runter ins Dorf gehen und gucken, ob ich eine Übernachtungsmöglichkeit finde«, erzählte Jackson. »Ich glaube nicht, dass mich noch irgendwer hier haben will.«

Lydia sah ihn kurz an, während sie ihm mehr Laken gab.

»Du kannst nicht einfach in die Nacht entschwinden, nicht schon wieder. Es war damals nicht fair mir gegenüber und ist jetzt nicht fair gegenüber Joanna. Übrigens wusste sie von dir und mir. Sie dachte sich, wenn sie uns so zusammenbringt, ohne dass einer von uns etwas ahnt, könnte nichts passieren. Sie mag dich wirklich sehr, liebt dich vielleicht sogar. Und sie ist meine beste Freundin. Deshalb lasse ich nicht zu, dass du gehst, bevor du mit ihr geredet hast. Dieses eine Mal musst du dich stellen, statt wegzulaufen. Sei ein Mann. Wenn es sein muss, sperre ich dich in den Wäscheschrank.«

Jackson lachte. »Ich nehme an, du wärst nicht mit mir zusammen da drin, oder?«

»Jackson, bitte, gib es endlich auf, ja?«

Jackson sah verletzt aus. Lydia bedauerte, dass sie so schroff sein musste, doch das war anscheinend die einzige Möglichkeit, es ihm beizubringen.

»Meinst du, wenn ich rechtzeitig zurückgekommen wäre, wenn ich dich nicht mit Stephen gesehen hätte, wäre es dann anders ausgegangen?«

Lydia sah ihn an und versuchte, sich vorzustellen, dass das Schicksal eine vollkommen andere Wiedervereinigung für sie geplant hätte. War Jackson der Mann, in den sie seinerzeit verliebt zu sein glaubte? Nein. Er war kein schlechter Mensch, nur verwirrt und genauso schwach und fehlbar, wie sie es gewesen war. Selbst wenn das Wiedersehen mit ihm nicht ihre Freundschaft zu Joanna gefährdet hätte, könnte sie sich heute in ihn verlieben? Lydia glaubte es nicht. Sie und Jackson waren sich an einem Punkt in ihrem Leben begegnet, als sie noch eine andere Frau war. Ihre Beziehung mit Stephen mochte nicht funktioniert haben, aber sie hatte Lydia gelehrt, was sie wollte, und ihr geholfen, ein wenig erwachsener zu werden.

Lydia wollte wissen, wo sie stand, ohne Spielchen, ohne Theater, ohne Versprechen, die nicht gehalten wurden. Sie wollte mit jemandem zusammen sein, den sie lieben und auf den sie sich jederzeit verlassen konnte. Mit jemandem, von dem sie wusste, dass er ihre Liebe erwiderte, dessen Gefühle für sie so selbstverständlich waren, dass sie gar nicht darüber nachdenken musste. Sie wünschte sich einen Mann mit Jacksons Leidenschaft und Stephens Verlässlichkeit.

Existierte so ein Mann außerhalb ihrer Bücher und Filme? Sie war sich nicht sicher, aber Tatsache blieb, dass Jackson bei aller Leidenschaft und Unwiderstehlichkeit nur zur Hälfte der Mann war, den sie brauchte. Folglich war er kein Mann für sie. Ihn zu lieben würde sie über kurz oder lang in den Wahnsinn treiben.

»Ehrlich, wenn ich darüber nachdenke, bin ich froh, dass es zwischen uns so endete, wie es endete«, sagte Lydia. »Es war ein wunderbarer Sommer und ...« Lydia lächelte, weil sie an die vielen Male denken musste, die sie gemeinsam *Casablanca* gesehen hatten. »... uns bleibt immer Paris.«

Jackson nickte und blickte seufzend auf das Teppichmuster zu seinen Füßen.

»Na gut, ich rede mit Joanna, sowie sich die Lage beruhigt hat. Ich kläre die Sache, versprochen. Kann ich bis dahin irgendetwas tun?«

Lydia nickte. »Jim sagte, dass sie einen Hubschrauber schicken, sobald der Wind nachlässt. Ich weiß nicht, wo er landen kann. Irgendwo, wo es flach ist, vermute ich. Du könntest von oben Ausschau halten und ihnen entgegenlaufen, wenn sie kommen. Das spart sicher Zeit.«

»Wird gemacht.« Jackson packte ihren Arm, als sie ihm den Wäscheberg abnahm und Richtung Treppe eilte. »Lydia, das von vorhin tut mir leid. Ich wollte nicht, dass das passiert. Ich wollte Joanna oder dir nicht wehtun.«

»Tja, es ist passiert. Und wir beide sollten so bald wie möglich mit Joanna sprechen.«

Jackson nickte. »Ich halte nach dem Hubschrauber Ausschau.«

Unten im Wohnzimmer wanderte David mit Alex auf und ab, und Katy folgte den beiden besorgt.

»Wurde aber auch Zeit«, sagte Joanna, als Lydia hereinkam und hastig die Laken auf der Chaiselongue ausbreitete. »Bist du abgelenkt worden? Hast du einen Mann getroffen, den du noch nicht abgeknutscht hast?«

»Ich traf Jackson, der verschwinden wollte«, antwortete Lydia, ohne ihre Arbeit zu unterbrechen. »Ich habe ihm gesagt, dass er nicht gehen darf, ehe er mit dir geredet hat.«

»Oh, tausend Dank, Lydia. Wer wäre geeigneter als du, Leuten Beziehungstipps zu geben?«

»Jojo«, sagte Katy. »Dies ist wohl kaum der Zeitpunkt.«

»Aber sicher doch.« Alex verzog das Gesicht. »Den beiden zuzugucken, wie sie sich die Augen auskratzen, kommt gleich nach Lachgas und Sauerstoff.«

Alex stützte sich auf David, während Lydia und Katy sich bemühten, ihr die Chaiselongue herzurichten. Joanna zog ihr ein Nachthemd, das Lydia mitgebracht hatte, über den Kopf und die Schultern, bevor sie Alex von ihrem Rock und der Unterwäsche befreite.

David wurde kreidebleich, als er die Wäsche sah, die Joanna zusammenraffte.

»Was ist?«, fragte Lydia und blickte ebenfalls auf die fleckige

Unterwäsche. David lief in die Diele und sprach leise ins Telefon. Lydia eilte ihm nach.

»Da ist Mekonium«, sagte er ins Telefon. »Das heißt, dem Baby geht es nicht gut, oder? Es muss schnell entbunden werden. Wann kommt der Notarzt? Wir sind zu wenige Leute und haben keine Ahnung, was wir tun sollen. Ich bekomme allmählich Panik. Das ist meine Frau, das ist mein Baby! Was kann ich machen? Ich muss etwas tun!«

David presste die Hand vor den Mund und reichte Lydia das Telefon.

»Hallo?«, hörte Lydia die Frauenstimme am anderen Ende.

»Hi. David ist im Moment ein bisschen fertig. Ich bin Lydia. Wie besorgt müssen wir sein?«

»Hallo, Lydia, ich bin Maxine. Mekonium ist nicht klasse, aber auch nicht ungewöhnlich. Viele Babys kommen zu Hause zur Welt und sind kerngesund, obwohl Mekonium austritt. Im Augenblick müssen Sie sich nur darauf konzentrieren, dass Alex ruhig bleibt. Der Rettungshubschrauber steht bereit und steigt sofort auf, wenn wir grünes Licht kriegen. Das Krankenhaus in Carlisle ist ebenfalls verständigt. Sowie der Sturm sich abschwächt, sind wir binnen Minuten bei Alex und helfen ihr.« Lydia ging ans Fenster und blickte hinaus in die Dunkelheit. Der Wind peitschte dicke Schneeflocken gegen die Scheibe. »Und bis dahin?«

»Geben Sie mir David, damit ich ihn durch die nächsten Schritte begleiten kann.«

David hörte Maxine zu, holte tief Luft und ging wieder zu seiner Frau.

»David, David, es tut mir leid, so, so leid, aber ich kann das nicht«, weinte Alex. »Ich bin eine grottenschlechte Frau. Du solltest dich von mir scheiden lassen. Ich würde es verstehen.«

»Sei nicht albern.« David küsste ihre schweißnasse Stirn. »Du schaffst alles, Alex, alles. Ich bin da und passe auf, damit dir nichts geschieht.«

»Versprich mir, dass du nicht weggehst«, flehte Alex.

»Solange Lydia in der Nähe ist, behältst du ihn sowieso besser im Auge«, sagte Joanna schnippisch, bevor David antworten konnte. »Pass lieber auf, dass er nicht allein mit ihr in einem Zimmer ist.«

»Okay, wir müssen alles so sauber wie möglich haben«, sagte David, der Joannas Spitze ignorierte. »Lydia, Joanna, macht Wasser heiß.«

»Wofür?«, fragte Joanna.

»Macht es einfach, okay? Ausnahmsweise geht es nicht um euch und eure verfluchten kleinen Dramen. Hier geht es um meine Frau und mein Kind. Also seht zu, dass ihr in die Küche kommt und euch nützlich macht!«

In der Küche begann Lydia, den Heißwasserkocher zu füllen.

»Was soll der Quatsch?«, fuhr Joanna sie barsch an und riss ihr den Kessel aus der Hand. »Wir kochen keinen Tee, oder? Wir brauchen literweise Wasser ... Hier, hilf mir, diesen Topf zu füllen.« Sie zog einen riesigen Suppentopf unten aus der Speisekammer, mit dem Katy vermutlich Tropfwasser auffing, und trug ihn hinüber zur Spüle.

»Hm, bis das kocht, vergehen Stunden«, sagte Lydia. »Und der Herd funktioniert nicht. Wie soll das gehen? Wir müssen es im Wasserkocher zum Kochen bringen und umfüllen.«

»Warum machen wir das?«, fragte Joanna. »Wir haben nichts zu sterilisieren. Wir sollten am Computer sitzen und googeln, und zwar nicht nach Schuhen, die sie in dieser Einöde wahrscheinlich auch aus dem Hubschrauber abwerfen.«

Lydia musste grinsen und dachte, wenn Joanna mit ihr scherzte, konnte es nicht allzu schlimm um sie stehen.

»Nun, David hat uns ziemlich unmissverständlich klargemacht, dass er das Sagen hat und nicht will, dass wir beide im Zimmer sind und uns zanken. Ich denke, wir kochen nur Wasser ab, weil er uns von Alex weghaben wollte. Egal, was sie sagt. Das Letzte, was sie gebrauchen kann, ist, dass wir zwei uns neben ihr an die Gurgel gehen.«

Beide Frauen schraken hoch, als Alex' Schrei durch den Flur hallte. Lydias Magen krampfte sich zusammen.

»Ich frage mich, wie viele Kinder in diesem Haus geboren wurden«, sagte Joanna mehr zu sich als zu Lydia. »Könnten die Wände doch nur reden.«

»Joanna.« Lydia schüttete den Inhalt des pfeifenden Wasserkochers in den Topf. »Warum hast du mir nichts von Jackson gesagt, als du von mir und ihm … Ich hätte es dir erzählt.«

»Ach ja?« Joanna beäugte sie skeptisch. »Du bist während der ganzen Zeit mit ihm mehr oder minder abgetaucht und hast mir so gut wie nichts erzählt. Und da haben wir zusammengewohnt. Warum nicht?«

»Ich weiß es nicht«, sagte Lydia nachdenklich. »Ich wollte wohl, dass es etwas Besonderes ist, losgelöst von meinem normalen Leben. Anscheinend ahnte ich da schon, dass die Geschichte zu nichts führt. Trotzdem wollte ich mich darin verlieren, du weißt schon, wie in einem guten Buch oder einem Film. Ich wollte alles andere vergessen, solange es dauerte. Was nicht sehr lange war. Ehrlich, Joanna, ich wollte dir nicht deinen Freund wegnehmen. Er hat mich verlassen, vergiss das nicht. Es war vorbei. Du bist diejenige, die ihn angeschleppt hat. Dir muss klar gewesen sein, in welche unmögliche Situation du mich und ihn damit bringst. Warum?«

Joanna lachte hämisch. »Warum? Denkst du, das habe ich mich nicht auch gefragt? In dem Moment, in dem ich Jack kennenlernte, wollte ich ihn. Er war so witzig, charmant und sexy. Es war eine Wirbelwindromanze wie aus einem meiner Tagträume, einfach magisch. Und wenn ich mit ihm zusammen war, gab er mir das Gefühl so besonders zu sein. Als könnte er ohne mich nicht leben.«

»Ja«, sagte Lydia, während sie den Wasserkocher wieder füllte. »Das kann er richtig gut.«

Joanna seufzte. »Er war nicht bloß perfekt, sondern anders als alle Männer, die ich kenne. Ich bin es gewöhnt, dass sich Kerle sofort in mich verlieben. Jackson zunächst nicht, und ich wollte wissen, warum. Gab es eine andere? Stand er gar nicht auf mich? Na ja, du kennst mich, ich musste natürlich nachhaken. Also habe ich gewartet, bis er eines Morgens unter der Dusche stand, und sein Handy durchsucht.

Ich fand keine alten Nachrichten, nichts Verräterisches, auch wenn, wie du dir sicher denken kannst, eine Menge Frauennamen auf seiner Kontaktliste standen. Eigentlich blätterte ich seine Fotos nur durch, und plötzlich guckst du mich vom Handydisplay an. Du warst im Bett, nackt unter seinem Oberlaken, nehme ich an, und hast ihn angelächelt. Du sahst wunderschön aus.« Joanna schüttelte den Kopf. »Ich konnte nicht glauben, was ich sah, war wie vom Donner gerührt. Vielleicht hätte ich ihn zur Rede stellen sollen oder dich anrufen. Aber für mich bedeutete das Foto, dass er noch etwas für dich empfindet. Und ich wollte ihn nicht an dich verlieren.«

»Joanna.« Lydia guckte ihre Freundin ungläubig an. »Als könnte ich dir jemals Konkurrenz machen.«

»Ach, spar dir den Blödsinn.« Joanna verdrehte die Augen.

»Welchen?«

»Na, diese ewige falsche Bescheidenheit, so zu tun, als wärst du nicht schön, klug, witzig und genial.«

»Wie bitte?« Lydia starrte sie an. »Du bist irre, Jojo. Jeder wird bestätigen, dass du die Schönheit bist, diejenige, nach der sich alle umdrehen. Ich bin bloß normal.«

Joanna betrachtete sie eine ganze Weile stumm. »Das glaubst du wirklich, oder? Du siehst gar nicht, wie faszinierend du bist. Ich weiß, dass ich schön und witzig bin, dass ich eine tolle Karriere als Model, Schrägstrich Moderatorin, Schrägstrich Schauspielerin hingelegt habe. Vorausgesetzt man wertet den Verkauf von Fleeceklamotten mit aufgestickten Wölfen als Erfolg. Du hingegen bist zwar ein bisschen sentimental und ansatzweise naiv, aber du bist so … echt. Bei mir ist alles Show, reine Fassade. Deshalb hatte ich von Anfang an befürchtet, dass ich Jackson nicht lange halten könnte. Doch ich wollte ihn einfach nur so lange halten, wie ich konnte. Dir von ihm oder ihm von dir zu erzählen, das schien mir nicht unbedingt förderlich zu sein.«

»Selbst wenn ich das verstehen würde, was ich übrigens nicht tue, wieso hast du ihn dann mitgebracht? Was hast du dir dabei gedacht?« Der Wasserkessel begann erneut, zu wackeln und zu blubbern.

»Ich wollte, dass Jackson und ich zusammenbleiben. Wenn ich dir nicht die Freundschaft kündigen wollte, war abzusehen, dass er dich irgendwann treffen musste«, erklärte Joanna. »Ich weiß, wie beknackt das klingt, doch vielleicht bin ich ein bisschen durchgedreht. So etwas passiert Verliebten, nicht?«

Lydia zog ihre Brauen hoch. Nachdem sie unlängst im Schnee einen Mann geküsst hatte, den sie praktisch nicht kannte, stand es ihr eher nicht zu, darüber zu urteilen.

»Ich dachte, wenn ich ihn mitbringe, nachdem ich dir erzählt habe, wie viel er mir bedeutet, und du mit Stephen kommst, der dir einen Antrag machen will ...«

»Augenblick. Du wusstest vorher nichts von Stephen und dem Ring.«

»Doch«, erwiderte Joanna ruhig, womit sie Lydia endgültig in Verwirrung stürzte. »Na gut, ich kann dir gleich die ganze Geschichte erzählen. Ich habe Stephen zufällig vor ein paar Wochen in der Bond Street getroffen. Ich war auf der Suche nach einer neuen Tasche, und er guckte sich die Auslagen von Juwelierläden an. Da habe ich zwei und zwei zusammengezählt und ihm gratuliert, dass er dir endlich einen Antrag macht. Ich dachte mir, dass es gar nicht besser laufen könnte. Wärst du erst mit Stephen verlobt, könnte ich entspannen, was Jack betraf. Allerdings suchte Stephen eigentlich nach einem Weihnachtsgeschenk für dich, nicht nach einem Verlobungsring. Ich schätze, ich habe ihn ein bisschen in die Richtung gedrängt, na ja, ihm vorgeschlagen, dass er dich verlieren könnte, wenn er allzu lang wartet ...«

»Du hast was?«, rief Lydia. »Du hast Stephen gesagt, er muss mir einen Antrag machen?«

»Nein, ich habe ihm auf die Sprünge geholfen. Ich habe es für dich getan, Lydia. Jedenfalls ist er nach kurzer Überlegung zu dem Schluss gekommen, dass ich recht habe und er die Chance nutzen sollte. Er wusste aber nicht, was für ein Ring dir gefallen würde. Nun, wir zwei haben in den letzten zehn Jahren wahrlich oft genug über das Thema geredet, also bin ich mit ihm zu Tiffany's.«

»Du hast meinen Ring ausgesucht?« Lydia war entsetzt.

Die ganze Zeit hatte sie sich Vorwürfe gemacht, weil Stephen sich solche Mühe gegeben hatte, um genau den richtigen Ring zu finden, und sie trotzdem so unschlüssig war. Und dann stellte sich heraus, dass Joanna hinter allem steckte.

»Als ich dir erzählte, dass ich den Ring gefunden habe und nicht sicher wäre, ob ich Stephen heiraten sollte, wusstest du es schon längst? Ich wette, du warst sauer. Nachdem du so sorgfältig geplant hattest, mich unter die Haube zu bringen, kamen mir Zweifel. Und das, ehe ich erfahren hatte, wer dein Freund ist.«

Joanna schwieg zunächst und beschäftigte sich damit, das Wasser aus dem Kessel umzuschütten und ihn neu zu füllen.

»Wenn du das so erzählst, hört es sich völlig irrsinnig an. Zugegeben, ich fühlte mich furchtbar, als du mir sagtest, dass du Stephens wegen unsicher bist. Ich hätte mich niemals eingemischt, hätte ich geahnt, dass du nicht glücklich bist. Dann dachte ich, wenn ich dich und Jackson unerwartet zusammenbringe, kann ich sehen, wie viel ihm noch an dir liegt. Mir kam überhaupt nicht in den Sinn, dass du ihn wiederhaben willst.«

»Will ich auch nicht! Das wollte ich nie«, sagte Lydia. »Vielleicht war ich im ersten Moment verunsichert, als ich ihn sah, zumal ich wegen der Sache mit Stephen sowieso schon ganz durcheinander war. Die Wahrheit aber ist, dass ich gerade dir so etwas nie antun wollte. Ehrlich, Jojo, hättest du mir gesagt, wer er ist, dann wäre der ganze Mist, den ich die letzten paar Tage erlebt habe, das ganze Chaos und die Angst, vermeidbar gewesen.«

»Ausgenommen, dass Jack dich immer noch will, natürlich. Das hat er hinlänglich klargemacht.«

»Bist du verrückt?«, fragte Lydia sie.

»Du bist die, in die sich jeder verliebt«, sagte Joanna ruhig. »Du bist die Frau, die Männer heiraten wollen. Neben dir habe ich keine Chance.«

»Ich? Wer von uns war denn fünfmal verlobt?«

»Genau«, sagte Joanna. »Und keinen der Männer konnte ich lange genug halten, um ihn zu heiraten.«

»Das ist lächerlich. Du gibst ihnen den Laufpass, sobald du den Ring am Finger hast.«

»Ja, bevor sie es sich anders überlegen«, bestätigte Joanna wehmütig. »Bisher hat mich noch jeder verlassen, Mum, Dad, alle. Jack wollte ich so gern behalten.«

»Ach, Jojo, du bist wirklich bekloppt, so viel steht fest. Hast du nicht kapiert, dass nicht jeder dich verlässt? Katy, Alex und ich, wir sind immer für dich da.« Lydia breitete die Arme aus, als der Kessel wieder losflötete. Während die beiden Frauen sich umarmten, ging das Pfeifen in einen schrillen Schrei über.

»Alex.« Joanna und Lydia sahen sich an und eilten ihrer Freundin zu Hilfe. Der halb volle Topf mit abgekochtem Wasser blieb auf dem Tisch zurück.

David war auf den Knien, das Handy am Ohr, und wollte offenbar zwischen Alex' fest zusammengepresste Schenkel sehen.

»Schafft ihn da weg«, jammerte Alex. »Katy, bring ihn weg da! Ich habe ihm gesagt, dass er das nicht sehen darf, sonst können wir nie wieder Sex haben.«

»Okay.« Lydia legte eine Hand auf Davids Schulter. »Ich glaube, sie braucht dich am oberen Ende. Lass mich nachsehen.«

David wirkte ein wenig erleichtert, als er seinen Posten aufgab und Alex' Hand nahm.

»O Gott«, sagte Lydia, und ihre Furcht, dass ihr schlecht werden könnte, war wie weggeblasen. »Ich kann den Kopf sehen. Oh, ich … wow, ich glaube, der kleine Bursche ist gleich da.«

David versuchte hinzusehen, doch Alex riss ihn zurück. »Bitte, bleib bei mir. Lydia, schieb ihn wieder rein. Ich bin noch nicht so weit. Ich bin nicht bereit, Mutter zu werden.«

Alex kniff die Augen zu, aus denen Tränen quollen, weil die nächste Wehe kam.

»Okay, ich glaube nicht, dass Zurückschieben eine Option ist, und auf Hilfe zu warten anscheinend auch nicht«, sagte Lydia und streckte den Arm aus. »Lass mich mit Maxine sprechen und ihr beschreiben, was ich sehe.« Sie fing den Hörer auf, den David ihr zuwarf.

»Hallo? Hier ist wieder Lydia.« Sie versuchte, möglichst ruhig zu sprechen, damit Alex nicht hörte, welche Angst sie hatte. Aber ein Blick in das Gesicht ihrer Freundin verriet ihr, dass Alex in ihrer eigenen Welt war, gefangen im Geburtsvorgang. »Ich denke, das Baby kommt jeden Moment.«

»Okay, Lydia, sehen Sie genau hin und sagen Sie mir, was Sie sehen.«

Lydia guckte noch einmal hin. »Oh, Mann, das ist fantastisch. Ich kann den Kopf sehen, voller Haare!«

»Okay, Lydia«, sagte Maxine sehr ruhig und gefasst, was nicht zu der Panik passte, die sich in Lydia regte. »Es kann sein, dass mit der nächsten Kontraktion der Kopf und die Schultern rauskommen, und danach geht der Rest sehr schnell.«

»Okay.«

»Sobald der Kopf austritt, stützen Sie ihn und die Schultern. Wenn das Kind ganz draußen und abgenabelt ist, sollte es schnellstmöglich an die Brust seiner Mutter. Je eher das Baby zu nuckeln anfängt, umso früher zieht sich der Uterus wieder zusammen, was den Blutverlust verringert. Die gute Nachricht ist, dass der Hubschrauber gerade losgeflogen ist. Wir sind in wenigen Minuten bei Ihnen.«

»Der Notarzt ist unterwegs, Alex«, sagte Lydia laut. »Du musst dich nur noch darauf konzentrieren, dieses Baby rauszupressen, und schon kriegt es seinen ersten Rundflug. Alles klar?«

Alex nickte und drückte Katys Hand so fest, dass ihre Fingerspitzen weiß wurden. »Ich bin bereit.«

»Gut. David, hilf Alex, ihren BH auszuziehen. Alex, nach der nächsten Wehe lernst du dein Baby kennen. Los geht's.«

»Ja«, heulte Alex, »ziehen wir das durch.«

Für einen kurzen Moment war es vollkommen still bis auf das Ticken der Kaminuhr. Dann schrie David auf, als Alex seine Hand zusammendrückte.

»Ich hab dich«, sagte er und nahm Alex in die Arme.

»Ich fühl es kommen«, brüllte Alex, dass es durchs ganze Haus hallte. Lydia hielt den Atem an, denn ihr kam das Baby in einem Schwall Flüssigkeit entgegen.

»Oh, mein Gott! Oh, mein Gott, es ist ein Mädchen!« Sie starrte das rosige kleine Wesen in ihren Händen an. Es war das Schönste, was sie jemals gesehen hatte. Dann erst bemerkte sie, dass das Kind sich nicht regte. »Katy, schnell, das Telefon.«

Katy ließ Alex' Hand los und hielt Lydia das Telefon ans Ohr.

»Was ist los?«, fragte Alex. »Wo ist mein Baby?«

»Sie ist da«, sagte Lydia ins Telefon. »Sie atmet nicht.«

»Halten Sie ihren Kopf nach unten«, wies Maxine sie ruhig an. »So kann Flüssigkeit aus der Luftröhre abfließen, und klopfen Sie ihr den Rücken, nicht zu zaghaft.«

»Nichts.« Lydias Stimme bebte, als sie das winzige Stück Leben in ihren Armen hielt.

»Warten Sie einen Moment.« Zum ersten Mal klang auch Maxines Stimme ängstlich, was Lydia in blanke Panik versetzte.

Dann schien das Baby nach Atem zu ringen, hustete, zog hörbar Luft ein, die es kurz anhielt und mit einem langen Wimmern wieder ausatmete.

»Gott sei Dank, es hat funktioniert.« Lydia atmete mit dem Baby und fühlte, wie ihr Tränen über die Wangen liefen.

»Gut gemacht, Lydia«, sagte Maxine. »Geben Sie die Kleine ihrer Mum, und halten Sie sie warm. Es ist gleich Hilfe da.«

Immer noch weinend, legte Lydia das winzige Mädchen auf Alex' Brust. Alle sahen verzaubert zu, wie der kleine Rosenknospenmund eine von Alex' Brustwarzen umfing und zu saugen begann.

»Oh, mein Gott, sie ist so wunderschön«, sagte Alex und blickte ihre Tochter verliebt an. »Ist sie nicht überwältigend, Schatz?«

»Das Schönste, was ich jemals gesehen habe«, hauchte David und strich mit einem Fingerrücken über das kleine Köpfchen. »Du hast es geschafft, Liebes, du hast es geschafft«, sagte er mit glänzenden Augen. »Ich wusste, dass du es schaffst.«

»Weil du bei mir warst«, entgegnete Alex, bevor sie ihre Freundinnen anstrahlte. »Und ihr! Vor allem du, Lydia.«

»Du bist eine echte Heldin«, fügte David hinzu.

Ein kalter Luftschwall wehte ins Zimmer, als die Hintertür aufging, und plötzlich wimmelte es von Leuten. Alle Männer, einschließlich Will, kamen mit einer dick eingepackten Frau herein, die einen Arztkoffer trug, sowie Sanitätern in Neonjacken. Lydia zog sich zurück. Sie zitterte noch, als sie zusah, wie die Ärztin Alex und das Baby untersuchte. Dann wurden beide von den Sanitätern auf eine Trage gehoben, fest in Decken gewickelt und durch Gurte gesichert.

Als sie Alex wegrollten, streckte sie die Hand nach Lydia aus. »Ich danke dir. Ich weiß nicht, was ich ohne dich getan hätte.«

»Na, eigentlich war es Teamarbeit«, sagte Lydia unter Tränen.

»Ich weiß. Danke euch allen. Was hätte ich, hätten wir ohne euch gemacht? Und jetzt feiert gefälligst ein schönes Weihnachtsfest, klar?«

Lydia nickte und sah zu Joanna. »Das werden wir.«

»Ah, da fällt mir ein«, sagte Alex erschöpft zu David, als sie aus dem Zimmer gerollt wurde. »Wenigstens müssen wir keinen verstümmelten Truthahn essen.«

16

25. Dezember

Fernes Lachen und Quieken weckte Lydia. Müde öffnete sie ihre geschwollenen Lider. Es war Weihnachtsmorgen, und es musste schon recht spät sein, denn fahles Licht kroch unter den dicken Vorhängen hindurch ins Zimmer. Lydia griff über die leere andere Betthälfte hinweg nach ihrer Uhr. Es war fast neun Uhr morgens, und das am Weihnachtstag. Heute war der Tag, den Lydia sich so sehr vollkommen, magisch und glücklich wünschte. Der Tag, der nichts von alledem gewesen war, so weit sie zurückdenken konnte.

Sie hatte es fertiggebracht, gleich drei Männer auf einen Schlag in die Flucht zu jagen und war wieder Single anstatt verlobt. Trotzdem war es ihr wohl nicht verboten, Unmengen Truthahn und Pudding zu essen. Genau das hatte sie vor. Anscheinend hatte das Schicksal bestimmt, dass sie allein bleiben sollte, also konnte sie beruhigt fett und fetter werden und sich dem Alkohol hingeben, was sowieso an erster Stelle ihrer erstrebenswerten Hobbys für alte Jungfern rangierte.

Widerwillig kroch sie aus dem Bett und schlurfte fröstelnd zum Kleiderschrank. Sie nahm das obligatorische silberne Glitzertop heraus, das so neckisch über eine Schulter rutschte. Nicht, dass es irgendwen interessiert, dachte sie finster. Oder dass irgendwer jemals wieder ihre Schulter mit stoppeligen Küssen streifen würde.

Aus ihrem Schmuckkoffer suchte sie ein Paar funkelnde Kristallohrringe hervor, die Joanna ihr zum Geburtstag geschenkt hatte, und einen großen, falschen Rubinring. Den steckte sie sich trotzig an den linken Ringfinger. Wer wollte schon verlobt sein? So bedürftig war sie nun wahrlich nicht.

Nachdem sie ihr ganz eigenes Weihnachtswunder erlebt hatte, hatte Lydia nichts als Wärme und Wohlwollen für alle Menschen empfunden, sogar für Jackson. Alex und David waren am Nachthimmel entschwunden. Trotz Joannas seltsamem Geständnis fühlte es sich an, als hätten sie sich versöhnt und als hätte die Geburt auf wundersame Weise alles ausgelöscht, was in den Stunden zuvor geschehen war. Nicht einmal die Tatsache, dass Joanna quasi Lydias Verlobung herbeigeführt und Lydia mit Joannas Freund geknutscht hatte, schien noch von Bedeutung zu sein, als die drei Frauen auf das Baby anstießen und sich zu ihren neu entdeckten Fähigkeiten als Geburtshelferinnen beglückwünschten. Das war der Zauber von Weihnachten, hatte Lydia gedacht. Sie war nicht einmal wütend auf Stephen gewesen, weil er die Verlobung als seine Idee ausgegeben oder behauptet hatte, er hätte den Ring ganz allein ausgesucht. Wenn es eine Jahreszeit gab, in der sich alles um Neuanfang, Hoffnung und Glauben drehte, dann diese.

Plötzlich war Lydia klar geworden, was sie tun musste, und sie machte sich auf die Suche nach Will. Ihr Herz hatte wie wild gepocht, und in ihr kribbelte es geradezu vor Nervosität, doch sie musste tun, was ihr jede Faser ihres Seins zu tun befahl: Diesem Mann in aller Deutlichkeit sagen, was sie für ihn empfand. Sie, Lydia, war bereit gewesen, die Karten auf den Tisch zu legen und Will zu sagen, dass ihr der Kuss genauso viel bedeutet hatte wie ihm. Die ganze Sache mochte wahnwitzig anmuten, aber nicht wahnwitzig genug, um etwas aufzugeben, was ihr wichtig erschien.

Entsprechend war es ein ziemlicher Tiefschlag, als sie Will im Anbau fand, wo er sich mit der Ärztin zum Aufbruch bereit machte.

»Hallo, Miriam Day«, stellte die Frau sich vor, die kaum älter als Lydia war und ihr freundlich lächelnd eine Hand hinstreckte. »Gute Arbeit. Alex hat mir erzählt, was Sie geleistet haben, als ich sie transportbereit gemacht habe. Sie haben das Baby entbunden und zum Atmen gebracht. Hut ab! Sie müssen Nerven wie Drahtseile haben.«

»Ach, äh, ich hab nur getan, was getan werden musste«, sagte Lydia und beobachtete verstohlen Will. Er zog den Reißverschluss seiner Jacke hoch und wand sich den Schal um den Hals. »Das hätte jeder gemacht.«

»O nein. Ich habe junge Ärzte erlebt, die beim Anblick einer geweiteten Vagina sofort wegrannten.« Dr. Day lachte. »Wie auch immer, mein Weihnachten ist gerettet. Es geht doch nichts über einen Notfall, der einen aus dem Haus ruft.«

»Gehst du auch?«, fragte Lydia, als Will seinen Rucksack aufnahm.

»Meine Anwesenheit ist wohl überflüssig«, antwortete Will höflich distanziert. »Das Baby ist entbunden, der Aga und die Heizung laufen. Ihr braucht mich nicht mehr.«

»Ah, jeder braucht einen Mann wie Will«, kicherte Dr. Day. »Meinen Sie nicht auch?«

Lydia lächelte verlegen und nickte, während sie überlegte, unter welchem Vorwand sie die Ärztin raus in den Schnee schicken könnte, damit sie mit Will allein sein konnte. Ihre Liebeserklärung wollte sie ungern vor Publikum abgeben.

»Findest du es nicht ein bisschen übertrieben, einfach zu verschwinden?«, begann Lydia. »Wir haben uns geküsst, und es war schön. Sehr schön sogar, um ehrlich zu sein. Aber soweit ich weiß, sind wir noch nicht verheiratet oder so.«

»Oho«, sagte Dr. Day. »Ich gehe schon mal vor zum Traktor, Will.«

Eisige Luft wehte Lydia entgegen, als Dr. Day nach draußen ging, und Will sah sie streng an. »Das hat auch keiner behauptet. Es ist nur … Ich hielt dich für eine bestimmte Art Frau und habe dann festgestellt, dass du das nicht bist. Mein Fehler. Ist nicht weiter wild.«

»Will«, rief Lydia wütend. »Warum glaubst du eigentlich, mich beurteilen zu können, obwohl du nichts von mir weißt?

Du tauchst hier auf, erzählst mir ohne jede Ermutigung meinerseits, ich wäre das Beste seit der Erfindung von geschnitten Brot, und bist ziemlich beleidigt, weil ich mich dir nicht vor lauter Dankbarkeit in die Arme werfe. Ohne die Zusammenhänge zu kennen, fällt dir kurze Zeit später ein, dass ich vielleicht doch nicht so klasse bin, weil ein anderer Mann versucht hat, mich zu küssen.«

Lydia musste an dieser Stelle abbrechen, um Luft zu holen. Leider klang diese Ansprache nicht annähernd so romantisch, wie sie hätte klingen sollen.

»Ich nehme Menschen so, wie sie sind«, sagte Will ungerührt. »Den Campingkocher lasse ich euch für den Notfall da. Kannst du Jim bitten, ihn mir vorbeizubringen, wenn er das nächste Mal ins Dorf geht?«

»Warte.« Lydia senkte die Stimme und legte eine Hand auf Wills Arm, um ihn zurückzuhalten. »Du hast es gern direkt und unverblümt, also sollst du es so haben. Ich dachte ehrlich, dass es zwischen uns gefunkt hat. Und, ja, dass wir uns in der womöglich kompliziertesten Woche meines Lebens kennengelernt haben, hat mich erschreckt. Aber ich meine, das konntest du ohnehin spüren, als du mich küsstest. Du wusstest, dass ich mich gerade erst von Stephen getrennt hatte, und jeder anständige Mensch gerät ein bisschen aus dem Gleichgewicht, wenn in einer solchen Situation etwas derart Überraschendes geschieht. Was Jackson betrifft, habe ich gelernt, dass vor dem Gesetz jeder so lang als unschuldig gilt, bis seine Schuld bewiesen ist. Sprich mit Joanna und Jackson. Die werden dir erzählen, was wirklich im Keller vorgefallen ist.«

Will antwortete nicht, ging aber auch nicht hinaus, was Lydia als gutes Zeichen wertete. »Ich bin reichlich hin und weg von dir, Will. Das hatte ich nicht erwartet. Aber es ist passiert, und ich möchte dich nicht gleich wieder verlieren. Du scheinst ein ehrlicher Mann zu sein. Ich glaube schlichtweg nicht, dass du mir erst sagst, welche Gefühle du für mich empfindest, und diese dann über Nacht einfach verpuffen. Unter anderem sagtest du, dass etwas an mir in dir den Wunsch weckt, mir ein Haus zu bauen. Nun«, Lydia holte Luft, »etwas an dir bringt mich auf den Gedanken, dass ich darin wohnen möchte. Mit dir.«

Nun war es heraus. Lydia presste die Lippen zusammen, während Will sie ansah und sie sich für einen Sekundenbruchteil absolut sicher war, dass er sie küssen würde. Dann schüttelte er den Kopf und ging zur Tür.

»Es muss Schneeblindheit gewesen sein«, sagte Will. »Du bist eine Frau aus der Großstadt, aus dem Süden. Ich bin ein Kerl vom Land. Uns trennen nicht bloß dreihundert Meilen, sondern Welten. Ich weiß nicht, was ich mir dabei gedacht habe, solche Sachen zu dir zu sagen. Das war nicht fair, ich hätte es nicht tun sollen. Inzwischen müsste ich gelernt haben, dass es nie gut ist, zu viel zu reden. Es tut mir leid, Lydia, aber ich gehe nach Hause. Schöne Weihnachten.«

Will blickte an ihr vorbei. »Bist du so weit?«

»Ja, bin ich.« Jackson nickte und kam auf sie zu.

»Aber ...« Lydia drehte sich zu Jackson um. »Was ist mit Joanna? Du gehst weg, ohne diesen Schlamassel mit ihr zu klären?«

»Joanna redet nicht mit mir«, antwortete Jackson. »Ich schätze, sie braucht etwas Zeit. Pass gut auf dich auf, Lydia. Du weißt, wo du mich findest, falls du es dir anders überlegst.«

Lydia stand in dem zugigen Anbau und begann zu frieren, während sie zusah, wie Will der Ärztin auf den Traktor half, ehe Jackson und er hinaufkletterten. Dann rumpelten sie los. Lydia blieb zurück, schlang die Arme um ihren Oberkörper und blickte hinauf in den Himmel. Sie fragte sich, wie es möglich war, alles so vollkommen falsch zu machen.

Mit einem strahlenden Lächeln bewaffnet, bürstete Lydia sich ihr Haar, bis es glänzte, zog sich ihre hohen Stiefeletten an und ging in die Küche. Dort beäugten Katy und Joanna den Aga mit einer Miene, wie sie eigentlich für Begräbnisse reserviert war.

»Fröhliche Weihnachten.«, sagte Lydia unsicher.

»Ist dir bewusst, dass du aussiehst wie Weihnachtsschmuck auf Beinen?«, fragte Joanna mit einem süßlichen Grienen. »Übrigens hat sich der Aga irgendwann letzte Nacht verabschiedet. Er ist friedlich im Schlaf von uns gegangen. Wir schätzen den Zeitpunkt des Todes auf zirka drei Uhr morgens, denn jetzt ist er eiskalt, und die Leichenstarre hat eingesetzt. Ganz ähnlich wie bei meinem Liebesleben, wenn ich's recht bedenke.«

»Dafür gebe ich dir die Schuld«, sagte Katy zu Lydia, die erstaunlich gefasst wirkte. »Hättest du dir den richtigen der drei Könige ausgesucht, die du die letzten Tage durchgetestet hast, wäre Will noch da und wüsste, was zu tun ist.«

»Ja, Lydia, du bist fürwahr eine schreckliche Schlampe, jeden zu küssen, der vorbeirauscht«, pflichtete Joanna deutlich zahmer bei. »Andererseits bin ich die Größenwahnsinnige mit dem Kontrolltick, also halte ich lieber den Mund.«

»Joanna hat mir die ganze Geschichte erzählt«, sagte Katy mit jenem missbilligenden Gesichtsausdruck, den sie sonst nur bei den Kindern einsetzte, wenn die sich danebenbenahmen. »Ehrlich, ihr zwei! Wisst ihr überhaupt, dass ihr erwachsene Frauen und keine Teenager seid? Wann verhaltet ihr euch endlich dementsprechend, heiratet und werdet sesshaft?«

»Sowie keine Männer mehr herumlaufen, die unvernünftig sind und nicht mit sich reden lassen«, antwortete Lydia. Sie musste an Wills Gesicht denken, als er ging.

»Verlogen und regelrecht hinterlistig sind sie außerdem«, sagte Joanna. »Ehrlich, es heißt doch immer, Frauen sind kompliziert. Aber Männer werde ich wohl nie verstehen.«

»Na, das kann ja ein heiteres Weihnachten werden mit euch zwei Frustrierten und ohne Essen«, seufzte Katy. »Wenigstens haben wir es warm, und die Kinder amüsieren sich. Kommt schon. Es ist sinnlos, hier rumzustehen und das beknackte Ding anzugucken. Gehen wir zu meinen wundervollen, bezaubernd schönen Kindern, die mir das schönste Weihnachtsgeschenk aller Zeiten gemacht haben, indem sie zum ersten Mal seit Monaten durchgeschlafen haben.«

»Es tut mir unendlich leid, dass ihr so fertig seid«, sagte Lydia, legte ihre Arme um die beiden Freundinnen und küsste jede von ihnen auf die Wange. Dann gingen sie zum Wohnzimmer, aus dem ihnen hysterisches Kindergekreisch entgegenschallte. »Ich werde mich sehr bald ins Koma getrunken haben, dann mache ich keinen Ärger mehr. Gibt es Neuigkeiten von Alex?«

»Ja.« Joanna strahlte. »Mutter und Kind sind wohlauf, der Vater fürchtet um sein Leben, ist aber glücklich. Und sie sagen, dass die kleine Joanna Katherine Lydia anbetungswürdig aussieht.«

»Ernsthaft? Sie haben sie nach uns benannt? Mit meinem Namen an letzter Stelle?«

»Du glaubst aber auch jeden Quatsch«, sagte Joanna. »Sie heißt Carole, nach Alex' Mum. Zu Weihnachten geboren und Carole genannt werden – das arme, arme Kind. Ich denke, ich lege gleich ein Sparkonto für ihre Therapiestunden an.«

»Und Alex?«, fragte Lydia schmunzelnd. »Abgesehen von ihrem abscheulichen Geschmack in Namensfragen?«

»Ihr geht es gut, bestens. Sie schwebt auf Wolke sieben, um genau zu sein. Es liegt wahrscheinlich an den ganzen Schmerzmitteln, die sie ihr reingepumpt haben. Entweder das, oder sie hat erkannt, dass sie doch einen wunderbaren Ehemann hat.«

»Mummy.« Tilly kam ihnen entgegengerannt. Sie trug ein extrem geschmackloses Diadem von Joanna. Vincent folgte ihr auf den Fersen, er war seinerseits mit einer riesigen roten Schleife am Halsband geschmückt. »Daddy hat eine tolle Idee.«

»Kann nicht sein.« Katy strahlte ihr kleines Mädchen an, nahm es auf ihren Arm und sah zu Jim hinüber, dessen Kopf nur zum Teil hinter einem riesigen Berg Geschenkpapier hervorguckte. Offenbar hatte Vincent es sich zur Aufgabe gemacht, sämtliches Verpackungsmaterial in Fetzen zu reißen. »Daddy hat nie gute Ideen.«

»Und wie wäre es mit Folgendem?«, fragte Jim. »Wir packen alles zusammen, was wir an Essen und Trinken haben, und laden es auf einen Schlitten. Dann mummeln wir uns warm ein und ziehen runter ins Dorf zum Weihnachtsbrunch im Pub. Alle werden da sein, es gibt warmes Essen und, was noch wichtiger ist, Bier.«

»Die haben ein Bild von einer Frau in einem Bikini gleich hinter den Nüssen«, ergänzte Jake begeistert.

Katy war nicht ganz so euphorisiert. »Weihnachtsessen in einem Pub mit einem Haufen Fremder? So hatte ich mir unser erstes Weihnachten hier nicht vorgestellt.«

»Tja, du kannst es so sehen«, sagte Jim, der sich nun aufrichtete, sodass man das Laserschwert an seinem Gürtel sah. »Oder du betrachtest es als ein traditionelles Landweihnachtsfest mit unseren neuen Nachbarn und Freunden. Eine Gemeinschaft, in der sich die Leute gegenseitig helfen und in die arme Verirrte ohne Herd aufgenommen werden, wenn sie ein wenig Wärme, Obdach und Schnaps suchen. Wir bringen sogar eine Weihnachtsbabygeschichte mit, auch wenn ich befürchte, dass Will sie uns weggeschnappt hat.«

»Will? Ist der auch dort?«, fragte Lydia, obwohl sie die Antwort bereits kannte. »Stephen und Jackson werden vermutlich auch dort sein.«

»Um ehrlich zu sein, denke ich, dass unser erbärmlicher Jim ausnahmsweise recht hat«, sagte Joanna und hakte sich bei Lydia unter. »Du und ich waren noch nie die Typen, die sich beschämt verkriechen, oder? Ich sehe fantastisch aus, du ein bisschen zu doll. Aber wenn überhaupt irgendjemand ein anständiges Weihnachten verdient, dann wir. Wen kümmert es, wer sonst noch da ist? Wir können uns betrinken und uns einen Bauernjungen schnappen. Zeigen wir diesen Landeiern, was ihnen entgeht.«

»Will hält mich sowieso für blöd und leicht zu haben.«

»Bist du ja auch«, sagte Katy.

»Ich will nicht, dass er mich für eine Stalkerin hält.« Lydia schüttelte den Kopf. »Geht ihr ruhig. Ich bleibe und bewache den Aga.«

»Nein.« Katy zeigte auf ihre Kinder. »Entweder gehen alle, oder es geht keiner. Sieh dir ihre strahlenden Gesichter an, Lydia. Willst du wirklich die Frau sein, die sie an Weihnachten enttäuscht hat, nur weil du das Gefühl hast, dass du keine negativen Erlebnisse mehr ertragen kannst?«

Jake schmollte, Tilly klimperte mit den Wimpern, und selbst Vincent brachte ein herzerweichendes Winseln zustande.

Lydia seufzte. »Na gut. Gehen wir.«

Katy klatschte in die Hände, und die Kinder juchzten.

»Darf ich mein Lichtschwert mitnehmen?«, fragte Jake. »Ich will sehen, ob die Macht bei Schafen wirkt.«

17

Als Lydia mit der bunt gemischten Horde und dem einohrigen Hund ins Dorf einfiel, war niemand im Pub. Anscheinend hatten sich alle, einschließlich der vor allem aus verdrossen dreinblickenden Teenagern bestehenden Dorfkapelle am Kriegerdenkmal versammelt und sangen Weihnachtslieder. Es dirigierte ein total begeisterter Vikar, dessen schwarzer Mantel mit Pelzkragen ziemlich tuntig wirkte.

Eine sehr blonde und sehr sonnengebräunte Dame in neonrosa Skikleidung hielt einen Stapel Notenblätter im Arm und kam strahlend auf die Neulinge mit dem Schlitten zu, um ihnen Blätter zu geben. Auf dem Schlitten befanden sich neben dem Essen inzwischen auch Tilly und Jake.

»Es kommt ein Schiff geladen«, stimmte Jake sofort ein, sprang vom Schlitten und schwang sein Laserschwert. »Bis an sein' höchsten Bord ... Das ist bestimmt der Todesstern«, flüsterte er Tilly zu, die in ihren rot gepunkteten Gummistiefeln ebenfalls heruntersprang und mitsang.

Lydia stellte die Tasche mit den Truthahnteilen ab, faltete das Notenblatt auseinander und sang die altbekannten Lieder sehr leise mit, wobei sie sich beschämt umblickte. Ihr falsches Singen dürfte indes niemandem auffallen, denn sie stand sehr dicht neben Jake, der so laut sang, dass sie sowieso keiner hörte. Noch dazu gab Joanna die koloraturbesessene Chorsängerin, obwohl sie nur ganze zwei Wochen im Universitätschor gewesen war und während jener Zeit vor allem den Chorleiter gevögelt hatte. Das allein machte sie wohl kaum zur Starsolistin.

Beim Singen blickte Lydia sich nach bekannten Gesichtern um, und tatsächlich standen Jackson und Stephen, mittlerweile offenbar zu besten Freunden geworden, auf der anderen Seite des Kriegerdenkmals. Jackson sang laut und voll Überzeugung und legte einen tränenschwangeren Enthusiasmus an den Tag, wie er so typisch für Amerikaner war. Stephen dagegen murmelte eher in seinen Schal.

Lydia musste grinsen, denn Stephen hatte eine grauenhafte Singstimme. So furchtbar, dass seine Mutter ihm das Singen im Haus untersagt hatte, als er ein Kind war. Lydia fand das extrem grausam, bis sie ihn unter der Dusche singen hörte und fluchtartig das Bad verließ. Ihre zwei Ex-Freunde jedenfalls waren schon wieder ein bisschen fröhlich, sofern man das aus ihren roten Wangen und Stephens rhythmischem Wiegen schließen durfte. Will jedoch war nirgends zu entdecken.

Vielleicht ist er nicht hier, dachte Lydia, und es versetzte ihr einen Stich. Dabei sollte sie erleichtert sein. War sie aber nicht. Mürrisch ignoriert zu werden wäre ihr lieber gewesen, als ihn gar nicht zu sehen.

»Reiß dich zusammen«, murmelte Lydia, bevor *Alle Jahre wieder* angestimmt wurde und jeder, der in Hörweite von Tilly und Jake stand, neue Textpassagen kennenlernte.

Lydia konnte nicht anders, als sich beim Anblick der lauthals singenden Kinder glücklich zu fühlen. Sie stand mitten in einem hübschen verschneiten Dorf, das vollkommen nach Weihnachten aussah. Alle Dächer ringsherum waren von frischem blütenweißen Schnee bedeckt. Dahinter ragten die Berge in einen strahlend blauen Himmel auf, der bereits die Sichel eines blassen Halbmondes trug. Für einige Tage zumindest verhüllte der Schnee gnädig alle Zwistigkeiten und brachte die Menschen zusammen, die sich beim Singen dicht aneinanderdrängten, um warm zu bleiben. Ungefähr die Hälfte von ihnen trug brandneue Schals und Handschuhe, die sie wohl erst heute Morgen ausgepackt hatten.

Lydias Weihnachtstag war bisher völlig geschenkefrei gewesen, sah man von dem Pappmaschee-Ei ab, das Tilly ihr gemacht hatte. Doch dieser Moment im Schatten der Berge und unter einem makellosen Himmel war vollkommen. Eine Weihnachtserinnerung, wie Lydia sie sich immer erhofft hatte. Folglich war es unmöglich, nicht glücklich zu sein.

Vielleicht war nichts von dem, was sie sich erträumt hatte, wahr geworden. Und vielleicht hatte sie wirklich alles grandios verspielt, was sie hätte haben können. Aber sie war von netten Menschen umgeben, die mit Freuden Fremde in ihren Kreis aufnahmen, und sie hatte immer noch ihre Freundinnen. Sogar Joanna, die allen Grund gehabt hatte, ihre Todfeindin zu werden, liebte sie noch.

Am meisten beeindruckt hatte sie jedoch die Entbindung der kleinen Carole letzte Nacht, die sie fast im Alleingang bewältigt hatte. Lydia war der erste Mensch gewesen, der das winzige Leben in seinen Armen gehalten und gefühlt hatte, wie sich die kleine Brust unter den ersten Atemzügen hob und senkte. In diesem Moment hatte Lydia begriffen, dass es bei Weihnachten nicht um Schnee, Lichterketten, Geschenke oder verordnete Fröhlichkeit ging. Es ging nicht um das Hollywoodglück, das sie so verzweifelt anstrebte, seit sie ein kleines Mädchen war. Es ging nur um das Baby, das umgeben von Hoffnungen und Erwartungen geboren wurde, und darum, jene Menschen zu schätzen, die wichtig waren.

Männer sind okay, dachte Lydia, als sie die Schultern straffte und ein bisschen lauter sang. Aber die Liebe und die ganzen verrückten Sachen, die sie einen tun ließ, waren gnadenlos überbewertet.

Da war zum Beispiel sie, die einem Mann eine lachhafte Liebeserklärung machte, der im Bett wahrscheinlich genauso oft pupste wie der Rest. Oder Joanna, die so verzweifelt an ihrem Freund hing, dass sie log, betrog und manipulierte, bis sie am Ende wieder allein dastand. Joanna hatte etwas Besseres verdient – und Lydia auch.

Während Lydia im tiefen Schnee stand, ihre Zehen langsam taub wurden und aus dem Pub ein sehr verlockender Geruch von Weihnachtsessen herüberwehte, beschloss sie, sich das

Fest nicht ruinieren zu lassen. Nicht einmal durch die Tatsache, dass sie sich zufällig in den nervigsten Mann der Welt verliebt hatte. Extra schwungvoll warf sie ihre englische Reserviertheit über Bord und stürzte sich in die letzte Zeile des Weihnachtslieds.

»… der sich nicht verpisst.«

Ein Jammer, dass sie einige Takte zu spät eingestiegen war und Tillys und Jakes unorthodoxes Ende einer verstummten Schar vorsang, die auf die Ansprache des Vikars wartete.

»Nun«, sagte der Vikar und unterdrückte ein Grinsen. »Es wäre nicht Weihnachten, hätte nicht zumindest eine etwas zu früh am Sherry genippt.«

Wie sich herausstellte, war der Pub aus dem sechzehnten Jahrhundert nicht in der Lage, das ganze Dorf zu fassen. Deshalb hatte Ned ein großes und zum Glück beheiztes Zelt aufgebaut, in das man durch die Terrassentüren des Schankraums gelangte. Jemand hatte sich große Mühe mit dem Schmücken gegeben und unzählige bunte, blinkende Lichterketten aufgehängt. In den Ecken standen üppig dekorierte Weihnachtsbäume, die aussahen, als hätte man sie aus verschiedenen Wohnzimmern im Dorf geklaut. In der Mitte hing eine große Glitzerkugel von der Zeltdecke. Die Tische und Stühle bestanden aus einem bunten Sammelsurium von Leihgaben. Auf jedem Tisch waren Stechpalmen- und Mistelzweige um Keksteller und eine rote Kerze drapiert, die in einer nelkengespickten Orange steckte.

Eine Zeltseite wurde ganz von aufgebockten Spanplatten eingenommen, die sich unter der Last des Buffets durchbogen. Jeder hatte etwas mitgebracht. Es gab verschiedenen Schinken, wunderschön dekorierte Weihnachtskuchen und haufenweise Weihnachtspastetchen.

Direkt nach dem Singen war Alice auf Katy zugekommen und hatte sich vorgestellt. Nun nahmen Katy und Joanna Lydia die Tasche ab und folgten Alice und einigen anderen Frauen in die Küche. Dort sollte die Hauptattraktion vorbereitet werden. Die Kinder und Vincent tollten derweil mit den anderen Kindern durch den kleinen Garten. Jim ging geradewegs zur Bar, wo er Jackson und Stephen umarmte, als hätte er die beiden seit Jahren nicht mehr gesehen. Lydia blieb allein in dem trubeligen Zelt zurück und wusste nicht, was sie tun sollte. Schließlich entschied sie sich dafür, den Stier bei den Hörnern zu packen, und ging ebenfalls zu ihren beiden Ex-Freunden hinüber.

»Hallo«, sagte sie strahlend und küsste beide auf die Wange. »Fröhliche Weihnachten. Hört zu, ich möchte reinen Tisch machen. Ich habe mich wahrlich nicht von meiner besten Seite gezeigt, das weiß ich. Ich hoffe, dass du mir verzeihst, Stephen. Auch wenn du dich von Joanna überreden hast lassen, mir einen Antrag zu machen, ohne dir sicher zu sein, ob du das überhaupt willst. Und Jackson, es tut mir leid, dass ich mich von dir küssen ließ. Ich war durcheinander und unsicher, aber mir ist klar, dass es auch für dich verwirrend gewesen sein muss. Ich bin gewillt, mit der Vergangenheit abzuschließen, wenn ihr es seid.«

»Meinetwegen, Schwamm drüber.« Jackson lächelte reumütig. »Ich schätze, wenn Stephen und ich Freunde sein können, gibt es keinen Grund, weshalb du und ich es nicht auch sein können. Außerdem habe ich nachgedacht, und du hast recht. Joanna ist eine fantastische Frau. Ich will sie nicht verlieren. Falls sie mich noch nimmt, würde ich uns gern eine zweite Chance geben.« Während er sprach entdeckte er Joannas tizianroten Schopf hinten im Raum. »Entschuldigt mich kurz.«

Lydia übernahm seinen Platz und stellte sich neben Stephen. Eine Weile schwiegen beide.

»Geht es dir wirklich gut?«, fragte Lydia schließlich. Ihr wurde schmerzlich bewusst, was sie verloren hatte: die Freundschaft eines anständigen Mannes.

»Und dir?«, erwiderte er.

Lydia seufzte und zuckte mit der Schulter. »Wird schon werden. Stephen, es tut mir leid, dass ich dich hierhergeschleppt habe. Ehrlich, bei meiner Mutter wären wir besser aufgehoben gewesen. Sogar bei deiner, und das will was heißen.«

»Mag sein, doch dann hättest du nicht deine Erleuchtung gehabt und wärst wahrscheinlich mit dem falschen Mann verlobt«, sagte Stephen mit einem traurigen Lächeln.

»Eine Heirat wäre falsch gewesen, nicht wahr? Nicht bloß für mich, sondern auch für dich. Ich bin nicht die richtige Frau für dich, Stephen. Das kann nicht sein, denn sonst hätte Joanna dich nicht drängen müssen, mir einen Ring zu kaufen.«

»Ich finde es schrecklich peinlich, dass du das rausbekommen hast«, gestand Stephen. »Aber ich schwöre dir, dass ich hundertprozentig dahinterstand, nachdem ich mich mit dem Gedanken vertraut gemacht hatte. Trotzdem hast du recht. Jetzt, wo alles ein bisschen gesackt ist, fühle ich mich – und versteh das bitte nicht falsch – ziemlich erleichtert. Alles, was ich mir vom Leben erwarte, ist eine Frau, die mich anbetet, ein Haus in einem Vorort und zwei Kinder, von jeder Sorte eins. Du bist eine Karrierefrau, eine Überfliegerin, und könntest dich niemals auf so ein Leben einlassen.«

Lydia dachte an Will, an das Haus, das er ihr für einen flüchtigen Moment bauen wollte, und fragte sich, ob das stimmte. »Es ist nicht so, dass ich es nicht wollen würde«, sagte sie nachdenklich. »Ich hätte nur gern beides. Und bei meinem Glück bekomme ich am Ende wohl nichts davon.«

Lydia blickte hoch und sah auf einmal Will. Er stand mit dem Rücken zu ihr und redete mit einer sehr hübschen Frau Anfang zwanzig, die über jede seiner Bemerkungen lachte und ihr blondes Haar nach hinten warf.

»Die kriegt ein Schleudertrauma, wenn sie nicht aufpasst«, bemerkte Lydia und schürzte die Lippen.

»Er hat es dir angetan, was?«, fragte Stephen. »Dieser Will?«

Lydia schüttelte den Kopf. »Nein, überhaupt nicht. Ich kenne den Mann kaum.«

»Doch, du kannst nicht aufhören, ihn anzusehen.« Stephen

drehte sich zur Bar. »So hast du mich nie angesehen, Lydia Grant.«

»Nie? Bist du sicher?«

»Kein einziges Mal.« Stephen nahm sein Glas auf. »Es wäre mir bestimmt nicht entgangen.«

Obgleich sie immer wusste, wo Will sich gerade befand und welche hübsche junge, nicht mehr ganz so junge oder ältere attraktive Frau gerade mit ihm flirtete, gönnte Lydia sich einen Teller mit Truthahn und sämtlichen Füllungen.

Sie saß an einem Tisch mit Katy, Jim, den Kindern, Joanna und einem Bootsvermieter namens Craig. Auch Gracie war wieder da, die alte Dame, die Lydia tags zuvor kennengelernt hatte. Gracie hatte ihr silbernes Haar zu einem hohen Pferdeschwanz gebunden und trug ein sehr schickes, grellrosa Kleid mit passender Jacke. Sie war begeistert, Lydia wiederzusehen, und bestand darauf, neben ihr zu sitzen. Während des Essens erzählte sie Lydia flüsternd von sämtlichen Affären, die sie während des Krieges in London gehabt hatte.

»Und da habe ich ihn einfach gepackt und einmal feste gezogen«, berichtete Gracie kichernd. »Sie hätten sein Gesicht sehen sollen.«

»Es ist erstaunlich, dass Sie überhaupt Zeit für Ihren Marinedienst hatten«, neckte Lydia sie. Tatsächlich bewunderte sie die Frau, die stramm auf die neunzig zuging und immer noch strahlend violette Augen hatte. Letztere dürften so manchen jungen Soldaten bezaubert haben.

»Na ja, wir dachten alle, dass wir sterben würden, nicht?«, erzählte Gracie. »Das gab uns ein herrliches Gefühl von Freiheit. Überlegen Sie nur. Wenn Sie glauben, dass Sie morgen wahrscheinlich nicht mehr leben, was würden Sie tun?«

»Zusehen, dass ich einen richtig dicken Fisch an den Haken bekomme, ganz klar«, sagte Joanna und sah dabei den verzaubert dreinblickenden Craig an, der unruhig auf seinem Stuhl hin und her rutschte.

Lydia blickte hinüber zu Will. Er saß an einem Tisch auf der anderen Seite des Zelts und wurde von der beträchtlichen Oberweite einer sehr matronenhaften Frau praktisch erdrückt. Sie war der Typ Frau, der streng wirkte, nur dass sie jedes Mal in mädchenhaftes Kichern verfiel, sobald Will ein Lächeln andeutete.

Wüsste Lydia, dass morgen alles vorbei wäre, würde sie auf der Stelle hinübermarschieren und ihn küssen. So lang, bis er begriff, dass er keinen Moment mehr leben könnte, ohne ihr die Kleider vom Leib zu reißen.

»Meine Güte, Lydia, woran denkst du gerade?«, fragte Katy. »Was es auch ist, hör auf damit – es sind Kinder anwesend.«

»Entschuldige.« Lydia sah wieder zu Will hinüber, während sie sich das vierte oder fünfte Weihnachtspastetchen in den Mund stopfte. Nicht einmal hatte sie ihn dabei ertappt, dass er herguckte. Den ganzen Tag noch nicht. Wieso lief ein Mann herum, küsste eine Frau und redete über das perfekte Haus, um sie Stunden später zu behandeln, als wären sie sich nie begegnet? Das lief so nicht, o nein.

»Ach, nun gehen Sie schon«, sagte Gracie und knuffte Lydia mit ihrem knochigen Ellbogen in die Rippen. »Gehen Sie rüber und schnappen Sie sich ihn.«

»Wie bitte?« Lydia sah sie an.

»Es ist offensichtlich, dass Sie hin und weg sind. Ich habe gesehen, wie er Sie angeguckt hat, als er Sie mit in den Pub brachte. Ich kenne den Knaben, seit er in den Windeln lag, und in all den Jahren habe ich nie erlebt, dass er ein Mädchen so anguckt wie Sie. Richtig altmodisch war das. was ist schon dabei, wenn er Ihnen mal die kalte Schulter zeigt? Das ist der männliche Stolz, der schießt immer quer. Gehen Sie rüber und sagen Sie ihm, dass Sie ihn wollen. Ich verwette meine Pension, dass Sie ihn kriegen. Bei mir hat es stets gewirkt, direkt zu sein.« Gracie plusterte sich auf. »Ich hatte sechsundachtzig Liebhaber, müssen Sie wissen.«

»Na gut«, murmelte Lydia und schluckte die Reste ihres

Fruchtpastetchens hinunter. »Wissen Sie was, Gracie, Sie haben recht. Zum Teufel, ich riskier's.«

»Lyds«, rief Joanna erschrocken, als Lydia ein wenig wacklig aufstand. Vielleicht hatte sie etwas mehr warmen Sekt intus, als vernünftig gewesen wäre. »Wo willst du hin?«

Lydia zeigte auf Wills Rücken, der aus dem Zelt in den Pub ging. »Dem Mann sagen, dass er ohne mich nicht leben kann.«

Es schien ein unmögliches Unterfangen, zumal Lydia ihre Stiefel bei erster Gelegenheit gegen ein Paar Stilettos eingetauscht hatte. Damit war es schwierig, Will auf dem Weg zur Tür einzuholen. Nette, freundliche Einheimische hielten Lydia auf. Manche von ihnen kannte sie bereits, andere nicht, doch alle begrüßten sie herzlich. Zwanghaft höflich, wie sie war, konnte Lydia sie natürlich nicht ignorieren. Gott sei Dank wurde auch Will häufiger angesprochen und mehrfach zu einem Kuss unter einem der schlaffen Mistelzweige genötigt. Schließlich sah sie, wie er hinaus in die Nacht entschwand. Angespornt von Gracie und zwei oder drei Gläsern Sekt, ließ sie Mrs Grimsdale vom Milchladen mitten im Satz stehen, stürmte durch die Menge und hinter Will her. Dabei rief sie über die Schulter: »Verzeihung, ich muss einen Mann einfangen.«

»Will.« Er war schon fast aus dem Lichtkegel des Pubs verschwunden, sodass Lydia lediglich seine Umrisse im Halbdunkel ausmachen konnte. Unsicher stakste sie durch den Schnee.

»Will.« Nun blieb er stehen und drehte sich sehr langsam um. Immerhin wartete er.

»Will«, wiederholte Lydia, als sie ihn endlich eingeholt hatte, atemlos und unsicher auf den Beinen wie ein junges Fohlen.

»Lydia«, sagte er ruhig.

»Ich wollte nicht, dass du gehst«, japste sie in der kalten Luft. »Ich meine, ich wollte nicht, dass es zwischen uns so endet, auch wenn es eigentlich noch gar nicht angefangen hat. Jedenfalls wollte ich nicht, dass du weggehst, ohne zu wissen, dass ... Also, Gracie sagt, ich soll dir einfach sagen, dass ich dich will, und dich ins Bett zerren. Doch ich bin nicht so mutig wie Gracie, und ich halte dich nicht für einen Mann, der sich irgendwohin zerren lässt. Was ich eigentlich sagen will: Geh nicht, denn du musst mich unbedingt noch einmal küssen.« Lydia schlug sich an die Stirn. »In meinem Kopf klang das besser.«

Will lächelte unterdrückt, stemmte die Hände in die Hüften und blickte hinauf zu den Sternen.

»Lydia, Lydia, Lydia«, sagte er und sah sie an. »Jackson hat mir alles über sich, Joanna und dich erzählt.«

»Hat er?« Lydia wurde unsicher. »Und wie kam ich in der Geschichte weg?«

»Ein bisschen verwirrt und impulsiv. Er sagte, dass eigentlich nichts von alledem deine Schuld war. Er meinte sogar, dass du eine der beeindruckendsten Frauen bist, die er kennt. Und dass er ein Idiot war, dich gehen zu lassen.«

»Wirklich?«, fragte Lydia. »Beeindruckend? Ich weiß gar nicht, was das heißen soll.«

»Ich auch nicht«, sagte Will düster und ging weiter, sodass Lydia notgedrungen hinter ihm herstöckeln musste.

»Na prima. Richtig super, ehrlich. Ich komme hinter dir hergerannt und werfe mich dir praktisch an den Hals, und dir fällt nichts Besseres ein, als den mürrischen, rätselhaften Nordmann zu geben. Allmählich wird sie übrigens öde, diese Mischung aus Heathcliff und Bob der Baumeister.«

Will blieb vor einem kleinen Cottage stehen, an dessen glänzendem Messingtürklopfer ein schlichter Stechpalmenkranz hing.

»Ach? Tja, mich ödet allmählich an, dass dir ständig Männer hinterhertigern, die dich verflucht beeindruckend finden. Dämlicher Amerikaner!«

»Oh, alles klar. Da wir gerade beim Thema fehlgeleitete Bewunderung sind, sollte dir vielleicht mal jemand sagen, dass du dich zwar für den tollsten Mann weit und breit hältst, dich aber ehrlich gesagt jeder herausgeputzte Esel ausstechen könnte.«

»Ist das so?« Will machte einen Schritt auf sie zu. »Ist das wirklich so? Du läufst in deinen Stöckelschuhen und deinem schulterfreien Top hinter mir her und ...«

»Ja, und ...« Lydia konnte nicht weitersprechen, denn Will zog sie kurzerhand in seine Arme und küsste sie. Diesmal war es kein sanfter Kuss, kein Akt schüchterner Höflichkeit. Er drückte sie an sich, umschlang sie, sodass sie sich nicht rühren konnte, nicht einmal die Umarmung erwidern. Aber das war Lydia egal. Sie war gebannt von der Hitze seiner Lippen auf ihrem Mund, vom Reiben seiner Stoppeln an ihrem Hals, vom Wispern seines Atems an ihrem Ohr. Als er aufhörte, stöhnte sie nur: »Nicht, weiterküssen!«

»Aber du erfrierst«, flüsterte Will. »Du bist mir nachgelaufen, ohne dir vorher eine Jacke überzuziehen.«

Mit einiger Mühe befreite sie einen Arm und boxte ihm leicht gegen die Brust. »Ich bin dir nicht nachgelaufen. In diesen Schuhen kann man gar nicht laufen!«

»Komm.« Will nahm ihre Hand und führte sie durch die kleine schmiedeeiserne Pforte in der niedrigen Schiefermauer zur Cottagetür.

»Meinst du nicht, dass die Leute was dagegen haben, wenn wir einfach in ihr Haus gehen?«, fragte Lydia. »Obwohl ich zugebe, dass es irgendwie niedlich ist, auf dem Land zu wohnen und nie seine Tür abschließen zu müssen.«

»Niedlich? Hast du tatsächlich ›niedlich‹ gesagt?« Will zog eine Braue hoch. »Das ist mein Haus, und ich schließe immer ab.«

»Dein Haus?« Lydia betrachtete die hübsch gestrichene Tür mit anderen Augen. Will besaß ein richtiges Erwachsenen-Haus, was Lydia überraschte, auch wenn sie nicht sagen konnte, warum. Hatte sie angenommen, dass er in einer Höhle lebte, die er mit bloßen Händen in einen Felsen gegraben hatte? »Mit einem Schlafzimmer?«

»Die meisten Häuser haben mindestens ein Schlafzimmer«, sagte Will. »Sogar im Norden. Und ich habe auch ein Klo mit Wasserspülung.«

Er schloss auf, öffnete die Tür und bedeutete Lydia hineinzugehen.

»Was schlägst du vor, dass wir in diesem Haus tun?«, fragte sie spitz. »Du sollst nämlich nicht glauben, ich wäre leicht zu haben.«

Will lächelte breit. »Lydia Grant, in den letzten sechsunddreißig Stunden hast du drei Männer geküsst. Wie käme ich wohl auf diese Idee?«

»Ja, aber nur weil …«, protestierte Lydia, bis Will sie mit einem Kuss zum Verstummen brachte.

»Sei nicht dumm«, sagte er. »Du bist in keiner Beziehung leicht. Ich würde eher sagen, dass du extrem schwierig bist.«

Nervös trat Lydia in den Flur. Der Fußboden war aus Sandstein, und an den Wänden hingen gerahmte Urkunden. Anscheinend hatte Will schon diverse Preise für seine Häuser bekommen. Links befand sich eine offene Tür, durch die man in ein kleines Wohnzimmer sah. Es hatte einen schlichten Dielenboden und war mit einem abgewetzten, gemütlichen Ledersofa, einem Fernseher und einem Hocker in der Ecke möbliert. An der Wand hingen gerahmte Fotografien, die Lydia sofort ins Auge stachen. Sie sahen nach sehr alten Familienfotos aus.

»Komm rein. Das hier wird dir gefallen«, sagte Will, ging voraus ins Wohnzimmer und zeigte ihr eine sepiafarbene Aufnahme.

»Erkennst du die Veranda?«, fragte er.

Lydia betrachtete das Bild, auf dem zwei viktorianisch gekleidete Frauen nebeneinander saßen. Die Frauen guckten ernst in die Kamera. Ihr Alter war schwer zu schätzen. Sie waren aber nicht mehr ganz jung. Dann sah Lydia den Hintergrund: das Muster der Gusseisensäulen und die Holzarbeiten.

»Oh, das ist *Heron's Pike*«, rief sie.

»Ja, damals war es noch ein Doppelhaus. Die Frauen sind Margaret, links, und ihre Schwester, wahrscheinlich kurz bevor sie heiratete und wegzog.«

Lydia sah sich Mollys Gesicht genauer an. Sie wirkte überhaupt nicht wahnsinnig. Allerdings glaubte Lydia, hinter der Maske gefasster Ernsthaftigkeit, wie sie in den Frühzeiten der Fotografie modern war, Trauer in ihren blassen Augen zu erkennen. Aber das konnte Einbildung sein.

»Wo hast du das her?«, fragte Lydia fasziniert.

»Vom Flohmarkt. Ich sammle so viele alte Fotos, wie ich kriegen kann. Ich finde es traurig, dass all diese Leute, ihre Leben, ihre Hoffnungen und ihr Stolz für künftige Generationen festgehalten wurden und wenige Jahre später namenlos in irgendwelchen alten Kisten landen. Keiner sieht sie mehr an, fragt sich, wer sie waren, oder erinnert sich an ihre Namen. Tja, und nebenbei sind diese alten Bilder sehr hilfreich bei Restaurierungen.« Will ertappte Lydia dabei, wie sie ihn verträumt ansah. »Was?«

»Mir ist noch nie ein Mann wie du begegnet«, sagte sie.

Plötzlich wurde Will unsicher, wusste nicht recht, was er tun sollte. Also wandte er sich ab, zog seine Jacke aus und hängte sie an die Tür.

»Und was machen wir jetzt?«, fragte Lydia ihn. Ihr Magen zog sich zu einem festen Knoten zusammen.

»Hm«, machte Will nachdenklich und musterte sie mit einer Intensität, die Lydia einen kleinen Schauder über den Rücken jagte. »Du siehst aus, als wäre dir kalt.« Er nahm ihre Hand und brachte sie zum Sofa neben dem Kamin. Dort lag die kalte, graue Asche eines früheren Feuers. Gespannt beobachtete Lydia, wie Will frische Scheite aufschichtete und binnen Minuten ein knisterndes Feuer entfacht hatte. Er wischte sich die Hände in seiner Jeans ab und drehte sich wieder zu Lydia um.

»Du sitzt auf meinem Sofa«, sagte er. »Das macht mich nervös.«

»Ja? Ich kann mich woanders hinsetzen.« Lydia hielt den

Atem an, als Will sich vor sie hinkniete und sich vorbeugte, um sie zu küssen. Er neckte und kitzelte ihre Lippen mit seiner Zunge. Dann wich er zurück.

»Es kommt mir so unwirklich vor, dass du da bist. Ich hätte nie gedacht, dass das passieren würde«, sagte er. »Ich dachte, meine Sturheit hätte alles verdorben.«

»Ja, du bist ziemlich stur«, pflichtete Lydia ihm lächelnd bei.

»Ich weiß, aber ich möchte jeden Moment auskosten. Darf ich dich ausziehen, Lydia?«

»Oh, ähm ... okay«, piepste sie.

Will nahm ihre Hände und setzte Lydia ein wenig auf, so dass er ihr den Weihnachtspulli über den Kopf ziehen konnte. Er landete auf den Dielen. Da er ihre Handgelenke lose umfangen hielt, zwang Lydia sich, ihre Augen offen zu lassen, während Will sie eingehend betrachtete. Er gab eine ihrer Hände frei und malte ihr Dekolleté mit dem Zeigefinger nach, bevor er erst den einen BH-Träger, dann den anderen über ihre Schultern schob. Schließlich befreite er ihre vollen Brüste aus den Körbchen. Lydia seufzte, als seine Daumen ihre Brustwarzen streichelten und er sie mit seinem Blick verschlang.

»Du bist sehr schön«, sagte Will heiser. »Ich könnte dich ewig ansehen.«

»Das wäre mir nicht so lieb.« Lydia zog ihn zwischen ihre Knie, schlang die Arme um ihn und küsste ihn innig. Sie genoss es, wie sich sein raues Hemd an ihrer nackten Haut rieb. Will schob sie sanft wieder zurück, zog mit den Lippen einen Pfad über ihren Hals hinunter zu ihren Brüsten und umkreiste deren Spitzen mit seiner Zunge. Ungeduldig zerrte Lydia an seinem Hemd, zog es herunter und strich mit den Fingern über seinen Rücken, wo die Muskeln an seinen Schultern unter ihrer Berührung zitterten.

Seine Hände und sein Mund waren überall, während Will sie vom Sofa auf den Fußboden manövrierte. Für einen Moment hielt er inne und betrachtete sie im Feuerschein. Ihr dunkles Haar war um sie herum ausgebreitet.

»Warte«, sagte er und lief aus dem Zimmer.

»Was? Wo willst du hin?« Lachend stützte Lydia sich auf die Ellbogen auf. »Hat dich der Mut verlassen?«

»Nein ... ich dachte, dass wir lieber ...« Will guckte ein bisschen unglücklich, als er ihr ein Päckchen Kondome hinhielt. »Die gute Nachricht ist, dass sie noch nicht abgelaufen sind.«

Lydia streckte ihm die Arme entgegen, als er sich zu ihr auf den Boden legte und sie küsste.

»Runter damit«, murmelte er, denn ihm gelang es nicht, die Knöpfe ihrer Jeans zu öffnen. Er stand wieder auf, um sich seine Hose auszuziehen. Unterdes hob Lydia die Hüften und befreite sich von ihrer Jeans, behielt jedoch den kleinen Spitzenslip an. Als sie zu dem nackten Will aufsah, stockte ihr der Atem. Er war ein sehr beeindruckender Mann.

Will kniete sich hin, glitt mit den Händen über ihre Schenkel, ihren Bauch und ihre Brüste. Stöhnend zog er den Spitzenstoff ihres Slips zur Seite und legte sich mit dem ganzen Gewicht seines heißen, harten Körpers auf sie.

»Jetzt«, flüsterte Lydia und sah ihm in die Augen. Will stöhnte abermals, dann begann er, sich in ihr zu bewegen. Ein herrliches Wonnegefühl breitete sich aus. Sein Blick wich keine Sekunde von ihrem Gesicht, während er ihre Wangen umfasste, sie bei jedem seiner Stöße küsste und sie näher und näher an den Höhepunkt brachte. Dann war der perfekte Moment gekommen. Lydia schrie auf und wurde von einer Welle puren Wohlgefühls überrollt. Gleich darauf sank Will auf sie herab und bedeckte ihr Gesicht mit unzähligen zarten Küssen.

»Lydia«, flüsterte er in ihr Haar. »Ich möchte dich nie wieder gehen lassen.«

»Dann tu es nicht«, antwortete sie flüsternd und umarmte ihn. »Lass mich nie wieder gehen.«

18

26. Dezember

Lydia wachte lächelnd und wunderbar erschöpft auf. Irgendwann in der Nacht hatten sie es bis in Wills Schlafzimmer geschafft, jedoch nur sehr wenig geschlafen. Es mochte vielleicht eine Stunde her sein, dass sie eingeschlummert waren. Trotz aller Müdigkeit wollte Lydia aber nicht schlafen. Das wahre Leben war so viel schöner als ihre Träume.

Sie rollte sich auf die Seite, damit sie Will ansehen konnte. Seine schwarzen Wimpern bildeten einen Fächer über den perfekten Wangenknochen, und die dunklen Stoppeln betonten das Grübchen am Kinn. Er hatte wahrlich die schönste Nase, die Lydia je gesehen hatte, und sein maskulines, starkes Kinn würde sich sehr gut auf dem Buchdeckel eines Liebesromans machen. Was seinen Körper anging ... sacht strich Lydia mit der Fingerspitze über seinen Oberkörper, seine Brust, seinen Bauch und biss sich auf die Lippe, als sie die Stelle erreichte, an der das zerwühlte Laken über seinen Hüften lag. Vorsichtig hob sie das Oberlacken an, lugte darunter und gratulierte sich im Geiste. Ihr war es gelungen, sich das moderne Äquivalent eines griechischen Gottes zu sichern. Eines griechischen Gottes, der sich anscheinend weder an ihren runden Hüften noch an ihrem Hintern störte. Tatsächlich schienen ihm ihre Rundungen zu gefallen.

Lydia bedeckte ihn wieder und legte sich zurück auf den Rücken. Sie musste eine Hand auf ihren Mund pressen, um das glucksende Lachen zu unterdrücken, das in ihr aufstieg. Das war lächerlich! Sie benahm sich wie eine liebeskranke Sechzehnjährige. Trotzdem wollte sie laut lachen, all ihren

Freundinnen eine SMS schicken und Wills Namen mit Tipp-Ex auf ihr Federmäppchen malen.

Nur würde sie ihn damit wecken, und dann könnte sie nicht mehr den filmreifen Bogen seiner Augenbrauen oder die perfekten Proportionen seiner vollen und dennoch männlichen Lippen bewundern. Es war sicherer aufzustehen, beschloss Lydia, und zwar nicht nur für sie, sondern auch für Will, der es wahrscheinlich nicht ertragen könnte, dass sie schon wieder über ihn herfiel. Nein, sie sollte ihm ein bisschen Zeit zur Regeneration geben – wenigstens eine halbe Stunde.

Behutsam stieg Lydia aus dem Bett, und da all ihre Sachen – einschließlich eines sehr zerrissenen Slips – unten im Wohnzimmer lagen, nahm sie sich eines von Wills Hemden aus seinem Kleiderschrank und ein Paar ordentlich zusammengerollte Socken aus seiner obersten Kommodenschublade. Sie würde ihm Frühstück ans Bett bringen, ja, das würde sie, dachte Lydia glücklich. Sie würde ihn füttern, mit Flüssigkeit versorgen und dann vernaschen. Das klang in ihren Ohren nach einem sehr guten Plan.

Auf Zehenspitzen stieg sie die knarrende Treppe hinunter und strich über das Eichengeländer, während sie sich verzückt daran erinnerte, welche Wonnen sie letzte Nacht an ebendieser Stelle genossen hatte. Sie musste sich zusammennehmen, nicht übermütig über den Fliesenboden in die Küche zu schlidern, in deren Tür sie für einen Augenblick stehen blieb. Es war verblüffend, wie sehr dieser Raum Will war. Handgeschreinerte Schränke, offenbar aus alten Kiefernmöbeln recycelt, sodass sich ein harmonischer Mischmasch von Fronten und Griffen aus Messing, Keramik oder Glas ergab. Das alles wurde durch eine Arbeitsplatte aus dem typisch grünen Cumbria-Schiefer zu einem Ganzen. Unweigerlich musste Lydia schmunzeln. Sie liebte die Vorstellung, dass ein so strenger, männlicher Mann wie Will einen cremeweißen Keramikgriff mit einer Rosenknospe an seine Küchenschranktür schraubte.

Vergnügt öffnete und schloss sie Schränke, bis sie ein Glas

Instantkaffee, zwei Becher und etwas altes Toastbrot gefunden hatte. Sie füllte den Wasserkocher und wartete, leise vor sich hin summend, dass das Kaffeewasser kochte. Unterdes zog sie die Jalousie ein Stück nach oben und blickte hinaus. Irgendwann in der Nacht musste es angefangen haben zu regnen, und es regnete noch. Nicht dass sie in der Hitze der Leidenschaft etwas davon mitbekommen hätte. Es regnete so stark, dass erste grüne Flecken aus dem Schnee auftauchten und Schmelzwasser durch das Regenrohr gurgelte. Von den Eiszapfen an der Dachkante tropfte unablässig Wasser auf den Fenstersims. Es taute. Falls das so blieb, wären die Straßen morgen frei, und sie konnte wie geplant nach London zurückfahren.

Auf einmal war ihr, als drückten die schweren Regenwolken über den Hügeln direkt auf ihre Brust. Morgen würde sie, Lydia, fort müssen, zurück in ihr normales Leben. Dann hieß es wieder Überstunden machen, zu wenig schlafen, zu viel essen und trinken, die halbe Nacht fernsehen und vor allem nicht Will küssen.

Sei nicht blöd, ermahnte Lydia sich. Lass dir nicht von deinem romantisch vernebelten Kopf grundlos das Herz schwer machen. Will ist fantastisch, umwerfend, aber vergiss nicht, dass du dasselbe von Jackson gedacht hast. Trotzdem hat er dich verlassen, und am Ende wolltest du ihn sowieso nicht. Mach dir nicht vor, dass diese Affäre mehr sein könnte, als sie ist. Werde erwachsen, Lydia Grant, und denk daran, wer du bist: Anwältin und Kämpferin für die Gerechtigkeit.

»Wie kannst du wach sein?« Wills Arme umfingen sie von hinten, und seine Bartstoppeln kratzten an ihrer Wange. »Du hast mich erledigt, meine Liebe. Ich muss einen Monat lang schlafen, und das täte ich auch, aber du hast mir gefehlt.«

»Der Schnee schmilzt«, sagte Lydia und drehte sich zu ihm um. »Bald sind die Straßen frei.«

Will lächelte sie an, denn er brauchte offenbar einen Moment, bis er begriff, was das hieß.

»Wir hätten diese Urlaubsromanze viel früher anfangen sollen«, raunte er und küsste sie auf die Nasenspitze. »Wenn ich das nächste Mal einer unglaublichen und verrückten Frau begegne, werde ich nicht so viel Zeit vergeuden.«

»Ich will nicht, dass du eine andere Frau triffst, nie«, sagte Lydia. »Ist es das, eine Urlaubsromanze?«

Der Toaster warf die Brotscheiben aus, und sie zuckten beide zusammen.

Will schüttelte nachdenklich den Kopf. »Ehrlich gesagt, weiß ich es nicht. Im Augenblick würde ich sagen, nein, ist es nicht. Es ist mehr. Aber wie kann es das sein? Willst du hierbleiben, bei mir in diesem Haus, und nicht zurückgehen nach London, keine Anwältin mehr sein, nicht die Arbeit machen, die du liebst?«

Lydia sah ihn fragend an und fand keine Antwort.

»Was ist mit dir?«, erwiderte sie. »Würdest du das alles verlassen, dein Zuhause, deine Freunde, deine Familie, und mit mir nach London kommen? Würdest du dich an die U-Bahn gewöhnen und mit mir auf Wohnungsjagd gehen?«

Will schwieg und streichelte ihren Nacken.

»Ich will nicht, dass du gehst«, sagte er.

»Ich will nicht, dass du bleibst«, entgegnete sie.

»Wir könnten uns an den Wochenenden sehen«, schlug Will vor. »Ich könnte in den Süden fahren. Es sind nur ungefähr sechs Stunden bis London, bei viel Verkehr sieben. Oder du kommst. Es gibt Züge.«

»Ja, und wir hätten die Ferien und so«, sagte Lydia. »Wir könnten uns im Urlaub sehen. Allerdings nehme ich nie Urlaub.«

»Ich auch nicht. Das ist überflüssig, wenn man hier lebt.«

Seufzend lehnte Lydia die Stirn an seine Brust. »Es wird nicht funktionieren, oder?«

»Wahrscheinlich nicht«, stimmte Will ihr traurig zu. »Ich meine, ja, vielleicht eine Zeit lang. Aber nicht für immer. Sogar ich würde sagen, dass du irre wärst, deine Karriere für einen Mann aufzugeben, den du gerade erst kennengelernt hast.«

»Und mir ist klar, dass du es hassen würdest, in der Stadt zu leben, weit weg von alledem«, sagte Lydia und blickte aus dem Fenster zu den Hügeln, die bis in den regenverhangenen Himmel aufragten.

»Was nicht bedeutet, dass ich nicht so für dich empfinde, wie ich empfinde, Lydia«, sagte Will.

»Nein, ich weiß.« Sie lächelte ihn an. »Bei mir ist es dasselbe.«

»Also, was jetzt?«

»Nun, wir haben noch bis morgen Zeit, und das ist eine kleine Ewigkeit. Gehen wir wieder ins Bett.«

Der Regen hörte nicht auf. Er trommelte gegen die winzigen Fenster des Cottages, bis das wenige Sonnenlicht, das es durch die dichten Wolken schaffte, einer weiteren Regennacht wich. Lydia und Will verließen das Bett nur, um etwas zu essen oder eine Flasche Wein aus der Küche zu holen. Lydia glaubte, noch nie im Leben so viel gelacht oder solche wohlige Wärme in jeder Zelle ihres Körpers gespürt zu haben wie mit Will. Sie konnte nicht umhin, diese Romanze aus heiterem Himmel mit jenem Sommer zu vergleichen, den sie mit Jackson verbracht hatte. War das nicht das Gleiche, fragte sie sich, während die wenigen Stunden, die sie noch hatten, allmählich dahinflossen. Tat sie nicht, was sie immer tat: verliebte sich zu schnell, ohne einen Gedanken an die Enttäuschung und den Schmerz zu verschwenden, die unweigerlich folgen würden?

Denk diesmal dran, nicht gleich wieder dein Herz zu verschenken, sagte Lydia sich, als sie ihr Spiegelbild in dem alten Goldrahmen betrachtete, dem einzigen Schmuckstück in dem ansonsten sehr schlichten Bad. Nicht nur ihre glänzenden Augen, das zerzauste Haar und die von Stoppeln gerötete Haut verrieten ihr, wie schwierig das sein würde. Hinzu kam, dass es ihr nach diesen wenigen Stunden unmöglich erschien, sich ein Leben ohne ihn vorzustellen.

Das Problem war, dass Lydia einen Hang zu romantischen

Übertreibungen hatte, obwohl ihre Erfahrungen sie hinreichend gelehrt haben sollten, dass das Leben nicht romantisch war. Nicht alles bestand aus Herzchen und Blumen, rührenden Abschiedsszenen auf Bahnhöfen und tränenreichen Wiedersehen auf Wolkenkratzerterrassen. Sie brauchte sich nur anzusehen, wie es mit Jackson gewesen war. Sie hatte geglaubt, hoffnungslos in ihn verliebt zu sein, doch das war sie im Grunde nie gewesen. Vielleicht war ihr normales Leben zu düster und schwierig. Tag für Tag mitzuerleben, wie menschliche Existenzen auseinanderbrechen konnten, vernichtet durch eine Laune des Schicksals. Der Gedanke, in eine Liebesgeschichte zu entfliehen, wie in den Filmen, die sie so sehr mochte, war überaus verlockend. Gerade jetzt, zum Zeitpunkt der höchsten Vollkommenheit, musste sie pragmatisch und vernünftig sein. Denn der Zeitpunkt zum Abschied rückte näher.

»Komm zurück«, rief Will aus dem Schlafzimmer. »Du bist schon viel zu lang weg.«

Bald darauf stellten sie fest, dass sie nichts als eine halbe Flasche Bailey's von einem Kunden Wills zum Abendessen hatten und dass jemand an die Haustür hämmerte.

»Wer ist das?«, fragte Will stirnrunzelnd.

»Das kriegt man normalerweise raus, indem man die Tür aufmacht«, sagte Lydia.

»Ja, aber ich trage nur Boxershorts, und du hast nichts außer diesem Hemd an«, erwiderte Will grinsend. »Und ich hatte eigentlich gehofft, dich auch davon zu befreien. Oder du darfst es anbehalten, das habe ich noch nicht entschieden.«

Es klingelte.

»Tja, wer immer das ist, er versteht den Wink nicht«, sagte Lydia. »Geh schon. Ich versteck mich drinnen.«

Kaum aber hatte Will die Tür geöffnet, kam Joanna einer Naturgewalt gleich hereingestürmt und schüttelte ihren Schirm aus, sodass Wills Steinboden in der Diele komplett nass wurde. Dann warf sie den Schirm in die Küchenspüle.

»Ihr seid also nicht tot«, rief Joanna, küsste Lydia auf die Wange und drehte sich bewundernd zu dem spärlich bekleideten Will um. Er hatte sich rasch die Jeans übergestreift, die noch auf dem Wohnzimmerfußboden lag. »Ganz und gar nicht, wie es aussieht, du Flittchen. Ehrlich, Lydia, du hättest wenigstens eine SMS schicken können. Wir waren krank vor Sorge.«

»Ach, wirklich?« Lydia war gerührt.

»Na ja, nicht krank. Diese alte Nymphomanin aus dem Pub hat uns erzählt, dass du mit Will weg bist, aber wir konnten uns ja nicht sicher sein, ob er nicht der gefährlichste Serienmörder Nordenglands ist. Du hättest uns Bescheid geben können, wo du steckst.«

»Tut mir leid«, sagte Lydia und lächelte Will zu, der in der Tür stand und sein Hemd zuknöpfte. »Ich habe gar nicht mitbekommen, wie die Zeit verging.«

»Tja, die gute Nachricht ist, ich bin in Jims Auto hergefahren. Die Straßen sind so gut wie frei. Überall fahren Kerle mit Schneepflügen und Streuwagen herum. Stephen hat's als Erster gewagt und ist heute Nachmittag losgefahren. Er lässt dir ausrichten, du sollst ihm nicht böse sein, weil er sich nicht verabschiedet hat.«

Lydia verzog unglücklich das Gesicht. Sie hatte Stephen vollkommen vergessen.

»Mach dich nicht fertig, Süße«, sagte Joanna. »Als wir gestern wieder zurück waren, haben Stephen und ich zusammen unseren Kummer ertränkt. Er wird wieder, ehrlich. Er hat mich sogar gefragt, ob ich mit ihm ausgehe. Natürlich habe ich abgelehnt. Einer von deinen Abgelegten ist mehr als genug. Jedenfalls nimmt Jackson, der im Moment im Pub wohnt, mich mit nach Hause, damit wir in Ruhe reden können. Es war sein Vorschlag. Das ist doch was, meinst du nicht? Ich weiß zwar nicht, was es bedeutet, aber ... oh verflucht, ich liebe ihn, Lyds. Ich muss einfach wissen, woran ich bin.«

»Ja, das musst du«, stimmte Lydia ihr zu. »Es ist besser, Bescheid zu wissen, als sich mit Fragen zu quälen.«

»Gut. Okay, eine Frage: Wäre es für dich in Ordnung, mit dem Zug zurückzufahren? Vielleicht kann Will dich zum Bahnhof bringen. Wenn nicht, fährt Katy dich sicher hin. Sie ist besser drauf seit gestern. Neuerdings besitzt sie eine ganze Liste mit Telefonnummern und lädt das ganze Dorf reihum zum Tee ein. Ich glaube, sie fühlt sich nicht mehr so ausgeschlossen, auch wenn sie mit diesem Trampel verheiratet ist. Aber man kann ja nicht alles haben, nicht?«

»Kein Problem, ich fahre mit dem Zug«, sagte Lydia, die sehnlichst wünschte, dass Joanna aufhörte, sie an morgen zu erinnern.

»Ich habe übrigens die Touristeninformationen gelesen, die Katy in den Zimmern ausgelegt hat – ohne Sex muss man sich ja irgendwie anders beschäftigen. Hast du gewusst, dass sie den alten Film, von dem du dauernd faselst, in einem Bahnhof nur eine Stunde Fahrt von hier gedreht haben? Du weißt, der mit dieser verklemmten Kuh und dem Zug, der in einen Tunnel fährt. Den musste ich mir einmal bis zum Ende antun, und das hätte mich fast umgebracht.«

»*Begegnungen*, echt? Der Bahnhof ist in der Nähe?«

»Fünfzig Meilen oder so, aber sicher kannst du jemanden überreden, dich hinzufahren. Von da fährst du mit einem Zug nach Lancaster und steigst um nach London.«

Lydia sah Will an und stellte sich vor, wie es wäre, ihn auf demselben Gleis zum Abschied zu küssen, auf dem Celia und Trevor sich Lebwohl gesagt hatten.

»Das klingt ganz schön umständlich. Ich denke, ich nehme lieber ein Taxi bis Carlisle und von da den Zug. Das geht schneller, und vielleicht kann ich noch kurz Alex und das Baby besuchen.«

»Bist du sicher?«, fragte Will. »Mir macht es nichts aus. Ich würde dich gern hinfahren, wenn der Bahnhof dir etwas bedeutet.«

»Ja.« Lydia wappnete sich für die Rückkehr in die reale Welt. »Ja, ich bin sicher.«

»Komisch, das sieht dir gar nicht ähnlich, Lydia. Du lässt eine Chance sausen, dich wie in einem Schwarz-Weiß-Streifen zu fühlen? Na, ich dachte jedenfalls, dass du eine Bleibe brauchst, also hier sind die Ersatzschlüssel für meine Wohnung. Keine Bange, falls sich zwischen Jack und mir alles wieder einrenkt, wohnen wir bei ihm. Falls nicht, werde ich eine Zeit lang von Wodka und Psychopharmaka leben.« Joanna hielt inne, um Lydia zwei Wangenküsse zu geben. Lydia sah sie erstaunt und dankbar an. »Du lässt mich in deine Wohnung, nach allem was passiert ist?«, fragte sie ein klein bisschen misstrauisch.

»Schnee von gestern, Süße. Außerdem war ich nicht ganz unschuldig an dem Schlamassel. Ich gebe zu, auf den einen oder die andere sanft psychologisch eingewirkt zu haben.«

»Aber ich ...«, begann Lydia und machte gleich wieder den Mund zu, als sie Joannas Gesicht sah.

»O Gott! Müssen wir diesen gesamten Mist wirklich noch mal durchziehen, ehe wir zum Normalbetrieb zurückkehren können? Du verwechselst mich offenbar mit Oprah Winfrey! Na gut, du hast einen Fehler gemacht. Wer hat das noch nicht? Nächste Szene, Kamera läuft, lalala ...« Abermals beäugte sie Lydia streng. »Meine Güte, du bist nackt unter dem Hemd, das ist eklig. Falls wir uns also nicht mehr sehen, vergiss nicht, zu meiner Silvesterparty zu kommen. Es wird die beste aller Zeiten. Ciao, Süße.«

Und nachdem sie rasch Will geküsst hatte, war sie weg und ließ die Tür offen, sodass Lydia und Will nasskalter Wind entgegenblies.

»Wie es aussieht, hat deine Freundin dir verziehen«, stellte Will fest, sobald er sich von dem Wirbelwind Joanna erholt hatte.

»Ja, und zwar ohne das lästige Gerede.« Mit einem reumütigen Lächeln wandte Lydia sich wieder Will zu. »Die Straßen werden geräumt.«

»Na ja, es konnte wohl schlecht für den Rest unseres Lebens weiterschneien.«

»Nein. Kannst du mir ein Taxi für morgen früh bestellen, über *Heron's Pike*, damit ich meine Sachen abholen kann?«

»Lass mich dich fahren«, sagte Will und zog sie an dem Hemdkragen näher zu sich. »Ich möchte es.«

»Nein. Ich will mich hier von dir verabschieden. Und dafür musst du nackt sein.«

»Wir müssen Telefonnummern und E-Mail-Adressen austauschen.«

»Nein«, erwiderte Lydia, noch ehe sie nachgedacht hatte.

»Nein?« Will wirkte verwundert und traurig.

»Wir haben bereits festgestellt, dass wir keine Beziehung auf vierundzwanzig Stunden traumhaften Sex aufbauen können. Und ich bin ein Mädchen. E-Mails, Anrufe oder SMS werden mir nicht helfen, darüber hinwegzukommen. Ich würde leiden, schlechte Gedichte schreiben, dich nachts um drei anrufen und dir kitschige Lieder vordudeln. Dies hier ist etwas Besonderes, das ich nicht ruinieren will, indem ich dir Gedichte schicke.« Lydia lächelte. »Glaub mir, man sollte keine Versprechen machen, die man nicht halten kann. Am Ende wird man von einem Taxi überfahren und landet im Rollstuhl, während der andere oben auf dem Empire State Building wartet. Das nervt dann gewaltig.«

»Ich habe keinen Schimmer, wovon du redest, aber die Tatsache, dass du mit allergrößter Wahrscheinlichkeit irre bist, macht mich kein Stück weniger verrückt nach dir.«

»Es ist aus einem Film, *Die große Liebe meines Lebens*. Ich würde ja sagen, du musst ihn dir ansehen, doch bestimmt findest du ihn zu kitschig.«

»Klingt wie ein Horrorfilm.« Will grinste. »Also nichts? Kein Kontakt mehr? Bist du sicher?«

»Bin ich«, log Lydia. »Ich muss mein Leben ordnen, Will, erwachsen werden. Es wird höchste Zeit. So chaotisch, wie es gegenwärtig bei mir aussieht, willst du mich nicht.«

»Eigentlich will ich dich genauso«, sagte Will leise und öffnete ihren obersten Hemdknopf.

Lydia überlegte. »Es ist sehr gut möglich, dass ich wieder mal herkomme, irgendwann. Dann laufen wir uns sicher über den Weg. Wie wäre es damit: Wenn wir beide immer noch aneinander denken, treffen wir uns nächstes Jahr am Weihnachtsabend im *Heron's Pike,* im Bootshaus?«

»In einem Jahr? Was hat dich von der Frau, die jeden küsst, der vorbeiläuft, in die unnahbarste Lady aller Zeiten verwandelt?«

Auf diese Bemerkung ging Lydia nicht ein. »Wenn wir nach so langer Trennung immer noch dasselbe fühlen wie heute, wissen wir, dass unsere Beziehung es wert sein könnte, unser Leben zu ändern. Aber achte bitte auf Taxis, wenn du rauf zum Hotel gehst.«

»Irre.« Will küsste sie und wärmte sie mit seiner Umarmung von den Zehenspitzen bis hinauf in ihre rosigen Wangen. »Okay, nächstes Jahr, am Weihnachtsabend, im *Heron's Pike.* Und weil das noch sehr lange hin ist, sollte ich die letzten Minuten mit dir auskosten, so gut ich kann.«

Lydia quiekte auf, als Will sie hochhob und nach oben trug. In diesem Moment liebte sie ihn aus tiefstem Herzen, weil er tatsächlich so tat, als würde sie nichts wiegen.

19

27. Dezember

»Und das war's? Du absolvierst einen Sexmarathon, sagst Wiedersehen und danke für die Orgasmen? Das sieht dir überhaupt nicht ähnlich.« Alex verfiel in einen Singsang, als sie auf die kleine Carole in ihren Armen blickte und sich auf einen der abwaschbaren Stühle im Aufenthaltsraum setzte. »Oh, guck dir dieses kleine Näschen an. Hat man schon mal so eine süße, knuddelige Stupsnase gesehen? Hat man? Hat man? Nein, hat man nicht, sie ist einzigartig.«

Obgleich Lydia nicht unwesentlich zu Caroles Geburt beigetragen hatte und die Kleine zweifellos niedlich war, erschloss sich ihr die unvergleichliche Schönheit des Babys nicht so richtig. Ihre Freundin hingegen schwärmte ohne Unterlass von ihr, seit Lydia ins Krankenhaus gekommen war. Sie hatte eine Stunde Zeit, bis sie zum Bahnhof musste.

»Ja, ihre Nase ist sehr süß ... ähm ... knuddelig.« Lydia hüstelte und entschied, nichts von ihrer Bootshausverabredung mit Will zu erzählen.

Zum einen würde sie das wieder als hoffnungslose Romantikerin erscheinen lassen, und zum anderen würde sie sowieso nicht hingehen. Daher behielt sie ihre Pläne für den nächsten Heiligen Abend lieber für sich.

»Ich weiß ja, was ihr von mir haltet. Aber ich habe beschlossen, von nun an vernünftiger, realistischer zu sein. Ich ziehe völlig neue Saiten auf. Im Beruf bin ich sowieso eine Bulldogge, skrupellos, durchsetzungsstark, logisch ... normal. Künftig werde ich mein Liebesleben genauso angehen. Ich bin durch mit der Romantik in all ihren perfiden Erscheinungsformen.«

»So wie du mal die ganze Fastenzeit keinen Alkohol trinken wolltest und dir gleich am nächsten Tag das Handgelenk gebrochen hast, weil du im Wodkarausch Trampolin gesprungen bist?«

»Ja, ich meine, nein. Es ist mir ernst. Ich stürze mich nicht mehr in Geschichten, ohne gründlich nachzudenken, erwarte nicht mehr, dass mein Leben einem Film gleicht. In Filmen zeigen sie nie, was nach dem Abspann passiert. Nach der witzigen Rangelei im Schnee, den Geigenklängen und dem tränenreichen Abschied. Sie zeigen nie den Teil, in dem dein Ex-Freund mit deiner besten Freundin verschwindet, in dem du dich quasi während des Heiratsantrags von deinem Freund trennst und mit dem Handwerker wegläufst. Das machen sie nie, oder?«

»Weil du keine Horrorfilme guckst.« Alex säuselte ihrem Baby zu: »Ist es nicht so, Knuddelmäuschen? Deine Flittchen-Tante Lydia mag keine stinkigen Horrorfilme, nein, nein, die mag sie nicht!«

»Wow, ich dachte, nach dem Baby flutscht nur noch die Plazenta raus, nicht auch das Gehirn«, sagte Lydia. »Jedenfalls solltest du stolz auf mich sein. Ich verhalte mich völlig anders als nach Jackson. Kein Zusammenbruch, kein Enthaltsamkeitsgelübde, keine Fressattacken. Ich habe die Zeit mit Will genossen, die Leidenschaft, den Sex …« Lydia war für einen Moment abgelenkt, weil ihr das Bild von dem ziemlich nackten Will in den Sinn kam, der sich morgens von ihr verabschiedet hatte. »Ich stelle mich meiner Zukunft als erfolgreiche, hart arbeitende Singlefrau.«

Alex sah nicht überrascht aus, als Lydia in Tränen ausbrach.

»Ich werde nie wieder lieben«, schluchzte sie in ihren Ärmel, was ihr einige neugierige Blicke von anderen Müttern in dem Raum eintrug.

»Nicht weinen, Lyds«, sagte Alex leise. »Hier, halt Carole mal. Sie wird dich aufmuntern. Ich habe festgestellt, dass man weit weniger geneigt ist, hysterisch zu heulen, wenn man Angst haben muss, ein Baby zu wecken.«

Lydia nahm die Kleine recht umständlich entgegen, doch sobald sich der warme kleine Körper in ihre Arme schmiegte, musste sie zugeben, dass es wirklich beruhigend war.

»Ich bin so bescheuert, dass ich mich richtig hasse«, sagte Lydia. »Wie kann ich mir einbilden, Will zu lieben, wenn ich mich eben erst von Stephen getrennt habe und vor wenigen Tagen nicht mal sicher war, dass ich Jackson nicht zurückwill? Ich bin ein Wrack. Haben die hier eine Psychiatrie? Du musst mich wegsperren lassen. Ich bin schwer gestört.«

»Hm.« Alex sah sie an. »Ein bisschen vielleicht, ja, aber ich weiß nicht ...«

»Was?«, fragte Lydia, die Caroles schrumpeliges kleines Gesicht betrachtete.

»Na ja, ich überlege bloß.« Alex streckte eine Hand aus und streichelte die Babywange sanft mit einem Fingerrücken, als könnte sie es nicht ertragen, ihre Tochter auch nur eine Minute lang nicht zu berühren. »Wo die Liebe eben hinfällt. Sie hält sich nicht an Zeitpläne. Sie sagt sich nicht, also diese Frau kann ich auf keinen Fall belästigen, weil sie verheiratet ist, oder dieser Mann eignet sich nicht, weil in seinem Job gerade zu viel los ist. Guck dir David und mich an. Hätte ich jemals gedacht, dass der richtige Mann für mich mehrere Zentimeter kleiner ist als ich und ohne Ende über dämliche Sachsen doziert? Nein, hätte ich nicht. Trotzdem ist er der Richtige, und ich bete ihn an. Zu wissen, dass ich ihn und diese Kleine habe, macht mich zur glücklichsten Frau der Welt.« Alex blickte hinauf zur Decke und blinzelte ein paar Tränen weg. »Oh, Mann, diese bescheuerten Hormone machen es wirklich schwer, mein Herzlose-Kuh-Image aufrechtzuerhalten!«

»Wir wissen alle, dass du keine herzlose Kuh bist«, sagte Lydia, die ihr vorsichtig das Baby zurückgab. »Na ja, zumindest nicht herzlos.«

Alex bedachte sie mit einem mütterlich strengen Blick.

»Pass auf, dass du nicht ausgerechnet zur falschen Zeit entscheidest, vernünftig und realistisch zu sein, mehr sage ich nicht. Ich weiß, dass Will und dich einige hundert Meilen trennen, dass du schwachsinnig und impulsiv bist, während er sehr gut aussieht und sexy ist. Ich stimme dir ebenfalls zu, dass er sich wohl kaum in dich verlieben wird, aber man kann ja nie wissen. Von hier sind es nur drei Stunden mit dem Zug nach London. Ihr könntet euch mit den Wochenendbesuchen abwechseln.«

»Schluss damit«, sagte Lydia. »Hör auf, so zu tun, als wäre es machbar. Wir haben entschieden ... ich habe entschieden, dass es zwecklos ist. Natürlich bin ich traurig, klar, aber in ein oder zwei Wochen bin ich wieder auf dem Damm und schwärme wahrscheinlich schon für den nächsten.«

»Wenn du meinst.«

»Egal, ich bin gekommen, weil ich dich besuchen will, und bisher habe ich dir bloß von mir vorgejammert. Wie geht es dir? Wie ist das Muttersein?«

»Mir geht es prächtig, kein einziger Riss, keine Naht. Mutter zu sein ist das Wunderbarste, was ich je erlebt habe.« Alex strahlte. »Ich glaube nicht, dass ich glücklicher sein könnte.«

»Das ist fantastisch, Alex«, sagte Lydia und sah auf ihre Freundin mit dem Baby im Arm. »Anscheinend bist du ein Naturtalent.«

»Bitte, bleib noch ein bisschen«, bat Alex, als Lydia sich ihre Jacke anziehen wollte. »David müsste jeden Augenblick mit einem doppelten Cheeseburger und einer extragroßen Portion Pommes zurück sein. Er will dir unbedingt für alles danken, was du für Carole und uns getan hast.«

»Ja, ich war ziemlich überwältigend, das stimmt.« Lydia grinste. »Obwohl ich schätze, dass du auch etwas dazu beigetragen hast. Aber ich muss echt los, sonst verpasse ich meinen Zug.«

»Du kommst zu Joannas Silvesterparty, oder?«

»Ihr auch?«, fragte Lydia verwundert.

»Ja, wir fahren morgen nach Hause. Die Ärztin sagt, wir sind topfit. Also dachte ich mir, ich packe Carole in ein Tragetuch und wir kommen. Im obersten Stock des Oxo Tower, das wird atemberaubend!«

»Tja, entweder ich gehe hin, oder ich hocke allein vor dem Fernseher. Da kann ich mich ebenso gut in ein tolles Kleid und umwerfende Schuhe schmeißen und mich auf Joannas Kosten betrinken.« Lydia küsste ihre Freundin zum Abschied. »Dann sehen wir uns in ein paar Tagen.«

Lydia machte ein paar Schritte auf die Tür zu und blieb stehen. Sie konnte auf keinen Fall gehen, ohne gesagt zu haben, was ihr auf dem Herzen lag.

»Noch ist es übrigens nicht zu spät.«

»Was?«, fragte Alex.

»Euch das mit dem Namen Carole zu überlegen.«

Joannas Wohnung war kalt, leer und roch etwas nach Mülleimer, als Lydia müde von der langen Fahrt dort ankam. Sie schaltete alle Lampen ein, drehte die Zentralheizung auf und drückte auf den Knopf des Anrufbeantworters, der wild blinkte.

»Lyds, Süße, ich dachte, ich spreche dir eine Willkommensnachricht aufs Band. Entschuldige, dass ich nicht da bin, aber die Rückfahrt mit Jack war schöner als erwartet. Wir sind gerade im Hotel, um ... Na, jedenfalls sind wir uns einig, dass wir einfach nur Spaß haben wollen, ohne Verpflichtungen, ohne Geheimnisse, ohne Verlobungsring. Ich hoffe, das ist okay für dich. Haha, klar ist es das!«

Lydia hörte sich die Nachricht an und rechnete mit einem Anflug von Eifersucht, Verärgerung, Bedauern oder sogar Missgunst. Doch es regte sich nichts dergleichen in ihr. Von ihren Gefühlen für Jackson war nichts mehr übrig. Sie war nur froh, dass sie Joannas Beziehung nicht vollständig ruiniert hatte. Obwohl sie ernsthaft bezweifelte, dass Joanna längerfristig ohne einen Verlobungsring zufrieden wäre, freute Lydia sich, dass ihre Freundin so glücklich klang. Was Jackson betraf, empfand sie rein gar nichts.

»Und genauso wird es mit Will sein«, sagte Lydia sich laut, holte ihr Handy heraus und fand, dass es eine gute Idee gewesen war, keine Telefonnummern auszutauschen. Hätte sie nämlich Wills Nummer gehabt, sie würde ihn sofort anrufen und ihm erzählen, dass sie ihn vermisste. Und später, nachdem sie die Flasche Weißwein aus Joannas Küche getrunken hätte würde sie ihn wieder anrufen, ihm *I've Had the Time of My Life* vorspielen und im Takt dazu schluchzen.

Im Moment mochte sie sich fühlen, als hätte sie die Liebe ihres Lebens nackt in Cumbria zurückgelassen. Aber das hatte sie auch bei Jackson geglaubt, und jetzt machte es ihr nicht das Geringste aus, dass er mit ihrer Freundin im Bett lag. Auch wenn es im Augenblick wehtat, musste sie damit rechnen, dass Will irgendwann zwischen heute und dem nächsten Weihnachtsfest aufhörte, an sie zu denken, und eine der vielen anderen Frauen bemerkte, die sich ihm an den Hals werfen wollten.

»Dein Problem ist dein Hang zum Drama«, sagte Lydia, entkorkte die Weinflasche und goss sich ein Drittel des Inhalts in einen Becher, weil sie kein anderes sauberes Trinkgefäß fand. »Du bist einfach nicht zufrieden, solange du nicht unglücklich bist. Tja, genug ist genug. Von nun an heißt es arbeiten, arbeiten, arbeiten. Und vielleicht ab ins Kloster. Du könntest die weltweit erste Klosteranwältin werden.«

Sie schaltete den Fernseher ein, legte die Füße auf Joannas Sofa und überlegte, dass sie demnächst zu Stephen fahren und ihre Sachen holen sollte. Aber nicht heute. Heute würde sie auf Joannas Couch lümmeln, in Joannas Fernseher glotzen, Joannas Wein trinken und sich alle Mühe geben, nicht im Internet nach Will zu forschen.

Morgen würde Geoff, der Kanzleileiter, einen neuen Fall für sie haben. Es ist amtlich, dachte Lydia betrübt, während Joannas scheußlicher rosa Sonderangebotsweihnachtsbaum sie anblinkte. Sie war wieder in der Realität angekommen.

20

Silvester

Auf der Terrasse der Oxo-Tower-Bar war es eisig. Dennoch zog Lydia es vor, sich an die Brüstung zu lehnen und abwechselnd ihre Fußballen zu entlasten, denn die sehr hohen, kristallbesetzten Schuhe drückten gleichermaßen schmerzhaft, wie sie schön waren. Lydia konnte schon nach der ersten halben Stunde auf den Dingern nicht mehr laufen. Mit ihrem vierten oder fünften Glas Champagner in der Hand wappnete sie sich gegen die verführerische Kühle der windstillen Stadtluft. Diese Kälte fühlte sich völlig anders an als die in Cumbria. Lydia sah die Themse hinunter und über die funkelnde, leuchtende Stadt.

Von hier oben sah London, das Lydia so sehr liebte, am eindrucksvollsten aus, als hätte es sich zusammen mit seinen Einwohnern für die Party hergerichtet. Glitzernd und protzig stellte die Stadt ihre Schönheit zur Schau, knisternd vor dunklen Geheimnissen, verruchten Abenteuern, randvoll mit Leuten, denen in dieser letzten Nacht des Jahres Liebe, Intrigen oder zumindest ein hammermäßiger Kater bestimmt war. An all diese Menschen dachte Lydia, als sie zum Horizont blickte, an dem bereits die ersten Feuerwerksraketen aufblitzten, abgeschossen auf Tausenden anderer Partys.

Alle waren voller Erwartungen und Hoffnungen für das neue Jahr, und normalerweise galt das auch für Lydia. Noch nie hatte sie um viertel vor zwölf am Silvesterabend den Wunsch gehabt, dass die nächsten zwölf Monate in einem einzigen Augenblick verpuffen würden und sie im Bootshaus vom *Heron's Pike* säße, wo sie durch das kaputte Oberlicht zum

Sternenhimmel aufsah, Wills Arm wärmend um ihre Schultern gelegt und seine raue Wange an ihrer.

Lydias Seufzer produzierte eine Wolke feinster Eiskristalle in der Luft. Vernünftig zu sein hatte es wahrlich in sich.

Joannas Silvesterparty war nett. Es wimmelte von schönen Menschen. Lydia wusste, dass sie sich weit besser amüsieren würde, wenn sie sich ins Getümmel stürzte und potenziell nützliche Kontakte knüpfte. Joanna hatte die ganze Bar gemietet – weiß der Himmel zu welchem Preis – und anscheinend jeden eingeladen, dem sie jemals begegnet war, einschließlich ihrer vier oder fünf Ex-Verlobten. Sogar Stephen war da und unterhielt sich mit einer blonden PR-Frau. Joanna hatte sie engagiert, denn sie verkündete, dass das nächste Jahr ihren Durchbruch im richtigen Fernsehen bringen sollte. Selbstverständlich war auch Jackson da, den Joanna so verbissen festhielt wie ein Kind seinen Luftballon. Es war nicht zu übersehen, dass sie Angst hatte, er könnte ihr entschweben, sollte sie loslassen.

Katy und Jim hatten nicht kommen können. Sie hatten ihre ersten Übernachtungsgäste. Seit Lydia sich auf den Stufen von *Heron's Pike* von ihrer Freundin verabschiedete, hatte sie Katy nicht wieder angerufen. Sie würde ohnehin nur fragen, wo Katy gewesen war, was sie gemacht und ob sie zufällig Will gesehen hätte. Das würde zu vielen überflüssigen Fragen führen. Wie sah er aus? Hatte er Ringe unter den Augen? Wirkte er ein bisschen unglücklich? Und was wäre, wenn Katy antwortete, dass er prima und glücklich ausgesehen hätte, als er die Milchmagd küsste – oder was auch immer junge Frauen in Cumbria für Berufe hatten. Das alles wollte Lydia lieber nicht wissen.

Alex und David hatten sich ebenfalls entschuldigt, denn sie beide hofften, spätestens um neun zu schlafen. Sie wünschten sich fürs nächste Jahr ein Baby, das nicht zwanzig Stunden am Tag wach sein wollte.

Nur Geduld, ermahnte Lydia sich und sah einen Rundfahrtbus mit offenem Oberdeck voller betrunkener Feiernder, der die London Bridge überquerte. Es war noch keine Woche her, seit sie Will verlassen hatte. Allerdings war damit mehr Zeit vergangen, als sie ihn überhaupt gekannt hatte. Was für eine dämliche Kuh ich doch bin, dachte Lydia, leerte ihr Glas und nahm sich ein neues, das auf einem der Tische stand. Niemand verliebt sich binnen weniger Tage, nicht im richtigen Leben.

Sie kehrte der verführerischen Stadt den Rücken zu und überlegte, wieder nach drinnen zur Party zu gehen. Das Problem war, dass zwei Drittel ihrer Freunde fehlten und sich mit niemandem gern unterhalten wollte. Aber sie wollte auch nicht in einem Taxi oder der U-Bahn sitzen, wenn Big Ben das neue Jahr einläutete. Vor allem wollte sie nicht allein in Joannas leere Wohnung zurück.

Am Nachmittag war Joanna vorbeigekommen, um sich mit Lydia für die Party fertig zu machen. Sie war beladen gewesen mit Einkaufstaschen und Schachteln mit Schleifen, die garantiert sehr winzige und sehr teure Dessous enthielten.

»Süße«, hatte sie beim Hereinkommen geflötet. »Ich muss heute Nacht umwerfend und absolut hinreißend aussehen. Dafür brauche ich dich und dein Talent, künstliche Wimpern anzukleben.«

Lydia half ihr gern, denn es machte Spaß, mit Joanna die erste Flasche Champagner zu köpfen und die Freundin herauszuputzen, und es lenkte sie ab.

»Das hat mir gefehlt«, sagte Lydia, während sie Joanna in ein Designer-Korsagenkleid schnürte, das diese am Nachmittag gekauft hatte. »Diese Mädchensachen, die man zusammen macht. Mit Stephen, ein toller Mitbewohner, ging das nicht. Er hat immer alles in den Geschirrspüler gepackt und nie den Toilettensitz hochgeklappt gelassen. Aber ich durfte ihn nicht schminken, kein einziges Mal.«

»Ach nein? Es vergeht kaum ein Tag, an dem ich Jack nicht in Spitzendessous stecke und ihm einen Hauch Lipgloss auflege.« Lydia prustete, wobei der rote Lippenstift, den sie Joanna gerade auftrug, quer über deren Wange rutschte.

»Ups.«

»Schon gut.« Joanna wischte das Lippenrot mit einem Tuch ab. »Das waren wohl zu viele Details.«

»Nein, es ist nur ... bei mir war er nie so abenteuerlustig. Ich schätze, ich habe ihn gar nicht richtig gekannt. Komisch, wie man so viel Zeit mit jemandem verbringen kann, sich einbildet, man wäre unsterblich in ihn verliebt, und in Wahrheit ist er einem völlig fremd.«

»Oder aber du warst gar nicht in ihn verliebt«, sagte Joanna und lächelte mitfühlend. »Jetzt bin ich dran, dich zu schminken. Hinsetzen.«

Joanna hatte Lydia ein silbernes Satinkleid mit einem bauschigen knielangen Rock aufgeschwatzt. Anfangs war Lydia entsetzt gewesen. Doch sie wusste, dass es keine Ruhe gäbe, ehe sie es nicht anprobiert hatte. Sie war überrascht gewesen, wie gut es ihr stand. Es brachte ihr Taille hübsch zur Geltung, und das enge Mieder betonte ihre Oberweite äußerst vorteilhaft.

»Du siehst göttlich aus«, hatte Joanna gesagt, als Lydia sich vor ihr drehte, die Hände in den Hüften und den Kopf zur Seite geneigt. »Zu göttlich. Zieh das sofort aus und irgendwas Schlabberiges an. Ich will nicht, dass Jack sich gleich wieder auf dich stürzt.«

»Das wird er nicht«, sagte Lydia. »Ihr zwei seid längst unzertrennlich. Schließlich ist dies das erste Mal seit Tagen, dass ich dich zu Hause sehe.«

»Stimmt.« Joannas Lächeln wurde ein klein wenig matter. »Es ist bloß, dass ich nicht sicher bin, ob ich nicht nur der Trostpreis bin, mit dem er über dich hinwegkommen will. Die Geschichte ist für Stephen auch schlecht ausgegangen, nicht?«

»Blödsinn«, sagte Lydia, packte Joanna bei den Schultern und bugsierte sie vor den großen Spiegel. »Du und Jackson, ihr seid vollkommen anders als Stephen und ich. Außerdem guck dich doch an. Du wirst nie ein Trostpreis sein, und das ist

Jackson klar. Wenn es jemanden gibt, der ihn in seinem Spiel schlagen kann, dann bist du das, Jojo. Und womöglich bist du exakt die Herausforderung, die er braucht, um zu kapieren, dass eine echte Beziehung mehr ist, als sich zu verlieben. Er und ich waren eine Momentaufnahme, ein Hauch von nichts, das binnen eines Sommers verpuffte. Aber du, du besitzt den Verstand und die Schönheit, ihn zu zähmen.« An dieser Stelle hätte sie aufhören sollen, konnte aber nicht widerstehen, noch etwas anzufügen. »Hauptsache, du vergisst nicht, mit wem du es zu tun hast. Pass auf, dass du dir nicht die Finger verbrennst. Bleib cool, okay? Lass ihn nicht wissen, wie sehr du ihn liebst.«

»Dafür könnte es ein bisschen zu spät sein.« Joanna verzog unglücklich das Gesicht. »Ist das nicht schrecklich, Lydia? Mir ist total egal, wie sehr er mich liebt, solange er nur bei mir ist. Ich schätze, das ist der springende Punkt bei der Liebe, nicht? Gefühle zu riskieren und zu hoffen, dass es gut geht. Meinst du nicht?«

Lydia sah nachdenklich ihr Spiegelbild an. Joanna hatte ihr Haar mit dem Lockenstab bearbeitet, sodass es in Wellen über ihre eine Schulter fiel, und ihre Lippen in einem dunklen Maulbeerton geschminkt, der ihren hellen Teint unterstrich. Heute Abend fühlte Lydia sich schöner denn je, und dennoch bereitete ihr das nicht halb so viel Freude wie eine verwuschelte Mähne und eines von Wills Hemden. Vielleicht hatten Joanna und Alex recht. Vielleicht sollte sie das Wagnis eingehen und versuchen, Will zu kontaktieren. Andererseits wusste sie, wohin sie das früher geführt hatte. Sie bezweifelte, dass sie eine Enttäuschung verkraften könnte.

»Ich denke«, sagte sie zögernd, »dass du bereit sein musst, dich einzulassen und zu akzeptieren, dass es entsetzlich schieflaufen könnte und du den Rest deines Leben unglücklich und allein, hoffnungslos, verbittert und voller Reue verbringst. Aber wenn du dazu bereit bist, was offensichtlich ist, dann solltest du es riskieren.«

»Das liebe ich so an dir, Lyds.« Joanna legte einen Arm um

sie, und beide bewunderten sich im Spiegel. »Du weißt genau, was du sagen musst, damit man sich besser fühlt.«

Mit Jackson hatte sie nur einmal kurz an der Bar gesprochen. Er wollte zwei Gläser Champagner holen und hatte die Aufmerksamkeit des Barkeepers mit einem Wink gewonnen, während er mit der freien Hand Joannas hielt. Sie plauderte mit einem der Medienleute, die Lydia nicht kannte.

»Frohes neues Jahr«, wünschte Jackson ihr. »Ich würde dich ja auf die Wange küssen, aber ich fürchte, das wäre mein sicherer Tod.«

Lydia schmunzelte. »Du bedeutest ihr viel. Behandele sie gut, Jackson. Diese Frau ist eine meiner liebsten Freundinnen. Sogar nach dem Debakel in Cumbria ist sie noch für mich da. Ich erlaube nicht, dass ihr wehgetan wird. Ich werde dich aufspüren und dir die Augen mit einem rostigen Nagel auskratzen, falls du sie nicht hundert Prozent glücklich machst.«

»Das glaube ich dir sofort.« Jackson nickte. »Aber du brauchst dir wirklich keine Sorgen zu machen. Die ganze Geschichte hat mich ins Grübeln gebracht, was für ein Mann ich geworden bin. Ich habe die Frauen immer geliebt, habe es geliebt, mich zu verlieben, mochte den Rausch und das Prickeln der ersten Wochen. Diesem Prickeln habe ich sehr lange hinterhergejagt, alles als Spiel gesehen. Und ich schätze, dass ich auch mit dir und Joanna gespielt habe. Dann, als ich sah, was ich euch beiden beinahe angetan hätte, wie ich beinahe einen Keil zwischen euch getrieben hätte … nun, da wurde mir klar, dass ich nicht der Mann war, auf den mein Vater stolz wäre. Und das war ziemlich schwer zu verkraften.«

Jackson holte tief Luft und nahm einen Schluck aus seinem Glas. »Ich habe keine Ahnung, ob es mit Joanna so laufen wird, wie sie es sich wünscht. Aber es ist schon toll, dass jemand wie Joanna mir eine zweite Chance gibt, nachdem ich es so gründlich vermasselt habe. Den Fehler mache ich bestimmt nicht noch einmal. Was für ein Idiot wäre ich dann?«

»Ein extrem blöder«, sagte Lydia, die ihr Glas vom Barkeeper entgegennahm.

»Und was ist mit dir? Wie geht es dir?«, fragte Jackson. Ein verträumtes Lächeln zeigte sich auf seinen Zügen, als er Joanna ansah, die einen Fernsehproduzenten kokett mit den falschen Wimpern anklimperte.

Lydia seufzte in ihren Champagner. »Willst du eine ehrliche Antwort? Ich weiß es nicht. In den letzten Tagen hat sich eine Menge verändert. Ich brauche einfach Zeit, um zu mir zu kommen, Bilanz zu ziehen und meinen Alkoholismus weiterzuentwickeln.«

»Viel Glück damit.« Jackson nickte ihr zu, denn er hatte sie kaum verstanden, weil Joanna ihn fortzog. »Ich gehe lieber. Offenbar werde ich als Trophäenfreund gebraucht!«

»Frohes neues Jahr«, rief Lydia ihm nach und beobachtete, wie er in der Menge verschwand. Es amüsierte sie, wie gern Joanna ihn einem Zuchtbullen gleich überall vorführte. Sie war erleichtert, dass sie es nur witzig fand, nicht hingegen bereute, dass er sie verlassen hatte.

Allein war Lydia Stunden durch die Bar geschlendert, hatte höfliche Konversation mit Leuten gemacht, die sie kaum kannte und die sie ausnahmslos fragten, ob sie schon einmal jemanden verteidigt hätte, den sie für schuldig hielt, oder ob sie ihnen nicht in dieser oder jener Sache einen Gratisratschlag geben könnte. Ein Mann, der schon reichlich angeschlagen war, sagte ihr, sie hätte das tollste Dekolleté im ganzen Saal, und bat darum, seinen Kopf hineinlegen zu dürfen. Ein anderer – relativ nett und nicht schlecht aussehend – brachte den Mut auf, sie nach ihrer Telefonnummer zu fragen, was sie höflich abschlug. Schließlich war Lydia es leid gewesen, in einem Raum voller schöner Menschen jeden blöde anzulächeln, und auf die Terrasse geflohen, wo sie sich an die Brüstung lehnte, die Stadt bewunderte, die sie so sehr liebte, und das neue Jahr für sich allein einläuten wollte.

»Ich bin schon an schlimmeren Orten gewesen«, sagte plötzlich eine Stimme hinter ihr. Lydia erstarrte und runzelte die Stirn. Hatte jemand etwas in ihren letzten Drink getan? Musste wohl, denn sie halluzinierte eindeutig. »Ich meine, es stinkt ein bisschen und die Leute sind enger zusammengepfercht als gut für sie ist. Aber von hier oben sieht es ziemlich schön aus.«

Langsam, sehr langsam drehte Lydia sich um und fand sich Will gegenüber. Für eine Halluzination war das erste Sahne. Er sah so fantastisch wie immer aus, lässig in einer Jeans und einem weißen Hemd unter einer abgewetzten Lederjacke, und er hatte zwei Gläser Champagner in den Händen.

Die Welt, die Zeit, alles schien stillzustehen, als Lydia ihn anstarrte und zu begreifen versuchte, was sie sah. Will war hier, in London? Das konnte nicht sein.

»Du bist wahrhaft eine Augenweide«, sagte er leise und trat zögernd einen Schritt auf sie zu. »Obwohl ich mir lieber einen Schlips umgebunden hätte, wenn ich dich in diesem Kleid sehe. Ich bin fast nicht reingekommen. Joanna musste kommen und dem Schnösel an der Tür sagen, dass ich eingeladen bin.«

Lydia öffnete den Mund, doch ihr fiel nichts ein, was sie sagen könnte.

»Sag doch was«, bat Will sie. »Irgendwas, damit ich mich weniger wie ein Idiot fühle, weil ich den ganzen Weg hergefahren bin, um dich zu sehen.«

»Joanna hat dich eingeladen? Das hat sie mir nicht erzählt.«

»Ich bat sie, es dir nicht zu sagen. Und im Grunde habe ich mich selbst eingeladen.«

»Warum?«, fragte Lydia. »Ich dachte, wir wären uns einig ...«

»Ja.« Will nickte energisch. »Ja, ich dachte auch, wir wären uns einig. Aber als du einen oder zwei Tage weg warst und ich es satt hatte, meinen Kummer zu ertränken, wurde mir klar, dass wir uns gar nicht einig gewesen waren. Du warst dir einig, und ich habe mitgemacht, weil du verteufelt gut darin bist, Leuten etwas einzureden, bis sie glauben, dass sie einverstanden wären. Na, ist ja auch dein Job.«

Will leerte das eine Champagnerglas, hielt kurz inne und stürzte dann das andere hinunter.

»Die Sache ist die, Lydia, dass ich nicht einverstanden bin. Ich will nicht, dass wir uns ein ganzes Jahr nicht sehen. Ich bin nicht einverstanden damit, dass wir vernünftig sind oder praktisch oder unseren Jobs den Vorrang geben. Anscheinend habe ich mich in dich verliebt. Das ist schräg, keine Frage, denn du bist echt verrückt und kompliziert, von deinem ungünstigen Wohnort ganz zu schweigen. Aber so fühle ich nun einmal. Dann habe ich im Pub gesessen, mit einem Gesicht wie sieben Tage Regenwetter. Gracie ist zu mir gekommen und hat gesagt, ich solle kein Depp sein. Das Mädchen hätte die Nerven gehabt, zu mir zu kommen und mich zu schnappen. Nun solle ich ein Mann sein und zu ihr gehen.«

»Das hat sie gesagt?« Lydia musste grinsen. »Sie hat dich Depp genannt?«

»Ja.« Will grinste ebenfalls. »Sie hatte recht. Ich bin nicht der Typ, der sich von einer Frau sagen lässt, was er tun soll. Ich weiß nicht, was ich mir dabei gedacht habe, mich von dir überreden zu lassen, dass wir uns erst in einem Jahr in dem verdammten Bootshaus wiedersehen. Übrigens habe ich deinen Film gesehen, *Die große Liebe meines Lebens*. Wären die beiden zusammengekommen, als sie sich verliebten, hätte sie am Ende nicht im Rollstuhl gesessen und der Film wäre viel kürzer gewesen. Ich meine, ja, vielleicht sollte man abwarten, wenn man sich nicht sicher ist und es sich irgendwie nicht richtig anfühlt. Aber ich bin mir sicher, und es ist richtig, das Richtigste, was ich bisher erlebt habe, genau genommen. Also habe ich nachgedacht. Ich will nicht, dass das Schicksal bestimmt, wann ich dich das nächste Mal sehe. Ich bin nicht damit einverstanden, dich nicht zu treffen, nicht an dich zu denken, dich nicht zu wollen oder mich nicht jede Sekunde nach dir zu verzehren, in der du nicht da bist. Ich bin dagegen. Was machst du jetzt?«

Mit einem Satz warf Lydia sich ihm in die Arme und küsste

ihn mit solcher Begeisterung, dass Will einige Schritte rückwärts stolperte, bis er gegen einen Stuhl stieß und auf den Sitz fiel. Dabei zog er Lydia mit sich. Es musste Schlag Mitternacht sein, denn auf einmal explodierte der Himmel. Das neue Jahr begann mit einem riesigen Feuerwerk. Lydia lehnte den Kopf an Wills Schulter, und sie saßen eng umschlungen da, während sie dem spektakulären Lichterspiel zuschauten.

Als der Feierlärm allmählich verklang, nahm Will Lydias Hand und küsste ihre Fingerspitzen.

»Also, nur um das klarzustellen: Sind wir uns einig, dass wir uns weder durch die Entfernung noch unsere Arbeit noch durch den sonstigen komplizierten Quark davon abhalten lassen, uns so oft wie möglich zu sehen? Denn ich brauche dich, Lydia, wann immer es irgend machbar ist.«

»Ja, da sind wir uns einig«, sagte Lydia glücklich, stupste mit ihrer Nasenspitze an seine und strich ihm das Haar aus der Stirn. »Ich war so doof, mir einzureden, dass ich ausnahmsweise das Richtige tue, die richtige Entscheidung treffe. In dem Moment, als ich dich wiedersah, wusste ich, dass ich mit dir zusammen sein muss. Vielleicht läuft alles schrecklich schief, und es wird wieder einmal auf meinem Herzen herumgetrampelt, aber das ist egal. Du bist es wert, das Risiko einzugehen, Will, und ich brauche dich auch.«

Will schlang seine Arme um sie und hielt sie so fest, dass sie seinen Herzschlag spürte, der im gleichen Rhythmus pochte wie ihrer.

»Frohes neues Jahr, Lydia Grant«, flüsterte er ihr ins Ohr. »Ich bin sicher, das wird das beste Jahr meines Lebens.«

21

24. Dezember
Weihnachtsabend, ein Jahr später

Es war eine wahrhaft stille Nacht im *Heron's Pike*. Erschöpft vom Feiern mit den Dorfkindern, waren Jake und Tilly sogar freiwillig früher als sonst ins Bett gegangen. Nachdem sie den Truthahn in den Aga gesteckt hatten, damit er am nächsten Vormittag rechtzeitig zum Aufbruch in den Pub bereit war, zogen auch Katy und Jim sich zurück. Die beiden hatten ein geschäftiges Jahr hinter sich, mit beständig zunehmenden Buchungen. Den Sommer über waren sie sogar komplett ausgebucht gewesen. Überdies hatte Katy inzwischen neue Freunde im Dorf gefunden.

Der Schnee knirschte unter Lydias Stiefeln, als sie zum Haus hinaufblickte und sah, dass in Jacksons und Joannas Zimmer noch Licht brannte. Bestimmt musste Joannas Freund gerade ihr neues Seidennachthemd vorführen. Zwölf Monate waren vergangen, ohne dass ein Ring an Joannas Finger erschien. Wie sie Lydia erzählt hatte, war sie aber glücklicher denn je. Laut Joanna hatte sich zwischen ihr und Jackson etwas Besonderes entwickelt. »Und weißt du was?«, hatte sie Lydia vorhin gefragt. »Selbst wenn er mir einen Antrag macht, würde ich ablehnen, zumindest erst einmal. Ich glaube, dass ich endlich lerne, wie man jemanden ohne ein sündhaft teures Stück Metall und Stein am Finger dazu bringt, bei einem zu bleiben. Hauptsache, man liebt. Wer hätte das gedacht?«

In Alex' und Davids Zimmer brannte ein Nachtlicht, allerdings dürfte es dort einen gänzlich anderen Grund haben. Nicht einmal an ihrem ersten Geburtstag mochte sich die kleine Lily Carole Amis mit etwas so Langweiligem wie Schlafen abgeben. Es war ein Glück, dass ihre Eltern sie über alles liebten, dachte Lydia, denn sie regierte die zwei mit eiserner Faust. David hatte sich als wunderbarer Vater entpuppt, und seit Lily auf der Welt war zeigte sich Alex von einer deutlich weicheren Seite. Man könnte beinahe glauben, dass Alex durch ihre Sorge für ein Kind keine Furcht mehr hatte, der nette verwundbare Mensch zu sein, der sie eigentlich war. Und je weicher Alex wurde, umso selbstbewusster wurde David. Die drei bildeten eine feste kleine, wenn auch permanent übermüdete Einheit.

Lydia verschränkte fröstelnd die Arme vor ihrem Oberkörper und stapfte weiter zum Bootshaus. Als sie das flackernde Licht im Fenster sah, stockte ihr für einen Moment der Atem.

Was für ein Jahr das gewesen war! Ein hektisches, verrücktes, herrliches Jahr. Manchmal fühlte es sich an, als wären die einzigen Momente, in denen sie überhaupt zur Ruhe kam, jene wundervollen, viel zu raren Stunden in Wills Armen. Er war zu ihrem Fels in der Brandung geworden und sie zu seinem, sodass sie nach und nach ihr Leben um den anderen herum zu organisieren begonnen hatten.

Anfang Februar hatte Will ein größeres Restaurierungsprojekt im Süden angenommen und hatte den traumhaften Sommer über ein atemberaubendes Herrenhaus in den Cotswolds von einer Ruine in ein fantastisches Sommerhaus verwandelt. Die Auftraggeber waren Londoner gewesen, die gehört hatten, dass Will und sein Team die Besten wären. Lydia war begeistert gewesen, weil sie jedes Wochenende mit Will verbringen konnte – in einem Traum aus Blumengärten, summenden Hummeln und leidenschaftlichen Küssen im hohen Gras. Für die vier Monate, die die Arbeiten dauerten, hatte Will sich ein Cottage in der Nähe gemietet. Während dieser Zeit lernten sie sich nicht nur besser kennen, sondern auch die malerische Gegend mit den weichen Hügeln lieben. Am Ende gefiel sie Will fast so gut wie der Lake District.

Am letzten Tag dann, als Will mit Lydia zu dem atemberaubenden Herrenhaus ging, wo er die Kunden zur Übergabe erwartete, sagte er: »Ich könnte mir ehrlich vorstellen, hier zu leben oder zumindest ein Haus hier zu haben, von dem aus ich das Geschäft im Süden ausbauen kann.«

Lydia, die mit der Stiefelspitze die ersten bunten Herbstblätter auffliegen ließ, hatte genickt.

»Ich auch. Meine Kanzlei hat übrigens ein Büro in Oxford. Dort könnte ich arbeiten.«

Beide erstarrten in der frischen Nachmittagsluft und sahen einander an, doch keiner von ihnen wagte es auszusprechen, dass ihnen inmitten der Landschaft von Gloucester unversehens eine Lösung eingefallen war, die ihnen eine gemeinsame Zukunft ermöglichte.

Dann ging der Herbst in den Winter über, und Lydia bekam einen wichtigen Mordfall zugeteilt, während Will zurück nach Cumbria ging, wo ihn der nächste Auftrag erwartete. Lydia hatte acht qualvolle Wochen ohne ihn überstehen müssen, weil keiner die Zeit für einen längeren Besuch erübrigen konnte. Doch obwohl sie Will schmerzlich vermisste, war Lydia nicht einsam gewesen, denn jeden Abend vor dem Zubettgehen redete sie mit ihm.

»Ich hasse es, so weit weg von dir zu sein«, hatte Will gestern Abend gesagt, als sie sich zuletzt sprachen.

»Ich auch, aber es dauert nicht mehr lang. Du und ich sind morgen Abend im Bootshaus verabredet.«

»Ich könnte auch ins Haus kommen.« Will lachte. »So gegen neun?«

»Ja, könntest du. Aber das wäre dann nicht wie in einem romantischen Film, oder? Ich möchte dich in dem Bootshaus wiedersehen, wo wir uns zum ersten Mal richtig unterhalten haben. Und ich bestehe auf Whiskey aus einem Flachmann und einer Petroleumlampe.«

»Du kannst von Glück sagen, dass ich dich liebe«, hatte Will übertrieben mürrisch geantwortet.

Nun erreichte sie das Bootshaus und wurde von einer

schrecklichen Vorahnung gepackt. Was, wenn er nicht da war? Was, wenn zwischen gestern Abend und heute etwas passiert war, was ihn umgestimmt hatte? Schließlich hatte er weder eine SMS geschickt noch angerufen. Sie hatte seit gestern Abend überhaupt nichts von ihm gehört. Was, wenn er einen Unfall gehabt und sie ihn für immer verloren hatte? Dieser Gedanke war so furchtbar, dass ihr Tränen in die Augen schossen und sie panisch die Bootshaustür aufstieß.

Was sie dann sah, verschlug ihr die Sprache.

Will saß in dem Boot, lebendig und wohlauf, und er hatte hundert Kerzen aufgestellt, sodass der modrige Schuppen vor Licht und Wärme strahlte.

»Ah, gut«, hauchte Lydia, als sie sich umsah. »Du bist nicht tot.«

»Ich bin nicht ... was?« Will stand im Boot, das leicht schwankte, und streckte ihr eine Hand hin. Eilig lief Lydia auf ihn zu.

»Eine Sekunde lang, nur kurz, habe ich mir vorgestellt, wie das Leben ohne dich wäre, und Panik bekommen. Aber du bist da und hast das für mich aufgebaut.« Sie lächelte. »Es ist wunderschön.«

»Das ist die Reaktion, auf die ich gehofft habe. Es hat ewig gedauert, die alle anzuzünden.« Will half ihr ins Boot, nahm sie in die Arme und küsste sie.

»Gott, habe ich dich vermisst«, flüsterte er in ihr Haar.

»Und ich dich.« Lydia sah zu ihm auf. »Hast du den Whiskey mitgebracht?«

»Ja, aber ... ich möchte dir vorher noch etwas sagen.«

»Was? Schlechte Neuigkeiten? Willst du Schluss machen?«, fragte Lydia ängstlich.

Will runzelte die Stirn. »Ja, klar, denn ich riskiere grundsätzlich Verbrennungen dritten Grades, wenn ich einer Frau den Laufpass geben will. Natürlich will ich nicht Schluss machen.«

»Was dann?«, fragte Lydia, die ein bisschen wackelig stand, während Will in seinen Jeanstaschen wühlte und am Ende etwas aus der Innentasche seiner Jacke holte. Er atmete tief ein und öffnete die kleine Schachtel, um Lydia den Inhalt zu zeigen. Es handelte sich um einen antiken Ring, vermutlich viktorianisch, mit einem dunkelroten Rubin zwischen zwei winzigen Diamanten, gefasst in hellem Gold.

»Was ich dich fragen will, ist, ob du am Dienstag schon etwas vorhast. Nun ja ... hast du gewusst, dass Gretna Green nur gut zwanzig Meilen entfernt ist?«

»Bittest du mich, dich zu heiraten?« Lydia sah von dem Ring zu ihm auf.

»Ja«, antwortete Will unsicher. »Wobei das mit Gretna Green bloß ein Scherz war, denn man kann dort gar nicht mehr spontan heiraten. Das habe ich überprüft. Außerdem habe ich das Gefühl, dass du wahrscheinlich etwas Ausgefalleneres willst, ein schickes Kleid, alle Freundinnen dabei und so. Was ich zu sagen versuche, ist, wenn du mich willst, würde ich dich am Dienstag heiraten oder noch heute Nacht, weil ich dich gar nicht früh genug heiraten kann.«

Lydia sagte nichts.

»Ist es der Ring?«, fragte Will. »Er hat meiner Großmutter und davor ihrer Mutter gehört. Zugegeben, ein toller Tiffany-Klunker ist er nicht, aber ich wollte ihn nie einer anderen schenken, falls das etwas besagt.«

Lydia blieb stumm.

»Sag was, bevor dieser verdammte Schuppen niederbrennt«, rief Will aus.

»Ja«, sagte Lydia. »Ja, ich will dich heiraten. Ja, es ist der perfekte Ring, und, ja, ich will eine traumhafte Hochzeit mit allem Drum und Dran. Und, ja, ich liebe dich.«

»Sehr gut.« Wills Lächeln war atemberaubend. »Ach so, und da wäre noch etwas.«

»Noch etwas? Bist du schwanger?«, fragte Lydia, und Will lachte.

Er zog ein Stück Papier aus seiner Gesäßtasche, faltete es auseinander und reichte es ihr. Lydia sah hinunter und las. Es war das Exposé eines Immobilienmaklers über einen alten Schuppen auf vier Morgen Land in den Cotswolds.

»Dieser Schuppen ist mein Weihnachtsgeschenk für dich«, sagte Will. »Er macht zwar nicht viel her, aber ich dachte mir, dass ich ihn dir zu einem Haus um- und ausbaue. Ich setze auch einen Turm an die Ecke, falls du darauf bestehst.«

Beinahe wäre das Boot umgekippt, so stürmisch fiel Lydia ihm in die Arme, und sie beide gingen kichernd zu Boden.

»Fröhliche Weihnachten, Liebes«, sagte Will, als sie beide hinauf zum kaputten Oberlicht sahen, über dem der Sternenhimmel funkelte. »Ist dieses Weihnachten gut?«

»Das beste Weihnachten aller Zeiten«, flüsterte Lydia, die an seinen warmen Körper geschmiegt lag und das Kratzen seiner Wange an ihrer spürte. »Mein vollkommenes Weihnachten, endlich.«